Paul Grote
Der Portwein-Erbe

Paul Grote

Der Portwein-Erbe

Kriminalroman

dtv

Von Paul Grote
sind bei dtv außerdem erschienen:
Der Champagner-Fonds
Tödlicher Steilhang
Die Spur des Barolo
Die Insel, der Wein und der Tod

Für Bernhard

Neuausgabe 2022
© 2008 dtv Verlagsgesellschaft mbH & Co. KG, München
Umschlaggestaltung: dtv nach einem Entwurf von Balk & Brumshagen
Umschlagmotive: John Heseltine/Corbis Historical
via Getty Images (oben), Paul Grote (unten)
Karte: www.landkarten-erstellung.de
Satz: C.H.Beck.Media.Solutions, Nördlingen
Gesetzt aus der Minion 10,5/12,5·
Druck und Bindung: Druckerei C.H.Beck, Nördlingen
Printed in Germany · ISBN 978-3-423-21946-4

Die einzige eines höheren Menschen
würdige Einstellung ist das beharrliche
Festhalten an einer Tätigkeit, die er
als nutzlos erkennt, das Unterwerfen
unter eine Disziplin, von der er weiß,
dass sie fruchtlos ist, und das rigorose
Anwenden philosophischer und
metaphysischer Denknormen, deren
Bedeutungslosigkeit er erkannt hat.

Fernando Pessoa

1.

Der Brief

Wenn Nicolas Hollmann an jenem ungewöhnlich heißen Apriltag gewusst hätte, dass es Menschen gab, die eine Treppe ansägen würden, um ihn davon abzuhalten, ein Weingut zu besichtigen – er hätte den Brief des Rechtsanwalts, der mit den beiden anderen zusammen im Kasten lag, als er nach Hause kam, nicht geöffnet. Aber er hatte nicht die geringste Ahnung, welche Katastrophen in diesem Zusammenhang noch auf ihn zukommen sollten.

Hätte er sich überhaupt anders verhalten können, hätte er den neutral wirkenden Brief ignorieren, ihn wegwerfen oder besser noch, vorher zerreißen, in den Abfalleimer werfen sollen mit den vergammelten Salatblättern obendrauf, damit er ja nicht in Versuchung geriet, doch irgendwann nachzusehen, was eigentlich drin gestanden hatte? Das fragte er sich später, als er in schlaflosen Nächten daran zweifelte, ob seine Entscheidung richtig gewesen war. Doch was entschied man schon im Leben? Alles wurde entschieden oder entschied sich, Freiheit war eine Fiktion, pure Einbildung. So einfach war das. Nein, er hätte den Brief öffnen müssen, besonders bei einem Absender wie diesem: Rechtsanwalt Hassellbrinck, Bleibtreustraße.

Theoretisch wäre es möglich gewesen, den Brief zu ignorieren. Aber bei Post von Anwälten oder Behörden stellte sich immer ein ungutes Gefühl ein, es könnte sich um eine Schuld, eine Verfehlung, ein bevorstehendes Gerichtsverfahren handeln, langwierig und mit Ausgaben verbunden. Vielleicht hatte jemand ein Mahnverfahren gegen ihn angestrengt, weil er eine Rechnung übersehen hatte? Das schlechte Gewissen lauerte immer darauf, sich hervorzutun, genährt von Staat, Eltern, Chefs und Sylvia. Etwas Gutes konnte der Umschlag nicht enthalten.

Im Hausflur am Briefkasten hatte er den Brief stirnrunzelnd angestarrt, ein schlichter, weißer, länglicher Umschlag. Beim Hinaufgehen in seine Wohnung hatte er sich gefragt, was dieser Anwalt wohl von ihm wollte. Der Weg in den fünften Stock war lang, da ging einem eine Menge durch den Kopf, besonders an einem so heißen Tag wie diesem. Vielleicht die Kündigung der Wohnung? Die vorzeitige Kündigung seines ohnehin befristeten Arbeitsvertrages als technischer Zeichner? Eine Festanstellung war nicht drin gewesen – man hatte es als Gnade hingestellt, dass er für einen berühmten Architekten arbeiten durfte.

Oben angekommen wischte Nicolas sich den Schweiß von der Stirn; als er die Wohnungstür aufschloss, quoll ihm die stickige Wärme seiner Dachwohnung entgegen. So heiß war es in Berlin sonst nur im Hochsommer – aber in diesem Jahr war nichts wie sonst.

Die Tragetasche mit dem neuen Zeichenblock und den weichen Bleistiften ließ er an der Garderobe stehen, hängte die viel zu warme Jacke auf – dann folgte der Blick durch die Wohnung. Was hätte jetzt, am späten Nachmittag, anders sein können als am Morgen, als er gegangen war? Er betrat die Küche, warf die Post auf den Küchentisch. Der Brief vom Anwalt landete mit der Anschrift nach oben, was Nicolas als Aufforderung verstand, ihn sofort zu öffnen. Neugier und Skepsis wechselten sich ab, er schob die Entscheidung noch hinaus. Hoffentlich verdarb ihm die Nachricht nicht den Abend, nachdem der Tag schon nicht besonders gewesen war. Er füllte ein Glas zur Hälfte mit

Leitungswasser, gab zwei Löffel Nescafé hinein, der etwas klumpte, und goss die Mischung mit kalter Milch auf. Zwei Stückchen Eis brachten die nötige Frische, und die Milch verlor das Schleimige.

Er sah sich nach seinem Brieföffner um; Couverts mit dem Finger aufzureißen, empfand er als stillos. Leider waren Brieföffner aus Elfenbein, aus Metall oder Holz, im jahrzehntelangen Gebrauch patiniert, längst aus der Mode, ein Finger tat es schließlich auch. Technisch gesehen hätte es die Zinke einer Gabel sein können, der Dorn zum Spicken des Bratens aus der Küchenschublade, aber Nicolas legte Wert auf Rituale, wie zum Beispiel das Öffnen seiner Post mit der Nachbildung eines Schwertes von Karl V., kaum länger als eine Handspanne. Er bewahrte es in der Schublade unter seinem Zeichentisch auf. Er hatte es als Schüler auf einer seiner Tramptouren auf einem Flohmarkt in Südfrankreich erstanden, der reine Plunder, aber er liebte es. Als er nach dem Abitur ein Jahr lang in Südamerika unterwegs gewesen war, hatte es allerdings in Frankfurt in einem Umzugskarton gewartet, war dann zum Studium mit nach Berlin gekommen und hatte nach dem Examen, das er als einer der Jüngsten bestanden hatte, auch den Umzug nach Holland mitgemacht. Jetzt wieder in Berlin wartete es auf Briefe, die hoffentlich wichtiger waren als Benachrichtigungen der Krankenkasse, Telefonrechnungen oder Angebote irgendeiner Bank mit 5 000 Euro Sofortkredit, die Nicolas allerdings gut hätte gebrauchen können.

Er wusste nicht, dass dieser Brief zu den wichtigsten gehörte, ja vielleicht war es sogar der wichtigste, den er jemals erhalten hatte, und doch ahnte er etwas. Dieser Brief war anders, und er schob das Öffnen vor sich her. Der Umschlag, wahrscheinlich mit nicht mehr als einem einzelnen Blatt darin, wog schwer. Nicolas schob das Schwert unter die Lasche, die scharfe Schneide fuhr mit einem feinen Laut durchs Papier. Es befand sich tatsächlich nur ein Blatt im Umschlag, er zog es heraus, legte es auf den Küchentisch und strich es glatt.

Sehr geehrter Herr Hollmann,
wir möchten Sie bitten, sich möglichst bald mit uns in Verbindung zu setzen. Unser Korrespondenzanwalt in Porto/Portugal, Dr. Dr. Pereira, teilte uns mit, dass Sie im Testament Ihres Onkels, Herrn Friedrich Ernst Hollmann, der am 18. April leider verstorben ist, als Erbe genannt sind. Bitte rufen Sie uns an, damit wir bei einem persönlichen Gespräch das weitere Vorgehen klären.

Mit freundlichen Grüßen ...

Es folgte die unleserliche Unterschrift einer Mitarbeiterin der Kanzlei – und für Nicolas der Schock. Er ließ die Hand mit dem Brief auf die Tischplatte sinken und starrte aufs Papier.

Friedrich war tot? Dieser kräftige, lebenslustige und fast 1,90 Meter große Mann sollte nicht mehr leben? Unmöglich, so jemand starb nicht. Er war gar nicht alt, Jahrgang 1947. Unvorstellbar. Nicolas sah ihn vor sich, ganz deutlich, seinem Vater ein wenig ähnlich, aber feiner, ohne das eckige Durchsetzerkinn, aber doch entschieden und dabei auch ziemlich feinsinnig. Nicolas hatte ihn vier oder fünf Mal zu Gesicht bekommen hatte, trotzdem war er immer präsent gewesen. Die Familie hatte über ihn gesprochen, selten mit guten Worten. Er musste sie ziemlich geärgert oder geängstigt haben, und Nicolas huschte ein Lächeln übers Gesicht. Sprachen sie nicht auch von ihm längst in ähnlicher Weise im abfälligsten Ton, nannten ihn aus der Art geschlagen, einen Spinner und Weltverbesserer – als ob die Welt nicht dringend eine Verbesserung nötig hätte ...

Friedrich hatte nie getan, was man von ihm verlangt hatte, sich nie konform verhalten. Er war ein Totalverweigerer. Bei Nicolas selbst zeichnete sich eine ähnliche Entwicklung ab, aber anders als bei Friedrich hatte die Familie bei ihm die Hoffnung noch nicht aufgegeben, dass er sein Erbe antreten würde, zumindest seine Mutter nicht, die sicher an einem dieser schwülheißen Frankfurter Frühlingstage an ihren unausgesprochenen Vorwürfen ersticken würde. Egal was er tat, sie empfand es als gegen sich gerichtet, als Schande oder Provokation. Sie hatte sich nie entscheiden können, für nichts richtig, hatte mit der Ehe gehadert, danach mit der Scheidung von seinem Vater, mit seiner herrischen Art, mit dem Vermögen, mit ihrem ehemaligen Schwager und dem neuen Ehemann.

Vor zehn Jahren hatte sie wieder geheiratet, diesen Fritzen vom Baudezernat – wo der seine Finger überall drin hatte –, und Nicolas hatte sich aus dem Staub gemacht, um Friedrich in Portugal zu besuchen. Knapp zwanzig war er damals gewesen und hatte drei Wochen bei ihm auf seinem Weingut am Rio Douro rumgelungert. Es war eine großartige Zeit gewesen. Bilder tauchten auf, ein Fluss, eingerahmt von hohen Bergen, grün-blaues Wasser, Ansammlungen von Häusern an den Berghängen. Er erinnerte sich an einen leicht moderigen Geruch, wie ein Teich mit Entengrütze … dabei war es ein Fluss, ein aufgestauter … das Geräusch von Booten und die große Hitze. Und jeden Tag hatten er und Friedrich Wein getrunken.

Tot? Friedrich tot? So eine Scheiße. Wieso erfahre ich das erst jetzt?, fragte er sich wütend, wieso sagt es mir keiner, auch wenn es der Bruder meines Vaters gewesen ist, mit dem ich seit Jahren zerstritten bin, genau wie Friedrich es war? Zumindest gehörte er zur Familie, mochte sie auch so zerrissen und kaputt sein wie die seine. Das Geld, gemeinsame Geschäfte und Teilhaberschaften hielten die Leute noch einigermaßen zusammen, das war der Klebstoff. Aber

Friedrich war draußen gewesen, finanziell, soweit er wusste. Woran mochte er gestorben sein? Nie war die Rede von Krankheit oder einem Leiden gewesen, nichts, was Nicolas gewusst hätte, oder hatte man ihm etwas verheimlicht? Man hatte es damals sowieso für falsch gehalten, dass er ihn besucht hatte – wegen des schlechten Einflusses. Dabei fand er den Typ großartig, der einzige Erwachsene, mit dem er damals vernünftig hatte reden können. Ob der Anwalt wusste, woran er gestorben war?

Nicolas nahm den Brief erneut zur Hand: »am 18. April verstorben«. Kein Wort über die Umstände. Seinen Vater würde er niemals danach fragen, um sich das Lamento zu ersparen, dass er nicht in die Firma eintrat, die Frage, ob er sich endlich die Hörner abgestoßen habe, schließlich sei er der Erbe, man könne seiner Bestimmung nicht ausweichen und müsse wissen, was man wolle. Mit dreißig sei die Zeit der Spielerei vorbei, er hätte damals bereits ... – und der ganze Scheiß von wegen seiner primitiven Existenz. Arme Leute zu imitieren, rieche nur muffig. Nicolas wusste nicht, was sein Vater in Wirklichkeit von ihm wollte. Er nahm an, dass er produziert worden war, um einen Erben abzugeben oder die linke Hand des Konzernchefs zu werden, damit der anderswo mit seinem Sohn angeben konnte. »Du kommst hoffentlich nicht nach meinem Bruder.« Wenn er sich den Vater hätte aussuchen können, hätte er Friedrich genommen. Doch nun war er tot – und Kinder hatte er nicht ...

Nicolas überlegte, wen von seiner Mischpoke er anrufen und fragen könnte, wer mehr wusste. Er sollte sich gleich mit dem Anwalt in Verbindung setzen, der würde auf jeden Fall mehr wissen. Seine Telefonnummer stand auf dem Briefkopf. Am anderen Ende der Leitung meldete sich leider nur eine freundliche Telefonstimme, die Bürozeiten ansagte. Er würde sich bis zum nächsten Tag gedulden müssen.

Sein Vater würde bestimmt mehr über die näheren Todesumstände wissen, aber ihn anrufen? Sich dumme Sprüche anhören? »Hast du dich endlich entschieden, hier deinen Schreibtisch zu besetzen, oder besetzt du Häuser?« Es war das Schlimmste für den Vater, dass er es als Nachfolger eines der großen Bauunternehmer hatte hinnehmen müssen, dass sein Bruder in den Siebzigerjahren in Frankfurt Häuser besetzt und sich auf der Straße mit der Polizei geprügelt hatte. Wie auch Nicolas' Großvater war er nie darüber hinweggekommen. Für sie war es Klassenverrat gewesen. »Hast du noch immer nicht kapiert, wo du hingehörst?«, war ein anderes Lieblingszitat seines Vaters. Nein, ich habe es noch immer nicht begriffen, dachte Nicolas, das Richtige hat sich nicht gezeigt – oder habe ich nicht hingeschaut? Aber wieder nach Frankfurt, um in den Konzern seines Vaters einzutreten? Weder tot noch lebendig. Sollte sein Vater sich gegen jede Erwartung diese Sprüche verkneifen, würde er sicher mit anderen Floskeln aufwarten, nach dem Motto: »Einmal sind wir alle dran, ich hoffe, dass es schnell geht.« Nach einem Unglück auf einer Baustelle hatte er Nicolas mit dem Ausspruch schockiert: »Opfer müssen eben gebracht werden.« Durchaus, solange es nicht eigene waren ...

Also kam ein Anruf bei seinem Vater nicht in Frage – Friedrich hatte das nicht verdient. Nicolas hatte ihn als Mann in Erinnerung, der gewusst hatte, was er wollte. Er selbst bestimmte seine Lebensumstände mehr danach, was er nicht wollte. Nicolas stutzte, als er merkte, wie schnell er akzeptierte, dass »Nelken-Friedrich«, wie sie ihn genannt hatten, tot war.

Wenn er sich recht erinnerte, war Friedrich 1974 nach Portugal gegangen. Wenig später hatten Nicolas' Eltern sich kennengelernt und kurz darauf geheiratet. Als er geboren wurde, lebte Friedrich bereits seit drei Jahren in Portugal. Es gab ein Foto von seiner Taufe, da war Friedrich mit drauf. Wild hatte er ausgesehen, Bart, langes Haar, Lederjacke, das Enfant terrible im Familienkreis und ein Schreckgespenst für die Frankfurter Society, erinnerte er sie doch an die Drohung mit sozialistischen Experimenten und die Enteignung derer, die wie sie im Überfluss lebten. Heute dachte Nicolas zum ersten Mal daran, dass Friedrich seine Geburt etwas bedeutet haben musste, wenn er eigens zur Taufe angereist war. Nein, seine Mutter konnte er nicht fragen. Friedrich war für sie ein Fremder, sowohl als Mann wie als Mensch unbegreiflich. Oh, war das zu böse gedacht? Menschen wie Friedrich waren in ihrer Welt nicht vorgesehen. Er selbst hatte bis heute nicht begriffen, wer oder was in ihrer Welt vorgesehen war.

Allerdings telefonierte sie häufig mit seinem Vater, rein geschäftlich natürlich. Clever, wie sie war, hatte sie sich einen guten Anwalt genommen und sich an der Scheidung gesundgestoßen, was in jenen Zeiten, als Gleichberechtigung noch kein Thema war, äußerst selten vorkam. Bis heute bezog sie Tantiemen oder Royalties, wie er es nannte. Und es ärgerte sie maßlos, dass Nicolas nicht beim Vater einstieg, nicht nur des Geldes wegen; sie hätte ihn auch zu gern als Spion benutzt. Immer im Bilde sein, lautete ihre Devise. Dabei war sie klug genug, niemals ein abfälliges Wort über ihren Exmann verlauten zu lassen, weder im Familienkreis noch Bekannten gegenüber, weshalb sich viele gefragt hatten, warum sie sich überhaupt hatte scheiden lassen.

Entnervt suchte Nicolas sein Telefonbuch in den Taschen des Sakkos, die Nummer seiner Mutter konnte er sich nie merken. Alle drei Monate wechselte sie wegen angeblich günstigerer Tarife den Telefonanbieter, es war eine Manie geworden. Er hatte den Hörer bereits in der Hand, als er ihn wieder sinken ließ. Er hatte ja gar keine Erklärung, wieso er von Friedrichs Tod wusste. Würde er von dem Brief erzählen, den er wieder und wieder glatt strich, als wolle er die Buchstaben vom Papier wischen, würde sich die Frage nach dem Erbe unweigerlich stellen. Es war ihm unklar, ob es ihr darum ging, den Sohn versorgt zu sehen oder selbst mehr Einfluss zu gewinnen. Sie hatte die Hoffnung nicht aufgegeben, dass die Verlockung des väterlichen Vermögens groß genug sein würde, ihn wieder nach Frankfurt zu führen und ihn zur Aufgabe seines gegenwärtigen Lebens mit »Les Misérables« zu bringen, wie sie seine Freunde bezeichnete.

Irgendwann würde er die Aufgabe finden, die er sich wünschte, in der er aufging, bei der er weder Sohn noch Erbe sein würde und auch keine Rattenkäfige für Büroangestellte oder Bausparkassendoppelhäuser entwerfen beziehungsweise zeichnen musste, auch keine Details wie Fensterrahmen, Rohrleitungsschächte, Türeinfassungen oder Einfahrten von Tiefgaragen. Er würde eine Arbeit finden, bei der er das anwenden konnte, was er gelernt hatte.

Alles Unsinn, er verlor sich in Fantastereien, in Luftschlössern, die keiner bauen wollte, statt ... Was würde er seiner Mutter sagen? Irgendetwas musste er ihr anbieten, sie brauchte was zum Beißen. Nicolas nahm sich vor, ihr lediglich zu sagen, was sie hören wollte, das Gespräch wie unbeabsichtigt auf den Onkel kommen zu lassen und sich nach ihm zu erkundigen. Nein, das war nicht besonders einfallsreich. Er könnte um Friedrichs Adresse bitten, sagen, er beabsichtige, in Portugal Ferien zu machen, und würde nach all den Jahren mal wieder bei ihm vorbeischauen wollen. Schon besser, das war eine passable Begründung. Sie würde die Adresse nicht haben und ihn an seinen Vater verweisen, doch wenn sie von Friedrichs Tod wusste, würde sie es ihm sagen. Könnte sie einen Grund haben, es zu verschweigen? Vor Überraschungen war man bei ihr nie sicher.

Er empfand es als absurd, dass er sich verstellen musste, wo es nicht einmal um ihn selbst ging, sondern um Friedrich, ihren ehemaligen Schwager – den längst vergessenen. Nein, vergessen hatte ihn niemand, höchstens er selbst. Wieso fühlte er dann einen Verlust? Friedrich war ein Mensch gewesen, zu dem er Zutrauen gefasst hatte, jemand, der ihn weder mit Fragen nach der Schule genervt noch nach seiner Zukunft im väterlichen Imperium gelöchert hatte. Zehn Jahre waren seitdem vergangen – wie hieß Friedrichs Weingut? *Quinta do Amanhecer.*

Nicolas schaltete sein Laptop ein und suchte *amanhecer* in seinem elektronischen Wörterbuch. *Morgendämmerung, Morgengrauen* kam als Antwort, also Landgut der Morgendämmerung. Weiter unten klickte er unter »Tal der Morgendämmerung« zufällig einen Satz an, der ihm sein Dilemma zwischen Familie und seiner Wirklichkeit vor Augen führte: *Der Reichtum eines Menschen liegt nicht in der Summe oder Verteilung seiner materiellen Güter, sondern in seiner Würde.*

Die Familie wollte materielle Güter, er wollte seine Würde. Leicht gesagt. Sicher stammte der Satz von jemandem, der nichts besaß. Wieso hatte er das Gefühl, dass er seine Würde verlöre, wenn er ins väterliche Unternehmen einträte? Wieso glaubte er, dass alle nur darauf warteten, dass er überliefe, sich so verhielte wie alle? Weil »jeder Andersdenkende eine Bedrohung der Mehrheit« war? Er wusste nicht, wer das gesagt hatte. Der Satz mochte einst seine Richtigkeit gehabt haben, aber er war belanglos geworden, denn was jemand dachte, war absolut gleichgültig. Das machte die Meinungsfreiheit überflüssig, wie sein Freund Happe nicht müde wurde zu betonen. Über derartige Sätze hatte er auch mit Friedrich diskutiert. Auf seiner Terrasse hatten sie hoch über dem Fluss auf einer Mauer sitzend die Beine baumeln lassen und Wein getrunken. Was verband ihn mit seinem Onkel? Er hatte sich nie unterlegen gefühlt. Ach, Erinnerungen – und der Brief ...

Was hatte Friedrich ihm vermacht? Ein Bild? Eine Kiste

Wein? Einige Bücher aus seiner großen Bibliothek – oder etwas Persönliches? Nein, so nahe hatten sie sich nicht gestanden, doch wenn sie sich gesehen hatten – wirklich nur viermal im Leben? –, dann war es intensiv gewesen. Friedrich war kein gewöhnlicher Mensch gewesen, und deshalb hatte sein Vater ihn – ja was – gehasst? Verachtet? Belächelt – oder insgeheim beneidet? Weil er sich genommen hatte, was er wollte?

Riesige Fässer, ein ganzer Keller voll, graue Wände aus Granit. Dann tauchten Gerüche in Nicolas' Erinnerung auf, undefinierbar zuerst, süß und moderig, diese Erinnerung ruhte irgendwo tief in ihm wie auch die an bewachsene Steine, Palmen. Fragmente waren das, Teile von Bildern, die nach langer Zeit an die Oberfläche schwappten. Sogar die Stimme schien er noch im Ohr zu haben, nur Friedrichs Gesicht blieb verschwommen. Je mehr Nicolas sich zu erinnern versuchte, desto undeutlicher wurde die bildhafte Vorstellung. Die Erinnerung war zerbrochen wie ein Spiegel, und er hielt Scherben in der Hand, die nicht zusammenpassten. Wer hatte den Spiegel zerschlagen? Die Zeit? In seinem Kopf verschoben sich die Scherben wie ein Kaleidoskop, das man vor dem Auge dreht. Alles purzelte durcheinander. Da musste noch jemand gewesen sein, es gab andere Gesichter und Namen, unaussprechliche, er war auf einem Traktor gefahren und hatte gefürchtet, an dem steilen Hang abzustürzen. Es gab eine Steintreppe, lackiertes Holz, einen silbernen Leuchter auf einer polierten Tischplatte, sie hatten draußen gegessen. Sie hatten vor einem riesigen Stapel Flaschen gestanden, in einer Mauernische ... Hatte er auf jener Reise an den Rio Douro vor zehn Jahren nicht bereits gezeichnet? Irgendwo müsste der alte Skizzenblock zu finden sein.

Während die Bilder weiter durch seinen Kopf rasten, hatte er, ohne sich dessen bewusst zu sein, die Nummer seiner Mutter gewählt, und er erschrak, als sie sich meldete.

»Hollmann?«

Wieso setzte sie stets ein Fragezeichen ans Ende ihres Namens, wenn sie sich am Telefon meldete? Sie hätte ihren Mädchennamen wieder annehmen können, Sichel, oder den des neuen Ehemannes, Willbauer, wenn sie damit haderte, sich so zu nennen. Aber der Name Hollmann bedeutete viel in Frankfurt, wo man sich weder mit dem Müll, der Stadt noch dem Tod auseinandersetzen wollte, und schon gar nicht mit jemandem wie Rainer Werner Fassbinder. Dessen Theaterstück hatten sie wegen angeblichem Antisemitismus mit Spielverbot belegt, da war der spätere Vorsitzende der Jüdischen Gemeinde noch einer der großen Spekulanten seiner Stadt gewesen. Aber in Israel und den USA war man nicht so borniert gewesen, da hatte man Fassbinders Stück aufgeführt.

»Hallo! Wer spricht da?«

»... auch Hollmann«, sagte Nicolas nach einer Weile, »Tag ...«

Die Mutter zögerte verwirrt. »Nicolas? Ist was mit dir? Du klingst so fremd.«

»Nein, es ist nichts, mit mir ist nichts, nur ...«

»Was ist los? Ist was passiert? Du hast doch was.«

»Ja«, sagte er gedehnt und fügte hinzu: »Friedrich ist tot, Onkel Friedrich.«

»Wer ist tot? Onkel Friedrich? Welcher Friedrich ...?«

»Friedrich Hollmann, dein ehemaliger Schwager, Papas Bruder, Nelken-Friedrich, wie ihr ihn genannt habt, euer Chaot«, sagte er böse.

»Ach der. Ja, davon habe ich gehört«, sagte sie, als hätte sie in den Nachrichten vom Ableben eines unbekannten Schauspielers erfahren. »Dein Vater hat davon gesprochen.«

»Wieso hast du mir nichts gesagt?«, fragte Nicolas empört.

»Seit wann interessierst du dich für die Familie?«, antwortete die Mutter spitz. »Ist ja ganz was Neues.« Dann wurde sie misstrauisch, Nicolas kannte ihre Stimme zu gut, um sich von ihr hinters Licht führen zu lassen. »Woher weißt du das? Hast du mit deinem Vater geredet?«

Also fürchtete sie, dass ihr etwas entgangen war. Nicolas zögerte. Sollte er sie auf die Folter spannen oder besser an der Nase herumführen? Nein, er würde sich nicht auf die üblichen Spielchen einlassen. »Friedrich ist am 18. April gestorben, und ich wollte wissen, woran.«

Seine Mutter wusste es nicht, es interessierte sie nicht, wie Nicolas ihrem gelangweilten Tonfall entnahm, ihr Ex-mann hatte von Herzstillstand berichtet, wie sie sagte. Mehr als ein desinteressiertes »Nein, weiß ich nicht, woher soll ich das wissen, du fragst aber Sachen« bekam er nicht zu hören.

»War er krank?« Nicolas drängte auf eine Antwort, mit der er etwas anfangen konnte. »Hatte er es mit dem Herzen?«

»Was weiß ich? Habe ihn nie gesehen ...«

»... das stimmt nicht. Bei meiner Taufe, und wir waren vor zehn Jahren zusammen dort, ich bin dageblieben, in den Sommerferien. Du bist dann mit Willbauer weitergereist und hast mich wieder abgeholt.«

»Meine Güte, du nimmst es aber wieder genau, ich kann mich nicht erinnern.«

»Das wundert mich ... und du weißt es von Vater?«

»Der hat weiter nichts gesagt.«

»Dich interessiert das Ganze nicht, oder?«, warf Nicolas ein.

»Ehrlich gesagt, nein. Dein Onkel hat uns verachtet. Wir waren für ihn das Establishment, er hat uns den Rücken gekehrt, der Stadt, dem ganzen Land. Sodom nannte er Frankfurt, und als sie die Hochhäuser bauten, dein Vater war mit dabei, meinte er, wir hätten nichts Besseres verdient.«

Nicolas grinste, seine Mutter ärgerte sich noch immer. In

gewisser Weise gab er Friedrich recht, aber er hütete sich, es durchklingen zu lassen. Er selbst empfand Frankfurt als misslungen, konzeptlos, ohne Stil und Linie, da änderten weder der Römer noch die Museumslandschaften am Main etwas daran. Er selbst hatte der Stadt zwei Tage nach dem Abitur den Rücken gekehrt – die Entscheidung für Berlin war nach einer Silvesterparty am Brandenburger Tor gefallen. Happe und er hatten sich begeistert ins Gewühl geworfen. Es war nicht allzu viel von dem späten Vereinigungsgefühl übrig geblieben, zumindest war Berlin immer eine Stadt der Einwanderer gewesen, die es Neuankömmlingen nicht zu schwer machte.

»... ein Chaot war er, hat sich mit der Polizei geprügelt, hier im Westend«, hörte er seine Mutter voller Abscheu sagen, »Häuserkampf. Lächerlich, mit diesem ehemaligen grünen Außenminister. Front hat er gemacht gegen die Interessen der eigenen Familie. Was uns wichtig war, hat er abgelehnt, was uns heilig war, hat er verachtet. Und da soll ich mich für ihn interessieren? Ich weine ihm keine Träne nach. Ein Wunder, dass er nicht bei den Terroristen gelandet ist ...«

Heilig? Das Einzige, was dir heilig ist, dachte Nicolas voller Zorn, ist dein Depot bei der Deutschen Bank. Damit versuchten sie ihn seit einem Jahrzehnt vergeblich zu ködern. Irgendetwas musste bei ihm falsch gelaufen sein, Geld als Lockmittel kam nicht an. Aber mit zu wenig, so wie jetzt, mit dem lausigen Job als technischer Zeichner, war das Leben auch unerfreulich.

»Was ist für dich eigentlich ein Chaot?«, fragte er. »Ich dachte, du kanntest Friedrich gar nicht? Wie kann man so urteilen – oder verurteilen, wenn man jemanden nicht kennt?«

»Ich ...«, sie zögerte mit der Antwort, von seiner Frage aus dem Konzept gebracht, »ich habe ihn einige Male erlebt.«

»Wo und wann?«

»Dein vorwurfsvoller Ton gefällt mir gar nicht, Nicolas. Du fragst wie der Inquisitor persönlich. Mit dir ist doch was. Du hast dich nie für ihn interessiert. Jetzt ist er tot, basta. Irgendwann ist immer Schluss. Wahrscheinlich sein Lebenswandel, der Alkohol, er hatte ja das Weingut da in Portugal. Bei labilen Menschen geht das auf Dauer nicht gut.«

»Ach, labil war er auch?« Um sich nicht weitere Tiraden anhören zu müssen, erzählte Nicolas von Reiseplänen und dass er auf seine Anfrage, ob Friedrich zu Hause sei, die Todesnachricht erhalten habe.

»Du kannst ja mal bei der Kellerei vorbeischauen und sehen, was aus seinem Besitz wird; ziemlich viel Land soll er besessen haben, soweit ich weiß, hat er keine Kinder, keinen Erben ...«

Darauf lief es bei ihr hinaus, jedes Gespräch, alles drehte sich in ihrer Welt ums Geld. Mit dem Versprechen, sie auf dem Laufenden zu halten, konnte er sie abwimmeln und tiefer gehende Fragen vermeiden. Sie hatte also von Friedrichs Tod erfahren, sein Vater hatte es gewusst. Herzversagen als Todesursache. Hoffentlich wusste der Anwalt mehr.

2.

Ein Haus am Fluss

In den Räumen des Anwalts war es kühl, geradezu eine Erleichterung nach dem Weg durch die aufgeheizte Stadt. Holzgetäfelte Wände, Büromöbel aus der Gründerzeit, knarrendes Parkett, und über allem ein leichter Duft nach Holz, eine Aura von Gediegenheit, Anstand und Würde. Sogar Aktenordner und Gesetzbücher standen hinter Glas. An der Wand gegenüber den hohen Fenstern hing das Foto einer Demonstration: junge Männer, rennend, untergehakt, viele im Anzug und mit Krawatte, aufgerissene Münder, und im Hintergrund die Ruine der Gedächtniskirche, die Nicolas an einen ausgebrochenen Zahn erinnerte. Die Ruine und der Funkturm waren seine Wahrzeichen der Stadt. Die Siegessäule verabscheute er, im Fundament der Goldelse lagen die Toten von drei Kriegen, und die Quadriga war ihm zu oft bei den Aufmärschen der Nazis mit im Bild gewesen.

»Der da in der zweiten Reihe, das bin ich«, sagte Dr. Dr. Hasselbrinck schmunzelnd, als er den Raum betrat. Der Rechtsanwalt und Notar zeigte mit dem Finger auf einen Jüngling mit Vollbart, den Nicolas beim besten Willen nicht mit ihm in Verbindung gebracht hätte. »Damit man nie vergisst, woher man kommt, was einem wichtig war und ist und woran man glaubt.« Der Ton des Rechtsanwalts war weder nostalgisch noch parolenhaft, die Stimme klang freundlich und selbstsicher.

Nicolas wandte sich vom Bild ab, das neben einem Bücherschrank hing, und trat dem Anwalt entgegen.

»Sie sind das?«, fragte er ungläubig. »Niemals!«

»Doch, doch.« Anscheinend war der Rechtsanwalt derartige Reaktionen gewohnt, er lächelte belustigt und schüttelte Nicolas die Hand. Sein Blick war offen und durchdringend, ein Blick, den man nicht lange aushielt. Dazu langes graues Haar, ein hageres Gesicht, Lachfalten. Sein Lächeln konnte sowohl Zynismus wie auch Distanz bedeuten. Der elegante Flanellanzug ließ ihn als Verteidiger von Wirtschaftsbossen und -verbrechern als geeignet erscheinen.

»Das sind Sie?«, fragte Nicolas noch einmal kopfschüttelnd und folgte der Geste des Rechtsanwalts hin zum Besucherstuhl, während Hasselbrinck sich hinter seinem übergroßen, mit abgeschabtem Wildleder bespannten Schreibtisch niederließ.

»Als Jurastudent habe ich das Fach ernst genommen, es gab Gruppen, in denen sich angehende Juristen, Anwälte und Richter zusammenfanden, die in dieser Gesellschaft was verändern wollten, sie menschlicher und demokratischer gestalten wollten. Ich gehörte 1979 zu den Gründern des Republikanischen Anwältinnen- und Anwältevereins: Immer etwas mehr Demokratie, als gerade erreicht ist, das war und ist unser Ziel, besonders heute wieder, bei diesem Innenminister ... Damals hatten wir andere Sorgen, Sie können sich kaum vorstellen, wie es in Deutschland ausgesehen hat – auf beiden Seiten der Mauer: drüben Stalinisten und Stasi, hier weichgespülte Nazis und die ehemaligen NS-Richter in unserer Justiz ...« Hasselbrinck musterte Nicolas, als wolle er sein Innerstes nach außen kehren. »Wissen Sie«, fuhr er fort, »das Schönste für den Menschen scheint zu sein, wenn er sich über andere erheben kann – aber deshalb sind Sie nicht gekommen.« Hasselbrinck stieß hörbar die Luft aus. »Zuerst mein Beileid zum Tod Ihres

Onkels. Soweit ich weiß, ist er bereits bestattet. Dr. Pereira aus Porto teilte es mir gestern am Telefon mit. Ich rief ihn an, nachdem wir diesen Termin für heute vereinbart hatten. Ihr Onkel, Friedrich Hollmann, muss Sie sehr geschätzt haben. Sie haben die Dokumente mitgebracht, um die ich Sie gebeten habe?«

Mich geschätzt haben?, fragte sich Nicolas, er kannte mich doch gar nicht. Er reichte dem Rechtsanwalt Geburtsurkunde und Personalausweis. Der Anwalt ließ beides fotokopieren und sprach eine kurze Notiz in ein Diktiergerät. »Erschienen ist heute am 4. Mai dieses Jahres Herr Nicolas Hollmann, geboren in Frankfurt am ...« Als er geendet hatte, richtete er das Wort wieder an Nicolas: »Ihr Onkel ist Mitte der Siebziger nach Portugal ausgewandert und hat am Rio Douro – Sie wissen sicher besser als ich, wo das ist – ein Weingut aufgebaut, die Quinta do Amanhecer. Sicher spreche ich das falsch aus. Sie sprechen Portugiesisch?«

Nicolas verneinte, was den Rechtsanwalt die Stirn runzeln ließ. »Wäre aber hilfreich, besonders in Ihrem Fall.« Er seufzte, griff nach einer Mappe und schlug sie auf. »Andererseits – vielleicht brauchen Sie es nicht. Dr. Pereira will mir übrigens eine Kiste Wein von Ihrem Onkel schicken, soll sehr gut sein, auch sein Portwein, ein Tawny. Nun zu der Sache, deretwegen ich Sie hergebeten habe.«

»Können Sie mir sagen, woran mein Onkel gestorben ist?«, unterbrach ihn Nicolas, denn seine Nachfragen im Familienkreis – er hatte sich überwunden und auch seinen Vater angerufen – hatten nichts ergeben. »Friedrich war Jahrgang 1947, es hat nie jemand erwähnt, dass er krank war. Gut, ich habe selten von ihm gehört. Sie wissen, wie das so ist ...« Nicolas war es unangenehm, darüber zu sprechen. »Sein Bruder, mein Vater, weiß auch nichts. Der Kontakt war aufs absolute Minimum beschränkt, wenn Sie so wollen. Mal ein Weinpaket zu Weihnachten ...«

»Verstehe«, sagte der Anwalt. Wahrscheinlich kannte er

derlei Geschichten zur Genüge.« »Pereira hat von Herzversagen gesprochen, Genaueres müssten Sie vor Ort erfragen. Sprechen Sie mit seinem Arzt, wenn Sie dort sind, der weiß sicherlich mehr. In unserem Alter geht es manchmal schnell. Nun lassen Sie mich Ihnen die Angelegenheit erläutern.«

Nicolas hob erstaunt den Kopf. »Wenn ich dort bin? Wo, in Portugal? Wieso?«

»Wie bereits erwähnt, hat Friedrich Hollmann Sie als Erben eingesetzt, als Alleinerben. Er hat Ihnen sein Weingut nebst Immobilien sowie den festen wie auch den beweglichen Gütern hinterlassen. Dazu gehören die Kellerei, das Wohnhaus, 36 Hektar Weinberge der Kategorie A bis C. Was das bedeutet, entzieht sich meiner Kenntnis – des Weiteren Fahrzeuge, Mobiliar, Bilder, Möbel ...«

»Mir? Wieso mir?«, fragte Nicolas fassungslos, nachdem der Anwalt die Aufzählung beendet hatte. »Was soll ich damit?«

Hassellbrinck schien Nicolas' Verwirrung zu amüsieren. »Diese Frage habe ich in Zusammenhang mit einer Erbschaft noch nie gehört. Sie können das Erbe ausschlagen, das bleibt Ihnen überlassen. Es gibt allerdings eine Einschränkung von Seiten des Erblassers. Sie können das Erbe nur unter einer bestimmten Bedingung antreten.«

»Und die wäre?« Nicolas ging auf Abstand, spürte, wie er sich versteifte. Seine Neugier wandelte sich schlagartig in Misstrauen. Die Familie war eine Krake, die einen mit tausend Saugnäpfen festhielt und von dem abhielt, was man selbst wollte. Man hatte Erwartungen zu erfüllen, aber nicht so zu sein, wie man war.

»Sie, Herr Hollmann, erben das alles unter der Bedingung, dass Sie das Weingut betreiben. Was bedeutet, dass Sie dort Ihren Wohnsitz nehmen müssten. Für die Entscheidung bleibt Ihnen ein halbes Jahr Zeit. Pereira hat mir den 28. Oktober dieses Jahres als letzten Termin genannt. Wenn Sie ablehnen, erben die Mitarbeiter alles.«

Die Pause, die entstand, als der Rechtsanwalt sich zurücklehnte, die Arme vor der Brust verschränkte und auf Nicolas' Reaktion wartete, war mehr als lang. Hassellbrinck war sich der Wirkung seiner Worte durchaus bewusst, mit Worten zu beeindrucken war sein Geschäft. Es war weniger eine Pause als vielmehr eine vollkommene Leere, die von Nicolas Besitz ergriff, ein Schwebezustand, unwirklich und unbekannt. Tausend Gedanken gingen ihm durch den Kopf, doch nicht ein einziger nahm derart Gestalt an, dass er ihn hätte aussprechen können. Er war sprachlos.

»Diese Eröffnung überrascht Sie. Verstehen Sie etwas von Wein und Weingütern?«

Nicolas schüttelte nur den Kopf; er hatte seine Sprache noch nicht wiedergefunden.

»Und Sie sprechen wirklich gar kein Portugiesisch?«

Wieder schüttelte Nicolas den Kopf. Unfassbar, er hatte damit gerechnet, vielleicht ein Bild, Zeichnungen oder die Architekturbücher zu erben, denn Friedrich hatte, wie alle in der Familie, Architektur studiert, bis auf seinen Vater, der Bauingenieur geworden war. Der Rechenmaschine, wie der Onkel seinen Bruder nannte, fehlte jede künstlerische Begabung. Dass der Vater Beamte bestach, sich Lieferanten oder Subunternehmer gefügig machte und Politiker für sich arbeiten ließ, wie in der Branche üblich, passte zu seinen Künsten. Im Grunde genommen war es diese Art, die Nicolas von ihm entfernt hatte.

»Herr Hollmann!«

»Was haben Sie gefragt?«, sagte Nicolas fahrig. »Sprachen? Ja, Schulfranzösisch, Latein und – ich habe am Berlage-Institut in Rotterdam die Postgraduation erworben, zwei Jahre. Studiensprache war Englisch, das Holländische kam von allein. Aber Portugiesisch? Nein, kein Wort, doch *Amanhecer,* das heißt Morgendämmerung ...«

Hassellbrinck lachte. »Nomen est omen – vielleicht beginnt sie gerade bei Ihnen. Sie werden sich das Weingut anschauen. Mein Kollege in Porto spricht gut Englisch, Sie werden sich verständigen. Die erste Hürde könnten Sie nehmen. Danach wird es kompliziert. Ich kann Ihnen nicht sagen, wer sonst noch von dem Testament weiß, ob die Belegschaft informiert ist. Kennen Sie das Weingut? Waren Sie mal dort? Wann haben Sie Ihren Onkel zuletzt gesehen? Wie viele Mitarbeiter hatte er auf der – wie heißt das? – Quinta?«

Dann kamen Fragen, von denen Nicolas viele nicht beantworten konnte. Hassellbrinck brachte ihn dazu, dass er ihm auch ein Bild seiner momentan desolaten Lebensumstände gab. In Deutschland sah er wenig Chancen, seinen Beruf in der Weise auszuüben, wie er es sich vorstellte.

»Eine letzte Frage habe ich noch.« Nicolas blieb in der Tür stehen. »Hat mein Onkel irgendetwas für mich hinterlegt, ein Schriftstück, einen Brief, eine Erklärung, weshalb ich seine Quinta erben soll?«

»Pereira hat mir nichts davon gesagt, ich nehme an, dass er die entsprechenden Unterlagen für Sie bereithält.«

»Sie wissen wirklich nicht, weshalb Friedrich Hollmann gerade mir die Quinta vererbt hat? Es muss doch einen Grund geben. Welche Veranlassung sollte er gehabt haben?«

»Sie werden es herausfinden, Herr Hollmann. Fahren Sie hin, Portugal ist schön, und die Menschen sind freundlich.«

Verwirrt trat Nicolas vor die Tür des stattlichen Hauses und quetschte sich zwischen den geparkten Wagen hindurch, um die Straßenseite zu wechseln. Die Blechkisten störten ihn maßlos, nicht nur, dass sie die Luft verpesteten; als fixer Bestandteil jedes Stadtbildes verschandelten sie die Bildfläche, rahmten die Gebäude ein wie ehemals Vorgärten und Rabatten. Aus keiner Landschaft waren sie mehr wegzudenken. Nur auf Schrottplätzen gefielen ihm die Autos, dort faszinierte ihn ihr Anblick: ausgeschlachtet, zertrümmert, dem Verfall preisgegeben, so offenbarten sie ihre wahre Natur, der Schrottplatz war ihre finale Bestimmung, und er konnte fast ein wenig Mitleid mit ihnen haben. Ob eine Reise nach Portugal seine Kollektion von Fotos mit Autowracks in ausdrucksstarken Landschaften bereichern würde? Einen zerbeulten und verrosteten Japaner oder Franzosen zwischen Weinreben in der Morgendämmerung hatte er noch nirgends fotografiert.

Vor dem Weinladen, den ihm Hassellbrinck empfohlen hatte, blieb er stehen. »Arbeiten Sie sich möglichst rasch ins Thema ein«, hatte der Anwalt geraten. »Nur so können Sie ein fundiertes Urteil fällen. Je eher Sie damit beginnen, desto klarer wird Ihr Blick – und Ihr Geschmackssinn. Trainieren Sie Ihren Geruchssinn, riechen Sie an allem, was Ihnen unter die Nase kommt. Und wenn Sie Lust haben, kommen Sie gelegentlich mal zu mir zu einer Weinprobe, ich habe einen sehr schönen Keller. Man sieht und schmeckt nur, was man kennt – und berichten Sie mir, wenn Sie aus Portugal zurück sind. Alles Weitere regelt Pereira.« Mehr hatte er ihm nicht gesagt.

Sollte er sich wirklich das Weingut ansehen? Ein kleiner Urlaub konnte nichts schaden, Billigflieger nach Porto gab es bestimmt. Als er sich fragte, ob er Sylvia dabeihaben wollte, war er an dem empfohlenen Weinladen angelangt. Er verschob die Beantwortung auf später. Die Auslage war lieblos gestaltet, lediglich Flaschen verschiedener Form und Größe auf umgestülpten Weinkisten, eingebettet in Holzwolle, mit Schleifchen um den Hals, stehend oder liegend, Namen und Preise auf den Zettelchen daneben. Einfallslos. Dabei stammten die Weine aus den schönsten Gegenden der Welt. Bei so viel Natur musste es doch andere Stoffe geben als Holzwolle. Sogar die Optiker, die lediglich Brillen und Kontaktlinsen verkauften, gestalteten ihre Schaufenster spritziger. Von außen gesehen gab es keinen Grund, hier einzutreten.

Er tat es trotzdem und sah sich vorsichtig um. Die Frau hinter dem Tresen sah nicht einmal auf, obwohl die Türglocke läutete. Über einen Block gebeugt schrieb sie weiter. Berliner Freundlichkeit. Schnauze mit Herz hatte es früher geheißen; die Schnauze war übrig geblieben und das Herz auf der Strecke – wie bei Onkel Friedrich, dachte er. Ist Herzstillstand ein rascher, vielleicht sogar schöner Tod, wenn der Tod überhaupt schön sein kann? Man merkt nichts, ist weg, verschwindet ohne Abmeldung, einfach so. Unvorstellbar, auf immer und ewig. Die Frau mit dem ungepflegten Haar, das ihr struppig vom Kopf abstand, sah jetzt auf.

»Was kann ich für Sie tun?«, knurrte sie.

Nicolas wusste weder, wie er richtig fragen sollte, noch, was er genau wollte. Die Verkäuferin mit den rot geränderten Augen machte nicht den Eindruck, als würde sie ihn gern mit der Welt portugiesischer Weine vertraut machen.

»Können Sie mir sagen, was so besonders ist an portugiesischem Wein?«, fragte er zaghaft und wusste, dass es bestimmt falsch ankommen und sie ihm kaum eine erschöpfende Antwort geben würde. Die Frau sah ihn an, als hätte er Hundefutter verlangt. Er schob eine andere Frage nach, die er genauso dämlich fand. »Weshalb sollte man portugiesische Weine trinken – und zum Beispiel keine französischen?« Die Frau sah ihn immer noch an, als hätte sie einen Schwachsinnigen vor sich. War das ein Laden nur für Eingeweihte? Er versuchte es mit einer dritten Frage: »Wie unterscheiden sich portugiesische Weine von anderen?«

Die Verkäuferin runzelte unwillig die Stirn. Vielleicht glaubt sie, ich will sie verarschen, dachte Nicolas. Kommen alle anderen her und wissen, was sie wollen? Er sah sich um. Er befand sich zwischen Regalen mit Flaschen, Flaschen in Kisten, rechts stand eine Palette mit Weinkartons, geschlossen und aufgeschnitten, Flaschen lagen gestapelt an den Wänden, Rotwein, Weißwein, Rosé ...

»Das kommt darauf an«, sagte die Verkäuferin, und Nicolas wunderte sich über ihre angenehme Stimme. »Es kommt darauf an, was Sie wollen. Hatten Sie an einen Wein aus dem Ribatejo gedacht, an einen Dão oder eher an einen aus Bairrada? Die aus der Estremadura sind auch sehr schön, ganz anders natürlich die aus Sétubal. Sicher, auch im Alentejo gibt es ausgezeichnete und sehr eigenständige Weine ...«

Sie hatte erreicht, was sie wollte: Er stand als Dummkopf vor ihr. Bitte schön, dachte Nicolas ergeben, sollte sie es genießen. Lediglich Alentejo und Algarve waren ihm von seiner damaligen Tour her vertraut, es waren portugiesische Regionen. Den Rio Douro hatte sie nicht genannt, den kannte er natürlich, aber der Rest? Er stand hier als Depp unter Kennern, denn auch ein anderer Kunde schaute ihn missbilligend an, wie Nicolas sich einbildete. Da kam ihm die rettende Idee.

»Haben Sie Weine von der Quinta do Amanhecer?«

Die Frau stutzte. Ihr Ja kam so, als würde sie ihm jede Berechtigung absprechen, danach zu fragen. »Da drüben«, sie wies mit dem Kopf hin, »den Vinho de Mesa, dann eine Semi-Crianza, wie die Spanier sagen, mit kurzem Barriqueausbau. Die Reserva ist in französischer Eiche gereift, der Wein wird nicht gefiltert, es bildet sich also ein Depot, man muss ihn dekantieren. Einen schönen Port macht er auch, schauen Sie links im Portweinregal. Wie kommen Sie auf dieses Weingut?« Das klang, als hätte sie gefragt, was er überhaupt hier zu suchen hätte.

»Eine Empfehlung«, murmelte Nicolas kleinlaut, worüber er sich ärgerte. Er ließ sich doch sonst nicht einschüchtern. »Welcher ist es?«

Er trat ans Regal. Flaschen mit englischen Namen wie Grahams, Dow, Smith Woodhouse, Cockburns, Harris und Churchills waren eindeutig in der Mehrzahl. Niepoort und Burmester waren sicher Holländer, Kopke konnte deutsch sein, und die Portugiesen hießen Ferreira, Romariz, Ramos-Pinto und Vallado. War es ein Fehler, Friedrichs Portwein nicht sofort zu entdecken, das Etikett nicht zu kennen, nicht zu wissen, wonach er unter den vielen Marken zu greifen hatte? Hilflos sah er sich nach der Verkäuferin um.

»Könnten Sie mir vielleicht ...«

Sie knallte den Kugelschreiber auf den Block, schlurfte hinter dem Tresen hervor und griff seufzend in ein anderes Regal. Sie hielt ihm eine Weinflasche so dicht vor die Augen, dass er sich zurücklehnen musste.

»Vinho Verde, der billigste, 6,90 Euro!«

»Ist das der Einzige?«

»Die Semi-Reserva kostet 12,50 Euro.« Vorwurfsvoller ging es nicht. »Die Reserva kostet 22 Euro!« Sie war offenbar der festen Überzeugung, dass Nicolas keinen Cent in der Tasche hatte.

»Und der Port dieses Hauses?«, sagte er jetzt so blasiert wie möglich und blickte an ihr vorbei. Da wurde die Verkäuferin wach. Dass ihr der Laden gehörte, hielt Nicolas für ausgeschlossen. Vielleicht musste man so mit ihr reden, sie mochte es von ihren Kunden gewohnt sein. Mit einem verunglückten Lächeln wies sie auf eine Flasche, auf der eine große Zehn prangte.

»Zehn Jahre alter Tawny, auf der Quinta gemacht, nicht in Gaia. Gehört einem deutschen Winzer, soweit ich weiß. Macht einen ausgezeichneten Port, und auch seine Tischweine werden gern gekauft. Wir würden ja gern mehr abnehmen, leider bekommen wir nur wenig von jedem Jahrgang zugeteilt.«

Wenigstens einmal eine erfreuliche Nachricht, dachte Nicolas und griff nach der Brieftasche. Er zögerte, als ihm der Gedanke kam, dass er etwas völlig Absurdes tat – nämlich seinen eigenen Wein zu kaufen. Unsinn, nichts gehörte ihm. Er nahm die Flasche in die Hand und betrachtete das Etikett. Nur wenige Linien umrissen einen Berg, ein Haus und einen Fluss, schwarz auf weiß, klar und eindeutig – war das die Hinterlassenschaft? Auf der Rückseite der Flasche klebte ein kleines Etikett mit einem portugiesischen Text – er verstand kein Wort. Da zeigte sich die ganze Tragweite seines Problems.

»Es ist ein Tawny«, sagte die Frau, »zusammengestellt aus verschiedenen Portweinen dieser Quinta, die im Durchschnitt mindestens zehn Jahre alt sein müssen. Die Grundweine bleiben bis zur Assemblage in *pipes* und verlieren dabei ihr intensives Rot, das Rotweine normalerweise auszeichnet.«

Was ein Tawny genau war, fragte er besser nicht. Im Englischen zumindest bedeutete es lohfarben, ein gelbliches Braun oder ein bräunliches Gelb ... Eine Assemblage konnte nur eine Zusammensetzung sein. Und *pipes?* Nicolas sah auf die Uhr, der Nachmittag war angebrochen, es lohnte nicht, ins Büro zurückzufahren, und er hatte auch nicht die geringste Lust dazu, sich am PC zu langweilen. Er sollte sich lieber in einem Buchladen nach Fachliteratur umsehen.

Er kaufte von jedem »seiner« Weine eine Flasche und reichte der Verkäuferin einen 50-Euro-Schein.

Sie nahm ihn, grinste ihn an und streckte die Hand wieder aus: »Es fehlen 16,40 Euro.«

Nicolas schluckte, wieder hatte sie ihm seine Unkenntnis bewiesen. Außerdem hatte er noch nie im Leben so viel Geld für nur vier Flaschen ausgegeben, eigentlich überstieg der Betrag sein Budget – und das auch noch für den eigenen Wein. Unsinn. Der gehörte ihm doch gar nicht. Alles, was er bei sich trug, war ein Empfehlungsschreiben von Hasselbrinck für Dr. Pereira. Pass und Geburtsurkunde als vom Konsulat beglaubigte Kopie musste er mitnehmen und diesem Pereira vorlegen, dabei war Nicolas nicht sicher, ob er überhaupt fahren sollte ...

»Absurd.« Sylvia schüttelte den Kopf. Sie betrachtete Nicolas, der mit großen Augen vor ihr saß, als hätte sie eines der Kinder vor sich, die sie unterrichtete. Behandelten ihn heute alle so? »Völlig absurd ist das, Nicolas. Und außerdem – wieso erzählst du mir erst jetzt davon? Seit wann weißt du von der Erbschaft?«

Nicolas hörte ihre Stimme, vernahm die Empörung, in ihren Augen jedoch flackerte die Unsicherheit, die Angst davor, die Kontrolle über die Situation zu verlieren und ihn dazu. Sie konnte gar nicht objektiv an die Frage herangehen, ob es sinnvoll war, sich das Weingut anzusehen. Sie träumte von einer Zukunft an seiner Seite, die Ehefrau eines von Geburt an reichen und erfolgreichen Frankfurter Bauunternehmers zu werden. Sie sah die Kinder der Zehlendorfer Eltern, die ihre Gören im Cabriolet zur Schule fuhren. Sie hatte diesen Wunsch nie klar ausgesprochen, lediglich umschrieben. Doch dieser Wunsch bestimmte ihr Handeln und sie wollte ihn dazu bringen, es auch zu wollen, und dabei machte sie alles falsch. Er war nicht geradlinig, er ging in Schlangenlinien auf sein Ziel zu, wenn er denn eines hatte. Er hasste Zwang und liebte Spontanität. Wenn ihm etwas in den Sinn kam, dann tat er es – oder eben nicht.

Sylvia suchte, wie immer in Situationen, in denen ihr die Argumente ausgingen, stets Zuflucht im Wohl der anderen. Dahinter verbarg sie ihre eigentlichen Interessen. Dann, später erst, wenn nichts half, wurde sie bissig. Noch war dieser Moment nicht da, und Nicolas würde sich hüten, es heute dazu kommen zu lassen.

»Ist das wieder eines deiner Luftschlösser? Du bist ein Architekt von Luftschlössern!«

»Es ist weder meine Idee noch ein Luftschloss, sondern eine Kellerei, Sylvia. Es geht um meinen Onkel. Und auch ich bin von seinem Tod überrascht.«

»Allzu nahe wird es dir nicht gehen, bei deiner Familienparanoia«, bemerkte sie schnippisch. »Wieso ist er so plötzlich gestorben? War er krank? Ich meine vorher, so ein Herzleiden kündigt sich an. Andererseits«, sie lächelte gekünstelt, Mitgefühl heuchelnd, »mit 60 ist kaum jemand mehr richtig fit, und bei dem Lebenswandel in den südlichen Ländern, wer weiß. Hat er viel getrunken?«

Waren das nicht die Worte seiner Mutter, vom Lebenswandel in den südlichen Ländern? Was stellten sie sich eigentlich unter dem Süden vor? Hochhäuser an der Costa del Sol oder einen Ferienklub in Atalaya, dazu Ballermann auf Mallorca? Promiskuität und tägliche Weinorgien an der Algarve? Nichts hielt sich so hartnäckig wie Vorurteile. Nicolas kam die Idee, dass er sich vielleicht wegen der gewissen Ähnlichkeit mit seiner Mutter für Sylvia entschieden hatte. Gut zu wissen, dass er unter einem Ödipuskomplex litt. Allerdings hatte er sich nie für Sylvia bewusst entschieden. Sie war einfach da gewesen. Also bestand Hoffnung für ihn.

»Ich weiß nicht, ob seine Gesundheit angegriffen war. Unser Kontakt war minimal. Ich hatte bislang keinen Grund, von ihm zu erzählen, und mein Besuch bei ihm liegt lange zurück.«

Sylvia wollte nicht über Friedrich Hollmann sprechen, sie wollte über Nicolas sprechen. »Du wirst dich entscheiden müssen, du schiebst immer alles vor dir her, du verzettelst dich, du musst dir Ziele setzen – das ist nicht dein Ernst, von wegen nach Portugal reisen?«

»Klar, ich überlege allen Ernstes, ob ich mir das ansehen sollte. Es wäre dumm, es nicht zu tun. Reisen bildet ...«

»Ach was!«, sagte Sylvia voller Überzeugung. »Portugal ist zwar in der Europäischen Union, die Menschen sind aber total anders als wir. Und rückständig, das Armenhaus der EU.«

»Du hast mir gar nicht erzählt, dass du mal dort warst«, sagte Nicolas lauernd. Er bekam Lust, sie zu provozieren.

»War ich auch nicht, und ich brauche es auch nicht zu kennen«, meinte Sylvia ohne den geringsten Selbstzweifel. »Ich habe an der Schule genug mit Ausländern zu tun. Das ist in allen Ländern gleich. Du bleibst draußen, du kommst nicht rein, eine geschlossene Gesellschaft. Menschen mögen nun mal keine – Fremden.«

Du vielleicht nicht, wollte Nicolas sagen, aber er verkniff es sich, es hätte sich beleidigend angehört, und die Grundstimmung ihres Gesprächs war angespannt genug.

»Ich will da gar nicht rein, in diese Gesellschaft, ich will mir das Weingut ansehen.«

»Ich denke, du warst mal da.«

Heute nervte sie ihn besonders. »Das ist lange her. Ich weiß nur noch, dass sein Haus in einer traumhaften Landschaft liegt, an einem Fluss oder an einer Talsperre, ein irrer Blick, rings von Weinbergen umgeben, Terrassen, ein großer Garten, es sind mehrere Gebäude, soweit ich mich erinnere.« Je länger die Aufzählung wurde, desto klarer wurde die Vergangenheit. »Außerdem – unter diesen Voraussetzungen schaut man anders hin.«

Sylvia gab sich nie leicht geschlagen, sie hatte immer noch ein Argument, wenn er längst aufgegeben hatte. »Dich soll einer verstehen. Erst träumst du davon, dass du als Architekt Häuser entwerfen willst, die Architektur revolutionieren, ja künstlerisch oder wie auch immer tätig sein willst, und dann kommst du mit einer Erbschaft. Das war doch ein rotes Tuch für dich, deine Frankfurter Erbschaft, Familien, die sich ihre Mitglieder mittels Geld gefügig machen. Ich werde mich nicht als Erbe definieren, dein Originalton, mein Lieber...«

»Friedrich war anders, der hat sich genauso von der Familie abgesetzt wie... er war ein...« – Nicolas suchte nach einem passenden Begriff – »ein Nonkonformist, der ist seinen eigenen Weg gegangen, ein ziemlich cooler Typ.« Unwillkürlich dachte Nicolas an den Rechtsanwalt, der ihm gestern die Eröffnung mit der Erbschaft gemacht hatte. Sie waren sich ähnlich.

»Wie willst du dich mit diesen Leuten verständigen, mit den Angestellten und Arbeitern? Der Onkel wird nicht alles allein gemacht haben. Seine Leute werden dir sonst was erzählen, aber nicht das, was du wissen willst. Du kennst die rechtliche Lage gar nicht, die portugiesischen Gesetze, Steuerrecht, ach ... du überblickst gar nicht, wer sonst noch was erbt, mit wem du teilen musst, wer hinterher Ansprüche erhebt. Wenn es was zu holen gibt, halten alle die Hände auf und haben dabei das Messer zwischen den Zähnen. Es kommen endlose Prozesse auf dich zu. Bleib hier!«

»Woher weißt du das so genau?«, fragte Nicolas verärgert.

»Sie sind alle gleich, die Menschen ...« Sie zuckte mit den Achseln.

»Vermitteln dir deine Kinder ein so schreckliches Weltbild? Wenn die jetzt schon verdorben sind, wie hältst du deinen Beruf dann eigentlich aus?«

Sylvia wischte seinen Einwand beiseite. »Das tut nichts zur Sache, wichtig bist allein du.«

Besonders empörte sie der Umstand, dass Friedrich Hollmann seinem Neffen keine Erklärung hinterlassen hatte, weshalb er ihm das Weingut vererbte. Dann folgte wieder eine längere Aufzählung dessen, was ihrer Meinung nach für ihn das Beste sei. Er kannte ihre Argumente, sie wiederholte die Forderung, dass er sich endlich seiner Verantwortung stellen und die ihm zustehende Rolle im väterlichen Konzern übernehmen, seiner »natürlichen Berufung« folgen solle. Sie hatte in den zwei Jahren ihrer Beziehung noch immer nicht begriffen, wer er war. Er war mit seiner Geduld am Ende.

»Geh du doch nach Frankfurt, wenn dir so viel daran liegt«, sagte er provozierend.

»Wissen die Mitarbeiter dieser Quinta von der Regelung, dass sie erben werden, wenn du das Weingut nicht übernimmst?«

Nicolas hatte keine Ahnung, und er hatte auch vergessen, den Rechtsanwalt danach zu fragen. Für ihn zählte lediglich die Entscheidung, ob er hinfahren und sich die Quinta ansehen sollte oder nicht. Die Frage, ob er das Weingut übernehmen sollte oder nicht, stand noch nicht an, doch Sylvia war längst weiter.

»Wie soll man entscheiden, ohne eine Grundlage dafür zu haben? Die werden dich an nichts ranlassen, die werden dir nur Knüppel zwischen die Beine werfen, dir Schwierigkeiten machen, die lassen dich bestenfalls ins Leere laufen. Was hast du gesagt? Häuser, Land, 36 Hektar, und in den Kellern liegen die Fässer mit Wein. Maschinen gibt es und Fahrzeuge? Nimm dir eines von den Autos und gib dich damit zufrieden.«

»Unsinn, davon war keine Rede. Es geht darum, das Weingut zu führen. Alles oder nichts, so habe ich es verstanden.«

»Das werden sie nicht zulassen. Hatte dein Onkel keine Frau? Die wird das Testament anfechten, sie wird dich auflaufen lassen. Du kennst dort niemanden, du hast keine Verbündeten, man wird dich betrügen, dich hintergehen, dich beklauen. Die werden dir sonst was erzählen, zumal du vom Weinbau nicht den leisesten Schimmer hast.«

»Das kann man lernen«, verteidigte sich Nicolas, »aber du verstehst es anscheinend immer noch nicht. Ich muss mir das ansehen, damit ich entscheiden kann.«

»Wein ist kein Geschäft mehr. Den gibt's heute an jeder Tankstelle, in jedem Baumarkt und kistenweise für 1,99 Euro bei Lidl und Aldi ...«

»Das wird 'ne Plörre sein ...«

»Die von deinem Onkel ist besser?«

»Deshalb habe ich ja die Flaschen gekauft, damit wir probieren.« Mit diesen Worten griff er zum Korkenzieher und öffnete den *vinho de Mesa,* den Tischwein, nahm zwei Gläser aus dem Küchenschrank, goss ein und begann, den Tisch zu decken.

»Und was meint deine Mutter dazu?«

Nicolas starrte auf die weißen Kacheln hinter dem Küchenherd, sah die Fettspritzer und dachte daran, dass er sauber machen müsste.

»Nichts«, sagte er. Er fürchtete, dass Sylvia nichts Eiligeres zu tun haben würde, als sie anzurufen. »Bitte lass es, ich bitte dich eindringlich!«, sagte er. Dabei war ihm klar, dass sie es tun würde, obwohl sie nickte. Irgendwann hatte Sylvia darauf bestanden, seine Mutter kennenzulernen, was er lieber vermieden hätte, denn kaum kannte jemand seinen familiären Hintergrund, änderte sich das Verhalten. Allein der Gedanke, wie viel Geld in Aussicht war, ließ die meisten auf dumme Gedanken kommen und sich fragen, wie sie am besten in den Genuss zumindest eines Teils davon kämen und was sich damit machen ließe. Zu allem Unglück hatten sich Sylvia und seine Mutter sofort verstanden. »Das ist die richtige Frau für dich, bodenständig, nicht so spinnert, die holt dich auf den Teppich«, hatte seine Mutter gemeint, und im selben Moment war Nicolas innerlich weiter von Sylvia abgerückt. Konnten sie ihn sein verdammtes Leben nicht einfach allein leben lassen, statt ihm blödsinnige Ratschläge zu erteilen, die ausschließlich ihnen selbst galten?

Sylvia war in Fahrt, es war auch nicht möglich, ihr ein Glas Wein einzuschenken und sie damit zu bremsen. »Wer weiß, was auf dieser Quinta wirklich los ist. Hast du dich mal gefragt, weshalb dieser Onkel nach all den Jahren des Schweigens dir und keinem anderen das Weingut vermachen will? Womöglich ist alles hoch verschuldet. Er konnte deinen Vater nicht leiden ...«

»... sie haben sich nicht verstanden, das ist was anderes«, warf Nicolas ein.

»Spielt das eine Rolle? Vielleicht will er sich posthum an ihm rächen, schlägt den Neffen und meint den Bruder, vielmehr lässt ihn schlagen. Kann sein, dass zwischen den ehemaligen Mitarbeitern bereits Krieg herrscht, und du gerätst zwischen die Fronten.«

»Alles das wird man sehen. Trink lieber, mit dir kann man nicht reden, du denkst zu verquer, zu negativ ...«

»Wenn du nicht mit mir diskutieren willst, kann ich ja gehen.« Beleidigt stand Sylvia auf, betrachtete die vollen Weingläser, griff nach einem, kostete und verzog das Gesicht. »Widerlich.«

»Das habe ich mir gedacht«, murmelte Nicolas und dachte daran, seinen Freund Happe zu fragen, ob er schon gegessen hätte.

Sylvia griff nach ihrer Handtasche, in der das Mobiltelefon erstickte Laute von sich gab. Sie meldete sich, blieb kurz angebunden, mehr als ja und nein bekam Nicolas nicht mit. Als sie das Telefon wegsteckte, meinte sie, dass sie einer Kollegin helfen müsse, die mit den Korrekturen einer Klassenarbeit nicht zurechtkäme. Es war ihre Standardausrede, wenn sie sich zurückziehen wollte.

»Du bist naiv, Nicolas«, meinte sie, nachdem sie ihn an der Wohnungstür flüchtig geküsst hatte. »Das Fell werden sie dir über die Ohren ziehen. Die kennen sich alle untereinander. Du solltest nicht fahren, es ist rausgeworfenes Geld. Schade um die Zeit. Wie willst du das mit deinem Job regeln? Bei dem befristeten Vertrag steht dir kein Urlaub zu.«

»Das ist richtig. Wenn sie mich nicht beurlauben, werde ich kündigen, oder ich melde mich krank.«

»Du bist total übergeschnappt. Aber im Grunde muss jeder selbst wissen, was er tut.«

Er hasste diesen Satz. Er hob alles zuvor Gesagte wieder

auf. Wozu dann reden? »Jeder muss selbst wissen ...« Es war der Ausdruck ihres zunehmenden Desinteresses. Seine Ideen passten nicht zu ihren Plänen. Sie hatte ihm die Laune gründlich verdorben.

Er sah ihr nach, wie sie die Treppe hinunterging, ein Lichtstrahl fiel aus dem Oberlicht auf Kopf und Schultern, das Letzte, das er von ihr sah, war der wippende Pferdeschwanz. Sie drehte sich nicht um. Wenn es nicht zu dieser Missstimmung gekommen wäre, hätte er gern gehabt, dass sie geblieben wäre. Aber jetzt war es ihm lieb, dass sie gegangen war. Wenn sie gut drauf war, sah sie blendend aus, konnte charmant und reizend sein, manchmal sogar witzig. Doch dann wieder empfand er ihr Verhalten als aufgesetzte, berechnende Freundlichkeit, einer ihrer pädagogischen Tricks zum Erreichen ihres Ziels. Das war nicht böse gemeint, sie war einfach so. Vielleicht klärte sich einiges, wenn er sich eine Weile aus dem Staub machte. Er ärgerte sich, dass ihr der Wein nicht gefallen hatte, dabei schmeckte er gut, kräftig und sehr würzig, wenn er sich ein Urteil erlauben konnte, keine dünne Lorke – ein Begriff, den Happe gern für billige Weine gebrauchte.

Nicolas hörte Sylvia unten im Treppenhaus, er wusste, welche Etage sie erreicht hatte, denn jede Stufe knarrte anders, er kannte sie alle und horchte auf ihren Schritt. Er erinnerte sich daran, wie sie das erste Mal heraufgekommen war, ganz außer Atem. Ob er sich nicht eine Wohnung nehmen könnte, für die man kein Himalaya-Training absolviert haben müsste, hatte sie ihn damals gefragt. Man sollte aufpassen, solange man noch nichts zu verlieren hat, dachte er.

Sie hatten sich auf einer Party getroffen, zu der ein Freund von Happe sie mitgeschleppt hatte. Nicolas hatte sich gelangweilt, die Musik reichte nur von Disco bis Techno, in der Küche war es noch am interessantesten gewesen, jeder kam mal vorbei. Er beobachtete, was die Gäste sich auf die Teller luden, wie sie aßen, was sie redeten, und Sylvia hatte da gestanden, in einem hellgrauen Kostüm, und lächelnd in die Runde geblickt. Ein schöner Anblick, nicht gepierct, nicht tätowiert, sie hatte nicht dazugehört. Er war erst kurz zuvor aus Holland zurück nach Berlin gekommen, und was er aus Rotterdam zu erzählen hatte, war für sie äußerst interessant gewesen. Den Eindruck hatte sie in der ersten Zeit zumindest erweckt. Sie war eine erotische Frau, das hatte ihn gereizt, auch dass sie recht geradlinig vorging, wenn sie sich etwas in den Kopf gesetzt hatte. Nur als sich ihre Geradlinigkeit auch auf ihn bezog und sie von Ehe sprach, hatte alles einen anderen Beigeschmack bekommen, und fortan hatte er sich nur bedrängt gefühlt.

Als die Haustür zufiel, ging er zurück in die Küche und begann mit den Vorbereitungen fürs Abendessen. Happe würde die Einladung nicht ausschlagen, zumal er ihm einen guten Wein vorsetzen würde. Da sagte er nie Nein. Als er zum Telefon ins Wohnzimmer ging, erinnerte er sich an eine Frage, die Sylvia aufgeworfen hatte: Weshalb hatte Friedrich gerade ihm das Weingut vermacht? Dafür musste es einen Grund geben. Den würde er allerdings nur am Rio Douro erfahren.

3.

Abflug

Happe hatte sich freigenommen, um Nicolas zum Flughafen zu fahren. Man hatte Verständnis dafür, dass er sich um die Belange seines verstorbenen Onkels kümmern wollte, und ihm zwei Wochen unbezahlten Urlaub bewilligt. Sollte es sich als notwendig erweisen, könne er auch drei Wochen bleiben, was ihm deutlich machte, dass sie ihn im Grunde genommen nicht brauchten. Er erledigte Arbeiten, für die man weder studiert noch eine Postgraduierung absolviert haben musste.

Es war alles gesagt, das Für und Wider war nach allen Seiten hin abgewogen worden. Sylvia hatte schließlich, als Nicolas sich nicht von der Reise hatte abbringen lassen, ihren Widerstand aufgegeben und sich damit zufrieden gegeben, dass es ja »nur zum Eruieren« war, wie sie es ausgedrückt hatte. »Und bilde dir ja nicht ein, dass ich nachkomme.«

Kurz vor dem Funkturm gerieten Happe und Nicolas auf der Stadtautobahn in einen Stau. »Im Grunde bist du zu beneiden«, sagte Happe in die Stille, als er für einen Moment hielt und den Motor abstellte. »Bei der Hitze ist die Stadt kaum auszuhalten. Allerdings soll es am Douro noch schlimmer sein, im Hochsommer steigen die Temperaturen dort bis auf 45 Grad.«

»Was du alles weißt«, murmelte Nicolas und sah nervös auf die Uhr.

»Heute regnet es in Porto«, fuhr Happe fort. »Ich hab's

aus dem Internet. Wirklich, zu beneiden bist du, ein Weingut geerbt. Wo was ist, kommt was hin, der Teufel scheißt immer auf den größten Haufen. Nun reg dich nicht gleich auf«, er winkte ab, als er merkte, wie Nicolas Luft holte, um zu protestieren. »Ich kenne deine Einstellung. Ich frage mich tatsächlich auch, ob ich umziehen soll, in irgendeine Kleinstadt. Da kennen sich die Leute, der Bäcker sagt noch Guten Morgen und die Zeitungsfrau auch, du kennst die Nachbarn, hast nicht den Stress mit dem Krach und Gestank, kannst die Fenster aufmachen und gut schlafen. Ich könnte einen Hund halten. Ich miete oder kaufe ein Haus mit Garten, wo die Äpfel nicht nach EU-Norm wachsen. Gartenarbeit ist besser als Fernsehen, ich sag's dir.«

»Und die Kultur?«

»Alles nur Triebverzicht, hat schon Sigmund Freud gewusst, und der Mann hatte recht. Guck dir die Leute an, alles Neurotiker. Ob du nun den neuesten Film siehst oder die angesagteste Band hörst, in den coolen Klubs herumstehst, wo die Leute bis zum Abwinken saufen, weil sie keine Braut zum Abschleppen gefunden haben ... geschenkt, Mann! Man sollte zurück aufs Land gehen, da kommt der Mensch her. Das Einzige, was zählt, ist Erde, besonders wenn die Finanzmärkte zusammenbrechen. Du bist wirklich zu beneiden. Sag mal, hast du für diesen Onkel mal irgendwas gemacht, ihm aus der Patsche geholfen? Oder ist das eine familiäre Arbeitsbeschaffungsmaßnahme? Weshalb vermacht einem jemand ein Weingut? Es soll vorkommen, dass eine Pflegerin einen Millionär beerbt, den sie bis zum Schluss gepflegt hat, weil seine Kinder sich nie haben blicken lassen. Wie wird das, wenn die Leute keine Kinder mehr haben, so wie wir, wer erbt den Krempel, falls man was hat? Die Stiftung für den Deutschen Schäferhund? Ich würde alles einem Marionettentheater vermachen, das ist die ehrlichste Art, Theater zu spielen, alles Marionetten ... Wir sind da nicht anders.«

»Hattest du Ärger mit Betsy?«, fragte Nicolas, der kaum zugehört hatte, aber wusste, dass Rundumschläge und Happes Fundamentalkritik immer mit dem Auf und Ab seiner Beziehung zu Betsy in Zusammenhang standen.

»Vorbei, endgültig, die ist weitergeflattert«, meinte Happe auf eine Weise, dass Nicolas nicht klar war, ob er es bedauerte oder erleichtert war. »Die wäre am liebsten ein Schmetterling, bei ihrem Tattoo am Oberarm – ich hätte es wissen müssen...«

Bis zum Flughafen lamentierte er weiter – demnach war er doch nicht darüber hinweg – und wie sie am Vortag mit ihm am Telefon Schluss gemacht hatte, »... am Telefon! Ein Wunder, dass es keine SMS war«, wiederholte er empört, »zu feige, es mir ins Gesicht zu sagen. Ich hätte es wissen müssen. Am liebsten würde ich nach Portugal mitkommen«, brummte Happe, als er vor der Abflughalle hielt. »Wie sind eigentlich die Portugiesinnen?«

»Keine Ahnung«, meinte Nicolas lachend beim Aussteigen und griff nach seiner Reisetasche. Wenn Happe sich das fragte, war er allerdings über das schwierigste Stadium hinaus, und er brauchte sich keine Sorgen um ihn zu machen. »Bei meiner Tour damals habe ich nur Engländerinnen getroffen, aber ich glaube, Portugiesinnen sind ziemlich klein, also mehr was für dich als für mich.«

»Bestell ihnen Grüße von mir, und wenn du eine triffst, die einigermaßen normal ist, ruf an – abgemacht? He, vergiss den Zeichenblock nicht.« Er reichte ihm die Mappe vom Rücksitz. »Vergiss das Wiederkommen nicht, Mann, ich hole dich ab... und sollten sie im Kanzlerbunker so weitermachen, komme ich auf jeden Fall nach und werde bei dir Traubenpflücker. Die Penner kommen auf die Idee und ziehen für die Bundeswehr noch Reservisten ein. Ich habe gedient...«

»Es wird Zeit, dass du verweigerst, das geht auch nachträglich.«

»... die Portugiesen, die latschen doch in den Trauben rum, mit nackten Füßen, hast du gesagt. Wenn du mich anstellst, Schuhgröße 43 – ich trete für zwei.« Die Freunde umarmten sich, Happe grinste verlegen und bedeutete Nicolas zu warten. »Hier«, er drückte ihm ein Büchlein in die Hand. »Zum Mitreden – das hält dir die Klugscheißer vom Leib – oder werd selbst einer.«

›Bluff your way in Wines‹ – stand auf dem Umschlag. Bluff dich ins Weingeschehen. Nicolas schmunzelte, typisch für Happe, der ihn merkwürdig ansah, als ginge ihm der Abschied doch nah, oder er nahm ihn nicht ganz ernst. Als Nicolas sich noch einmal umdrehte, war Happe bereits unterwegs. ·

Der Flug war nicht das Schlimmste an der Reise, schlimmer waren die Kontrollen. Es war Nicolas körperlich zuwider, dass er den Inhalt seiner Taschen in eine Plastikschüssel legen und sich halb ausziehen musste, sein Gepäck durchleuchtet wurde und er von fremden Händen angegrabscht wurde. Happe in seiner direkten Art hielt es nicht für eine Maßnahme zur Sicherheit der Passagiere, seiner Ansicht nach sollte sich der Bürger daran gewöhnen, überall und zu jeder Zeit kontrolliert, durchleuchtet und beobachtet zu werden, niemand sollte sich sicher fühlen, keine Sekunde, weder am Boden noch in der Luft. Und als Nicolas seine Reisetasche auspacken sowie die Zeichenmappe öffnen musste und dann noch aufgefordert wurde, in eine kleine Kammer mitzukommen, wo man den Staub seines Reisegepäcks mittels Spektralanalyse auf Sprengstoff oder Marihuana untersuchte – anscheinend hielt der freiheitlich demokratische Staat beides für gleichermaßen gefährlich –, musste er sich zusammenreißen, um der Frau gegenüber, die ihn zu der Prozedur zwang, nicht ausfallend zu werden. Sie hatte ihn vom ersten Blick an im Visier gehabt, bereits in der Warteschlange.

Erleichtert folgte er dem Aufruf, an Bord zu gehen. Glücklicherweise saß er am Mittelgang und konnte seine Beine einigermaßen unterbringen. Beim Start genoss er den Blick auf die Stadt, auf ihr Grün, die Wälder und Seen ringsum. Er freute sich auf die Rückkehr, auf den Sommer, und dachte an Sylvias kategorische Weigerung, nicht nach Portugal zu kommen. Wozu auch? Darum ging es gar nicht. Es ging um Friedrich, es ging darum, etwas über sein Leben zu erfahren und weshalb er ihm das Weingut mit derartigen Auflagen vererbt hatte. Wollte er lediglich den Anschein erwecken, als hätte er es der Familie hinterlassen, die sich nun zu fein war, es zu betreiben? Hatte er sie alle sogar noch im Tod vorführen und beschämen wollen?

Nein, das war nicht seine Art, das passte nicht zu ihm, so wie Nicolas ihn kannte. Er hatte ihn als humorvollen und geradlinigen Menschen in Erinnerung, der sich einen Dreck um Konventionen scherte. »Löse dich, mach dich frei, stell dich auf die eigenen Beine«, hatte er ihm damals lachend gesagt. »Es gibt sie gar nicht, die Familie, alles Fiktion und Konvention«, das war sein Kommentar zu seinen Eltern und seinem Bruder gewesen. Friedrich war ihm als extrem egoistisch geschildert worden, doch als Nicolas auf seiner Quinta zu Besuch gewesen war, hatte sich Friedrich täglich Zeit für ihn genommen. Er hatte damals allein gelebt, soweit Nicolas das mitbekommen hatte, worüber er sich gewundert hatte. Zum Schluss habe es aber eine Frau in seinem Leben gegeben, wie ihm der Anwalt berichtet hatte, die jedoch niemand kannte. Er war gespannt auf sie und auch ein wenig ängstlich, wie sie ihm begegnen würde. Würde sie ihm Schwierigkeiten machen? Die Situation war undurchsichtig, denn immer, wenn es um Familie ging, war da irgendein Haken, eine undurchschaubare Absicht, und auch Friedrich, wie anders er auch gewesen sein mochte, war ein Hollmann, allerdings hatte er sich erst mit 27 Jahren abgesetzt. Er, Nicolas, hatte es bereits mit achtzehn geschafft.

Die Maschine landete auf Mallorca mit Verspätung. Sie setzte hart auf, und noch bevor sie zum Stillstand gekommen war, drängten die Passagiere zum Ausgang, um so schnell wie möglich an den Strand zu kommen. Der Weiterflug nach Porto war bequemer, die Maschine nicht ausgebucht. Nicolas saß am Fenster und hatte, da der Sitz neben ihm frei blieb, viel Beinfreiheit. Die Stimmung an Bord war anders, es dauerte eine Weile, bis er begriff, was den Unterschied ausmachte. Es waren die Portugiesen. Sie unterhielten sich laut, es wurde gescherzt, die Gesichter waren freundlich. Man flog bereits wieder über Festland, das Land unten war braun, grau und gelb, selten ein grünes Rechteck auf einem der Berge. Gleich würden sie den Douro überfliegen, er hatte die Karte genau studiert und über Google Earth versucht, sich einen Überblick über die Lage der Quinta zu verschaffen. Weingut und Kellerei lagen zwischen Peso da Régua und Pinhão, zwei Orte am südlichen Ufer des Douro. Cima Corgo wurde die Region genannt, »oberhalb des Corgo-Flusses«. Heiß und trocken war es da, wie er sich erinnerte, ein karges Land mit extrem steilen Weinbergen, faszinierend in ihrer Wucht und archaisch, zumindest in Nicolas' Erinnerung, obwohl es seit Jahrhunderten eine Kulturlandschaft war. Der Landstrich unterhalb von Régua hieß Baixo Corgo, und dann gab es noch den Douro Superior, fast eine Wüstenlandschaft und kaum zugänglich. Das war das Bergland, das sich von Pinhão bis zur spanischen Grenze erstreckte. In diesen drei Gebieten wuchsen die Trauben für den Portwein.

Die Landung war sanft. In der Ankunftshalle gab es eine Touristeninformation, die ihn mit einem Plan für die Innenstadt Portos ausstattete und ihm die Metro-Fahrkarte verkaufte. Ein freundlicher Herr brachte ihn zum Bahnsteig, und andere Fahrgäste bedeuteten Nicolas, dass sie ihm rechtzeitig vor der Station Bolhão Bescheid sagen würden, wo er aussteigen musste. So freundlich war er bislang nirgends empfangen worden.

Auch in der Metro freundliche Worte, so klang es zumindest, die Fahrgäste redeten miteinander, anders als das Großstadtschweigen der Berliner U-Bahn, die er täglich benutzte. Am Stadtrand allerdings der übliche Anblick von Hochhäusern und Eigenheimen, Doppel- oder Vierfachhäuser, abzahlbar innerhalb eines Angestelltenlebens. Selten warf sich ein Palmwedel über eine weiß getünchte Mauer, ein Stück verdorrter Rasen, ein verwahrloster Kinderspielplatz, ein paar traurig trockene Büsche und wieder die typische Vorstadtarchitektur aus Einkaufszentrum, Baumarkt und Möbelhaus. Als es interessant wurde und sich die alte Bausubstanz zeigte, ging es in den Untergrund, und als Nicolas an der Station Bolhão mit der Rolltreppe an die Oberfläche kam, stand er direkt vor der zentralen Markthalle. Die vielen kleinen Geschäfte in den Außenmauern und die üppigen Marktstände würden seine Augen erfreuen, hier würde er das kunstvoll arrangierte Gemüse, geschickt gestapelte Früchte und die auf Eis liegenden Fische zeichnen. Die üppigen Blumenstände waren weniger sein Ding, dann schon lieber die Besitzer. Leider würde er für Plaudereien kaum Zeit haben, nach dem Gespräch mit dem Nachlassverwalter am nächsten Tag wollte er sich sofort zur Quinta aufmachen.

Er wandte sich nach links, bog in die Rua Santa Catarina ein, Portos belebte Einkaufsstraße, wo er das berühmteste Café der Stadt, das »Majestic«, passierte, ein Muss für jeden Besuch in Porto. Nicolas nahm sich vor, heute dort zu Abend zu essen, denn während der Metrofahrt hatte er beschlossen, die Zeit auch als eine Art Urlaub zu begreifen. Er bog in die Rua de Passos Manuel ein und stand nach wenigen Schritten vor dem »Residencial«, das ihm eine Kollegin empfohlen hatte. »Der Charme der Sechziger«, so hatte sie es beschrieben, doch es war mehr Art déco, mit tropfender Klospülung. Er schlief eine Stunde, duschte und machte sich mit einem Buch über Wein und Anbautechniken unter dem Arm auf die Suche nach Dr. Pereiras Kanzlei. Sie waren erst am nächsten Tag um 8.30 Uhr verabredet, doch er erkundete den Weg lieber vorher. Er fand sie in einem herrschaftlichen Gebäude an einem riesigen Platz der Avenida dos Aliados, schräg gegenüber vom Paços do Concelho, dem Rathaus. Die Nähe zur Politik war Nicolas immer verdächtig, er fürchtete dieses Geflecht aus wechselseitigen Abhängigkeiten, rein materiellen Beziehungen und gegenseitigem Belauern. Wenn Friedrich mit derartigen Leuten zusammenarbeitete, Baubehörde, Staatssekretäre, Liegenschaftsamt, dann war Friedrich auch ein Hollmann. Hatte er sich in ihm getäuscht? Verunsichert schlenderte er zum »Majestic«.

Das Erste, was am neuen Morgen in sein Bewusstsein drang, waren die Schreie der Möwen. Möwen in der Stadt? Es dauerte einen Moment, bis er sich erinnerte, dass Porto an der Mündung des Douro und damit direkt am Atlantik lag. Er hatte es gestern in der Stadt gerochen, diesen Hauch von Salz und Tang. Seit Hassellbrinck ihm bei der Weinprobe erklärt hatte, dass man eigentlich mit der Nase schmeckte, roch er an allem und stellte fest, dass es mehr unangenehme Gerüche gab als angenehme. Er sah auf die Uhr, sprang aus dem Bett und zog sich noch im Fahrstuhl die Krawatte zurecht. Die heruntergelassenen Jalousien hatten ihm das Gefühl gegeben, dass es noch Nacht war, dabei musste er in zehn Minuten bei Dr. Pereira sein. Aber an dessen Stelle empfing ihn die Englisch und Portugiesisch durcheinanderbringende Sekretärin.

»*Eu sinto muito*, es tut mir schrecklich leid, *I am sorry*. Wir konnten Sie nicht benachrichtigen, wir haben Ihre Telefonnummer nicht und wissen nicht, wo Sie abgestiegen sind. Doutor Pereira musste heute dringend nach Lissabon. Er kommt natürlich für Ihre Auslagen auf, solange Sie hier in Porto auf ihn warten müssen. *Perhaps he calls you tomorrow,* vielleicht ruft er Sie morgen schon an.«

Darauf hatte man ihn vor der Reise hingewiesen: Portugiesen sagen niemals Nein, es gilt als unhöflich, und man erhält auf diese Weise die Hoffnung am Glimmen.

Nachdem er der jungen Frau seine Mobilnummer gegeben hatte, frühstückte er im »Café A Brasileira« und machte sich danach auf den Weg zum Fluss. Er wollte auf die andere Seite, nach Vila Nova de Gaia, zu den *shippers,* den Portweinhäusern. Eigentlich brauchte er nur der Topografie des Geländes zu folgen, sie zog ihn unweigerlich in Richtung Douro.

Eine Weile sah er den Bauarbeiten für das Schienenbett der Straßenbahn zu. Es lag extrem dicht an den Hauswänden. Die Bewohner würden ihre Freude haben, wenn die Straßenbahn einen Meter an der Haustür vorbeifuhr. Er erinnerte sich an Lissabons Straßenbahnwagen, die kreischend durch die Altstadt ratterten. Die hier angewandte Gleisbautechnik war neu für ihn, da wurden Betonplatten mit bereits eingelassenen Schienen vom Tieflader gehoben und eine nach der anderen hintereinander im Straßenbett versenkt, Fertigteile eben, Module wie überall, der Plattenbau eroberte die Welt.

Der Bahnhof von São Bento kam ihm bekannt vor, und als er die Kachelbilder mit dem Schlachtengetümmel in der Bahnhofshalle sah, erinnerte er sich, dass er damals von hier aus nach Pinhão gefahren war, wo Friedrich ihn abgeholt hatte. Es wäre schön, wieder mit dem Zug am Flussufer hinaufzufahren, auf dem offenen Perron zwischen den Wagen zu stehen, doch mit dem Auto war er beweglicher, außerdem hatte er die schweren Weinbücher im Gepäck. Zudem wusste er nicht, wo er übernachten würde. Die Quinta lag weit weg von jeder Ortschaft, und Friedrich war damals eine endlos lange Schotterstraße zur Quinta hinaufgefahren. Immer neue Bruchstücke seiner Reisen tauchten auf und fügten sich zusammen – aber ein geschlossenes Bild ergab sich nicht.

Die Kathedrale da Sé ließ Nicolas unbeachtet, die Tour durch die monumentalen Kunstwerke von Évora, Lissabon, Coimbra und Mafra hatte er damals hinter sich gebracht. Heute ging es nur um Friedrich. In der Rua das Flores, einer Gasse, die in Richtung Portweininstitut führte, verschlug es ihn ins Antiquariat »Chaminé da Mota«. Mit einigen Kunstbänden und einem Bildband über die Witwe Dona Antónia Ferreira, die im 19. Jahrhundert eine portugiesische Portweindynastie begründete, trat er zwei Stunden später an die Kasse. Vom Text verstand er kein Wort, aber die Stiche, Fotografien und Faksimiles von Dokumenten erzählten auch eine Geschichte. Das Buchpaket, sicher mehr als fünf Kilo schwer, wollte er auf dem Rückweg abholen.

Im ruhigen Schritt des Flaneurs schlenderte Nicolas durch die Altstadt Portos. »Die Stadt ist die Realisierung des alten Menschheitstraums vom Labyrinth. Dieser Realität geht, ohne es zu wissen, der Flaneur nach«, hatte Walter Benjamin einst geschrieben, und so fühlte sich Nicolas an diesem Vormittag – wie in einem Labyrinth. Er empfand die Stadt als freundlich und offen, aber auch ein wenig irre. Romanik, Gotik, ein gemäßigter, nicht so überladener Barock, der Mischmasch des Manuelinismus und ein wenig Renaissance, dazu Jugendstil und etwas Art déco. Porto war keine vom Bombenkrieg zerstörte Stadt wie Frankfurt und Berlin, dafür stand sie vor dem Verfall.

Nicolas wunderte sich über den Zerfall der Bausubstanz im alten, tiefer liegenden Teil Portos, über vernagelte Eingänge und tote Fensterhöhlen in eigentlich leicht zu renovierenden Jugendstilfassaden. Die aus Regenrinnen und einbrechenden Dächern sprießenden Bäume machten ihn fassungslos, hatten aber durchaus einen Reiz, wenn er sich vorstellte, wie ein winziger Samen Bodenplatten anhob und Häuser zum Einsturz brachte. Andererseits war es für einen Architekten schmerzhaft, derartige Werte zerfallen und sie durch Käfighaltung ersetzt zu sehen wie in den Vorstädten.

Direkt an die Abbruchhäuser grenzten renovierte ehemalige Patrizierhäuser mit Boutiquen und Schmuckläden im Erdgeschoss. Ganz unauffällig hatte sich die äußerlich völlig schmucklose Kirche Igreja da Misericórdia in die Häuserflucht gezwängt, wo er einige Minuten verschnaufte und die Stille genoss.

Als er auf die Straße trat, sah ihn ein Passant erstaunt an, verlangsamte seinen Schritt, blieb stehen, sah sich nach Nicolas um, kam zögernd zurück und sagte etwas auf Portugiesisch. Das einzige Wort, das Nicolas verstand, war »Ollmann«. Damit war zweifellos er gemeint. Der Passant, ein gut gekleideter 40-Jähriger, grüßte zuvorkommend und fragte etwas Unverständliches. Als Nicolas ihm auf Englisch antwortete, dass er zwar Hollmann heiße, ihn aber nicht verstehe, ging der Fremde ebenfalls ins Englische über und entschuldigte sich in einem Wortschwall.

»Ihr Aussehen hat mich an einen Geschäftsfreund erinnert, Chico Alemão, das ist ein Winzer, oben am Douro.«

Nicolas begriff rasch, dass es sich dabei nur um Friedrich handeln konnte.

»Chico ist tot?«, fragte der Mann entsetzt, als Nicolas ihm vom Tod des Onkels berichtete. Nein, er habe nichts davon gehört, sagte er und sprach Nicolas sein Beileid aus. Er gab Nicolas seine Karte, falls er Hilfe benötige – und erkundigte sich, wie es auf der Quinta weitergehe, ob Dona Madalena die Geschäfte weiterführe oder ob man verkaufen wolle. Bevor er antworten konnte, verabschiedete sich der Mann bereits wieder und eilte weiter. Nicolas blickte ihm verwundert nach.

Wie vor den Kopf geschlagen ging er weiter, verwirrt

davon, in dieser fremden Stadt angesprochen zu werden von jemandem, der Friedrich gekannt hatte. Wieso hatte er ihn Chico Alemão genannt? War Dona Madalena Friedrichs Frau? War er doch verheiratet gewesen? Nicolas erinnerte sich nicht, dass der eilige Fremde seinen Namen genannt hatte, und er schaute auf die Visitenkarte: Rui Barbosa, *Agrónomo*. Er blickte auf und fand sich auf einem Platz mit einer Markthalle wieder, wie sie zur vorletzten Jahrhundertwende aus Frankreich in alle Welt exportiert worden waren. Etwas Ähnliches hatte er sogar in Manaus am Amazonas gesehen. Jetzt konnte er sich erklären, wieso ihn die abbruchreifen Häuser so faszinierten. Entsprachen sie in ihrer Vergänglichkeit nicht seinem Faible für schrottreife Autos? Ihre Wahrheit zeigte sich im Zerfall.

Gegenüber der Markthalle führten Granitstufen zum Portal eines klassizistischen Flachbaus. Nicolas las IVDP auf der draußen angebrachten Tafel und begriff, dass er vor dem Portweininstitut angelangt war. Der Pförtner ließ jemanden holen, der Englisch sprach, um ihn darauf hinzuweisen, dass er zum Probieren von Portwein ins Solar do Vinho do Porto gehen müsse oder hinüber nach Vila Nova de Gaia.

»Das IVDP ist eine staatliche Behörde und kein Museum«, erklärte die Mitarbeiterin zuvorkommend, »wir kümmern uns um Qualitäts- und Mengenkontrolle sowie um die Vermarktung. Doch falls es Sie interessiert ...« Und schon hatte er das nächste Nachschlagewerk unter dem Arm, ein umfassendes Werk über die Geschichte des Portweins, Anbau, Rebsorten, Klima, Bodenbeschaffenheit, einfach alles, was man wissen musste – und dazu noch auf Englisch. Er brauche es nur zu lesen, dann wüsste er das Wichtigste über Portwein. Allerdings war es lästig, dass er für den Rest des Tages zwei Kilo Papier herumschleppen musste. Beim Weggehen fiel sein Blick auf einen grob gehauenen Stein vor dem Treppenaufgang, und als hätte die

Frau darauf gewartet, gab sie die Erklärung: »Das ist einer der Grenzsteine, ein Marco de Feitoria, mit denen der Marquês de Pombal 1757 das Portweingebiet am Rio Douro gekennzeichnet hat.« Nicolas konnte sich kaum vorstellen, dass jener Markgraf einen Stein angefasst hatte. Das hörte sich nach seinem Vater an, wenn er an einem Gebäude vorbeifuhr: »Das habe ich gebaut ...« Nichts hatte er angefasst außer Füllhalter und Rechenmaschine, beim Studium hatte er sich sogar ums Praktikum auf der Baustelle gedrückt.

Die Börse mit ihrer berühmten Glaskuppel nebenan sollte einen Besuch wert sein, doch als Nicolas sah, wie Reisebusse vor dem Bau geleert wurden, entschied er sich für einen Kaffee am Flussufer.

Er setzte sich, bestellte, betrachtete die leicht gekräuselte Wasserfläche und wunderte sich über das enge Bett des Rio Douro und dass er so kurz vor der Mündung schmaler war als der Rhein. Er sah die Ausflugsboote der Fünf-Brücken-Tour und fragte sich, wie weit es bis zum Strand war und ob er dort baden könnte. Aber in Stadtnähe war das Wasser meistens verseucht. Auf der anderen Seite des Rio Douro, wo lange ziegelgedeckte Lagerhallen, die *lodges,* fast eine Fläche bildeten, lag der Portwein. Früher, soweit er wusste, war er mit Schiffen aus dem 100 Kilometer entfernten Anbaugebiet hergebracht und in den Hallen gelagert worden, bevor man ihn nach England verschifft hatte. Porto hieß Hafen, also war es ein Hafenwein, aber auf Deutsch klang das unelegant und billig. Da hatten die Briten weniger Skrupel, und auch die Portugiesen, sie nannten ihn Vinho do Porto, wie er der Getränkekarte entnahm.

Drüben vor der Uferpromenade dümpelten die kleinen Boote, mit denen die Fässer auf dem Douro hergebracht wurden, Flöße waren das gewesen und wesentlich größer, wie er im Bildband über Dona Antónia Ferreira gesehen hatte. Diese *barcos rabelos* mussten einst geschoben, gestakt und über Untiefen gezerrt werden, denn der Douro war erst durch Staustufen richtig schiffbar gemacht geworden. Auf dem Rückweg stromauf hatte man sie gesegelt oder getreidelt, bei den steilen Ufern eine Höllenschufterei, was durch den Bau der Eisenbahn überflüssig geworden war.

Linker Hand überspannte eine silberne Bogenbrücke den Strom im tief eingeschnittenen Flussbett. Der deutsche Konstrukteur, Theophile Seyring, hatte den Vorgaben der Natur auf intelligente Weise Rechnung getragen. Auf der unteren Ebene der Brücke gelangten Fußgänger und Fahrzeuge von einem Ufer zum anderen, auf der oberen Ebene, knapp dreißig Meter darüber, fuhr die Metro von der Oberstadt hinüber zum hoch gelegenen Teil von Gaia. Gestützt wurde der Gleiskörper von einem Rundbogen. Nicolas war von der Eleganz der Stahlbogenbrücke fasziniert. Diese hier wurde fälschlich Gustave Eiffel zugeschrieben, dabei hatte sein ehemaliger Angestellter Seyring sie entworfen, den der Starkonstrukteur nach einem Streit ums Geld rausgeworfen hatte. Gustave Eiffels Bogenbrücke stand weiter stromauf.

Nicolas ging zurück zum Platz vor dem Portweininstitut, wo er einen Geldautomaten gesehen hatte. Um von hier aus ans andere Ufer zu gelangen, musste er durch einen lauten, hässlichen Tunnel laufen. Direkt vor seinem Eingang stand das bombastische »Factory House«, wie die britischen Portwein-Exporteure ihren Klub nannten. In dieser Stadt gab es kaum einen Ort, der nichts mit Portwein zu tun hatte. Noch bevor Nicolas das Ende der Brücke erreichte, drängten sich die englischen Portweinmarken ins Blickfeld: Croft, Taylor und Sandeman, Graham war dabei, an den Namen erinnerte er sich aus dem Weinladen, doch auch ein portugiesischer Name war darunter, Ramos Pinto. Die Schriftzüge prangten in überdimensionierten Lettern von den Dächern der Lagerhallen und von Plakatwänden, selbst Giebel waren damit bemalt. Niemand kam am Portwein vorbei.

Über eine Freitreppe trat Nicolas zwischen Säulen ins

Halbdunkel einer Halle. In einem Glaskasten verkaufte ein Pförtner Eintrittskarten für die nächste Führung durch das Lagerhaus. Nicolas wollte so viel wie möglich wissen, bevor er auf die Quinta kam, damit sie ihn dort nicht zum Besten hielten.

Die Zeit bis zur Führung verbrachte er vor Schaukästen mit mundgeblasenen Flaschen, Korkenziehern und Geräten, deren Funktion sich ihm nicht erschloss. Es gab Stiche und Gemälde idealisierter Szenen aus dem Weinbau; da schnitten glückliche Frauen die Weintrauben, Männer brachten sie in Kiepen im Gänsemarsch zur Quinta, auf einem anderen Bild standen sie bis über die Knie in Trauben und traten den Wein. Sicher war es das Bild, das Happe kannte. In seiner Wohnung hing ein verblichener Zeitungsausschnitt mit fünf chinesischen Traktorfahrern, die genau die gleichen fröhlich-dümmlichen Gesichter zeigten. Wer lachte schon dauernd – beim Traktorfahren oder beim Traubentreten? Es sollte eine besonders schonende Methode sein, um den Saft aus den Beeren zu gewinnen. Natürlich saß ein fröhlicher Musikant auf dem Beckenrand und fiedelte zur Erbauung, die Frauen der wackeren Treter lugten durch die Fenster. Der Maler hatte es leichter gehabt als die Männer im Becken.

Auf einem Werbeplakat hob ein Zentaur eine Portweinflasche in die Höhe, während die Frau auf seinem Rücken sich verlangend danach reckte. Gott Bacchus stieg mit einer Portweinflasche aus einem Weinfass, und eine Flamencotänzerin mit einer Rose zwischen den Zähnen versprach viel, wenn man nur ihren Portwein trinken würde, oder war sie bereit, dafür alles zu tun? Wo ist meine Rolle in diesem Spiel, fragte sich Nicolas, was bin ich bereit, dafür zu tun? Nichts gibt es umsonst. Und zum ersten Mal beschlich ihn ein ungutes Gefühl. Er starrte noch auf die Frau mit der Rose zwischen den Zähnen, als die Besucher gerufen wurden.

Die Gruppe formierte sich, Nicolas schloss sich an, während aus dem Halbdunkel der tiefen Halle ein Gespenst trat, in Mantel und Hut gehüllt wie die Figur auf dem Dach. Disneyland ist überall, dachte Nicolas. Der Schatten des Hutes fiel über ein blasses Gesicht, das einer jungen Frau gehörte. Von ihr erfuhren die Besucher, dass ein junger Schotte von seinem Vater das Kapital für dieses Unternehmen erhalten hatte. Woher hatte Friedrich eigentlich das Geld gehabt, um seine Quinta zu kaufen?

Im Jahr 1811 wurden diese Hallen erworben und waren in den Grundzügen erhalten geblieben. Die Führerin beschränkte sich in puncto Wein auf das Allernötigste: Er wurde am Douro produziert, bereits dort wurde dem Wein reiner Alkohol zugesetzt, hier in Vila Nova de Gaia wurde er gelagert und reifte vor der Verschiffung. Abgefüllt und weiterverkauft wurde er in London. Das war alles. Weit mehr Aufmerksamkeit widmete das Gespenst dem Umstand, dass dieses Portweinhaus als Erstes seine Fässer mit Brandzeichen, also einem Firmenlogo, versehen hatte. Brav lauschten die Anwesenden und wurden an einer Reihe von *cubos* auf gemauerten Sockeln entlanggeführt. Die hölzernen Fuder glichen stehenden Fässern und fassten 40 000 Liter. Darin, so die blasse Dame, reifte der rubinrote Ruby, der Portwein mit dem typischen Duft von roten Früchten. Derartige Fuder hatte Nicolas auf Friedrichs Quinta nicht gesehen. Seine Fässer ähnelten den *pipas,* den Fässern mit 550 Litern Inhalt, die in der nächsten Halle übereinandergestapelt lagen. 50 Jahre lang wurden sie benutzt. Die Reihen verloren sich in der Tiefe des Raums. Alle Fässer waren mit Tawny gefüllt, neben dem Ruby die zweite Klasse der Portweine. Am Durchgang zur nächsten Halle wies das Gespenst auf einen Strich über ihren Köpfen – bis dorthin war der Rio Douro im Dezember 1909 gestiegen. Die Antwort auf die Frage, was man mit den Fässern gemacht habe, blieb sie schuldig.

Als man ihnen ein Video zeigte, interessierte sich Nicolas mehr für die Dachkonstruktion als für die bunten Weinimpressionen auf dem Monitor. Eine Probe war auch vorgesehen, man nahm Platz und bekam einen fruchtigen, aber äußerst dünnen Ruby angeboten, als rubinrot konnte man ihn durchaus bezeichnen, doch Nicolas ließ ihn nach einem kurzen Nippen stehen. Die Tawny Reserva sollte acht Jahre gereift sein, doch sie schmeckte unangenehm alkoholisch, stieg in die Nase wie Schnaps, Nicolas merkte nichts von reifen Früchten.

Ob der Portwein in den Portweinhäusern besser war? Nicolas entfernte sich durch schmale Gassen weiter vom Fluss, vielleicht würde, wo nicht viele Touristen hinkamen, mehr geboten. Er trottete im Schatten der Hauswände bergan, um der Sonne zu entgehen, aber sie hatte das Kopfsteinpflaster aufgeheizt. Müde blieb er in einer Toreinfahrt stehen.

»*Please, come in and join the wonderful world of port wine.*« Ein junger Mann winkte ihn in den kühlen Empfangsraum »der wunderbaren Welt des Portweins«. Links der Tresen, gegenüber die Bar zum Verkosten, Fässer dienten als Tische, und drum herum auf Hockern warteten die Gäste. Man hatte anscheinend auf Nicolas gewartet, um mit der Führung zu beginnen. Hier war der Vortrag über Wein ein wenig ausführlicher, zumindest wurden einige Rebsorten genannt: Touriga Francesa, Touriga Nacional, Tinta Barroca und Tinta Cão. Die Einführung in die Weinbereitung war so oberflächlich wie zuvor. Bedeutender schien das Datum der Firmengründung durch die Herren Phayre und Bradley im Jahre 1678, das war ein Jahrhundert, bevor die Region von jenem Marquês mit dem Stein, der auch das von einem Erdbeben zerstörte Lissabon hatte aufbauen lassen, als Ursprungsgebiet abgesteckt worden war. Kies lag hier unter den *pipas*, »damit bei Trockenheit gegossen und so die Luftfeuchtigkeit erhalten werden kann«, erläuterte ihr Reiseleiter. »Und die Wände dieser Hallen sind aus Granit, um Temperaturschwankungen auszugleichen. Weine, die oben am Rio Douro gelagert werden, verlieren in der Hitze ihre Lebendigkeit.« Was sie zum Abschluss der Führung vorgesetzt bekamen, war ein wenig besser als zuvor, ein fünf Jahre alter Ruby aus dem großen Fass, dem *cubo*. Bei gutem Willen war Kirsche zu riechen und Erdbeermarmelade. Das sollte der berühmte Portwein sein?

Der junge Mann zog Nicolas in eine Nische. »Geh wieder bis zum Fluss und da nach links. Nach 500 Metern führt eine Straße bergauf. Der folgst du bis zu einem großen Tor, rechts ist eine Rampe. Drinnen ist eine Bar, dem Barmann sagst du, Ramón schickt dich, dann weiß er Bescheid ... und er spricht Englisch.«

Nicolas irrte durch die Hitze und fand zwischen weiß getünchten Mauern kein Portweinhaus mehr. Als er umkehren wollte, fuhr ein Kleinbus an ihm vorbei und bog weiter vorn in eine Einfahrt. Er folgte ihm und mischte sich unauffällig unter die Reisegruppe. Hier war er richtig. Unschlüssig verharrte er zwischen den Skandinaviern, betrat mit ihnen die Halle und setzte sich dann in Richtung Bar ab. Eine Glaswand dahinter gab den Blick in die Tiefe der Halle mit den Portweinfässern frei. Er setzte sich auf einen Barhocker und bat um ein Glas Wasser.

Der Barmann war jung, hatte ein geschäftsmäßiges Grinsen im Gesicht, das kurze schwarze Haar hing ihm in die Stirn, und die Augen darunter taxierten Nicolas ungeniert. Grinsend beugte er sich vor, zog die Schürze zurecht und goss Wasser in ein Glas.

»*Do you speak English?* ... Schprekken Sie Deutsch? ... *Parlez-vous français?* Nein? Dann schickt dich Ramón!«, sagte er zwinkernd, und Nicolas nickte. »Er schickt mir immer die schwierigen Fälle. Wie viel willst du probieren? Zehn? Zwanzig? Du entscheidest.« Er blickte sich um, ob jemand zuhörte. »Eigentlich kostet jede Probe drei Euro, aber wenn Ramón dich schickt ...«

Nicolas war es sehr recht. »Am besten beginnen wir mit dem Einfachsten«, sagte er unschlüssig. »Ich habe nicht die geringste Ahnung, ich weiß nur, dass ich so schnell und so viel lernen muss wie möglich.«

»Große Ziele adeln den, der sie formuliert. Aber wozu?« Es sah aus, als hätte der Barmann Gefallen an dem Satz gefunden, und die beiden Männer waren sich auf Anhieb sympathisch.

Wozu? Weil er sich dann sicherer fühlte, Friedrichs Mannschaft auf der Quinta entgegenzutreten. Aber das behielt er lieber für sich. Er sah zu, wie Carlos Lacerda, so hatte der Barmann sich vorgestellt, eine Reihe von kleineren tulpenförmigen Gläsern aufbaute und zuletzt einen Spucknapf danebenstellte.

»Unterschätze den Port nicht. 20 Prozent Alkohol sind viel, ein oder zwei Gläser sind okay, mehr sollte man davon nie trinken. Erstens schmeckt es dann nicht mehr, und zweitens ist es ungesund. Beim Probieren spuckt man alles wieder aus und nimmt dann einen Schluck Wasser, um den Mund zu spülen.« Der Barmann wandte sich nach der Batterie Flaschen um, die aufgereiht hinter ihm standen. »Wir beginnen mit einem weißen Port, die Rebsorten Rabigato und Malvasia Fina, gewachsen auf Schieferboden, in niedriger Höhe, heißes und trockenes Klima dort ...«

Es war ein heller Port, er roch leicht grasig und duftete nach Birne. »Der Restzuckergehalt, also der bei der Gärung nicht in Alkohol umgewandelte Zucker, liegt bei 100 Gramm pro Liter. Die Süße lässt das Gefühl von Volumen entstehen, dieser hier eignet sich als Aperitif. Der nächste ist dezenter, deshalb heißt er auch ›Fine White Port‹, er wirkt etwas voller.«

Nicolas probierte und versuchte, die Erklärungen in

Übereinstimmung mit dem Duft zu bringen, wie er ihn wahrnahm, und mit dem, was er schmeckte. Das mit dem Duft und dem Volumen konnte er nachvollziehen. Bei den Tawnys wurde es dann schwieriger. Davon setzte ihm Carlos eine acht Jahre alte Version vor, die in den Fässern hinter der Glaswand gereift war. Der Port hatte die Farbe von schwarzem Tee, wobei der nicht schwarz, sondern von gelblichem Braun war und einen winzigen Stich ins Rot hatte, wie eine dunkle Zwiebelschale. Dann kam ein zehn Jahre alter Tawny. Das war für Nicolas etwas völlig anderes als in den anderen Häusern. Dieser hier roch nach Früchten, nach Birne und getrockneter Aprikose. In gewisser Weise erinnerte dieser Port an den seines Onkels.

»Genau so ist es«, bemerkte Carlos lapidar. »Du hast eine gute Nase, ausbaufähig, aber es kommen ...«, er führte das Glas an die Nase, »... es kommt etwas Pfirsich hinzu, ein süßlicher Apfel, ja, getrocknete helle Früchte generell. Er ist leicht und delikat, iss mal einen reifen Pfirsich dazu.«

Der Nächste unterschied sich von dem Vorhergehenden in der Säure, sie war stärker, was ihn frischer machte. »Wirklich, der lebt von der Säure. Ein Wein ohne Säure, egal ob Port oder Vinho de Mesa, ist langweilig, ja tot. Der hier wird sich entwickeln, mir ist er noch zu medizinisch. Wofür machst du das, weshalb willst du das wissen?«, fragte Carlos übergangslos. »Du bist kein Weinkenner, bist auch kein Händler, und dein Hobby ist es auch nicht, dazu bist du zu ernst. Weshalb das Ganze? *Para que tudo isso?*«

Die Frage hatte Nicolas kommen sehen. Beantworten durfte er sie auf keinen Fall, dann wäre er wieder etwas, was er nicht sein wollte, nämlich der Sohn aus reichem Hause. Oder Carlos würde ihn bemitleiden, er selbst war in einem großen Unternehmen tätig und Nicolas in der Klitsche am Douro. Und da sie nie wieder aufeinandertreffen würden, konnte er ihm jede Story auftischen.

»Ich bin Architekt, weißt du, ich soll in Berlin eine Weinhandlung für portugiesischen Wein einrichten, und ich mache mich vorher eben schlau.«

Carlos prustete vor Lachen. »Architekt? Unglaublich – ich auch. Du hast also einen Job? Ich dachte, wir sind überall arbeitslos. Dann geht's dir besser als mir. Ich habe aufgegeben. Ich studiere jetzt Önologie in Vila Real, Weinbau und Kellerwirtschaft. Reich wird man damit auch nicht, bei uns sind die Gehälter bescheiden, fängt bei 1800 Euro im Monat an. Hier verdiene ich mir mein Studium. Deine Idee ist nicht schlecht, Architektur und Kellerwirtschaft, das hätte mir auch einfallen können. Wir sollten uns zusammentun und Kellereien bauen, Weingüter und Weinläden entwerfen, *adegas, quintas* und *vinotecas*. Leider ist die Zeit der großen Brüsseler Subventionen vorbei.« Carlos schenkte wieder ein. »Der hier ist zwanzig Jahre alt, eigentlich ähneln die Tawnys sich alle, aber dieser hier ist anders.«

Nicolas hatte den Eindruck, dass Carlos ihm flüssigen Bernstein ins Glas goss. Dieser Port war voll und tief, der Karamellduft stammte wahrscheinlich vom Zucker, der in diesen Weinen nicht vollständig vergoren war. Es war bei Weitem lustvoller, die Weine zu probieren und sie erklärt zu bekommen, als sich Bücher reinzuziehen.

»Von jetzt an lässt du das Spucken sein, von jetzt an wird es als Verbrechen geahndet«, meinte Carlos ernst und griff nach der nächsten Flasche mit einer 30 auf dem Etikett. »Davon ist jeder Tropfen kostbar. Von diesem Alter an schlägt der Tawny in eine andere Richtung. Er verliert die Süße, sein Gehalt zeigt sich stärker, er ist ziemlich dicht und ein wenig cremig, wenn du verstehst, was ich meine.«

Nicolas verstand, und er verstand auch wieder nicht. Er sah die Gläser vor sich, in jedem war noch genug, um immer wieder daran riechen oder nippen zu können, um sie miteinander zu vergleichen. Er fühlte, wie ihm der Alkohol zu Kopf stieg, er war benommen, als stünde zwischen ihm und der Wirklichkeit eine Trennscheibe. Glücklicherweise kamen Franzosen herüber, die von Carlos bedient werden wollten.

In der angrenzenden Halle vertrat sich Nicolas die Beine, wunderte sich über die unansehnlich grauen *pipas* und die peinliche Sauberkeit. Vergeblich versuchte er, die Aufschriften an den großen *cubos* zu entziffern. In der Luft lag der weiche Duft von Holz und Vanille und noch ein feines, fruchtiges Aroma. Ein Lichtstrahl fiel durch ein Oberlicht und warf verzerrte Muster auf die Fässer. Erst jetzt fiel ihm auf, dass niemand hier arbeitete. Da lag der Wein und wartete auf die Zukunft, eine Generation ging daran vorbei, und der Wein wurde derweil besser und teurer.

»Es gibt Flaschen, die gehen für 3000 Euro weg, und nicht zu wenige«, meinte Carlos auf Nicolas' Frage nach den Preisen. »Du findest in der Stadt auch Schund für 5,50 Euro – wahrscheinlich ist es das, was du vorhin probiert hast. Das ist Touristenfusel. Ein anspruchsvoller Geschmack benötigt auch Geld. So, jetzt die Krönung der Tawnys: 40 Jahre alt!«

Der Portwein hatte alles aufdringlich Alkoholische hinter sich gelassen. Auch die Frucht verlor sich. Begriffe wie *polished*, poliert oder geschliffen, mit denen Carlos den Portwein beschrieb, konzentrierter und kompakter Duft, leuchteten Nicolas ein, er konnte es nachempfinden. Es war die Krönung.

Der Late Bottled Vintage danach gehörte wieder zu einer ganz anderen Gruppe von Portweinen. Er war für sechs Jahre im *cubo*, dem großen Fass, gereift, dann gefiltert und abgefüllt worden. Sein Duft erinnerte Nicolas viel mehr an Wein als der dieser Tawnys. Allerdings empfand er ihn als etwas deutlicher im Alkohol.

»Der bleibt so«, meinte Carlos, »wenn er erst einmal gefiltert ist, entwickelt er sich nicht weiter. Bei diesem Wein, generell beim Ruby, geht es darum, die Frucht und die Kraft eines jungen Weins möglichst zu erhalten.«

Die Namen und Bezeichnungen, die Charakteristika, Geschmäcker und Duftnoten und die technischen Daten, das alles verwirrte Nicolas von jetzt an mehr, als dass es sein Wissen erweiterte. Den Jahreszahlen konnte er noch folgen, es war ein numerisches System, doch was jetzt kam, ein Six Grapes Ruby Reserve – mit Vintage Character – überstieg sein Unterscheidungsvermögen. Hatte Friedrich perfekt auf dieser Klaviatur gespielt?

»Kennst du zufällig die Quinta do Amanhecer?«, fragte Nicolas plötzlich und steckte seine Nase in ein Glas, als würde ihn der Single Quinta Port von 1997 interessieren, seine Gedanken begannen zu taumeln, in seinem Kopf gingen die portugiesischen und englischen Bezeichnungen durcheinander.

»Die guten Läden am Cima Corgo kennt man; Amanhecer gehört einem Deutschen, klein, aber fein. Chico Alemão war neulich erst hier.«

»Wer ist das?«, fragte Nicolas, »Chico Alemão?«

Carlos stutzte, als versuche er, sich an etwas zu erinnern. »Weshalb fragst du? Was hast du damit zu tun? Chico Alemão ist der Besitzer.«

»Ich denke, die Quinta gehört einem Deutschen ...«

»Tut sie auch, Chico ist unser Wort für Frederico, und Alemão bedeutet Deutscher, also Frederico, der Deutsche, ich habe neulich mit ihm geredet.«

»Er ist tot, vor drei Wochen gestorben, Herzinfarkt ...«

Carlos schüttelte den Kopf und griff dann nachdenklich nach einem Glas. »Unmöglich. Vor drei Wochen war er hier, er hat an der Seite gesessen, so wie du jetzt. Ganz jung ist er nicht mehr, aber immer gut drauf. Herzinfarkt sagst du? Niemals. Der kommt immer mit seinem Hund und macht einen Skandal, wenn der draußen bleiben muss. Chico tot? So ein Unsinn!«

4.

Das Erbe

»Hier, die Aufstellung, das gehört jetzt Ihnen.« Mit diesen Worten reichte Dr. Pereira drei eng beschriebene Seiten über den Schreibtisch. Der kleine Mann musste sich dazu weit vorbeugen, denn Nicolas war nicht darauf gefasst, dass der Anwalt und Testamentsvollstrecker ihm die Aufstellung mit dem persönlichen Eigentum Friedrich Hollmanns einfach so in die Hand drücken würde. Er brauchte einen Moment, um in seiner Verwirrung den Arm auszustrecken, und sah zum ersten Mal hinter der Brille seines Gegenübers die lebhaften dunklen Augen des Portugiesen, die sonst von dicken Gläsern verzerrt wurden.

»Wie ich bemerke, sind Sie sehr verwirrt. Das ist verständlich, es kommt alles sehr plötzlich.« In Pereiras Gesicht erschien ein mitfühlender, doch auch belustigter Ausdruck. »Ein Risiko ist nicht dabei. Mein ehemaliger Klient hat für alles gesorgt. Sie werden lediglich Ihre Arbeit in Berlin aufgeben müssen, falls Sie die Kellerei übernehmen. Aber wie ich Sie verstanden habe, liegt Ihnen sowieso nicht so viel an Ihrem momentanen ... an Ihrer momentanen Tätigkeit«, verbesserte er sich. »In der für die endgültige Entscheidung zur Verfügung stehenden Zeit, also bis zum 30. Oktober, erhalten Sie monatlich Zuwendungen in Höhe von 3500 Euro, sozusagen Ihr Gehalt als Geschäftsführer. Sie haben auch das Recht, das persönliche Eigentum des Erblassers zu nutzen, dürfen jedoch nichts veräußern. Sollten Sie das tun, erlischt dieser Vertrag mit sofortiger Wirkung, und Sie sind vom Erbe ausgeschlossen. Die geschäftlichen Transaktionen wie Weinverkäufe bleiben davon selbstverständlich unberührt.« Dr. Pereira blätterte in seinem Tischkalender. »Ein guter Portwein ist immer eine Investition in die Zukunft. Am besten beginnen Sie gleich heute. Wir stehen kurz vor der Weinblüte, die Weichen für diesen neuen Jahrgang müssen gestellt werden, Einflechten, Ausbrechen und Spritzen stehen in diesem Monat an ...«

»Ich glaube nicht, dass ich in Bezug auf den Wein oder den Vertrieb irgendeine Entscheidung treffen kann, höchstens eine Flasche aufmachen.«

Dr. Pereira lächelte nachsichtig. »Es will gekonnt sein, einen uralten Portwein mit einer heißen Zange zu öffnen, den Hals genau an der richtigen Stelle zu brechen, im übertragenen Sinn natürlich.« Jetzt lachte er laut über Nicolas' erschrockenen Ausdruck. »Machen Sie sich keine Sorgen. Fehler sind so gut wie unmöglich, außer wir bekommen schlechtes Wetter. Sie finden die beste Unterstützung, die man sich denken kann. Senhor Otelo Gomes hat mit Ihrem Onkel das Weingut aufgebaut, er war derjenige, der etwas vom Wein verstand, als Sohn von Weinbauern. Er ist kein studierter Fachmann, das gab es damals nicht. Er hat sich allerdings zu einem ausgezeichneten *provador* entwickelt, dem Verkoster; er ist sozusagen die Zunge und der Gaumen des Weingutes. Er entscheidet über die Weine, wann sie gelesen werden, wie sie ausgebaut werden, wie man sie verschneidet, wie lange und unter welchen Bedingungen man sie lagert, er stellt die Tawnys zusammen. Das geschah stets im Dialog mit Ihrem Onkel, aber letztendlich entscheidet der *provador,* von welchen Jahrgängen ein Late Bottled Vintage oder eine Colheita gemacht wird. Seine Entscheidungen haben sich als richtig erwiesen. Denken Sie daran. Außerdem sind da noch die anderen Mitarbeiter, insgesamt zehn.«

Pereira runzelte die Stirn. »Ich lasse Ihnen eine Liste mit Namen und jeweiligen Funktionen der Mitarbeiter machen. Da sind einmal der Hausbesorger, Senhor Roberto und seine Frau. Dona Firmina ist eine ausgezeichnete Köchin, also achten Sie auf Ihr Gewicht. Ihr Onkel ist in letzter Zeit dick geworden. Vielleicht war das nicht gut für sein Herz. Dona Firmina ist ein wenig wunderlich, aber sie ist wichtig. Lassen Sie sich von ihrer Erscheinung nicht täuschen. Dann gibt es den Verwalter, Vasco Gonçalves, über ihn kann ich nichts sagen, er arbeitet erst seit letztem Jahr dort, er ist zuständig fürs Administrative und fürs Marketing. Wichtig sind auch der Kellermeister, sein Gehilfe und die Arbeiter im Weinberg.«

36 Hektar Weinberge in Steillagen gehörten zur Quinta, erklärte Pereira, da fiel eine Menge Arbeit an. Außerdem wurden Weintrauben zugekauft, also wurde mehr verarbeitet, als auf den eigenen Weinbergen wuchs. Friedrich hatte Arbeiten wie Rebschnitt oder die Anlage neuer Weinberge oder Neupflanzungen von Fremdfirmen besorgen lassen, von *empreiteiros,* wie Pereira sie nannte.

Das hatte für Nicolas einen schalen Beigeschmack. Auch sein Vater arbeitete mit Fremdfirmen, Subunternehmern, die ihren Kroaten oder Rumänen zwei Euro die Stunde zahlten oder gar nichts. Sein Vater lehnte dafür jede Verantwortung ab. Ob die Bauarbeiter in Baracken hausten oder genug zu essen hatten, war ihm gleichgültig.

Die junge Dame für die Büroarbeit, Senhora Lourdes, erwähnte Pereira zuletzt. »Sie spricht mittelmäßig Englisch, erledigt die Korrespondenz und Bestellungen. Einer der Arbeiter spricht sogar Deutsch, er war einige Jahre in Köln als Arbeitsemigrant. Halten Sie sich an ihn. Er heißt Adão oder Antão. Sie werden eine perfekt eingespielte Mannschaft vorfinden, Ihr Onkel war ein guter Organisator.«

Nicolas wurde schwindelig. Dass er zehn Leute kommandieren sollte, machte ihm die Annahme des Erbes schwierig. Er hatte nie im Leben Anweisungen gegeben und erst recht nicht bei Dingen, von denen er weniger verstand als alle anderen. Vorsichtig formulierte er die entscheidende Frage. »Wissen die Mitarbeiter von der testamentarischen Regelung, dass im Falle, dass ich nicht ...«

Dr. Pereira unterbrach ihn mit einer Handbewegung, die etwas konfus wirkte, da er mit der anderen Hand die Krawatte lockerte und den Kragenknopf öffnete. »Die Sache bleibt vertraulich, bis Sie die Entscheidung getroffen haben. Niemand weiß davon.« Er wischte sich mit einem weißen Taschentuch über den fast kahlen Schädel.

»Auch nicht seine Lebensgefährtin, diese Madalena Barbalho, von der Sie sprachen?« Nicolas musste sich konzentrieren, um den Namen richtig auszusprechen.

»Sie ist informiert. Sie war bei der Testamentseröffnung anwesend. Ihr Onkel hat sie mit einer guten Lebensversicherung abgefunden, um Schwierigkeiten zu vermeiden. Außerdem hat sie das Wohnhaus nebst Grundstück geerbt, in dem die beiden zuletzt wohnten. Es liegt am selben Hang, ein Stück oberhalb der Quinta, von dort aus hat sie alles im Blick.«

Der Unterton von Dr. Pereiras letzter Bemerkung gefiel Nicolas gar nicht, es klang zu abfällig. Wenn die Frau mit Onkel Friedrich gelebt hatte, musste man das respektieren, und dass sie Anteil an der Quinta nahm, war nach einem gemeinsam verbrachten Jahrzehnt allzu verständlich. Dann wird sie ihn kennengelernt haben, kurz nachdem ich bei ihm gewesen bin, oder er kannte sie damals bereits, dachte Nicolas. Den Eindruck eines alternden, vereinsamten Mannes hat er nicht gemacht, im Gegenteil. Sollte er Pereira fragen, was dieser Missklang bedeutete, oder wäre das indiskret? Der Nachlassverwalter sprach weiter, und über das, was er sagte, hatte Nicolas sich in den vergangenen Tagen häufig Gedanken gemacht.

»Mit Wirkung zum 1. Januar 2004 hat Portugal die Erbschaftsteuer abgeschafft. Da kommen keine Kosten auf Sie zu. Und was den Betrieb der Quinta angeht, so haben wir eine rechtliche Konstruktion gefunden, bei der Sie bis zur endgültigen Inbesitznahme als eine Art Geschäftsführer und Treuhänder fungieren. Wenn Sie also zustimmen und sich die Zeit nehmen wollen, die Quinta kennenzulernen, den Weinbau und unser Land, müssen wir Sie beim Portweininstitut als Produzenten und *engarrafador* anmelden, als Abfüller.«

Pereira erklärte, dass Friedrich Anfang der Achtzigerjahre mit der Produktion von Weintrauben begonnen, dann die Trauben selbst verarbeitet und Portwein produziert hatte. Als Portugals Gesetze an die der Europäischen Gemeinschaft angeglichen wurden, durfte er ab 1986 seinen Portwein selbst abfüllen und vermarkten. Das war bis dato den *shippers* aus Vila Nova de Gaia vorbehalten gewesen, Portwein durfte nur von dort aus verkauft werden. Friedrich war einer der Ersten in der Region, der die neuen Gesetze zu nutzen verstand, als das Monopol fiel.

»Sie kennen Vila Nova …?«, fragte Pereira.

Nicolas berichtete von seinem Rundgang durch die Lagerhallen und von der Weinprobe mit Carlos.

»Da haben Sie einen ungefähren Eindruck vom Geschäft. Ihr Onkel hat auch, als das noch keine Mode war, bereits Tischweine produziert, aus den überschüssigen Trauben. Viele andere haben sie verkauft und tun es bis heute.«

»Seine Weine habe ich in Berlin entdeckt«, sagte Nicolas.

»Na, sehen Sie? Was Besseres kann Ihnen gar nicht passieren. Seine Weine sind überall, natürlich nur kleine Mengen. Qualitätsweine gibt es immer nur in beschränktem Umfang.«

Nicolas hatte eine andere Frage lange vor sich hergeschoben, er erinnerte sich an einen der ersten Gedanken, den er nach dem Gespräch mit Hasselbrinck gehabt hatte: ob Friedrich ihm das Erbe zugeschanzt hatte, um ihn, den

Sohn seines Bruders, in eine Falle tappen zu lassen. »Wie ist die wirtschaftliche Situation des Betriebs?«, fragte er schroff, aber von der Antwort hing ab, ob er sich die Quinta überhaupt ansehen würde. Schulden durfte er sich auf keinen Fall aufhalsen.

»Wir werden uns mit dem Steuerberater zusammensetzen, oder ich komme mit ihm zusammen rauf, dann werden wir auch Dona Firminas Küche genießen und schauen uns die Bilanzen der letzten Jahre an. Der *consultor fiscal* spricht zwar kein Englisch, so wie ich, aber ich biete mich als Übersetzer an. Es laufen einige Kredite zu äußerst niedrigen Zinsen, die dienten zur Finanzierung von Trockenmauern und zur Neuanlage von Weinbergen, auch im Keller wurde modernisiert, neue Tanks, Kühlung. Der größte Teil wurde aus EG-Fördermitteln bestritten, bis zu 60 Prozent. Die brauchen nicht zurückgezahlt zu werden. Alles in allem übernehmen Sie ein gesundes Unternehmen.«

Pereira erklärte und erläuterte, Nicolas fragte nach, machte Notizen und notierte Namen und Telefonnummern. So sehr er auch suchte, er fand kein Haar in der Suppe. Und genau dieser Umstand machte ihn stutzig. Das Ganze war gegen die Regeln: Nichts im Leben ging glatt über die Bühne, überall gab es einen Haken.

»Es gefällt mir, wie Sie fragen«, meinte Pereira, und seine Sympathie schien echt zu sein. »Ihre Art erinnert mich sehr an Chico, ich meine an Ihren Onkel. Wir standen uns persönlich nahe. Besonders ähnlich, das hörte ich bereits am Telefon, sind Ihre Stimmen, geradezu verblüffend. Wenn Sie sprechen, scheint er mir gegenüberzusitzen. Er saß oft auf diesem Stuhl, auf dem Sie jetzt sitzen.«

»Woher kennen Sie ihn oder vielmehr kannten Sie ihn?«, fragte Nicolas.

»Uns verband eine lange Freundschaft. Ich habe ihn auf einer Versammlung in Lissabon getroffen.« Pereira grinste. »Er hat damals in einer Kooperative im Alentejo gearbeitet, auf der Versammlung ging es um die Rechte der Landarbeiter. Wir sind ins Gespräch gekommen, damals hat jeder mit jedem geredet, man war sich einig. Wir waren ein Volk, bis auf die Kreise, die mit dem Regime sympathisierten. Unter uns entstanden die Grenzen später, als einige gleicher wurden als andere. Ich denke da an die Schweine aus George Orwells ›Farm der Tiere‹. Ich stamme aus einer traditionellen und konservativen Familie, müssen Sie wissen, genau wie Chico – und Sie. Ich bin nach Porto gegangen, da haben wir uns später wieder getroffen. Ich half beim Aufbau seiner Quinta, das war für einen Ausländer damals nicht leicht. Daher kenne ich seinen Werdegang.«

Pereira ging zu einem Sideboard, wo er aus einem eingebauten Kühlschrank ein Flasche holte, deren Etikett Nicolas bekannt vorkam: Nur wenige Linien umrissen einen Berg, ein Haus und einen Fluss, schwarz auf weiß, klar, eindeutig – es wurde deutlicher, was Friedrich ihm hinterlassen wollte.

Der Anwalt blieb mit der Flasche und zwei Gläsern in der Mitte des Raums stehen und betrachtete die Wände, die Bücherregale und Aktenschränke. Nicolas gewann den Eindruck, dass Pereira und Hassellbrinck einiges gemeinsam hatten; das mussten sie wohl auch, schließlich waren sie Kollegen und arbeiteten international zusammen.

Pereira stellte die Kristallgläser auf den Tisch und nestelte an der Flasche, dann reichte er sie Nicolas.

»Machen *Sie* das, Sie werden sich daran gewöhnen müssen. Wissen Sie, dass ich ihn gefragt habe, weshalb er gerade Ihnen die Quinta hinterlässt? Er habe seine Gründe, das war die knappe Antwort. Und Sie sollten wissen, dass er diese Verfügungen erst im Februar dieses Jahres getroffen hat. Aber wem sonst hätte er seinen Besitz hinterlassen sollen?«

»Dieser ... Madalena Barbalho, immerhin war sie seine Frau.«

»Sie waren nicht verheiratet.« Pereira hob nur den Kopf, ausdruckslos die Augen. »Den Besitz hinterlässt man keinem Fremden, so weit war Chico Portugiese, immerhin hat er 30 Jahre hier gelebt, und die Familie hat ihm immer etwas bedeutet. Über die Entwicklung war er nicht glücklich, glauben Sie mir, er hätte es lieber anders gehabt. Aber sich mit seinem Bruder das Baugeschäft teilen? Unvorstellbar! Wir haben stundenlang darüber geredet, vor vielen Jahren, es ist ihm nicht leicht gefallen, er mochte seinen Bruder, aber sie kamen nicht miteinander aus. An eine Zusammenarbeit war nicht zu denken, eine gemeinsame Führung, eine Doppelspitze im selben Konzern? Es wäre einer Selbstaufgabe gleichgekommen, für Ihren Onkel ein zu großes Opfer. Für wen hätte er es bringen sollen? Man hatte ihm ein Weltbild mitgegeben, das mit der Wirklichkeit in keiner Weise übereinstimmte. Bei mir war es ähnlich. Entscheidend war für ihn als Architekten, was dem Frankfurter Häuserkampf vorausging. Ihre Familie war darin ... verstrickt? Er hat auf der anderen Seite, auf der Straße, aktiv mitgemacht, er hat damals die opportunistischen Wege von Cohn-Bendit und Joschka Fischer vorausgesehen. Der Letztere war für ihn ›der größte Opportunist der Nachkriegsgeschichte‹. Die politische Richtung war für ihn eine Frage des Charakters und nicht des Parteiprogramms. Mit der Rote Armee Fraktion kam für ihn die nächste Katastrophe, damit begann der Niedergang der westdeutschen Linken. Alle beeilten sich damals, der Gewalt abzuschwören, als ob sie dadurch ihre Gegner besänftigt hätten. Es war für die Konservativen ein gefundenes Fressen. Wie gesagt, der Widerspruch zwischen dem Weltbild und der Wirklichkeit, Ideologie und Realität. Denken Sie darüber nach, junger Mann. Ich werde Sie auf der Quinta besuchen, dann reden wir weiter – über Portugal und unsere Revolution, die baute übrigens auf Gewalt auf, auf der Macht der Hauptleute und Obristen. Die Winter am Rio Douro sind lang und einsam. Sie werden eine grandiose Bibliothek vorfinden. Sie werden da oben viel Zeit haben, und stellen Sie sich das alles nicht leicht vor. Auch von Ihnen werden Opfer verlangt.«

Welche sollten das sein, fragte sich Nicolas, nach dieser perfekten Vorbereitung? Wenn er sich auf das Abenteuer einließe, könnte er zu Frankfurt weiter auf Abstand gehen, vielleicht würden sie dann kapieren, dass mit ihm nicht zu rechnen war. Aber mit Wein hatte er nichts zu tun, und das war das Problem. Außerdem wäre er wieder nur der »Erbe«. Genau aus dem Grund war er aus Frankfurt geflohen. Nichts würde er aus eigener Kraft erreichen, keine Häuser bauen, keine Visionen umsetzen, nichts bewegen. Aber welche Visionen? Was wollte er bewegen? Seine Vorstellungen waren unklar, noch orientierten sie sich an Vorbildern wie Gropius, Calatrava und Hundertwasser und der Suche nach »ökologischen Lebensformen«. Über die Gestaltung von Landschaft hatte er sich wenig Gedanken gemacht, außer über Stadtlandschaften für Autos wie in Brasiliens Hauptstadt. Sollte es Zeit dafür sein? Wenn er sich an die Berge am Rio Douro erinnerte, an die Quinta do Amanhecer ... noch umgab sie mehr Nebel, als dass die Morgendämmerung begonnen hätte.

»Eines ist mir noch nicht klar«, murmelte er nach einer längeren Pause, Pereira beobachtete am Fenster stehend den Verkehr auf der Avenida. »Wieso hat er alles so penibel vorbereitet? Es hat immer geheißen, er sei ein Freak gewesen, ein Chaot, spontan, uneinsichtig, flatterhaft. Sie kannten ihn, Dr. Pereira. War er denn krank? Stirbt man einfach so, über Nacht?«

»Alles ist möglich«, sagte der Anwalt seufzend. »Chico war gerade 60 geworden, nicht mehr der Jüngste, zwei Jahre älter als ich. In diesem Alter kann es einen jeden Tag erwischen. Aber am Herzen?« Pereira schüttelte den Kopf. »Nein, er war gesund. Möglich, dass er irgendein Leiden für sich behalten hat, aus Scham vielleicht, oder er wollte niemanden beunruhigen. Auch Dona Madalena war von seinem Tod völlig überrascht. Sie hatten ein gemeinsames Schlafzimmer, sie ist morgens aufgewacht, da lag er neben ihr, rührte sich nicht. Sie hat für meine Begriffe recht überlegt gehandelt und ist nicht hysterisch schreiend durchs Haus gerannt, sondern hat sofort den Arzt gerufen, ja, und der hat nur noch den Tod festgestellt. Chico muss irgendwann in der Nacht gestorben sein, im Schlaf. Ist es nicht das, was wir uns alle wünschen, neben dem ewigen Leben?«

Einerseits wollte Nicolas zustimmen, andererseits wehrte er sich gegen einfache Erklärungen; so mir nichts, dir nichts abzutreten, das gefiel ihm nicht, aber war es nicht generell Friedrichs Art gewesen? So sollte es gewesen sein, als er aus Frankfurt abgehauen war, sang- und klanglos, allerdings mit einem Blick zurück im Zorn, wie sein Vater meinte. Nur wusste Nicolas bis heute nicht, ob der in Bezug auf seinen Bruder die Wahrheit sagte oder ob er damals über sein Weggehen froh gewesen war. Er hatte nicht zu teilen brauchen, Friedrich hatte auf Millionen verzichtet.

»War es nicht grauenhaft für seine Frau, neben einem Toten aufzuwachen? Ich stelle mir das schrecklich vor.«

»Sie wird darüber hinwegkommen«, bemerkte Dr. Pereira ungerührt. »Seinen Freund Otelo, den *provador,* hat das meiner Ansicht nach weit mehr mitgenommen. Die beiden haben 30 Jahre täglich miteinander zu tun gehabt. Ihr Onkel war der Geschäftsmann, Organisator und Visionär, Otelo der bodenständige Bauer, Praktiker, Techniker, zwei völlig verschiedene Menschen, auch äußerlich. Otelo, müssen Sie wissen, ist einer von der ganz ruhigen, wortkargen Sorte, klein und untersetzt. Ihr Onkel war groß, wie Sie, laut und aufbrausend, ungestüm. Er forderte, verlangte, trieb an, Otelo vermittelte, konnte schlichten, war wesentlich diplomatischer.«

Demnach schätzte Dr. Pereira diesen *provador* weit mehr

als Dona Madalena. Nach dem Grund würde Nicolas ihn bei Gelegenheit fragen, allerdings erst, wenn man sich näher kennen würde, und er erinnerte sich, dass Happe und Sylvia sich meistens aus dem Weg gingen, und wenn nicht, gab es unweigerlich »Missverständnisse«, besonders bei gemeinsamen Unternehmungen. Happe war ihr zu gewöhnlich. Kaum tauchte eine neue Frau auf, litten die Freundschaften der Männer darunter. Schade, dass Happe nicht greifbar war, mit ihm könnte er über seine Bedenken sprechen, aber der hätte sofort zu allem Ja gesagt, besonders bei seinem augenblicklichen Wunsch, aufs Land zu ziehen. Wenn ich wirklich sechs Monate hier bleibe und die Zeit für die Entscheidung nutze, dachte Nicolas, bietet sich bestimmt Gelegenheit für Gespräche mit Pereira. Er war ein interessanter Mann, hatte eine Revolution erlebt, die Nicolas nur vom Hörensagen kannte.

»Ich fahre sofort rauf an den Douro. Ich sehe mir alles in Ruhe an, und in einigen Tagen teile ich Ihnen meine Entscheidung mit, Senhor Pereira, wären Sie damit einverstanden?«

»Ich bin nicht dazu da, etwas zu beurteilen oder Ihre Entscheidungen zu bewerten.« Aus der Mappe mit den für Nicolas vorbereiteten Unterlagen nahm Pereira eine Straßenkarte, der Weg zur Quinta war bereits eingezeichnet. »Die Bestandslisten der Weine und die Inventaraufstellung der Firma übergebe ich Ihnen, wenn Sie klarer sehen. Es gilt auch, Vollmachten zu unterschreiben; ich würde Sie zur Bank und zu den Behörden begleiten, so umgehen wir Ihr Sprachproblem.«

Nicolas wollte die Hilfe ablehnen, aber Pereira ließ es nicht zu. »Ihr Onkel hat vorgesorgt. Außerdem bin ich es ihm schuldig. *Não se preocupe,* machen Sie sich keine Sorgen.«

Mit der Straßenkarte in der Hand trat Nicolas auf die Avenida. Er kam sich nach dem Gespräch in dieser Stadt fremder vor als bei seiner Ankunft. Man hatte ihn ins Wasser geworfen, und er musste schwimmen – nur wohin? Den Rio Douro aufwärts, falls die Strömung nicht zu stark war. Das Experiment war der Mühe wert, allein Friedrichs wegen. Noch konnte er zurück, brauchte nicht einmal zur Quinta zu fahren, aber dann hätte er gar nicht zu kommen brauchen. Er überlegte, folgerte und verwarf, stolperte über den Platz, dachte nichts Konkretes mehr, fühlte in sich ein Chaos wachsen, lief durch fremde Straßen, fand den Weg zurück zum Hotel nicht mehr und kam sich unter all den unbekannten Menschen in den belebten Straßen absolut überflüssig vor. Lag es daran, dass er sich zwischen zwei Rollen bewegte, der des Touristen, der er nicht mehr war, und der eines Unternehmers, der er noch nicht war? Und was war er selbst? Ein Niemand in dieser Stadt, der nirgends hingehörte – oder doch? Den einzigen Ort, an dem er sich jetzt sah, war die Quinta.

Vor dem Schaufenster eines Herrenausstatters kam er zu sich und betrachtete sich im Spiegel. Er fand sich blass und dünn und langweilig angezogen, vor allem das Schwarz hatte er satt. Es stand ihm nicht. Anzüge und weiße Oberhemden machten ihn alt. Er sah aus, als wäre er auf dem Weg zu einer Beerdigung. In gewisser Weise war er das auch. Fehlte nur der schwarze Schlips. IT-Typen liefen so rum. Er sollte es mal mit Farbe versuchen. Es gab schöne Hemden in der Auslage. Kurzärmelig, geknöpfter Kragen, das trug man hier, und das Hemd über der Hose. Er betrat das Geschäft und verließ es mit einer Jeans und einer hellen, erdfarbenen Hose, dazu vier kurzärmelige Hemden in kräftigen Farben. Als er noch einen Blick in den Spiegel des Schaufensters warf, gefiel ihm auch sein Haarschnitt nicht mehr. Streichholzlang. Er sollte sich das Haar wachsen lassen. Nur Gefangene und Soldaten wurden geschoren.

Zwei Stunden später lud er vor der Mietwagenfirma sein Gepäck in einen kleinen knallblauen Fiat. Für eine Woche hatte er ihn gemietet, sieben Tage würden reichen. Er machte sich mit der Karte vertraut und quälte sich durch ein undurchsichtiges System von Einbahnstraßen aus der Stadt in Richtung Autobahn. Er war lange nicht Auto gefahren und fühlte sich unsicher. Portos Hochhaussiedlungen blieben auf beiden Seiten der Autobahn zurück, gesichtslose Blocks mit günstiger Verkehrsanbindung. Hügel rückten heran, kleine Häuser, Gehöfte, die Autobahn wand sich zwischen den Bergen hindurch, auf ihrem Rücken und an den Flanken verbrannte Flächen: Auch hier waren die Wälder abgebrannt, Baulandgewinnung durch Brandrodung, kein gutes Zeichen. Nicolas erinnerte sich an ein Waldstück auf dem Berg oberhalb von Friedrichs Kellerei. Bei der falschen Windrichtung konnten die Flammen auf die Gebäude zugetrieben werden. Den Sommer über sollte es dort so gut wie nie regnen, erst im September war mit Schauern zu rechnen. Und wenn bei fortschreitendem Klimawandel der Regen ausblieb? Ich muss aufhören, Katastrophenszenarien zu entwickeln, sagte er sich, ich werde in keine Erbschaftsfalle laufen und mich auf das konzentrieren, was ich hier will: mehr über Friedrich erfahren, und dazu brauche ich diese Dona Madalena und Seu Otelo. Seu war die Kurzform von Senhor, wie Pereira erklärt hatte, Pereira hatte sowieso viel erklärt.

»Halten Sie sich an Seu Otelo und an diesen Adão oder Antão. Die Sprache wird für Sie das größte Problem sein – mit dem Wein, das kann man lernen, zumindest in technischer Hinsicht. Sie haben eine gute Bildung, das hilft. Außerdem läuft der Betrieb wie gewohnt. Der Wein wächst, ob nun derjenige gestorben ist, der ihn gepflanzt hat, oder nicht, ich glaube, das ist gleichgültig.«

Da hatte Nicolas seine Zweifel. Wenn Friedrich die Seele der Quinta gewesen war und ohne Seele alles tot war, würden das auch die Weinstöcke merken. Aber es gab diesen Otelo. Dummerweise hatte er vergessen zu fragen, in welcher Sprache er sich mit ihm und auch mit Madalena Barbalho verständigen konnte. Ach, alles lässt sich im Kopf wälzen, bis es platt ist und zu nichts mehr taugt.

Teufel auch! Beinahe wäre Nicolas mit voller Geschwindigkeit in die Mautstelle gefahren. Glücklicherweise hatte der Wagen gute Bremsen. Nicolas zahlte den Betrag, der auf der Anzeige erschien, und fuhr auf einer Schnellstraße weiter. Die Berge wurden steiler, die Bäume höher und grüner, der Wald wurde dichter, die Ausblicke wurden majestätischer, die Kurven enger, und hinter der Stadt Amarante bog er nach Mesão Frio ab. Was *mesão* bedeutete, wusste er nicht, *frio* jedenfalls hieß kalt. Er musste sich ernsthaft Gedanken machen, wie er Portugiesisch lernen wollte. Nein, er war wieder zu schnell, diese Entscheidung stand gar nicht an. Er musste seine Gedanken besser ordnen, es hing viel davon ab, die Spielerei war vorbei.

Auf beiden Seiten der Landstraße wuchs Nadelwald, dazwischen standen Eichen und Pinien, auf den Bergen ringsum schuf der blühende Ginster knallig gelbe Flecken. Nicolas blieb eine Weile hinter einem Sattelschlepper. Die Strecke war unübersichtlich, andere Fahrer jedoch ließen sich davon nicht abschrecken und überholten mit Todesverachtung in unübersichtlichen Kurven und fädelten sich vor dem finalen Zusammenprall wieder ein. Entgegenkommende Lastwagen donnerten im Abstand von Millimetern an ihm vorbei. Das war nichts für seine Nerven, hier konnte er unmöglich bleiben, unter einem Volk von wahnsinnigen Autofahrern. Obwohl er eindeutig der Langsamste auf der Landstraße war, würde er über kurz oder lang an einem Baum enden oder den Berg hinabrollen.

Die Folgen der portugiesischen Fahrweise fand er einige Kilometer weiter auf einem Schrottplatz, was ihn mit der nervenaufreibenden Fahrt versöhnte. Er hielt vor der Einfahrt, nahm die Kamera, der Mann in der Bude an der Schranke nickte, und Nicolas genoss den Anblick der Vergänglichkeit und des Zerfalls; vor ihm breitete sich in Kunststoff, Glas, Blech und Gummi der Untergang des Abendlandes aus. Das war fast so schön wie Bauruinen. Und das alles befand sich unter einem strahlend blauen Himmel inmitten geradezu kreischend gelber Ginsterbüsche. Er entdeckte ein Autowrack, das längst mit dem Boden verwachsen war, mitten durchs Chassis wuchs eine Pinie, es war das Bild, das er gesucht hatte, dazu rostige Kotflügel, von Sommerblumen eingefasst, und Rücklichter an Heidekraut. Allein dafür hatte sich die Reise gelohnt. Das versöhnte ihn ein wenig mit der niedergedrückten Stimmung, die seit dem Besuch bei Pereira auf ihm lastete.

Als sich die Straße dann kurz vor Mesão Frio zwischen zwei Bergen durchschlängelte, öffnete sich das Tal des Rio Douro in dramatischer Weite. Der Anblick nahm Nicolas den Atem. Es schien steil hinabzugehen, tief unter ihm wand sich der aufgestaute Fluss in vollständiger Ruhe und einem so tiefen Blau, wie es nur der Himmel des Südens annehmen konnte, ein Blau, um fast darin zu ertrinken. Die Berge, obwohl steil und wuchtig, waren mit frischem Grün aller Schattierungen bedeckt, Weinlaub in senkrechten, waagerechten und schräg verlaufenden Linien, dazwischen stützten braune Steinmauern die Terrassen. Hier und dort ein dunkler Fleck, ein Waldstück, ein in der Nachmittagssonne leuchtendes Gehöft oder eine Quinta, rote Dächer und weiße Wände, hier wuchs ein alter Turm aus dem Weinberg, dort eine Kapelle oder Ruine, ein Weiler an einem mit Olivenbäumen bedeckten Abhang. Und darunter die geschwungene, in den Farben des Himmels schimmernde Wasserfläche, von einem kräftigen Wind aufgeraut. Dann hupten sie wieder, Lastwagen drängelten, wollten vorbei, er war den Ausflüglern im Weg, störte die Eiligen, er war lästig.

Für Nicolas war der Anblick grandios – für alle anderen war er alltäglich, ein Anblick, an den kaum jemand Zeit verschwendete. Die Straßen wurden enger, fast schrammte er in den Dörfern an Mauern und Straßenbäumen entlang, und als er auf Höhe des Flusses war, entging er in einer Bahnunterführung nur knapp einem Zusammenstoß. Der Verkehr nahm ihn so in Anspruch, dass ihm kaum Zeit für die Betrachtung der Landschaft blieb. So grandios hatte er sie nicht in Erinnerung, weder so farbenfroh noch so abwechslungsreich, als 20-Jähriger sah man anders als mit 30. Der Blickwinkel hatte sich verschoben, seine Wahrnehmung hatte sich geändert.

An der Uferpromenade von Peso da Régua erinnerte er sich weniger an das Städtchen als an die alte, nie befahrene Eisenbahnbrücke über dem Fluss. Die das Tal überspannende Autobahnbrücke dahinter stand damals noch nicht. Er passierte den Ort, wie von Pereira eingezeichnet, und überquerte den Fluss. Auf der anderen Seite führte die Landstraße weiter. Viel Raum zwischen Wasser und Berg blieb nicht, und als er die Staumauer erreichte, hielt er entnervt. Die Eindrücke nahmen ihn gefangen, der Verkehr regte ihn auf, doch der wirkliche Grund seines Herzklopfens war der bevorstehende Besuch auf der Quinta do Amanhecer. Wovor hatte er Angst?

Als er sich beruhigt hatte, fuhr er weiter in Richtung Pinhão. Bis zur Quinta war es nicht mehr weit. Er bog an einem fast ausgetrockneten Bach rechts ab, überquerte eine Brücke und folgte der Straße bis zu einer Ruine. Dort sollte der Weg zur Quinta abzweigen. Er fand ihn, obwohl er fast von Bäumen verdeckt war. Hier ging die Asphaltstraße in einen Schotterweg über, der so steil anstieg, dass Nicolas sich fragte, ob der Wagen die Steigung schaffen würde. Er fürchtete, hintenüberzufallen oder seitlich abzurutschen. Der Wagen krachte durch Schlaglöcher, setzte auf, Steine prasselten von unten gegen das Chassis. Glücklicherweise wurde der Weg hinter einer engen Kurve wieder flach. Wahrscheinlich hatte Friedrich den Weg so belassen, um sich Besucher vom Leib zu halten, was typisch für ihn gewesen wäre. Wie kamen die Lastwagen hier rauf, die den Wein abholten? Hier braucht man wirklich einen Geländewagen, dachte Nicolas, denn bei seinem Fiat drehten bereits die Reifen durch.

Er durchquerte einen Olivenhain und folgte an einer Weggabelung den breiteren Fahrspuren im Sand, die von einem Lieferwagen stammten, und hielt sich eng an die Natursteinmauer. Jetzt lag der Fluss rechts von ihm. Er suchte nach einem Haus, nach einer Baumgruppe, aber er steckte zwischen schmalen Terrassen, darauf nur eine oder zwei Reihen Rebstöcke. Als er aus dem Hohlweg heraus war, lag das Anwesen vor ihm, er war angekommen. »Quinta do Amanhecer« stand in einer verschnörkelten Schrift auf einem Messingschild an einer der Säulen des offenen Tors. Über eine Ecke des Schildes hatte jemand einen Trauerflor gehängt.

Nicolas hielt – was sollte er jetzt tun? Unten im Tal blinkte ein Ausschnitt des Flusses. Seine Augen folgten dem diesseitigen, mit Reben bestandenen Hang, trafen weiter oberhalb auf Laubbäume und eine Palme mit langen Wedeln. Das ist sie, erinnerte er sich und lächelte. Dahinter auf gleicher Höhe war ein Parkplatz, von Bäumen überschattet, links davon stand das Haus, in dem er gewohnt hatte. Es war ein stattlicher, aber doch leicht wirkender zweigeschossiger Bau mit einer Art Walmdach. Eine Terrasse lief im Obergeschoss um die Süd- und Ostfront des Hauses. Wein oder Efeu rankten daran empor. Oberhalb des Hauses, getrennt durch einen terrassierten Hang, lagen die Kellereigebäude, und ein erhebliches Stück darüber, fast auf der Spitze des Berges, sah er ein Dach. Es musste Friedrichs Haus sein, es hatte bei Nicolas' letztem Besuch noch nicht dort gestanden.

Nicolas setzte sich an den Wegrand, und statt weiterzufahren, schälte er eine Orange. Der überhitzte Motor des

Wagens knackte. Er roch hier in der Natur das verbrannte Öl, der Geruch war durchdringend. Wahrscheinlich war er das immer, auch in der Stadt, nur da roch es überall so. Er hörte eine Grille, dann zwei, ein Vogel mischte sich ein, er vernahm den Flügelschlag einer Taube, etwas knackte, und er bemerkte eine flüchtige Bewegung im Weinlaub und meinte, einen Schatten gesehen zu haben, wahrscheinlich ein Rebhuhn. Er aß die Orange und spürte die Ruhe in sich dringen, als käme sie aus dem Boden. Das beunruhigte ihn wieder, es war das Gefühl einer vagen Bedrohung, er stand auf, sah sich um – aber es gab weit und breit nichts, was ihm einen Grund für dieses Gefühl hätte geben können.

Erst jetzt bemerkte er, wie nah er den Bergen war, wie steil und stark sich das Gebirge aufgefaltet hatte. Kuppen und Hänge waren rund und weich, fast sanft, und trotzdem wirkten sie unzugänglich. Hatten die Berge immer diese Form gehabt, oder war es menschlichen Händen und Hacken zu verdanken, die vor Jahrhunderten die Berge nutzbar gemacht hatten?

Er sollte weiterfahren, er wollte die Quinta sehen, so rasch wie möglich, doch er würde mit niemandem sprechen können, außer mit dem Verwalter oder Lourdes, der Sekretärin, falls sie noch arbeitete, und das war an einem Samstagnachmittag unwahrscheinlich, aber die Hausbesorger würden da sein. Außerdem hatte Pereira ihm einen riesigen Schlüsselbund überreicht, damit konnte er alle Räume betreten. Doch es wäre unklug, die Mitarbeiter zu übergehen.

Am Tor waren weder eine Klingel noch eine Gegensprechanlage und auch keine versteckte Videokamera. Nicolas wollte gerade einsteigen und weiterfahren, als er die Orangenschalen sah. Er wunderte sich über sich selbst, als er sie aufsammelte – das tat er sonst nicht, es war organischer Müll. Er stieg ein, fuhr zum Wohnhaus und parkte neben einem grauen Geländewagen im Schatten unter einem Blätterdach. Er schlug die Wagentür so laut zu, dass man ihn hören musste. Er wartete – niemand rührte sich. Er ging aufs Haus zu. Die linke Gebäudehälfte war durch einen Vorbau erweitert worden, dort lagen die Büros, das Dach diente als Terrasse. Hinter vergitterten Fenstern standen unordentlich hinterlassene Schreibtische und Aktenschränke, die Kaffeetassen waren nicht weggeräumt, und im Hintergrund an der Wand stand eine große Vitrine mit Gläsern und Flaschen. Im Obergeschoss waren alle Fensterläden geschlossen. Auf sein Klopfen und Rufen hin geschah nichts.

Wieder meinte Nicolas eine Bewegung hinter seinem Rücken bemerkt zu haben. Stirnrunzelnd beobachtete er die Umgebung, das Gefühl, nicht allein zu sein, nahm zu. Wäre jemand auf dem Parkplatz gewesen, er hätte es gesehen, und auch rechts, wo es hinter der Palme übergangslos in die Weinberge ging, tat sich nichts.

Die Vögel zwitscherten weiter, und die Blätter raschelten im Wind wie vorher. Aber dieses Mal sah er ihn, zumindest seinen Schatten – zwischen den Weinstöcken verschwand ein magerer Hund. Na, wenigstens einer kommt mich begrüßen, dachte Nicolas, oder hat Pereira niemanden von meinem Kommen unterrichtet?

Bis auf das Büro machte die Quinta einen verlassenen Eindruck. Das war sie auch, Friedrich hatte sich davongemacht – und sie ihm überlassen. Was sollte er in dieser verdammten Einöde damit anfangen? Wo blieben der Hausbesorger und seine Frau?

Enttäuscht ging Nicolas zum Wagen zurück. Soweit er sich erinnerte, hatte Friedrich ihm erzählt, dass er damals an dieser Stelle eine Ruine vorgefunden hatte, die er mitsamt dem Land gekauft und wo er das Wohnhaus hatte errichten lassen. Bis zum ersten Stock bestand das Gebäude aus Schiefer und Granit, den Resten der Ruine, der obere Teil war auf die alten Grundmauern aufgesetzt, verputzt und weiß gestrichen. Es war ein spannender Kontrast zwischen dem schweren Fundament und dem leichten Aufbau.

Rechts vom Haus führte eine Treppe aus Schieferplatten an einer Mauer hinauf in einen Garten, dessen Ausmaße man erst oben erkannte. Es war mehr ein kleiner Park mit viel Schatten, mit Agaven und Kakteen, Lorbeer, Rosen und unbekannten Bäumen. Oleander und Hibiskus, eine lila Bougainvillea bedeckte die Nordseite des Hauses, Mimosenbäume fand Nicolas hier. Lavendel und Thymian, Salbei und Rosmarin wuchsen am Rande des Parks. Der Gemüse- und Kräutergarten im Halbschatten war so gut gepflegt, dass die Quinta unmöglich verlassen sein konnte. Da hatte heute jemand gewässert, die Erde war dunkel und fühlte sich feucht an. Dann waren der Hausbesorger und die Köchin nur mal eben weggefahren?

Soll ich auf sie warten? Was sage ich ihnen? Dass jetzt alles mir gehört, auch der Kräutergarten, und dass alle von jetzt an für mich arbeiten, für mich kochen müssen und meinen Anweisungen zu folgen haben? Und das alles auf Deutsch? Was für ein Unsinn. Worauf habe ich mich eingelassen?, fragte er sich. Aber so ist es. Wenn ich das Erbe antrete, haben alle meinem Kommando zu folgen. Dabei verstehe von allem hier ich am wenigsten, und vom Wein habe ich sowieso keinen blassen Schimmer, geschweige denn vom Weingeschäft.

Aber das Anwesen gefiel ihm, die Landschaft faszinierte ihn, er mochte den warmen Duft, die Farben der Orangen und Zitronen im Garten – oder waren es Limetten? Im Halbschatten lag ein großer Stein, und er setzte sich, schaute über die Weinberge, sah ein Stück vom Fluss, seine Biegung, betrachtete den Himmel über dem jenseitigen Ufer ... Kreuzdonner, da war doch was – dieser Köter.

»Komm schon, zeig dich«, rief Nicolas lockend. Der Hund sah ihn erstaunt an, es wirkte zumindest so, dann lief er zu einem Wasserbecken. Er trank mit eingezogenem

Schwanz und blickte fluchtbereit jede Sekunde zu Nicolas hin, gehetzt und so verängstigt, dass auch Nicolas schaute, ob sich doch jemand näherte.

Das war nicht der Fall, und er setzte seinen Rundgang fort, folgte dem schattigen Weg durch den Garten und gelangte auf einen mit Schieferplatten gepflasterten Hof, in U-Form von Gebäuden eingerahmt. Gegenüber, quer zum Berghang, war die zweigeschossige Halle in den Berg hineingebaut, zum oberen Stockwerk führte eine Auffahrt. Nicolas rüttelte an dem Tor, es war verschlossen, wie auch die Flügeltüren im Untergeschoss. Diese Halle war bereits damals hier gewesen. Innen standen die großen hölzernen Fuder mit dem Portwein, wie er sich erinnerte, die *tinas*. Im rechten Winkel schloss sich ein offener Schuppen an. Unter einem Dach stand ein kleiner Raupenschlepper, geradezu niedlich in den Ausmaßen, daneben stand eine Maschine, die ihn an die indische Göttin Kali mit ausgestreckten Armen erinnerte: Um eine Art von Gebläse waren im Kreis dicke Schläuche angeordnet. Es war ein Aufsatz, der sich an einen Traktor oder diese Raupe koppeln ließ. Der Tank hinter dem Fahrersitz brachte Nicolas auf die Idee, dass mit diesem Aggregat irgendetwas versprüht wurde, wahrscheinlich Pflanzenschutzmittel. In einer Ecke unter einer Plane stand ein Motorrad.

Da tauchte der Hund wieder auf. »Jetzt komm oder verschwinde«, rief Nicolas unwillig und wunderte sich, dass der verwahrloste Köter ihn immer mit geneigtem Kopf ansah, kaum dass er ein Wort sagte.

War unten vor dem Haus kein Fetzen Papier zu sehen, so lagen hier oben Verpackungen herum. Fassdauben bleichten wie Knochen in der Sonne, die Ackergeräte in der Remise waren nach Gebrauch nicht gereinigt worden, der Wind trieb einen leeren Papiersack vor sich her, und irgendwo klapperte ein Fensterflügel. Vor dem letzten Gebäude lagen unordentlich gestapelte Paletten, daneben standen in zerfetzte Folie gehüllte Flaschenstapel. Das sah nicht aus wie ein Musterweingut, von einer eingespielten Mannschaft betrieben. Außerdem war es für Nicolas' Empfinden viel zu still, geradezu totenstill. Hat die Mannschaft nach dem Tod des Kapitäns das Schiff aufgegeben?, fragte er sich. Dann verschwinde ich besser bald.

Aber für heute musste er sich eine Unterkunft suchen. Montag würde er wiederkommen. Dann würde der Verwalter wohl da sein und auch die Sekretärin mit den Englischkenntnissen und der ehemalige Arbeitsemigrant. 550 Euro verdienten die Arbeiter im Monat. Wer sollte davon leben? Als er unterwegs eingekauft hatte, hatte er kaum einen Preisunterschied zu Berlin gemerkt, lediglich Obst und Gemüse waren billiger.

Der Hund beobachtete ihn aus sicherer Entfernung beim Einsteigen. Nicolas griff in seine Einkaufstüte, schnitt von der Wurst ein Stück ab und warf es ihm hin. Fast wie ein Raubtier schlich sich der Hund an, schnappte ausgehungert den Brocken und verschwand. Sekunden darauf war er wieder da, Nicolas warf das nächste Stück nicht so weit, der Hund kroch noch vorsichtiger näher. Er kam auch dann, als Nicolas ihm ein Stück Brot zuwarf. Aber plötzlich war eine unsichtbare Grenze erreicht, und was er ihm auch zuwarf, der Hund kam nicht näher. Erst als Nicolas abfuhr, sah er im Rückspiegel, wie der Hund sich gierig darüber hermachte.

Wieder auf der Uferstraße bemerkte Nicolas, dass Friedrichs Quinta längst nicht die einzige war. Er kam an der Quinta do Panascal vorbei, passierte die Quinta do Seixo, am anderen Ufer gegenüber lagen diverse Betriebe, sowohl am Wasser wie auch auf den Bergen, und rechts hinter der Brücke von Pinhão deuteten Reihen von Edelstahlzylindern und als Halbkugeln gemauerte Tanks an der Bahnstrecke auf eine Großkellerei oder Kooperative hin.

Gegenüber vom Bahnhof fand Nicolas eine Pension, die weniger auf Touristen als auf Lastwagenfahrer und Vertreter von Kellereibedarf eingestellt war. Er bezog ein kleines Zimmer mit einem Balkon nach vorn heraus. Er öffnete die Balkontür und legte sich aufs Bett. Es beunruhigte ihn, dass er niemanden auf der Quinta angetroffen hatte, und er fragte sich, wie der Empfang am Montag ausfallen würde. Oder sollte er am nächsten Tag bereits mit dem Erkunden beginnen und das Anwesen zeichnen? Es war seine Methode, die Dinge zu begreifen. Beim Betrachten sah er oft das Wesentliche nicht, er erkannte es erst auf seinem Bild.

Nach dem Abendessen ging er hinunter zum Fluss, bestellte in der Bar einen Portonic und sah dem Barkeeper, einem ungeschlachten Bauern, dabei zu, wie er das Glas zu einem Drittel mit weißem Port, einem Drittel mit Tonic und den Rest mit gestoßenem Eis auffüllte. Für die abendliche Hitze war das ein ideales Getränk. Er hörte den Leuten zu, verfolgte ein Fußballspiel im Fernsehen, ließ von der Pontonbrücke die Beine baumeln und starrte ins Wasser.

5.

Morgenröte

»*No visitors, no visitors!*« Der Mann, der sich in der Bürotür vor Nicolas aufgebaut hatte, fuchtelte ihm mit den Händen vor dem Gesicht herum. »*No visitors, my friend!*«

Das also war der Verwalter, Vasco Gonçalves, der sich vor ihm aufspielte. Ich bin nicht dein Freund, dachte Nicolas verärgert, und ich hab verstanden, dass du keine Besucher willst, dazu musst du nicht so brüllen.

Statt ihm entsprechend zu antworten, beließ Nicolas es bei dem üblichen *tudo bem*, es sollte so viel heißen wie: alles klar, alles in Ordnung, hab verstanden. Er hatte es aus dem Sprachführer, und ob er es richtig ausgesprochen hatte, war ihm egal. Dass der Verwalter ihn derartig anfuhr, zeigte, dass er nicht begriffen hatte, wer vor ihm stand, obwohl Nicolas seinen Namen genannt und erklärt hatte, der Neffe Friedrich Hollmanns zu sein. Oder hatte der Verwalter es nicht verstehen wollen? Dass es ihm gleichgültig war, konnte Nicolas sich kaum vorstellen – es gab allerdings die Möglichkeit, dass seit Friedrichs Tod hier niemand mehr durchblickte.

Das wird es sein, dachte Nicolas, denn der übergewichtige Mann mit der Halbglatze, dem selbstgefälligen Doppelkinn und den misstrauischen Augen zwischen leicht geschwollenen Lidern, der sich unwillig hinter seinem Schreibtisch hervorgequält hatte, machte weder den Eindruck besonderer Intelligenz, noch sah er nach einem Arbeitstier aus.

Nicolas versuchte es auf anderem Weg: »*But your secretary, Lourdes, speaks English, Senhor Pereira, the lawyer, told me.*« Dass der Rechtsanwalt darauf hingewiesen hatte, dass die junge Dame im Büro Englisch spreche und vermitteln könne, interessierte Gonçalves nicht im Geringsten. Die junge Frau, um die es ging, saß im Nebenraum und schaute durch die Glasscheibe herüber, sie wäre jeden Moment aufgesprungen, um zu helfen, sie wartete nur darauf, doch der böse Blick des Verwalters ließ sie verharren.

»*No visitors!*« Gonçalves' Stimme klang jetzt aggressiver. »*Go, mister, go!*« Er tatschte Nicolas auf die Schulter, als wolle er ihn zurückdrängen, was ihn wütend auffahren ließ. Der Mann hatte ihn nicht anzugrabschen. Gonçalves trat auffallend schnell einen Schritt zurück, behielt aber seine drohende Haltung bei. Nicolas war über diese Art der Begrüßung fassungslos, denn das war nicht Friedrichs Stil gewesen. Es sah aus, als herrschte jetzt ein anderes Regime.

Gonçalves wandte sich wütend nach der Sekretärin um, die bereits in der Bürotür stand, und blaffte sie an, sie zog sich scheu zurück. Mit einer deutlichen Geste bedeutete er Nicolas, das Grundstück zu verlassen. Das einzige Wort, das er im nächsten Satz des Verwalters verstand, war *polícia*. Das war keine schlechte Idee, er würde mit dem Anwalt und der Polizei wiederkommen. Was für ein katastrophaler Anfang, schlimmer konnte es nicht werden. Nicolas wollte sich nur umsehen, einen Eindruck von Friedrichs Welt gewinnen und verstehen, weshalb er ihm die Quinta vermacht hatte. Er wollte den Leuten nichts wegnehmen und sich erst recht nicht mit diesem Penner von Verwalter herumärgern. Die Morgendämmerung hatte Nicolas sich anders vorgestellt.

Aber als er das Büro verließ, merkte er, wie sehr ihn diese Art kränkte, ja er ärgerte sich, und der Ärger wandelte sich in Wut. Das war keine Art, mit einem Verwandten seines ehemaligen Chefs umzugehen, dazu hatte er kein Recht.

Nicolas lag es fern, auf seinem Recht zu bestehen, aber in diesem Fall sah er keinen anderen Weg. So wie der Verwalter waren viele Leute: Kaum meinten sie, dass sie etwas zu sagen hatten, traten sie nach unten, und nach oben bogen sie den Rücken. Er würde sich die Personalakte des Mannes ansehen, alle Firmen hatten Personalakten ihrer Mitarbeiter – aber da müsste er erst einmal drankommen. Und das ging nur, wenn er sich entscheiden würde, die Quinta zu übernehmen. Dieses Gefühl von Befriedigung, war das ein Vorgeschmack auf die Süße der Macht? War es das bisschen Befriedigung wert, den sich lächerlich gebärdenden Mann später kuschen zu sehen? Dann würde er sich mit ihm auf eine Stufe stellen.

Nicolas blieb abrupt stehen und drehte sich blitzschnell um, der Verwalter prallte auf ihn. »Ich möchte Dona Madalena sehen, Madalena Barbalho.« Er zeigte nach oben, wo er ihr Haus vermutete. Möglicherweise kam er auf diesem Weg weiter.

»*Lisboa, Lisboa*«, schnaufte Gonçalves. Ganze Sätze schienen ihm nicht zu liegen. Aber Nicolas gab sich nicht geschlagen, zog sein Mobiltelefon aus der Tasche und tippte auf den Nummernblock, um Gonçalves deutlich zu machen, dass er ihre Rufnummer haben wollte. Wenn sie vermitteln würde, könnte man diese unsägliche und für den Verwalter zunehmend peinliche Situation beenden. Wenn er daran dachte, was auf den zukam, hatte er bereits jetzt Mitleid. Gonçalves hatte nicht die geringste Chance.

Aber er blieb hartnäckig. »*A dona Madalena – não tem telefone, she has no telefon. And you leave, go!*« Wieder unterstrich er seine Worte mit einer Handbewegung, mit der man Hühner verscheucht. Wie hatte Friedrich es mit diesem Kerl ausgehalten? Ihm gegenüber wird er sich anders benommen haben, da war sich Nicolas sicher. Am besten würde er sich direkt an Madalena Barbalho wenden. Sicherlich führte der Weg, den er beim Heraufkommen links hatte liegen lassen, zu ihrem Haus; er würde direkt dorthin fahren.

Als er zum Wagen ging, saß der Hund wieder da: schwarz und struppig, schmal der Kopf, die Zunge hing aus dem Maul. Als er den Verwalter hinter Nicolas auftauchen sah, war er zwischen den Weinstöcken verschwunden. Gonçalves bückte sich nach einem Stein, so schnell, wie Nicolas ihm das niemals zugetraut hätte, dann holte er zum Wurf aus – aber Nicolas trat ihn in den Weg und sah ihm provozierend in die Augen. Wenigstens jetzt würde er sich durchsetzen. Gonçalves ließ den Arm sinken, damit hatte er nicht gerechnet. War das der Beginn einer großen Feindschaft? Nicolas lächelte böse. War der Kerl überfordert, gingen seine Nerven mit ihm durch, oder war er von Natur Choleriker? In der Tür des Wohnhauses sah Nicolas eine Bewegung. Eine rundliche Frau stand dort, sie musste alles mit angesehen haben. Ihre Augen waren vor Schreck aufgerissen, und sie hatte die rechte Hand vor den offenen Mund geschlagen. Die Linke presste sie auf den Bauch, den eine bis weit über die Knie reichende Schürze bedeckte. Da hatte er wohl die Köchin vor sich, Dona Firmina, von deren Kochkünsten Pereira geschwärmt hatte. Hatte die nicht damals schon hier gearbeitet?

»*Bom dia, Dona Firmina.*« Es war einen Versuch wert, dem Verwalter Paroli zu bieten und sich nicht einfach rausdrängen zu lassen, ohne gleich mit dem Erbschein zu wedeln.

Die Hand verschwand vom Mund, der zweimal zuklappte, als wolle er etwas sagen, als der Verwalter sich umdrehte und die Köchin ins Haus scheuchte. Nicolas setzte sich in den Wagen. Gonçalves wartete in der Bürotür, um ihn verschwinden zu sehen, und meinte, ihm noch einmal die Richtung zeigen zu müssen, in der die Ausfahrt lag. Nicolas hätte ihm am liebsten den Mittelfinger gezeigt.

Als er sich außer Sichtweite glaubte, stoppte er und ging zurück. Er wollte sehen, wie es dort weiterging, wenn er auch die Sprache nicht verstand, so war der Ton durchaus verständlich. Er schlich geduckt durch die Rebzeilen. Es war mühselig, denn sie verliefen quer zum Hang, und Nicolas musste sich durch die Spanndrähte quälen. Er sah nichts. In den Büroräumen war es dunkel, und Stimmen hörte er auch nicht, also ging er zurück zum Wagen. Da saß der Hund. Als Nicolas ihn rief, kam er näher, blieb aber auf Abstand. »Gonçalves kann uns beide nicht leiden, Hund, wir sollten zusammenhalten.« Bei Nicolas' Worten spitzte er die Ohren und legte den Kopf mal nach rechts, mal nach links. Das Tier wirkte verwirrt.

Er hatte nichts im Wagen, was er ihm hätte hinwerfen können. Es gab lediglich eine Flasche Wasser, doch keinen Napf. Nicolas goss ein wenig Wasser in seine Hand, der Hund kam geduckt näher, blieb aber zwei Meter entfernt sitzen. Als Nicolas auf ihn zuging, wich der Hund zurück. Wenn Nicolas einige Schritte zurück machte, folgte der Hund, drehte er sich um, ging er wieder auf Abstand. Als Nicolas zum Haus von Madalena Barbalho fuhr, war er verschwunden.

Der Weg hinauf war nicht so quälend wie der zur Quinta. Das Gebäude, bei dem an sämtlichen Fenstern die Rollläden heruntergelassen waren, stand wie das Wohnhaus quer zum Hang und war mit der langen Seite nach Osten ausgerichtet. Hier umschloss eine Terrasse mit Schieferboden das Haus, es war an zwei Seiten überrankt. Nach hinten, nach Norden, schloss sich ein gepflegter Garten an, in dem eine Wasserfläche blinkte: der Pool. So lässt es sich leben, dachte Nicolas, vergewisserte sich, dass niemand in der Nähe war, zog sich aus und sprang ins Wasser. Es tat ihm gut, er wusch den Dreck ab, den der Verwalter ihm angehängt hatte. Nackt setzte er sich in die Sonne und ließ sich trocknen. War es nicht großartig, was Friedrich geschaffen hatte? Sein Vater hatte das nicht hinbekommen, obwohl er etliche Millionen mehr angehäuft hatte, als Friedrichs Besitz wert war. Aber eben nur Millionen, Geld, Möglichkeiten, von denen keiner was hatte und die ihm unablässig mehr Kopfzerbrechen bereiteten: Wo konnte man um Himmels willen die Gewinne noch gewinnträchtiger anlegen? Der Himmel würde ihm nicht helfen, und er, Nicolas, auch nicht!

Nur Friedrich hatte von all dem auch nichts mehr, nichts hatte er mitnehmen können, und nun lag alles verwaist da. Das Haus war verrammelt, vor der Haustür war ein schweres Gitter, die Fensterläden geschlossen, verlassen auch der Garten. Also war Madalena Barbalho wirklich verreist. Das war verständlich, dass sie sich lieber bei Verwandten aufhielt, statt hier oben zu bleiben, wo ihr Lebensgefährte gestorben war. Es musste schrecklich sein, neben einem Toten aufzuwachen, allein die Vorstellung war grauenvoll. Er selbst würde einen Schock fürs Leben davontragen, wenn er morgens die Hand ausstreckte und dann einen kalten, leblosen Körper berührte. Trotz der Hitze in der prallen Sonne lief ihm eine Gänsehaut über den Rücken. Er zog sich an und trat an die Brüstung der Terrasse. Was nutzte einem der endlose Ausblick auf die Berge, der schimmernde Fluss da unten, dieser Himmel mit dem Blau, um darin zu ertrinken? Machte das den Schmerz nicht noch schlimmer, die Einsamkeit quälender, den Verlust fühlbarer? Oder stellte er sich zwischen Friedrich und seiner Madalena eine ideale Situation vor, wie er sie selbst nie erlebt hatte? Wenn er an Sylvia dachte – sie fehlte ihm nicht. Sie hätte ihm keine Ruhe gelassen, besonders nach dem Auftritt des Verwalters.

Er holte die Mappe mit Pereiras Unterlagen vom Rücksitz, setzte sich auf die Mauer der Terrasse, rief den Anwalt an und schilderte ihm das Vorgefallene. Er schloss damit, dass Madalena Barbalho nach Lissabon gereist sei.

Pereira hörte sich alles kommentarlos an.

»Momentan ist Gonçalves im Recht«, erklärte er dann, »was sein Benehmen keineswegs entschuldigt oder verständlich macht. Auch Ihr Onkel war mit ihm unzufrieden, soweit ich weiß; er war eine Notlösung, ein Übergang, nachdem der vorherige Verwalter pensioniert worden war. Ich nehme mir den Mann vor«, sagte er nach einer Denkpause. »So geht es nicht, Sie hätten ein Kunde sein können. Sicher, ich bin Ihrer Meinung, der Mann ist überfordert. Er hat nicht begriffen, wen er vor sich hatte. Es wird ernst, Nicolau. Ich darf Sie doch Nicolau nennen? Es kommt ausschließlich auf Sie an. Sie müssen wissen, was Sie wollen. Sie haben kein Recht, die Quinta zu betreten, solange Sie nicht die Erbschaft antreten. Noch besitzt er das Hausrecht. Wenn Sie sich dazu durchringen, den Vertrag zu unterschreiben, von dem Ihnen eine Abschrift vorliegt, hat er Ihnen die Quinta zu übergeben. Sie können ihn entlassen, was ich an Ihrer Stelle nicht tun würde, vorerst jedenfalls. Mir zeigt dieser Vorfall, dass die Mitarbeiter nichts von der Regelung Ihres Onkels wissen, denn in dem Fall wäre das Verhalten eine dumme Provokation gewesen. Also – unterschreiben Sie?«

Pereira bot sich an, mit allen nötigen Dokumenten am nächsten Tag nach Peso da Régua zu kommen, um sie von einem dortigen Notar beglaubigen zu lassen. Später müsse Nicolas ihn zum Portweininstitut begleiten und sich als Betreiber der Quinta registrieren lassen.

Pereira fragte Nicolas, wo er wohnen würde, worauf Nicolas die Pension in Pinhão nannte. Er habe gut geschlafen, das Essen unten im Restaurant sei einfach und gut, der Wein auch, bestechend sei natürlich die Nähe zum Fluss und das Geschehen auf dem niedlichen Bahnhof. Es habe etwas sehr Beruhigendes, die Zeit zwischen den drei Zügen, die täglich entlang des Douro hin und her fuhren, verstreichen zu sehen. Er habe vom Bett aus beobachtet, wie sich am Morgen die ersten Reisenden am Bahnsteig begrüßt hatten ...

Pereira unterbrach ihn: »In zwei oder drei Tagen wohnen Sie auf der Quinta. Wir treffen uns morgen um neun Uhr im Hotel von Régua, es ist das größte und hässlichste am Ort, ein weinroter Betonklotz. Der Bau ist sicher nur durch Bestechung der Stadtverwaltung möglich geworden, aber bei Ihrem familiären Hintergrund kennen Sie sich mit derartigen Praktiken sicher besser aus.«

Nicolas wollte widersprechen, Bestechung war die Domäne seines Vaters, und gerade deshalb hatte er Frankfurt verlassen. Aber man musste sich nicht immer rechtfertigen.

»Wie es bei uns funktioniert, wie man mit Behörden umgeht, werde ich Ihnen erklären. Dann besorgen wir uns eine Verfügung, die uns Zutritt zur Quinta gewährt. Wenn Gonçalves sich querstellt, müssen wir möglicherweise eine Amtsperson einschalten, aber das wäre unportugiesisch. Ich finde einen eleganteren Weg, ohne weiteren Ärger. Also – morgen früh, neun Uhr – noch können Sie es sich überlegen. Gehen Sie heute Abend ins ›Vintage House‹, Sie werden das Hotel gesehen haben, es ist auf 100 Kilometer im Umkreis das beste. Sie haben eine riesige Auswahl an hervorragenden Tischweinen und Portweinen, setzen Sie sich in den Garten und überdenken Sie alles. Aber rufen Sie mich bitte vor acht Uhr an, falls ich mir die Fahrt nach Peso da Régua sparen kann. Wir müssen übrigens nach Tabuaço, das ist die für Sie zuständige Gemeindeverwaltung. Also ... ich nehme es Ihnen nicht übel, falls Sie es sich noch anders überlegen. Es ist eine weitreichende Entscheidung.«

»Den *provador*, diesen Senhor Otelo, habe ich nicht getroffen«, sagte Nicolas. »Nur die Köchin, aber die hat sich rausgehalten. Hat Senhor Otelo nichts zu sagen? Er war immerhin Friedrichs Kompagnon ...«

»Er wird bald kommen, auf der Quinta passiert nichts, was er nicht wüsste.«

»Ich habe bei ihm angerufen, er meldet sich nicht.«

»Fahren Sie zu ihm nach Hause, suchen Sie ihn persönlich auf, er empfängt Sie garantiert, er wohnt nicht weit weg, in Tabuaço, einem Städtchen in der Nähe.« Pereira diktierte Nicolas die Adresse.

Ohne den Anwalt wäre er aufgeschmissen. Und erst als Pereira das Gespräch beendet hatte, wurde Nicolas klar, was geschehen war. Im Grunde genommen hatte er eingewilligt – zwar war nichts unterschrieben, und selbst wenn er es morgen täte, war nichts endgültig, lediglich für eine gewisse Zeit verbindlich. Hätte dieser Idiot von Verwalter sich nicht mit ihm angelegt, wäre es nicht zu der Eskalation gekommen, er hätte die Quinta in Ruhe besichtigt, auf Madalena Barbalho gewartet oder sie in Lissabon aufgesucht. Aber die Situation war ihm entglitten, er hatte nicht mit Gonçalves' kategorischem Nein gerechnet. Jetzt sah er sich zum Bleiben gezwungen, und damit war der Job im Architekturbüro weg. Sie würden nicht um ihn trauern, und er würde sich nicht mehr langweilen. Glücklicherweise brauchte er sich keine Sorgen ums Überleben zu machen, jedenfalls vorläufig nicht. Von den 3 500 Euro, die Friedrich ihm zugedacht hatte, konnte er locker leben und auch die Wohnung in Berlin weiterbezahlen. Vielleicht war das hier einfach eine gute Zeit, um sich mit Friedrichs Leben, mit Portugal und dem Portwein vertraut zu machen. Happe würde ausflippen; der fände das total geil, der würde sogar für ein Wochenende herjetten – aber Sylvia? Nein, sie war die härteste Nuss. Er sah sie auf der Party in jener Küche, in der sie sich begegnet waren, sie im Kostüm, er im schwarzen Anzug mit offenem weißem Hemd ... Sie war einfach zu schnell mit zu ihm gekommen, sie war auf der Suche gewesen, und er hatte sich finden lassen.

Unruhig blickte Nicolas sich um. Das Haus und das Grundstück waren Privatbesitz, er hatte kein Recht, den Garten zu betreten oder gar den Pool zu benutzen. Was könnte diese Senhora dagegen haben? Schließlich gehörte er zur Familie. Wie ging eigentlich für jemanden das Leben weiter, wenn der Partner gestorben war? Kam es nicht auf das Verhältnis an, das die beiden gehabt hatten? Sicherlich musste das Leben von Grund auf umgebaut, ja vielleicht sogar neu entdeckt werden, wenn alles auf Gemeinsamkeit ausgerichtet war. Er konnte sich nicht vorstellen, an dem Ort weiterzuleben, an dem die eigene Frau gestorben war. Würde nicht jedes Möbelstück, jeder Stein, jeder der vielen Bäume, die man gepflanzt hatte, an sie erinnern? Friedrich hatte die Bäume als Schutz vor dem Westwind gedacht, und Nicolas hörte am Rauschen der Blätter, dass er zunahm.

Während er darüber nachdachte und die brennende Sonne in sich aufsog, vom Bad noch immer erfrischt, behielt er doch den Weg herauf im Auge. Die Aussicht war grandios. Er sah einen größeren Ausschnitt vom Fluss, konnte weiter schauen, hatte einen besseren Überblick, war aber auch weiter von allem entfernt. Wenn er sich auf die Terrassenmauer stellte, hatte er die Quinta und das Geschehen dort unten gut im Blick.

Er sah einen Wagen heraufkommen, zwei Männer stiegen aus und wurden von Gonçalves empfangen. Kurz darauf traten er und seine Begleiter aus dem Schatten des Gartens und überquerten den Platz vor den Wirtschaftsgebäuden. Gonçalves erklärte wohl etwas. Er streckte häufig den Arm aus, und die beiden anderen Figuren schauten in die entsprechende Richtung. Sie folgten dem Verwalter in die große Halle. Während Nicolas auf die Rückkehr der Besucher wartete, hörte er hinter sich den Hund hecheln, und als er sich umdrehte, zog sich das magere Tier sofort wieder zurück. Wer hatte es so eingeschüchtert?

Hatte Carlos nicht erwähnt, dass Friedrich mit einem Hund in Vila Nova de Gaia aufgetaucht war? Und er erinnerte sich an das ungläubige Kopfschütteln, mit dem Carlos auf die Nachricht von Friedrichs Tod reagiert hatte.

Nach einer Weile wurde es kalt. Wolken zogen auf und schleppten dunkle Schatten über die Berge. Der Westen war grau, dort lag der Atlantik, im Osten, wo der Fluss herkam, war der Himmel noch blau und klar. Nicolas ging zum Wagen, der Hund folgte ihm. Als Nicolas losfuhr, rannte er eine Weile mit, dann war er weg. An der Uferstraße angekommen suchte Nicolas auf der Karte den Ort Tabuaço und folgte der sich am Berghang hinaufwindenden Straße auf knapp 500 Metern Höhe. In einer Kneipe am Ortsrand fragte er nach der Adresse von Otelo Gomes. Es genügte, den Namen Otelo und die Quinta zu erwähnen, und drei Männer traten mit Nicolas vor die Tür, um ihm den Weg zu erklären. Obwohl er nichts verstand, begriff er, dass er an der nächsten großen Kreuzung rechts abbiegen musste. Er tat es und fragte erneut, fragte Passanten, fragte einen Mann, der in seinem Garten arbeitete, fragte in einem Supermercado – nur um schließlich vor einem Haus zu stehen, das genauso verrammelt war wie das von Dona Madalena. Hatten alle für ihn wichtigen Personen nach dem Tod seines Onkels die Quinta verlassen wie ein sinkendes Schiff? Noch konnte er es sich überlegen – wirtschaftlich sollte sie bestens dastehen, Pereira wollte ihm die Bilanzen der letzten Jahre zeigen – Teufel, womit man sich beschäftigen musste.

Er hielt erneut am Supermercado, eigentlich mehr einem gut sortierten Tante-Emma-Laden. Verkäuferin und Kunden gaben sich alle Mühe, ihn zu verstehen und ihm etwas zu erklären. Vom Gesagten begriff er zumindest, dass Otelo verreist war, und immer wieder hörte er *Lisboa*. War er mit Madalena Barbalho zusammen gefahren?

Im Supermercado gab es Hundefutter, ein Öffner befand sich an Nicolas' Taschenmesser. Er probierte einen Strohhut, fand sich albern damit, aber er spürte, dass die Haut auf der Stirn spannte. Eine Kopfbedeckung war nötig, nur leider hatten sie kein Basecap, also nahm er den Hut und eine Tube Sonnencreme. Mit einem Fuß auf der Bremse ließ er sich die Landstraße zum Fluss hinabrollen. Es herrschte wenig Verkehr, und er versuchte sich vorzustellen, wie er sich in dieser Weltabgeschiedenheit fühlen würde, ohne Klubs, Kneipen, Kino und Theater, ohne die Freunde am Wochenende, ohne Sylvia, hier, wo er für die Menschen ringsum, die sich alle kannten, ein Fremder war. Portugiesen sprachen viel miteinander, wie er sah, und sie belauerten und kontrollierten sich, wie in jedem Dorf, wie in jeder Kleinstadt. Jemand wie er, Erbe des Weingutes, würde die Aufmerksamkeit, die Neugier und den Neid der Nachbarschaft (und auch der anderen Weingüter) auf sich ziehen. Ob sie Deutsche mochten, wusste er nicht. Er sollte Pereira fragen. Außerdem musste er sich nach seiner Zusage Gedanken darüber machen, wie er möglichst rasch die Sprache lernte. In Peso da Régua würde es kaum eine Sprachschule geben. Das konnte er morgen klären. Er nahm sich vor, im Lokalblatt per Anzeige nach einer Lehrerin zu suchen – oder waren das Hirngespinste, der Tagtraum eines Stadtflüchtigen? Noch hatte er nicht unterschrieben. Pereira selbst hatte die Möglichkeit offengelassen, bis morgen früh um acht eine verbindliche Zusage zu geben beziehungsweise sie zurückzunehmen.

Er holte Zeichenblock und Stifte aus der Pension in Pinhão, nahm ein Handtuch mit und fuhr zurück zur Quinta. Er konnte nur hoffen, auf der Schlaglochstrecke den Berg hinauf nicht dem unangenehmen Verwalter zu begegnen.

Für ein Bad war es zu kühl und windig, er nahm seinen Platz auf der Terrassenmauer ein und bedauerte, kein

Fernglas zu besitzen, denn unten fuhr ein Lieferwagen auf dem Hof, und einige Kisten mit Wein wurden eingeladen. Er hätte zu gern gewusst, ob das korrekt ablief. Weshalb hätte der Verwalter ihn sonst rausgeschmissen? Zumindest wusste er jetzt, wo das Flaschenlager war – gegenüber der großen Halle. Er griff zum Zeichenblock. Mit wenigen Strichen skizzierte er die Quinta mit ihren Nebengebäuden und notierte die Funktion der Gebäude, soweit sie sich ihm erschloss. Doch auf Dauer war es mühsam, immer wieder aufzustehen und sich auf die Mauer zu stellen, um über die Weinstöcke nach unten schauen zu können. Außerdem interessierte ihn die Gesamtansicht der Landschaft mehr, und er fragte sich, was für eine Bewandtnis es hatte, dass die Rebzeilen manchmal dem Verlauf der Berge auf gleicher Höhe folgten, mal gab es Terrassen mit zwei oder drei Reihen, und sich dann wieder von unten nach oben am Hang hinaufzogen. Nicolas quälte sich, die Logik darin zu erkennen. Er vermutete, dass es wegen des Gefälles war. An den besonders steilen, teils felsigen Abhängen wuchs Buschwerk. Wo es weniger steil war, begannen die Terrassen, je flacher es wurde, desto mehr Rebzeilen befanden sich darauf, und an den kaum geneigten Hängen führten die Rebzeilen geradewegs nach oben. Das alles hatte sicher eine Funktion, einen Grund, war irgendwann erfunden, erprobt und im Laufe der Zeit weiterentwickelt worden.

Nicolas zeichnete Weinstöcke, knorrig verdrehte, glatte und gerade, Rebzeilen und Blätter. Die verschiedenen Formen faszinierten ihn. Mal waren die Unterseiten glatt, mal fühlte er winzige Härchen darauf oder sogar Haken. Von oben betrachtet waren die Blätter mal gezackt wie ein Sägeblatt, dann wieder rund oder halbrund wie ein Hufeisen, andere waren gebuchtet, schmal oder länglich. Er verglich die Blätter eines Weinstocks miteinander, dann die mehrerer Weinstöcke und fragte sich bei den Unterschieden, ob es sich um verschiedene Rebsorten handelte. Er bemerkte die unterschiedliche Struktur des Holzes und der Fasern, die sich wie Bast von den Stöcken lösten.

Da hörte er den Hund hinter sich und gab ihm das mitgebrachte Hundefutter. Das Tier schlang es herunter, legte sich in der Nähe nieder und schnarchte. Doch immer wieder zuckte der Kopf hoch. Nicolas kam eine Idee und er rief Carlos an. Nach einigen Fragen, die Nicolas ausweichend beantwortete, kam er auf den Besuch seines Onkels in Gaia zu sprechen.

»Ich habe dir erzählt, dass dieser Chico Alemão, der Besitzer von der Quinta do Amanhecer, tot ist.«

»Du hattest recht, ich habe mich erkundigt, leider stimmt es. Was ist mit ihm?«

»Du sagtest, er sei immer mit einem Hund erschienen, nicht wahr?«

»Korrekt, und weiter?«

»Kannst du dich erinnern, wie das Tier aussah?«

»Du stellst Fragen! Wieso willst du das wissen?«

Nicolas sah jetzt keine Veranlassung mehr zu schwindeln. »Ich bin hier auf seiner Quinta, und da läuft mir ein Hund nach, schwarz, einen weißen Fleck am Hals, mager, verdreckt, eine spitze Schnauze, nichts Reinrassiges, eine Mischung.«

»Könnte sein, aber ich müsste ihn sehen, um es genau zu sagen. Was soll das Ganze?«

»Weißt du zufällig, wie der heißt?«

»Der Hund? Ich glaube, der hieß ... Perúss oder so. Ja, Perúss.«

»Bedeutet das irgendwas?«

Carlos seufzte. »Ich dachte, du bist wegen des Portweins gekommen.«

»Bin ich auch.«

Nicolas hielt die Hand über das Mobiltelefon. »Perúss«, rief er leise, »Perúss.« Der Hund sprang auf und sah sich um. »Ich glaube, er ist es«, sagte Nicolas lachend, »du, ich erkläre dir alles morgen oder übermorgen. Wie weit ist es bis nach Vila Real?«

»Nicht weit, du kannst mich jederzeit besuchen kommen. Übrigens, ich soll dir noch etwas sagen: Ich habe meiner Freundin von dir erzählt, die hat so einen Hang zum Okkulten, zu Wahrsagern und Kartenlegern. Das ist glücklicherweise ihr einziger Spleen, na, bis auf die, die ich noch nicht kenne. Sie rennt alle zwei Wochen zu einer Brasilianerin, spirituelle Mutter nennt sie die, und lässt sich die Zukunft voraussagen. Es wurden ja allerlei obskure Leute mit dem Zusammenbruch unseres Weltreichs in Portugal angespült. Ich war mal mit ihr bei der Frau. Recht beeindruckend, sie wirft Kaurimuscheln und liest daraus die Zukunft oder entdeckt geheime Kräfte. Ich glaube nicht an den Schwachsinn, aber die Frau hat meistens recht. Sie hat von dir gesprochen, was ich merkwürdig finde, von einem Deutschen, der ein Ufer sucht, und ich soll dir was ausrichten: Nimm dich in acht vor schwimmenden Bergen, die Gefahr käme aus den Bergen. Und du sollst schauen, wo du hintrittst ... also, *amigo*, mein Freund, verzieh dich ins Flachland.«

Nicolas steckte das Mobiltelefon weg und wandte sich dem Hund zu. »Perúss!«, rief er, und der Hund kam näher, aber wie sehr Nicolas ihn auch lockte, so nah, dass er ihn anfassen konnte, kam der Hund nicht. Seine Anwesenheit gab Nicolas das Gefühl, nicht gänzlich auf sich selbst gestellt zu sein. Außerdem gab es ja Carlos – und diese Brasilianerin. Sicher hatte Carlos' Freundin von ihm erzählt. Vorhersagen funktionierten immer nach demselben Schema. Je allgemeiner sie formuliert waren, desto sicherer trafen sie ein. Klar musste man aufpassen, wohin man trat. Aber was zum Teufel waren schwimmende Berge?

»Waren Sie gestern noch im ›Vintage House‹?«, fragte Pereira, als er sich im Hotel zu Nicolas setzte, der an einem Tisch mit Blick auf Réguas drei Brücken wartete.

»Zu alt, das Publikum, ist nicht meine Szene«, sagte Nicolas kurz.

»Hätte mich auch gewundert«, meinte Pereira schmunzelnd, »bei dem Onkel. Manchmal lassen sich derartige Besuche nicht vermeiden. Wenn Sie die Quinta übernehmen – oder haben Sie es sich heute Nacht anders überlegt? –, und sei es auch nur für die Bedenkzeit, kommen Sie nicht darum herum, in gewissem Rahmen zu repräsentieren. Ob Sie wollen oder nicht, wenn Sie es nicht können, müssen Sie es lernen. Sie produzieren keine Billigweine, sondern individuelle und teure Produkte. Sie verkaufen eine Idee, eine Vorstellung, den Geschmack einer Region, Kennerschaft, auch das Selbstbild des Kunden, denn er muss sich schätzen, weil er sich etwas gönnt, nämlich Ihren Port oder Ihre Weine. Sie verkaufen die Anerkennung, die er gewinnt, wenn er die Flasche seinen Gästen zeigt. Ihr zehn Jahre alter Port kostet das Vielfache einer Billigmarke, beim Tischwein ist es ähnlich. Haben Sie ihn probiert?«

»Gewiss, in Berlin, ich habe ihn auch zu Ihrem Kollegen Dr. Hassellbrinck mitgenommen. Er war begeistert. Aber hier habe ich nichts probiert. Gonçalves hat mich ja sofort rausgeworfen, ich bin nicht einmal durch die Tür gekommen.«

Pereira steckte den Kopf suchend in seine Aktentasche.

»Unverständlich«, murmelte er, »völlig unverständlich. Chico hätte niemals mit jemandem gearbeitet, der nicht kooperationsfähig ist.« Pereira legte einen Stoß Papiere auf den Tisch, sodass Nicolas die Wassergläser und Flaschen beiseiteschieben musste. »Die Fähigkeit zur Zusammenarbeit war bei seinem Hintergrund – ich gehe mal davon aus, dass Sie wissen, was ich meine – eine Voraussetzung.

Sein Führungsstil war hier in der Gegend nicht üblich. Mitarbeiter, die sich dem nicht angepasst haben, blieben nicht lange dort.«

»Deshalb auch die testamentarische Regelung, dass die Mitarbeiter, im Falle, dass ich nicht ...«

»*Exactamente,* so ist es – so, hier habe ich Ihr Arbeitspensum für die nächsten Tage.« Damit klopfte er auf die vor ihm liegenden Schriftstücke und Mappen. »Die Inventarliste der Quinta, Gebäude, Anlagen, Maschinen, Geräte, Fahrzeuge, Fass- und Flaschenweine, sogar eine Aufstellung der Werkzeuge aus der Werkstatt. Ihr Onkel war genau, es ist alles aktuell, die Aufstellungen wurden erst zum Jahreswechsel entsprechend der Inventur aktualisiert. Weinverkäufe und Bestände werden monatlich gemeldet. Und hier die Bilanzen!«

Nicolas wurde schwindlig. Er hatte gedacht, er wäre hergekommen, um Wein zu machen, er sollte Rebstöcke pflanzen – und vor ihm lag nichts als Papier! Und dann noch in einer unverständlichen Sprache. Wenigstens war der Vertrag auf Deutsch. Friedrich hatte 30 Jahre Zeit gehabt, das Weingeschäft zu lernen und die Quinta aufzubauen, er selbst wurde ins kalte Wasser geworfen und musste allein schwimmen.

Sie fuhren zum Notar, und Nicolas unterschrieb. Unter acht verschiedene Dokumente und Abschriften musste er seinen Namen setzen, den Pass vorlegen sowie die Geburtsurkunde und ihre beglaubigte Übersetzung. Seinen Namen auf die Papiere zu schreiben war einfach, der sogenannte Federstrich. Was jedoch würde daraus folgen? Worauf hatte er sich eingelassen? Konnte er das überhaupt bewältigen? Wenn er sich zu viel Gedanken machte, sicherlich nicht. Also rein ins Wasser und los! Das Risiko war glücklicherweise gering. Er würde sich den Überblick verschaffen, so wie gestern von oben, möglichst wenig anrühren, nichts ändern, die Entscheidungen den Fachleuten überlassen –

nur so ließen sich Fehler vermeiden – und sich mit Friedrichs Leben beschäftigen. Dass er sich spätestens ab Oktober in Berlin nach einem Job umsehen musste, war nicht einmal schlecht, so kam er wenigstens wieder in Bewegung. Happe folgte einer ganz anderen Devise: »Du musst die Welt verändern, um sie zu begreifen ...« Happe war weit weg, leider.

Pereira brachte Nicolas zum Steuerberater, der nur gebrochen Englisch sprach, was Nicolas drastisch vor Augen führte, wie dringend er der portugiesischen Sprache bedurfte. Sie würden ihn erst ernst nehmen, wenn er ihre Sprache beherrschte. An einen Intensivkurs war in dem 10 000-Seelen-Städtchen Régua nicht zu denken. Er musste baldmöglichst die Anzeige aufgeben, den Text sollte er auf Deutsch verfassen. Oder war es besser, von jemandem die Sprache zu lernen, der kein Deutsch verstand? Es wäre schwieriger, dafür würde es schneller gehen. Pereira war derselben Ansicht.

Nach dem Mittagessen, zu dem ihn der Anwalt eingeladen hatte, fuhren sie zum Tribunal da Justiça, wo Pereira sich von einem befreundeten Richter eine Verfügung holte, die Nicolas uneingeschränkten Zugang zu allen Einrichtungen der Quinta gewährte.

»Dem Schriftstück kann er sich nicht verweigern«, erklärte Pereira, als sie auf dem Weg dorthin waren. »Ich verstehe Gonçalves nicht. Er hat nicht begriffen, wer Sie waren und weshalb Sie gekommen sind. Oder er ist der Verantwortung nicht gewachsen. Das werden Sie beurteilen müssen. Seien Sie gnädig, Nicolau, wir Portugiesen gehen anders miteinander um als Ihre Landsleute. Die meisten danken es einem, aber durchaus nicht alle, und die gilt es zu erkennen. Wenn wir Dona Madalena erreicht hätten, wäre uns die Prozedur erspart geblieben. Sie hätten vorher bei ihr anrufen sollen. Haben Sie nach Fredericos Tod mit ihr gesprochen?«

Nicolas schüttelte nur den Kopf. Die Quinta auf diese Weise zu übernehmen, war ihm peinlich, besonders das bevorstehende Zusammentreffen mit Gonçalves.

»Haben Sie wenigstens Seu Otelo erreicht?«

»Auch nicht.« Nicolas erzählte vom Ausflug nach Tabuaço und dass Seu Otelo auch in Lissabon sei. »Zumindest war es das Einzige, das ich verstanden habe.«

»Sie werden unsere Sprache schnell lernen, Sie sind ja sozusagen nur von Ausländern umgeben. Und Portugiesisch lernt man leichter als Deutsch.«

»Das sagen alle. Wie wollen Sie das beurteilen, Senhor Pereira?«

Der Anwalt lachte wieder und sah Nicolas an, der es mit der Angst bekam, als Pereira bei 120 Stundenkilometern auf der Uferstraße den Blick von der Fahrbahn nahm.

»Weil ich Anfang der Siebzigerjahre in Berlin studiert habe. Es war eine großartige Zeit, auch bei uns, besonders nach 1974, nach der Nelkenrevolution. Am 27. April, zwei Tage nach der Machtübernahme durch das Militär, bin ich sofort nach Hause gefahren, mit dem Bus, eine Tortur. Ich war damals in der Studentenbewegung aktiv. Sie sind so still, ist Ihnen nicht gut?«

Nicolas seufzte. Sollte er sagen, dass er diesen selbstmörderischen Fahrstil verabscheute oder dass dieses ungute Gefühl, diese Angst wieder da war, seit er die Unterschrift unter den Vertrag gesetzt hatte? Er fühlte sich wie ein Eindringling, wie jemand, der anderen etwas wegnahm. Das sagte er Pereira.

Der schüttelte den Kopf. »Natürlich nehmen Sie jemandem etwas weg. Aber glauben Sie, die Mitarbeiter könnten die Quinta allein führen, im Kollektiv sozusagen? Alle derartigen Versuche sind gescheitert, das liegt nicht am System, sondern am Menschen. Die Quinta gehört Ihrem Onkel, hat ihm gehört, und er hat darüber nach Belieben verfügt. Erst kommen Sie, dann die Belegschaft. Sagen Sie sich das jeden Tag, jeden Morgen. Ihre Entscheidung ist klar, jetzt jammern Sie nicht, freuen Sie sich, dass Sie was Vernünftiges zu tun bekommen. Besser an der frischen Luft als an Ihrem langweiligen Zeichenbrett oder dem Computer. Ich würde gern mit Ihnen tauschen.«

»Das geht schlecht, ich verstehe nichts von Juristerei.«

»Und ich nichts vom Weinbau. Sagen Sie nie, das kann ich nicht, sagen Sie immer, das kann ich *noch* nicht! Geben Sie sich eine Chance.«

Den Rest des Weges legten sie schweigend zurück.

Gonçalves stand breitbeinig in der Bürotür, pumpte sich auf, um loszulegen, aber der Anwalt hielt ihm die Verfügung entgegen und redete auf den Verwalter ein, er fuhr ihm jedes Mal über den Mund, wenn er protestieren wollte. Zuletzt senkte Gonçalves den Kopf und schob mit dem Fuß verlegen Kiesel hin und her. Nach einer Weile gab er dem Anwalt die Hand, ohne ihm ins Gesicht zu sehen, und als Pereira auf Nicolas wies, ging er auf ihn zu, hielt ihm ebenfalls die Hand hin und meinte nur: »*Sorry, Mister Hollmann.*« Die Art, wie er das sagte, machte die Entschuldigung zunichte.

»*Please, come in, come in.*« Gonçalves winkte Nicolas und den Anwalt ins Büro, und sie setzten sich an Gonçalves' Schreibtisch. Von dem, was die beiden Portugiesen sprachen, verstand Nicolas kein Wort. Der Verwalter erklärte in endlosen Litaneien, gestikulierte, fuchtelte mit den Händen in der Luft und holte immer wieder weit mit dem Arm aus, als wolle er die ganze Bergregion umspannen. Pereira fragte, gab kurze Erwiderungen auf die weitschweifigen Erklärungen und wandte sich schließlich an Nicolas.

»Senhor Gonçalves entschuldigt sich förmlich für sein gestriges Verhalten. Es täte ihm sehr leid, meint er, er wusste nicht, wen er vor sich hatte. Er bittet Sie, ihm seine Verfehlung zu verzeihen. Nach dem Tod Ihres Onkels, das bringt er als Erklärung vor, seien so viele Interessenten hier aufgetaucht, die meinten, sie könnten billig Weinberge und Kellereiausrüstung oder Wein kaufen, zumal bekannt ist, dass Frederico keine Kinder hat. Auch Dona Madalena ist sozusagen davor geflüchtet. Selbstverständlich steht Ihnen als Erbe hier jede Tür offen. Nur bittet er Sie, etwas später wiederzukommen. Sie müssen noch eine Lieferung nach Großbritannien abwickeln, dann würde er Ihnen zur Verfügung stehen, Ihnen alles zeigen, und selbstverständlich stehen Ihnen die Privaträume Ihres Onkels offen. Kommen Sie dem Mann entgegen«, empfahl Pereira beschwichtigend. »Es erleichtert die Zusammenarbeit. Sie sind auf ihn angewiesen. Natürlich spricht er Englisch. Allerdings scheint er mir nicht belastbar, sonst aber ist er wohl ganz verträglich. Das gestern muss ein Ausrutscher gewesen sein.«

»Ich brauche ihn nicht, um mir das Haus anzuschauen«, sagte Nicolas barsch, der den Worten des Verwalters nicht traute. Gonçalves sollte das ruhig hören, er hatte ihm nicht ein einziges Mal in die Augen gesehen, und da Nicolas die Worte nicht verstand, achtete er genauer als jemals zuvor auf Zwischentöne, auf Mimik und Gesten. Er sah durch die Glasscheiben des Büros, wie die junge Sekretärin aus dem Nebenraum herüberschaute und ihn anlächelte, dann aber, als Gonçalves das bemerkte, seinem Blick auswich. Vielleicht tat Gonçalves nur so lange verbindlich, wie der Anwalt in der Nähe war.

Nach einem kurzen Wortwechsel meinte Gonçalves, dass er Dona Firmina, die Frau des Hausmeisters, des *caseiro*, zum Lüften und Saubermachen noch einmal durch die Räume schicken wolle.

»Die oberen Räume wurden lange nicht genutzt.« Pereira bedeutete Nicolas, darauf einzugehen. »Dann, meint er, wäre alles zu Ihrem Empfang bereit. Die Schlüssel haben Sie bereits, Senhor 'Ollmann. Fangen Sie damit was Vernünftiges an. Wenn Sie blind wissen, zu welchem Schloss der jeweilige Schlüssel gehört, dann sind Sie hier zu Hause.«

Nicolas sah sich um, ob der Hund hier nicht irgendwo herumstromerte, der gab ihm viel mehr dieses Gefühl.

Als Nicolas später wieder auf Gonçalves traf, wirkte dieser ernst und angespannt. Er trug zur Feier des Tages einen Anzug, den er länger nicht getragen hatte. Nicolas meinte, dass er nach Mottenkugeln roch, und die Jacke ließ sich über dem Bauch nicht mehr schließen. Es wehte ein starker Wind, der Tag hatte bedeckt begonnen, und man erwarte laut Wetterbericht, so der Verwalter, im Laufe des Tages von Westen her einige Schauer. Das sei schlecht für die Blüte. Er rief die junge Sekretärin, eine anscheinend beherzte Frau, die ihn förmlich mit einem festen Händedruck begrüßte. Nicolas hatte ihr gegenüber ein gutes Gefühl, er würde sich in einigen Fragen lieber an sie wenden als an den Verwalter. Der führte ihn durch den Haupteingang in einen Flur, wo ihn Dona Firmina begrüßte. Sie war es gewesen, die sich entsetzt die Hand vor den Mund gehalten hatte. Von dem, was sie ihm sagte, wie sie da klein und resolut vor ihm stand, das Haar streng nach hinten gekämmt und zu einem Knoten zusammengebunden, verstand er kein Wort. Er nickte aber und lächelte, worauf sie die Augen niederschlug und in der Küche verschwand. Ihr Mann, Seu Roberto, war nicht anwesend.

Nicolas folgte ihr in eine Küche, wie er sie bei den Großeltern seiner Schulfreunde gesehen hatte. Alles war alt, aber bestens gepflegt und sauber. Die Schränke sahen wie Antiquitäten aus, in den gemauerten und gekachelten Regalen stand blau-gelbes Keramikgeschirr, Töpfe und Pfannen hingen an den Wänden, und in der Ecke war eine offene Feuerstelle. Die Kacheln der Wände hatten vorher andere Wände geziert, eher die von Palästen. Die Tischplatten waren blank gescheuert. Ein Rest Asche im Kamin zeigte, dass er benutzt wurde. Das war eine Küche, in die Dona Firmina wahrscheinlich niemand anderen hereinließ. Und erst recht keine Frau wie Sylvia.

Zu ebener Erde befand sich auch die Einliegerwohnung des Hausbesorgerehepaares, einen direkten Zugang zu den Büroräumen gab es von hier aus nicht. Gonçalves klopfte an eine Tür neben der Treppe zum Obergeschoss.

»Das ist der private Keller von Seu Frederico, die Weine werden Ihnen gefallen«, sagte er mit einem Lächeln, und Nicolas meinte, Begeisterung für den Wein herauszuhören.

Aber erst einmal ging es nach oben. Nach Südosten hin über dem Büro lag das Esszimmer, wo für Gäste des Hauses Verkostungen vorgenommen wurden. Durch eine Flügeltür gelangte man in den Salon, wodurch sich ein großer Raum für Festlichkeiten ergab. Vom Salon aus gelangte man in die Bibliothek.

»Den Schlüssel dazu haben nur Sie«, meinte der Verwalter, und Nicolas enthielt sich weiterer Interpretationen seines Tonfalls. Die Privaträume seines Onkels lagen nach Westen dem Berg und den Reben zugewandt. Gegenüber, nach vorn raus, gab es ein Gästezimmer mit Bad und ein winziges Apartment, das Otelo Gomes bewohnte, wenn er nicht nach Hause fuhr.

»Den Weinkeller müssen Sie sehen«, sagte der Verwalter, und Nicolas tat ihm den Gefallen. Gonçalves schloss die Kellertür auf, betätigte innen einen Schalter, und das Licht ging an. Eine lange Holztreppe führte hinab in ein Gewölbe. »Der älteste Teil des Hauses«, sagte er. »Gehen Sie, gehen Sie vor, alles, was unten liegt, gehört Ihnen.«

Er wandte sich um, rief etwas in den Hausflur, trat zurück und ließ Nicolas mit einem Lächeln den Vortritt. Als das Licht ausging und Nicolas den Fuß auf die dritte Stufe setzte, wusste er, was passieren würde. Aber es war zu spät. Er hatte sein Gewicht schon zu weit nach vorn verlagert, als dass er zurückgekonnt hätte. Er spürte, wie das Holz unter seinem rechten Fuß nachgab, wie er durch die Stufe brach, auch die nächste gab mit einem Krachen nach, und Nicolas stürzte ins Bodenlose. Er merkte noch, wie er hart aufschlug, spürte einen wahnsinnigen Schmerz im Arm, dann ging auch bei ihm das Licht aus.

6.

Leere Fässer

»Senhor 'Ollmann! Senhor 'Ollmann?«

Es dauerte eine Weile, bis Nicolas sich angesprochen fühlte. Er krümmte sich, und im selben Moment raste ein stechender Schmerz von seinem rechten Arm aus bis in den Rücken. Er stöhnte. Es wurde hell, und er schloss gleich wieder die Augen.

»Seu 'Ollmann?« Das klang eindringlich. Er blinzelte, versuchte, sich klar zu werden, wo er war. Er war im Weinkeller angekommen, er sah Weinflaschen und Lichtreflexe, Regale mit stehenden und liegenden Flaschen, Kisten und aufgerissene Kartons, einen Tisch, einen Stuhl. Er sah es von unten – und um sich herum die Trümmer der Treppe. Dafür war es angenehm kühl, und er ließ den Kopf wieder sinken.

Die Stimme, nein, es waren zwei, die ihn abwechselnd riefen, kamen von oben. Er wollte den Kopf heben, doch das schmerzte heftig, und er stöhnte wieder. Leider verstand er nicht, was sie sagten. Sie klangen besorgt, kamen näher. Jetzt war jemand bei ihm angekommen, es war der Verwalter, der sich über ihn beugte.

»*Oh, meu Deus*«, hörte Nicolas ihn in seiner selbstgefälligen Art sagen. Hörte er da einen Vorwurf heraus?

»*I am so sorry.*«

Ich auch, dachte Nicolas, ich auch, und versuchte, sich ohne allzu viel Schmerzen aus den Holztrümmern zu befreien. Gonçalves half ihm dabei und räumte die eingebrochenen Treppenstufen beiseite. Nicolas roch das Holz – und den Wein. Ein Brett hatte eine Weinkiste zerschlagen, und eine rote Lache kroch auf ihn zu. Er wollte nicht nass werden, also musste er schleunigst hochkommen. Der Verwalter trat zurück und beobachtete Nicolas' hilflose Versuche, mit nur einem Arm die Bretter wegzuräumen, dann fasste er wieder mit an, betrachtete kopfschüttelnd die Bruchstellen und stapelte die Bretter umständlich an der Wand. Zuletzt half er Nicolas auf.

Es war der rechte Unterarm, verstaucht oder gebrochen, und wenn gebrochen, so war es zumindest kein offener Bruch. Er konnte die Hand nicht bewegen, den Arm genauso wenig. Nicolas taumelte, merkte, wie benommen er war, und ihm war schlecht. Wenn ich jetzt noch kotzen muss, dann habe ich eine Gehirnerschütterung, dachte er und fragte sich sofort, woher er das eigentlich wusste, während der Verwalter und ein anderer Mann, den er nicht kannte, ihm über eine Leiter und die heil gebliebenen Treppenstufen nach oben halfen. Er ließ sich im Hausflur auf den Boden sinken, die Kühle der Steinplatten tat gut, er lehnte sich zurück, bis ihn der Schmerz im Arm aufstöhnen ließ.

Die Haushälterin und der Verwalter standen sich gegenüber und stritten. Aus ihrem Mund hörte er immer wieder das Wort *bombeiros,* und Gonçalves stieß wiederholt einen Namen hervor: *Doutor Veloso.* Nicolas verstand von allem nichts, er wollte nur Wasser. Der Verwalter schien sich durchzusetzen, denn er ging ins Büro, und durch die offenen Türen hörte Nicolas ihn telefonieren, wobei er denselben Namen nannte. Lourdes, die Sekretärin, stand im Halbdunkel, beobachtete Nicolas und flüsterte mit der Köchin und dem unbekannten Mann mit weit offenem Hemd. War das Dona Firminas Ehemann, der Hausmeister? Er erkannte es an der Bestimmtheit, mit der sie ihn in die Küche schickte, um das Wasser zu holen. So entschieden gingen nur Ehefrauen mit ihren Männern um. Alle gemeinsam brachten Nicolas in den Salon und betteten ihn vorsichtig auf das Ledersofa, wo er benommen liegen blieb. Die Treppe ist eingebrochen, dachte er, was für ein beschissener Anfang. Erst der Rausschmiss, jetzt der Unfall.

Der Verwalter erklärte, dass Doutor Veloso käme, ein erfahrener Arzt, er würde von Peso da Régua bis hierher mindestens eine halbe Stunde brauchen. Oder ob Nicolas wolle, dass man ihn mit der Feuerwehr ins Krankenhaus brächte?

Das war ihm, obwohl er sich entsetzlich fühlte, bei Weitem zu viel Aufhebens. Vielleicht war der Arm nicht gebrochen, und ob man ihn röntgen lassen müsste, sollte der Arzt entscheiden.

Doutor Veloso, wie es ehrfürchtig hieß, mochte um die 60 sein, hatte eine hohe Stirn, die in eine Halbglatze überging, das kurz geschnittene Haar war nur an den Schläfen so grau wie der gestutzte Schnurrbart unter der langen schmalen Nase. Er war braun gebrannt, als käme er direkt vom Strand, der blaue Blazer und das weiße Hemd ließen einen Hang zu maritimen Sportarten vermuten, zum Segeln vermutlich. Das Überraschendste an ihm war der amerikanische Akzent – und der sich beim Sprechen auf und ab bewegende Adamsapfel. Er nahm die Sonnenbrille ab und setzte eine mit klaren Gläsern auf. Er beugte sich über Nicolas und leuchtete ihm mit einer kleinen Lampe in die Augen.

»*Don't worry,* machen Sie sich keine Sorgen«, sagte er mit einer angenehmen Stimme. »Es wird nur eine leichte Gehirnerschütterung sein. Sie haben eine Beule, noch nicht gemerkt? Sollten Sie kühlen. Dona Firmina, *por favor*...« Der Rest des Satzes kam auf Portugiesisch. Dann wandte sich der Arzt wieder an ihn. »Der Unterarm ist wahrscheinlich gebrochen, Sie sind draufgefallen, besser auf den Arm als auf den Kopf.« Er lachte gekünstelt. »Ich kann Sie, falls

Sie es sich zutrauen, gleich mit ins Krankenhaus nehmen. Ich operiere dort und betreibe in Régua meine Praxis. Machen Sie sich keine Sorgen, in Ihrem Alter wachsen Knochen schnell wieder zusammen.« Dann überlegte der Arzt es sich anders. »Nein. Sie bleiben heute doch besser hier. Legen Sie sich hin. Gonçalves kann Sie dann morgen, falls es nicht besser geht, ins Krankenhaus fahren. Hier haben Sie Ruhe – Sie sind ja neuerdings der Herr im Hause, wie ich hörte. Ein wenig Glück haben Sie bei Ihrem Sturz gehabt, es hätte Sie dasselbe Schicksal ereilen können wie Ihren Herrn Onkel. Liegt das in der Familie?«

Nicolas war nicht nach Spaßen zumute.

»An jenem Tag hat man mich auch gerufen.« Dr. Veloso seufzte. »Ich bin noch nie zuvor diese Strecke mit einer derartigen Geschwindigkeit gefahren. Ich dachte, ich könnte ihn retten. Ein Hubschrauber war auch unterwegs, aber wir kamen alle zu spät.«

Nicolas wollte sich aufrichten, sich für die Mühe um seinen Onkel bedanken, der Arzt winkte ab.

»Werden Sie gesund, Gesundheit brauchen Sie für die Aufgabe, die vor Ihnen liegt. Gonçalves hat mich informiert, dass Sie die Quinta übernehmen. Viel Glück. Eine riesige Herausforderung. So wie ich Sie einschätze, werden Sie das überstehen. Weitblick und langen Atem brauchen Sie. Zuvor aber kurieren Sie sich aus. Man sorgt für Sie, und wir telefonieren morgen, okay?«

Mit schmerzverzerrtem Gesicht ließ Nicolas das Bandagieren des Arms über sich ergehen, erschöpft sank er danach zurück in die Kissen, die Dona Firmina ihm im Rücken zurechtklopfte.

Der Verwalter stand zerknirscht am Fußende der Couch. »Es ist nicht meine Schuld. Senhor Frederico hat davon gesprochen, die Treppe erneuern zu lassen, aber er hat es hinausgeschoben, er wollte sparen«, murmelte er verzweifelt. »Nur er ging da runter. Die Feuchtigkeit muss das Holz stärker angegriffen haben, als wir vermuteten. Sollen wir Ihr Gepäck aus dem Hotel holen? Wo wohnen Sie?«

Die Stimme des Verwalters wurde leiser, bis sie ganz verschwand. Nicolas' Herzschlag beruhigte sich, die Tabletten wirkten, seine Glieder wurden schwer, der Schmerz im Arm verging, aus dem Schwindel im Kopf wurde ein langsames Sinken in den Schlaf. In einem letzten Aufbäumen wehrte sich Nicolas dagegen. Er dachte an die Firmenunterlagen im Wagen, die musste nicht jeder sehen, er hatte so viel zu erledigen, er wollte noch dies und das und jenes ...

Das Zufallen der Salontür weckte ihn. Er wollte sich wie üblich auf die rechte Seite drehen, stieß sich den bandagierten Arm und fühlte den Schmerz, der ihn schneller und radikaler wach machte, als es je ein Wecker gekonnt hätte. Er hatte nicht gewusst, dass Knochen so wehtun können. Da kam was auf ihn zu, und das war erst der Anfang. Die Tinte unter dem Vertrag war kaum trocken, da durfte er nicht schon wieder aussteigen. Wie würde er vor Pereira dastehen, und vor allem vor sich selbst? Und sofort fielen ihm der Verwalter ein, die Sekretärin, die Köchin, ihr Mann. Da waren noch vier Arbeiter im Weinberg, der Kellermeister. Teufel, worauf hatte er sich eingelassen? War er noch bei Sinnen? Es war ein Traum, nichts als ein Traum. Bei dem Gedanken durchströmte ihn ein Gefühl unendlicher Erleichterung. Das Zimmer kannte er nicht. Draußen regnete es, was in Portugal unmöglich war, da schien immer die Sonne. Also war es ein Traum, der Arm war heil. Er hörte das Rauschen des Regens, fühlte die Kühle, den Duft nasser Erde, den der leichte Wind mitbrachte. Er roch kalte Asche, Holzkohle, Holz. Er wandte den Kopf und sah den Kamin, daneben einen Stapel Scheite. Hatte er den Kamin bei seinem Rundgang durch das Haus übersehen? Und wieso Hühnerbrühe? Es roch nach Hühnerbrühe. Er sah die silberne Glocke auf dem Tablett. Sie war über einen Teller gestülpt, um die

Suppe warm zu halten. Also war es kein Traum. Aber die Hühnerbrühe war ein Traum, das hauchzart geschnittene Gemüse darin al dente, Möhre, Sellerie, Porree – genau auf den Punkt. Und eine Karaffe mit Wasser stand daneben.

Als er sich aufsetzte, ängstlich bedacht, den Arm ruhig zu halten, wurde ihm schwindlig. Die Diagnose des Arztes wird richtig gewesen sein, sagte er sich, eine Gehirnerschütterung – aber so ein Befund war ziemlich vage. Er sollte morgen zum Röntgen ins Krankenhaus fahren. Bezahlte die Krankenkasse Unfälle im Ausland? Na ja, er bekam seit heute ein recht gutes Gehalt als Geschäftsführer. Dass er es jetzt für Ärzte ausgeben musste, gefiel ihm nicht. Was war Veloso für ein Arzt? Wenn er operierte, musste er Chirurg sein. Er würde ihn fragen. Ihn also hatte man nach Friedrichs Tod geholt, und er hatte den Totenschein ausgestellt. Was für ein grausiger Beruf, wenn die Kunden starben. Wieso sprach er amerikanisches Englisch? Mit den anderen hatte der Doktor Portugiesisch ohne diesen Akzent gesprochen.

Langsam setzte sich Nicolas auf, stand vorsichtig auf und tastete sich an den Wänden weiter. Das Bad lag im hinteren Teil des Obergeschosses, er hatte bereits einen kurzen Blick hineingeworfen. Als er sich durch den Flur hangelte, hörte er von unten die besorgte Stimme von Dona Firmina. Die arme Frau hatte anscheinend ein schreckhaftes Wesen, sie wirkte dauernd verängstigt.

Im Bad setzte er sich auf den Rand der Badewanne, verschnaufte und sah sich um. Das war jetzt sein Badezimmer? Er betrachtete die alten, runden Armaturen des Waschbeckens und der Badewanne. War er auf eine Zeitreise geraten? Die Wasserhähne und die Mischbatterien mit dem Kreuzgriff stammten aus der Zeit vor seiner Geburt. Die waren einfach zu bedienen gewesen, da brauchte man keine Fernsteuerung wie bei modernem Kram. So etwas gab es heutzutage als teuren Nachbau, aber die hier waren alt, abgegriffen und funktionierten. Er trat ans Waschbecken, hob mühsam den Kopf – und sah einem Fremden ins Gesicht. Er war verschwitzt und müde, seine Augen waren Schlitze. Er zog die Lider zusammen, als würde er geblendet und hätte noch immer Kopfschmerzen. Er fand einen Kamm, den er bei seinem streichholzlangen Haarschnitt kaum brauchte. Es genügte, mit nassen Händen darüberzustreichen. Ich lasse mir das Haar wachsen, zumindest so lange, bis ich das hier im Griff habe, dachte er.

Dona Firmina hatte Handtücher hingelegt, und als er durch die Verbindungstür ins Friedrichs Schlafzimmer trat, fand er ein frisch bezogenes und aufgeschlagenes Bett vor. Einladend sah es aus, auf dem Nachttisch standen Blumen, ansonsten wirkte der Raum wie seit Langem verlassen. Nichts stand herum, nichts lag auf der Kommode, die offenen Lamellentüren der leeren Schränke verstärkten den sterilen Eindruck, nur die Blumen dufteten lebendig.

Er tastete sich durch den Flur zurück, sah sich jede Treppenstufe an, bevor er den Fuß daraufsetzte, und trat vors Haus. Er hatte den Wagen nicht abgeschlossen, auf dem Rücksitz lagen die Weinbücher und Broschüren über Portwein; da musste auch die Plastiktüte mit den Dokumenten sein, die Bilanzen und die Inventarliste von Pereira. Alles war in einer roten Mappe gewesen. Hatte die nicht oben auf dem Stapel gelegen? Hier hat jemand herumgewühlt, dachte er verärgert. Oder ist mir das alles beim Fahren durcheinandergerutscht?

Er nahm die Tüte mit den Dokumenten, musste sie jedoch wieder abstellen, um mit der linken Hand den Autoschlüssel aus der rechten Hosentasche zu fischen. Seine ungeschickten Versuche, sich mit dem Handicap zu arrangieren, wurden vom Büro aus beobachtet. Als er den Kopf hob und hinsah, wandte sich der Verwalter ab, als hätte Nicolas ihn bei etwas Verbotenem ertappt. Zwei Mal fiel ihm der Autoschlüssel herunter, so ungeschickt stellte er sich beim Abschließen an. Der Wagen musste zur Mietwagenfirma zurück, er kostete Geld. Er sollte einen der Mitarbeiter bitten, es für ihn zu tun, denn mit einem Arm konnte er zwar fahren, aber rechts nicht schalten. Soweit er wusste, gab es in Régua auch eine Filiale.

Er hatte nicht bemerkt, dass es wieder zu regnen begonnen hatte, und erst als Dona Firmina ihm einen Regenschirm über den Kopf hielt, wobei die kleine Frau sich ziemlich recken musste, merkte er, wie nass er bereits war. Dabei hatte er keine Kleidung zum Wechseln, weder Wäsche noch Zahnbürste. Sein Gepäck war in Pinhão. Und doch musste er noch einmal zurück, als sie bereits in der Haustür waren. Er bedeutete Dona Firmina, den Kofferraum aufzuschließen, und zeigte auf die Dosen mit dem Hundefutter.

»Für Perúss«, sagte er und sah Dona Firmina zum ersten Mal lächeln. Als sie auf das Haus zugingen, trat der Verwalter vom Bürofenster zurück und zog den Kopf zwischen die Schultern. Er wirkte wütend und gleichzeitig ratlos.

Die Nacht wurde zur Tortur. Wenn Nicolas sich umdrehte, stieß er mit dem Arm irgendwo an. Die Schmerzen hielten ihn wach, das Mittel von Dr. Veloso half wenig. Es wäre besser gewesen, er wäre ins Krankenhaus gefahren. So war er heilfroh, als die nicht enden wollende Nacht sich in einem grau verhangenen Morgen auflöste. Der Himmel war bedeckt, es hatte sich erheblich abgekühlt, der Boden war nass, an den Weinblättern hingen Wassertropfen, und nirgends ein Silberstreif am Horizont. Nicolas fühlte sich schmutzig, als er Hemd und Hose vom Vortag anziehen musste, und so bat er den Verwalter, ihn erst nach Pinhão zu fahren, um sein Gepäck zu holen, und dann zum Krankenhaus nach Peso da Régua. Als Gonçalves seine Bitte an Seu Roberto weitergab, Dona Firminas Ehemann, klang es wie ein Befehl.

Der Verwalter ging ihm stündlich mehr auf den Wecker. Nicolas verabscheute Menschen, die jede Gelegenheit nutzten, um ihre Position herauszukehren. Er würde ihn trotz Pereiras Anraten nicht ertragen. Aber Gonçalves kannte sich aus. Wenn er selbst so weit wäre und diesen *provador* aufgetrieben hätte, würde Gonçalves' Zeit ablaufen. Was sagten die portugiesischen Arbeitsgesetze dazu? Es gab Kündigungsfristen. Er musste sich den Arbeitsvertrag ansehen, und der war auf Portugiesisch. Teufel auch – mit welcher Scheiße werde ich mich hier noch rumschlagen müssen, fragte sich Nicolas, als Seu Roberto mit dem Geländewagen vorfuhr und ihm notgedrungen die Tür offen hielt. Als wollte er ihm zusätzliche Schmerzen zufügen, raste er – wahrscheinlich war er es gewohnt – über die Piste nach unten zur Landstraße. Nicolas' Handzeichen, langsamer zu fahren, begriff er nicht, Nicolas musste ihm erst in den Arm fallen.

Der Pensionswirt und Seu Roberto kannten sich, der Wirt wollte eine Unterhaltung beginnen und stellte Fragen, doch Roberto blieb wortkarg, bis Nicolas nach oben ging, um seine Habseligkeiten zu holen. Was sie unten besprachen, hätte er sowieso nicht verstanden. Jetzt machte es wahrscheinlich die Runde, dass er Friedrich Hollmanns Erbe antrat beziehungsweise das von Chico Alemão. Und sicher wusste bald das ganze Tal des Rio Douro, dass er nicht den geringsten Schimmer vom Weinbau hatte. Grauenhaft, aber auch völlig egal. Was man nicht wusste, konnte man lernen. Sollen sie mich doch alle gernhaben, dachte Nicolas und reichte der Chefin des Hauses die Kreditkarte.

Als sie schweigend am Douro zurückfuhren, eine andere Straße gab es nicht, betrachtete Nicolas den im Regen grau und träge strömenden Fluss. Die Strömung war zwischen zwei Staustufen so gering, dass man durchaus den Eindruck eines stehenden Gewässers gewinnen konnte. Der Scheibenwischer machte ein einschläferndes Geräusch, was Nicolas' Niedergeschlagenheit verstärkte. Das Gefühl, überflüssig zu sein, das er aus Porto kannte, holte ihn ein. Alles hier hatte ohne ihn funktioniert, die ganze Welt funktionierte ohne ihn. Das Leben war so banal, dass er sich wunderte, wie sehr man daran hing und darum kämpfte. Für derartige Grübeleien war Sylvia nicht zu haben, wie die meisten Frauen. Sie waren praktischer, nicht so kompliziert, oder sahen ihren Sinn in irgendwelchen Selbstverwirklichungen. Er musste ihn sich selbst geben oder finden, nichts kam von außen. Falsch, total falsch, dachte er, das, was hier passiert, kommt von außen. Friedrichs Tod bestimmt mein Leben, die Umstände bestimmen es; was andere geschaffen haben, schreibt mir meine Wege vor. In jedem Moment konnte er widerrufen, zurücktreten, dem Douro den Rücken kehren, und kein Hahn würde nach ihm krähen. Einer von ihnen hatte ihn heute geweckt, das Krähen hatte er ewig nicht mehr gehört. Es war sympathischer als das Klingeln eines Weckers, nur leider konnte man die Tiere nicht ausstellen.

Alle lebten bestens ohne ihn, seine Gegenwart änderte nichts. Falsch, total falsch, dachte er wieder und sah seinen Fahrer an. Dieser Mann fuhr ihn ins Krankenhaus. Dr. Veloso hatte seinetwegen auf die Quinta kommen müssen. Dr. Pereira war eine Menge Arbeit aufgehalst worden.

Seu Roberto zeigte Nicolas eine längst verheilte Verletzung am Bein, die wohl dort behandelt worden war. Nicolas musste nicht lange warten, vor ihm war niemand in der Unfallstation. Den Arm für die Aufnahme zurechtzulegen, war mit höllischen Schmerzen verbunden. Der Arzt, etwa in Nicolas' Alter, erklärte ihm in leidlichem Schulfranzösisch, dass es besser sei, den Arm gleich zu richten.

Die nächste halbe Stunde musste Nicolas die Zähne zusammenbeißen. Aber kaum hatte er den Gipsverband angelegt bekommen, wollte sich der Arzt mit ihm über Berlin unterhalten. Er und seine Frau seien von ihrem Besuch im letzten Jahr begeistert zurückgekommen, nur die Warteschlangen an der Neuen Nationalgalerie hätten sie abgestoßen. Und die Hochhäuser am Potsdamer Platz – wann die denn dahin transportiert würden, wo sie hingehörten? Nicolas brauchte einen Moment, bis er, noch narkosegeschädigt, begriff, was der Arzt meinte.

Das wisse er leider nicht, der Potsdamer Platz sei sowieso nur für Touristen gemacht, Berliner würden mit dem Auto obendrüber oder mit der S-Bahn untendurch fahren. Mit dieser Erklärung gab sich der Arzt zufrieden und meinte, dass Nicolas den Arm bald wieder bewegen könne. Alles sei eine Sache der Übung, und in drei Wochen sei alles verheilt. »Kommen Sie in einer Woche wieder.«

Anschließend fuhren sie zu Dr. Veloso. Der kümmerte sich sofort um ihn, prüfte den Verband, drückte Nicolas ein anderes Schmerzmittel in die Hand, von den Tabletten solle er morgens und abends nur eine nehmen, das würde reichen. In wenigen Tagen seien die Schmerzen vorbei. Er komme gern vorbei, Dona Firminas Küche sei nicht zu verachten, aber Nicolas sei ja beschäftigt, da er sich einarbeiten müsse, und da wolle er nicht stören. »Die Abende sind still, das ist ein Großstädter wie Sie nicht gewohnt, aber lassen Sie sich nicht entmutigen. Außerdem kommt Dona Madalena demnächst zurück, dann haben Sie Gesellschaft. Ich hoffe, sie ist wieder obenauf. Es war schrecklich, mit anzusehen, wie sie litt. Der Schock, neben einem Toten aufzuwachen, war das Schlimmste. Ich kann das beurteilen, es war entsetzlich für sie. Ich hoffe, es wird sich nicht zu einem Trauma auswachsen. Ihre Anwesenheit, Nicolau, wird ihr helfen. Sie muss sich alles von der Seele reden. Sie sollten für sie da sein, Reden ist momentan das Wichtigste für sie. Man braucht in solchen Fällen Menschen, denen man vertraut, Sie sind der Neffe, Sie können zuhören, und das müssen Sie, es ist Ihre Pflicht. Ach ...«, Dr. Veloso fasste sich an den Kopf, »ich vergaß, Sie sprechen ja kein Portugiesisch. Oder vielleicht ist das ganz gut, als Therapie sozusagen. Madalena könnte es Ihnen beibringen. Oder?

Nein, doch keine so gute Idee«, meinte er mehr zu sich selbst. »Sie wird nicht die Geduld dazu haben. Ich war dort, als es geschehen ist, ich habe sie danach behandelt ...«

»Ich denke, Sie sind Chirurg«, wandte Nicolas ein.

»Konsultieren Sie lieber einen Arzt Ihres Vertrauens oder einen Fremden, auch wenn er Spezialist ist?« Veloso versicherte noch einmal, dass er vorbeischauen werde, Nicolas könne ihn bei Komplikationen jederzeit anrufen, und er wünschte ihm mehr Glück als bisher.

Als sie wieder auf der Quinta eingetroffen waren, zeigte Seu Roberto unverhohlen seine üble Laune. Er hatte kaum ein Wort gesprochen, nur war er einigermaßen gesittet gefahren, und das genügte Nicolas. Er legte sich im Salon aufs Sofa, wo er sofort einschlief. Die Anspannung, die Schmerzen und die Tabletten machten ihn schläfrig.

Später war es der Duft von Kaffee, der ihn wach werden ließ, und er wusste, wer ihn gebracht hatte. So abweisend, wie ihr Mann war, so freundlich verhielt sich Dona Firmina. Leise schloss sie die Tür hinter sich. Und erst jetzt, als der Kaffee ihn belebte und die Spannung von ihm abgefallen war, hatte er wieder Augen für seine neue Umgebung. Der Raum, in dem er lag, Friedrichs Salon, war groß und hell. Die Bewegungsfreiheit wurde nicht von Möbeln eingeschränkt, und von der Couch aus hatte Nicolas über die Terrasse hinweg einen grandiosen Blick auf die Berge jenseits des Tales. Alt und Neu waren auf harmonische Weise kombiniert, glatte Wände und die raue Struktur der Bruchsteine, dunkel gebeiztes Holz teilte die weißen Wände und gliederte die Flächen. Friedrich musste ein Anhänger des Goldenen Schnitts gewesen sein. Worauf er sich in seinem Studium konzentriert hatte, wusste Nicolas nicht, vielleicht fand er in der Bibliothek Hinweise. Friedrich war offensichtlich einer anderen inneren Konzeption gefolgt als sein mathematisch ausgerichteter Bruder.

Die Öffnung des Kamins bildete eine Flucht mit der Wand, es gab nur eine schmale Konsole darüber. Genügend Zug hatte er bestimmt, denn es fehlten Rauchspuren über der Öffnung. Nicolas schloss die Flügeltür auf, er gelangte in das Esszimmer, das er vom ersten Rundgang in Erinnerung hatte. Der Schlüssel steckte, er brauchte ihn nicht an seinem Bund zu suchen. Schlüsselgewalt – er hatte nie welche gehabt, außer die zu seinen spartanisch möblierten Wohnungen, wo ihm das Zeichenbrett stets wichtiger gewesen war als ein bequemer Sessel. Diese Tür würde er offen lassen, weil beide Räume zusammen an Weite gewannen, besonders da sich der Blick nach draußen über die Terrasse fortsetzte. Die Steinplatten waren so gelegt, dass sie diese Perspektive fortsetzten. Friedrich hatte sich seinen eigenen Ausblick geschaffen. Aber hier war schon jemand vor ihm gewesen, 200 Jahre vor Friedrich.

Und wie stand er selbst dazu? Hatte er das Etikett der Originalität nötig? Er wollte etwas für sich, aber das bedeutete nicht, der Erste sein zu müssen. Happe war Experte für Leitsprüche und Parolen. Segele dein eigenes Rennen, war einer davon, und er hatte Nicolas gefallen, klang gut. Ging es einem ums Segeln, oder ging es um den Sieg? Wie langweilig, wenn man erkannte, dass man letztlich nur um sich selbst kreiste oder eierte, um die eigenen Wünsche. Das, was man meinte für andere zu tun, tat man für sich.

Zu viel Denken macht krank, war auch einer dieser Sprüche. Nicolas hätte Happe gern dabei gehabt, und er erinnerte sich an ihre Wohngemeinschaft während des Studiums. Mit Happe würde das hier allerdings zum Event, den sie mehr oder weniger distanziert kommentieren würden, statt ihn zu leben.

Es gab Häuser auf dem Lande, in denen man sich wie durch eine Zeitschrift für Country Homes bewegte. Aber hier war alles anders, unten wurde gearbeitet, oben sollte gelebt werden, doch diese Etage wirkte wie vor Jahren aufgegeben. Vieles schien unmodern, doch es war gut. Modern war es in Portugal offenbar, eckig zu bauen. Die Cafés in Porto am Rio Douro waren eckig, Metallrahmen, eingesteckte Platten. Unten am Flussufer war er an einem Restaurant vorbeigefahren, es war lang und eckig wie ein Schuhkarton, ein verglaster Container, gnadenlos. Ein Anachronismus zu dieser barock anmutenden Landschaft. Nicolas konnte sich vorstellen, wer in jenem Restaurant verkehrte. Es war genau für diese Leute gebaut, die das Darlehen dafür genehmigten. Man ließ sich dort sehen. Frankfurt war überall.

Auf der Terrasse standen Töpfe mit rotem Hibiskus und rosa Oleander. Sie hatten nicht genügend Kraft, die Fläche zu beleben, die Pflanzen wirkten leblos, wie nach dem Winter noch nicht ausgepackt. Ein Weingut musste Lebendigkeit ausstrahlen, Menschen zeigen, die ihren Beruf liebten. Man musste überzeugen – und hier überzeugte ihn im Moment nicht viel, außer Hühnersuppe und Kaffee. Der kam allerdings aus der Maschine, wie er in der Küche gesehen hatte. Was ihn wirklich überzeugte, war der Wein, so wie er ihn in Erinnerung hatte. »Man darf den zusätzlichen Alkohol im Portwein nicht spüren, er darf nicht spritig sein, dann ist er nicht gut«, hatte Carlos gesagt. Noch jemand, der ihn mit Sprüchen versorgte. Ob er Friedrichs Port noch richtig in Erinnerung hatte, nach der umfangreichen Probe mit Carlos? Er sollte sich eine Flasche bringen lassen, oder Dona Firmina sollte ihm zeigen, wo er ihn finden konnte. Klar, im Weinkeller, aber lag da Friedrichs Wein, oder auch der von anderen Winzern? Er wollte nachsehen, doch er erschrak bei dem Gedanken an die Kellertreppe. Wer außer ihm besaß einen Schlüssel? Ob es hier eine Liste für Schlüssel gab? Schon wieder eine Liste. Bilanzen, Inventarliste, Schlüsselliste, Liste der Mitarbeiter, Aufstellungen, Übersichten – Teufel, sein Vater ging auch den ganzen Tag Listen durch.

Den Anruf bei Sylvia schob er seit Tagen vor sich her. Es war ihm unangenehm, ihr seine Entscheidung mitzuteilen. Sie hatte ihm klar gesagt, dass sie nicht mitkommen werde. Sie könnte sich die Quinta wenigstens mal ansehen. Die Pfingstferien begannen, aber sie würde nicht umbuchen, das war ihr Begriff dafür, Pläne oder die Meinung zu ändern. Insgeheim war es ihm ganz lieb. Er brauchte sich nichts vorzumachen, von ihr hatte er nicht einmal eine SMS erhalten, die sie sonst täglich verschickte. Es tat ihr nicht weh, dass er gegangen war, es brachte lediglich ihre Pläne durcheinander. Vor einer Trennung fürchtete er sich weniger als vor der Einsamkeit hier. Er trat auf die Terrasse. Der Regen hatte aufgehört, im Westen riss die Wolkendecke auf, und durch die ersten Wolkenlöcher fielen die Sonnenstrahlen gebündelt auf die nassen Weinberge und ließen sie leuchten.

Im Grunde hatte er bislang nur solche Beziehungen gehabt wie zu Sylvia – bis auf die Belgierin in Rotterdam. Er erinnerte sich gern und ungern an sie. Leider hatte sie neben ihm noch auf ihrem belgischen Lover bestanden. Aber dazu fehlte ihm der Nerv. Eigentlich war er nie so, wie Frauen ihn haben wollten. Alle wollten seinen Hollmann-Teil und für sich ein bequemes Leben.

Statt in den Keller ging er ins Büro. Sein zukünftiger Schreibtisch stand dem des Verwalters gegenüber, getrennt durch eine Glasscheibe. Gonçalves war noch nicht nach Hause gefahren, auf seinem Schreibtisch lag Papier in Stapeln, auf Nicolas' stand nichts außer einem Telefon. Er nahm den Hörer ab und rief Happe an. Sylvia musste warten, er vertrug jetzt keinen Streit. Das Gefühl war das Entscheidende, es war die Grundlage, um überhaupt Kompromisse zu finden. Plötzlich fühlte er eine verdammte Lust auf ein Abenteuer, nicht unbedingt auf Kellertreppen, eher mit einer spannenden Frau. Und er saß hier, am Arsch der Welt mit gebrochenem Arm.

Happe hörte sich alles an und bestätigte Nicolas in seinem Entschluss. »Was willst du hier? Die Neoliberalen träumen von der Bundesarbeitsfront, genehmigen sich Militäreinsätze, und wir haben der Wirtschaft zu dienen. Produzier du mal schön deine Drogen, damit wir das aushalten – schick mir 'ne Kiste, lass dich nicht lumpen. Brauchst du 'nen Fahrer, bei deiner Behinderung? Wie wär's mit mir? Aber deine Portugiesen sind sicher billiger. Was hast du geerbt, wie viele Millionen?«

»Ich kriege ein Gehalt, knapp das Doppelte als bisher. Die Wohnung ist umsonst, man kocht für mich, alles aus meinem Gemüsegarten. Dazu kommen 36 Hektar Weinberge, wie viele Fässer Wein und Portwein es sind, weiß ich noch nicht, und dazu einen gut gefüllten Weinkeller, aber der ist gefährlich. Ach, einen Raupenschlepper ...«

»Und wie viele Angestellte?«

Nicolas dachte kurz nach. »Neun oder zehn ...«

»Du weißt es nicht einmal? Cool, Alter, supercool.«

Nicolas wurde ärgerlich. »Hör mal zu, ich mache das hier nicht aus Spaß. Ich mach das nur, bis ich weiß, was mein Onkel wollte, von mir – und generell. Ich weiß kaum was über ihn, seinen persönlichen Kram habe ich noch gar nicht gesichtet.«

»Und seine Frau?«

»Die ist geflüchtet. Außerdem werfen sie mit Steinen nach Friedrichs Hund, und das gefällt mir nicht. Wenn ich hier durchblicke, ist die Sache vorbei.«

»Rationalisierungen, mein Freund, alles Vorwände, Ausflüchte. Der Mensch braucht immer einen Gott für seinen Kreuzzug. Lass dich nicht abhalten, du ... es klingelt, ich kriege Besuch, ich habe 'ne Braut kennengelernt ...«

Happe hätte es hier keine Woche ausgehalten, dachte Nicolas, keine drei Tage, als er schmunzelnd und ein wenig wehmütig den Hörer zurücklegte. Sie würden jeden Abend losziehen – Vila Real war eine Studentenstadt, 50 Kilometer von hier, da war sicher was los. Vielleicht sollte er sich dort umsehen, Carlos kannte bestimmt die einschlägigen Läden. Aber mit dem gebrochenen Arm?

Er rief Happe noch einmal an. »Ich brauche dringend einen Sprachkurs zum Selbstlernen.«

»Wird erledigt, in drei Tagen hast du ihn«, versprach er. »Und wann kommt der Portwein?«

»Mache ich, wenn ich weiß, wo das Zeug lagert.«

»Nicht einmal das weißt du?«

»Ich war kaum hier, da brach alles zusammen ...«

Kurz darauf stand er vor der Kellertür und probierte die Schlüssel aus. Es waren ungefähr zwanzig, und bis er sie mit einer Hand von den anderen separiert und ausprobiert hatte, dauerte es eine Weile. Es waren noch drei übrig, als ihm der Bund aus der Hand fiel und er von Neuem beginnen musste. Dieses Mal war es der Vierte, der passte. Er öffnete die Tür, betätigte innen den Lichtschalter und sah hinab ins Gewölbe. Ihm war übel.

»Wir haben sie reparieren lassen«, sagte plötzlich eine Stimme hinter ihm, und Nicolas ging vor Schreck in die Knie, nur das bewahrte ihn vor einem neuen Sturz. Hinter ihm stand der Verwalter, völlig ungerührt. »Ich habe einen Tischler kommen lassen«, sagte er tonlos. »Er hat die Stufen erneuert. So eine Katastrophe darf nicht wieder passieren. Ich hoffe, es war in Ihrem Sinne. Ich fahre jetzt nach Hause, es ist spät, bis morgen, *até amanhã.*«

»Ja, bis morgen«, sagte Nicolas und sah Gonçalves nach. Er wurde aus dem Mann nicht schlau. Fürchtete er um seine Zukunft, mit ihm als neuem Chef? Dann sollte er besser seine Unentbehrlichkeit unter Beweis stellen. Schweren Herzens und mit der Hand am Geländer machte Nicolas sich an den Abstieg. Das hier war der älteste Teil des Gebäudes, als einziger komplett erhalten. Die Kisten und Kartons unter der Treppe waren beiseite geräumt worden, die Scherben hatte man eingesammelt, der Boden war gefegt. Die umfangreiche Sammlung der hier lagernden Weine zeigte ihm, was er zu lernen und zu probieren hätte, wenn der Wein zu seinem Geschäft würde. Teufel, er wollte das nicht, Friedrichs Bibliothek interessierte ihn, damit konnte er was anfangen. Doch wo er schon mal hier war ...

Ein Korkenzieher lag in einem Regal, Gläser gab es auch, also – warum nicht? Welche der 1000 Flaschen sollte er öffnen? Er hatte die Gewissheit, dass Friedrich diese Flaschen aufgehoben hatte, weil sie es wert waren. Aber Wein konnte schlecht werden, wenn er zu alt war. Er hatte in einer Weinzeitschrift eine Tabelle gefunden, aus der sich ersehen ließ, welche Weine aus welchen Regionen in welchem Jahr getrunken werden sollten.

Über den Regalen standen die Namen der Länder, dann die der Anbaugebiete, der *Denominação de Origem,* kurz der D. O., wie es auf Portugiesisch hieß. Bei Argentinien lag nur eine einzige Sorte: Malbec. Das sagte ihm nichts. Im Fach von Australien lagen mehrere Flaschen verschiedener Erzeuger, aber alle enthielten wohl die Rebsorte Shiraz und einen Pinot Noir von Bannockburn. Das sagte ihm auch nichts. Das waren Namen, für ihn absolut bedeutungslos. Carmenère war auf den Flaschen aus Chile als Rebsorte angegeben, so jedenfalls interpretierte Nicolas die Etiketten. Der Anteil französischer Flaschen war groß. Hier hatte Friedrich sich die Mühe gemacht, sie nach Appellationen zu ordnen: Bordeaux, das war klar, in Burgund überwog Pinot Noir, und hier gab es auch viele Weißweine: Gevrey-Chambertin, Côte de Nuit und Meursault. Dann kamen die Rhône, Languedoc-Roussillon und die Loire.

Bei den Italienern war es leichter, im Piemont und in der Toskana war er gewesen, wo Venetien lag, war ihm bekannt, Latium hieß die Umgebung Roms, während ihm Kampanien und die Basilikata nichts sagten. Spanien war für ihn sowieso ein Buch mit sieben Siegeln. Rioja, klar, wer kannte den Namen nicht, aber er hatte keine Vorstellung, wo es lag. Utiel-Requena oder Campo de Borja? Jumilla und Yecla?

Nicolas kratzte sich hilflos am Kopf. Wie sollte er da durchsteigen? Wie konnte überhaupt jemand sich da durchfinden? Er hatte gehört, es sollte Experten geben, die am Geschmack erkannten, woher ein Wein kam, welche Rebsorten er enthielt und aus welchem Jahr er stammte. Das würde er in hundert Jahren nicht lernen. Da war noch ein Fach mit neuseeländischem Wein, aber es waren nur wenige Flaschen Weißwein, die einzigen Roten aus Südafrika trugen die Bezeichnung Pinotage – und einen Namen, der ihm in diesem Zusammenhang merkwürdig vorkam: Gewürztraminer. War das nicht eine deutsche Rebe? Österreicher fand er noch, Blaufränkisch, Zweigelt, bei der düsteren Beleuchtung war die winzige Schrift der Rückenetiketten kaum zu erkennen. Und da er müde geworden und der Suche überdrüssig war, nahm er einen portugiesischen Wein vom Douro. Das war sein Thema. Und da er einige Portweine bereits kannte, wählte er einen Vinho de Mesa, einen Tischwein. Sehen, riechen, schmecken, Carlos' Worte hatte er im Ohr, als er die Flasche unter dem Arm und die linke Hand am Geländer die Treppe hinaufging. Friedrich hatte sich da überall ausgekannt? Unvorstellbar. Aber sah er einem Gebäude nicht auch an, wann und wie es gebaut worden war?

Es war spät geworden. Aus der Küche drang das Klappern von Töpfen und der Ton des Fernsehgerätes. Dona Firmina sprach ihn an, und da er sie nicht verstand, zeigte sie auf seine Armbanduhr und dann auf den Mund, danach zuckte sie fragend mit den Schultern. Offenbar wollte sie wissen, ob er Hunger habe und wann sie auftragen sollte. Am besten sofort, und er machte sich auf dieselbe Weise verständlich.

Sie servierte im Esszimmer am Kopfende des Tisches, an dem bis zu zehn Personen Platz fanden. Mit Platzteller,

Kristallgläsern, Kerzenleuchter und silbernem Brotkorb kam sich Nicolas vor wie ein Adliger in der Verbannung. Die Entfernung zwischen seiner Dachwohnung in Charlottenburg und der Quinta do Amanhecer war kaum zu begreifen. Würden die nächsten Monate genauso einsam aussehen? Er nahm sich vor, ab morgen in der Küche zu essen, da hätte er Gesellschaft. Allein am Tisch, wie der Graf von Monte Christo, fühlte er sich abgeschoben.

Das Essen wurde mit einer legierten Gemüsesuppe eröffnet, die einfach und fein zugleich war. Als er auf die Flasche wies und Dona Firmina den Korkenzieher hinhielt, damit sie den Rotwein der Quinta do Vallado 2001 öffnete, winkte sie ab und verlangte von ihm den Schlüsselbund. Kurz darauf war sie zurück, mit einem drei Jahre alten weißen Vila Régia, öffnete ihn gekonnt und wies auf die Suppe und den Wein und nickte. Die Frau, wie ernst sie auch dreinblickte, machte ihm Spaß, ihm gefiel die Taubstummenkommunikation.

Als sie die *choquinhos fritos* brachte, was sie auf einen Zettel schrieb – es handelte sich um gebratene Tintenfische – schenkte sie ihm noch einmal von dem Weißwein nach. Erst zu Schweinefleisch mit Paprika und Oliven ließ sie den Rotwein zu. Und zur Mandelcreme als Dessert stellte sie ein Gläschen Portwein. Er schaffte kaum den Weg ins Badezimmer, um sich die Zähne zu putzen, was sich mit links als nicht ganz einfach erwies, dann fiel er ins Bett. Die Durchsicht der Inventarlisten verschob er auf den nächsten Tag.

Dona Firmina und ihr Mann schliefen noch, als er im Morgengrauen bereits am Tisch im Esszimmer saß und die Listen durchsah. Vor ihm stapelten sich Pereiras Unterlagen, neben dem Laptop lagen das Wörterbuch und ein Vokabelheft. Er nahm die Liste sowie den Schlüsselbund und ging zu den Wirtschaftsgebäuden. Seine Vermutung bestätigte sich. In dem zweistöckigen Gebäude quer zum Hang waren Granitbecken, in denen die Weintrauben getreten worden waren. Ob man hier immer noch so verfuhr, würde er bald wissen. Auf derselben Ebene und eine Etage tiefer standen Edelstahltanks zum Vergären der Trauben. Alles war genau wie in dem Schema in einem seiner Weinbücher. Die Tür am Ende der Halle führte zu einem Lagerraum mit drei Typen von Holzfässern. Die großen fassten 10 000 Liter, es folgten die *pipas* zu 550 Liter, und daneben gestapelt die Barriques aus Eichenholz zu 225 Liter. Es roch wunderbar nach Vanille und Nelken, nach Zimt und Wein und Früchten ...

Die 36 Hektar ergaben jährlich knapp 120 000 Kilo Trauben und etwas mehr als 80 000 Liter Wein, wie Pereira erklärt hatte. Einen Teil davon hatte Friedrich als Portwein weiterverarbeitet, den Rest als Vinho de Mesa. Das waren die drei verschiedenen Tischweine, der einfache, die sogenannte Semi-Crianza und die Reserva, die Nicolas alle in Berlin kennengelernt hatte. Er schaute auf die Liste und begann die *pipas* zu zählen, dann verglich er das Ergebnis mit der Zahl auf der Liste. Es stimmte. Er ging an den Fässern entlang und klopfte dagegen. Sie klangen dumpf, als wären sie gefüllt, jedes ein klein wenig anders, doch die beiden letzten der Reihe klangen völlig anders. Sie klangen hohl. Er drückte mit dem Rücken gegen die *pipa*, und zu seinem Erstaunen ließ sie sich bewegen, minimal zwar, aber immerhin. Ein volles Fass hätte dort gelegen wie ein Felsblock. Innen schwappte nichts, also waren sie leer. Nicolas schleppte eine Trittleiter herbei. Der Stopfen ließ sich leicht herausziehen, und Nicolas kroch auf das Fass, um am Spundloch zu riechen. Ein wunderbarer Duft kam ihm entgegen, wie Tabak, wie reife kandierte Früchte, getrockneter Pfirsich, demnach ein Tawny – aber das Fass war leer. Und das daneben auch. Laut Bestandsliste sollten sie jeweils 550 Liter Portwein enthalten.

7.

Abgetaucht

»Sie sehen das falsch.«

Nicolas sah Gonçalves an und fragte sich, woher der Verwalter wissen wollte, was er dachte. Dass er abstritt, dass der Inhalt zweier Fässer fehlte, hatte Nicolas erst auf die Vermutung gebracht. Diebstahl wäre ihm sonst nicht in den Sinn gekommen. Und seit er den Verwalter zur Rede gestellt hatte, verstand Gonçalves kaum noch ein Wort Englisch. Jetzt brandete ihm ein portugiesischer Wortschwall entgegen und machte jeden weiteren Versuch, die Angelegenheit zu klären, zunichte. Gonçalves wusste, dass Nicolas ihn nicht verstand, und spielte seine Macht aus.

Andererseits – wer war er, dass er Forderungen stellte? Er tauchte auf der Quinta auf, gleich mit einem Rechtsanwalt und einer gerichtlichen Verfügung in der Hand, das hatte was von Okkupation, von Besatzung an sich. Er pochte auf seinen rechtlichen Status als Erbe und verursachte Durcheinander und Kopfzerbrechen, ohne den geringsten Schimmer vom Betrieb einer Quinta zu haben. So sahen es die Mitarbeiter.

Was Nicolas verwunderte, war, wie ablehnend er diesem Mann gegenüberstand. Er war wegen des unfreundlichen Empfangs wütend, er nahm es ihm übel, dass er die Besichtigung der Quinta um einen Tag verschoben hatte und dass er mit einem Stein nach Perúss geworfen hatte. Dass er mauerte, wo 1100 Liter vom besten Portwein fehlten, was der Summe von circa 22 000 Euro entsprach, war unverständlich. Seine Protesthaltung gegen die kleine Inventur, die Nicolas vornehmen wollte, stellte ihn persönlich ins Zwielicht. Der Mann tat alles, um es sich mit ihm zu verderben, und bereitete im Grunde genommen seinen Rauswurf vor. Wie konnte man so dumm sein? Hätte Pereira ihm nicht nahegelegt, es mit Gonçalves zu versuchen, er hätte ihm empfohlen, sich nach einem anderen Job umzusehen. Er wollte ihn hier weg haben, ihn störte die dickfellige Ignoranz des Verwalters.

Nicolas nahm die Inventarliste an sich. »Wir zählen die Fässer.« Nicolas bedeutete Gonçalves, zu folgen. Der Verwalter dachte nicht daran. Er streckte wichtigtuerisch den Zeigefinger in die Luft wie jemand, der etwas erklärt, und bewegte ihn hin und her. Das bedeutete Nein! Stumm zeigte er auf seinen Schreibtisch, aufs Telefon, zuckte mit den Achseln und grinste Nicolas scheinheilig an. Er griff nach einem Zettel und telefonierte, Nicolas war Luft für ihn. Lourdes beobachtete die Szene – ohne eine Regung. Ihr war wohl nicht klar, wer der Stärkere war, aber es hatte den Anschein, als erwartete sie von Nicolas eine Entscheidung.

»Jetzt gehe ich die Flaschen zählen«, sagte er und schloss die Tür hinter sich. Gonçalves ließ sich nicht beeindrucken. Nicolas ging hinauf, dabei hätte er sich lieber auf einen der großen Steine im Garten gesetzt und ins Tal geschaut. Aber die leeren Fässer ließen ihm keine Ruhe. Wenn der Wein verschoben worden war, konnte das mit den Flaschen auch passieren. Seit er die Unterschrift unter den Vertrag gesetzt hatte, war er verantwortlich. Wenn sich nicht aufklären ließ, wo der Wein geblieben war, musste er die Polizei einschalten. Der Sachverhalt ließ sich nachprüfen: Die Fässer waren nummeriert, die Nummern in den Bestandslisten eingetragen, dahinter war der Inhalt angegeben. In beiden Fässern waren je 550 Liter eines zwölf und eines sechzehn Jahre alten Portweins gewesen, vom IVDP bestätigt – und jetzt waren die Fässer leer. Ob eine größere Zahl von Flaschen fehlte, müsste sich genauso feststellen lassen. Pereiras Liste führte ihre Anzahl getrennt nach Inhalt und Jahrgängen auf und auch das, was zum Reifen in den Barriques lagerte, die neben den *pipas* zu dritt übereinandergestapelt waren. Würde man die aktuellen Verkäufe abziehen, was sich anhand der Rechnungen und Lieferscheine beziffern lassen müsste, käme man auf den aktuellen Bestand.

Ist das mein zukünftiger Beruf, Flaschen zählen?, dachte Nicolas entnervt. Ich wollte Gebäude entwerfen, in denen man sich bewegen kann, die dem Menschen entsprechen. In Porto Stadtplanung zu betreiben, wäre naheliegender gewesen. Dass Winzer auch Landschaftsdesigner waren, versöhnte ihn ein wenig.

Auf dem Hof wandte sich Nicolas rechts dem Haus zu, das er noch nicht betreten hatte. Er zückte seinen Schlüsselbund, doch die Tür war offen. Beim Eintreten bemerkte er, dass ihn jemand von der Halle aus beobachtete.

In dem Gebäude, das wie die anderen vom Dach und einigen reduzierten Schnörkeln her ein wenig an Barock erinnern sollte, war es angenehm kühl. Hier stand eine Etikettiermaschine, und Nicolas versuchte, anhand der Mechanik sich den Vorgang des Etikettierens vorzustellen. In den Drahtcontainern daneben befanden sich leere Flaschen, an der Wand lagerten hellgraue Kartons, mit dem Markenzeichen der Quinta bedruckt. Auf Holzkisten für jeweils drei oder sechs Flaschen fand sich ebenfalls das puristische Logo, mit wenigen Strichen den Berg, das Haus und den Fluss umreißend. Der knallrote Gabelstapler in einer Ecke hingegen erinnerte Nicolas an ein Spielzeug, und er schmunzelte; ein wenig glich die Erkundung der Quinta dem Geschenkeauspacken am Weihnachtsabend.

Links befand sich ein Labor neben einer gut ausgestatteten Werkstatt, Umkleideraum und Toiletten schlossen sich an. Rechts führte eine Treppe neben einem Lastenfahrstuhl ins Dunkel. Nicolas spürte die Kühle, die ihm von dort entgegenkam. Um sie zu genießen, war es jedoch zu kalt. Vielleicht würde das zu seinem Fluchtpunkt werden, wenn die gefürchteten 45 Grad herrschten. In einer Broschüre, die er von seiner Besichtigungstour in Gaia mitgebracht hatte, stand, dass Portwein wegen der Hitze nicht auf den Quintas am Rio Douro gelagert wurde, sondern unten in Vila Nova de Gaia. In Meeresnähe war die Temperatur niedriger, und es herrschte höhere Luftfeuchtigkeit. Die Regel stammte sicher aus Zeiten, als es keine Kühlanlagen gab und die Fässer der Weinbauern in Schuppen lagerten, wie auf den alten Fotos. Im Frühsommer waren sie dann verschifft worden.

Er schaltete das Licht ein – und blieb von dem Anblick überwältigt stehen. Vor ihm waren Nischen in den Stein gehauen, und darin lagen Hunderte von Flaschen. Die Nischen waren mannshoch und so breit, dass er die Arme ausstrecken musste, um beide Seiten zu berühren. Er würde wahnsinnig, wenn er das alles zählen müsste. Man konnte nur schätzen. Die Stapel standen in mehreren Reihen hintereinander und reichten bis knapp unter die Decke. Wenn man eine Reihe entfernte, fiel das gar nicht auf. Er würde einen Spiegel an einem Stiel anbringen müssen und ihn in den Zwischenraum zwischen Flaschen und Decke einführen, um zu sehen, ob die Reihen bis auf den Boden reichten. Er multiplizierte die Zahl der Flaschen in der Breite und Höhe und kam auf 600. Jetzt müsste er nur noch wissen, wie viele Reihen hintereinanderstanden und ob sie komplett waren. Lagen hier die Weine, um zu reifen? Er würde Lourdes danach fragen.

In seiner Ratlosigkeit wollte Nicolas Pereira anrufen, aber im Keller bekam er keine Verbindung. Draußen auf dem Hof, unter den misstrauischen Augen des Kellemeisters, funktionierte es.

Pereira ermunterte ihn, die Differenzen zu klären. »Machen Sie weiter, machen Sie Fehler und beobachten Sie, wie die Mitarbeiter darauf reagieren, daran erkennen Sie Stärken und Schwächen. Ich kann mir nicht vorstellen, dass sich Ihr Onkel bei Gonçalves geirrt hat – allerdings macht jeder mal Fehler. Es gibt wahre Künstler der Maske. Klären Sie die Differenzen, dadurch lernen Sie die Quinta kennen, das mag Ihr Onkel bezweckt haben. Schreiben Sie alles auf, führen Sie Protokoll. Beim Wein ist es einfach, die Differenzen zu klären, weil über die Bestände Buch geführt wird. Jeder Produzent muss dem Portweininstitut melden, wie viel er erntet, wie viel von welcher Sorte eingelagert oder verkauft wird, und zwar monatlich. Auf ein oder zwei Dutzend Flaschen kommt es nicht an, aber das mit den leeren Fässern halte ich für gravierend. Nicht dass Sie später auf dem Trockenen sitzen. Sie müssen Ihre Augen und Ohren überall haben, und beeilen Sie sich. Bei der Außenstelle des Portweininstituts in Peso da Régua müssen wir Sie nächste Woche registrieren. Dann besprechen wir alles Weitere.«

Nicolas überlegte, ob er Pereira von seinem Sturz berichten sollte, aber er unterließ es.

Im Anschluss rief Nicolas Carlos an und bat ihn, mit ihm nach Tabuaço zu kommen, er könne sich mit Otelos Nachbarn nicht verständigen, und er müsse den Kompagnon seines Onkels dringend auftreiben.

Carlos versprach nach langem Zureden, am späten Nachmittag vorbeizukommen, denn am Wochenende müsse er wieder in Gaia jobben, und seine Freundin erwarte ihn. »Wir feiern die Queima das Fitas, ein alter Brauch der Hochschulabsolventen mit Umzug durch die Stadt und Singen in den Straßen. Dann kannst du mir nachher sicher verraten, was du da auf der Quinta do Amanhecer treibst, *de acordo?* Einverstanden?«

Nicolas versprach es. Auf die Frage, ob er sich an den Rat der Wahrsagerin gehalten habe, reagierte er unwirsch. Er wusste gar nicht mehr, was sie gesagt hatte. Außerdem war es Schwachsinn.

Nach dem Gespräch ging Nicolas hinüber zur Remise, wo der kleine Raupenschlepper und der Gabelstapler standen. Dann umkreiste er den Geländewagen. Er hatte ihm auf der Fahrt ins Krankenhaus keine Aufmerksamkeit geschenkt. Wie es aussah, gehörte auch der zum Inventar. Großartig, dann hatte er von jetzt an ein Auto zur Verfügung, eines mit Automatik. Er konnte mit links lenken, und das Benzin zahlte die Firma. Aber was man ausgab, musste man verdienen. Nicolas seufzte. Er blickte auf und bemerkte, dass ihn wieder jemand beobachtete, und er folgte dem Kellermeister in die große Halle.

»*Bom dia*«, sagte er freundlich zu dem Mittvierziger.

»*Bom dia*« und ein zögerndes Lächeln kamen zurück, der Mann reichte Nicolas sogar die Hand. »Gilberto da Silva.«

Welche verblüffende Herzlichkeit hier, dachte Nicolas zynisch. Der Erste, der bei meinem Auftauchen nicht die Hände vors Gesicht schlägt, mich rauswirft oder einfach ignoriert, das Wetter bessert sich. Aber von dem, was der Mann sagte, verstand er kein Wort. Während da Silva zum ersten Gärtank in der oberen Reihe hinaufkletterte, begann er mit einer Erklärung, die Nicolas über sich ergehen ließ. Er beobachtete mehr den Mann, als dass er ihm zuhörte. Auffallend an ihm war das dichte, an einigen Stellen bereits ergraute Haar, dick wie Draht. Er hatte ein volles, eckiges Gesicht, zwei ruhelose Augen, die über alles hinweghuschten. Beim Sprechen schaute er Nicolas an, als wolle er sich vergewissern, dass er zuhörte.

Behände kam der Kellermeister herunter, ging zum nächsten Tank und redete weiter. Nicolas konnte ihm so weit folgen, dass hier oben die Trauben angeliefert wurden.

Er folgte da Silva, der sehr schnell ging, zu einer Maschine mit einem Trichter aus Edelstahl, in die wohl die Trauben geschüttet wurden. Ein Schneckengewinde transportierte sie in einen durchlöcherten Zylinder, in dem sich ein Gestänge mit langen Kunststoffzapfen bewegte. Aufgrund der Gesten, mit denen da Silva seinen Vortrag unterstrich, verstand Nicolas, dass hier die Trauben entrappt, also von den Stielen befreit wurden. Da Silva zeigte ihm eine Pumpe, dann einen Schlauch, der die Beeren in den Tank pumpte. »*Tres semanas, tres semanas*«, wiederholte da Silva und fügte den Begriff *maceração alcoólica* an, was wohl so viel bedeutete wie drei Wochen alkoholische Gärung.

Weiter hinten in der Halle, im ältesten Teil des Gebäudes, waren zwei nicht ganz hüfthohe Becken aus Granit. Sie stammten aus den Anfängen dieser Quinta. »*Lagares*«, sagte da Silva betont, »*são lagares*«, und nickte. Er zeigte, bis wohin die Becken mit Trauben gefüllt wurden, dann stieg er ins Becken und trat auf der Stelle. »*Quatro horas, quatro horas*«, dabei hielt er vier Finger in die Höhe, was bedeutete, dass die Trauben vier Stunden lang getreten wurden. Zuletzt begann er im *lagar* zu singen und zu tanzen. Nicolas hatte das Treten der Trauben für eine überholte Methode gehalten, hier wurde sie noch immer angewandt. Der Boden, auf dem die Becken standen, war Teil des felsigen Untergrunds. Unter den Gärtanks waren Stein- oder Betonkammern, die mit einem Harz ausgekleidet waren, wie Nicolas in einem der nicht befüllten Tanks fühlen konnte.

Da Silva und seine Vorführung gefielen Nicolas. Unbekümmert unterstrich er seine Worte mit so deutlichen Gesten, dass Nicolas nach einer Weile meinte, ihn verstehen zu können, und er folgte fasziniert den Erklärungen. Auch wenn er nur ein Viertel verstand, so bekam er zumindest einen Überblick über den Arbeitsprozess nach der Lese und die Behandlung des Weins und begriff die Funktionsweise der Maschinen. Das alles würde er heute Abend nachlesen, dazu hatte er die Bücher mitgeschleppt. Als ein junger Bursche da Silva rief, verschwand der Kellermeister nach draußen. Nicolas ging ihm nach, dann hörte er Gonçalves auf ihn einreden. Da Silva stand vor ihm und starrte wortlos auf den Boden.

Als sich die beiden Männer trennten, kam da Silva nicht zurück, sondern ging in sein Büro, einen kleinen Raum zwischen Remise und Flaschenkeller mit einem Fenster zum Hof, und Nicolas fragte sich, ob er auch zu diesem Raum den Schlüssel hatte. Kurz darauf ging da Silva mit einem Zettel in den Flaschenkeller und blieb verschwunden. Sicher wusste er von den leeren Fässern. Mehr als 1000 Liter abzupumpen war keine Kleinigkeit. Nicolas versuchte, sich den Ablauf vorzustellen. Pumpen gab es genug, und man brauchte nicht mal einen Tankwagen, Fässer genügten. Ein Barrique fasst 225 Liter, da reichten vier, mit dem Gabelstapler lud man sie auf jeden Lieferwagen. Und niemand würde ihm ein Wort sagen.

Sie wissen alle, dass ich kein Chef bin, dachte Nicolas. Vom dem wird Kompetenz erwartet, die ich in keiner Hinsicht habe. Dann sehen sie mich lediglich als den neuen Eigentümer, der in diesem Irrgarten aus fremder Materie, unbekannter Sprache und undurchsichtigen Beziehungen herumtrampelt. Schade, dass Carlos unabkömmlich ist. Wenn er ihn bezahlte, ihm mehr bot, als er bei dem Job in Vila Nova de Gaia verdiente? Wenn er sparsam war, ließ sich das von seinem Gehalt abzweigen.

Jetzt aber nahm ihn etwas anderes gefangen. Der schwarze Fleck unter den Weinstöcken konnte nur Perüss sein. Er ging langsam auf ihn zu, versuchte, seiner Stimme einen möglichst freundlichen Klang zu geben, und forderte ihn auf Deutsch zum Mitkommen auf, in der Hoffnung, dass auch Friedrich so mit ihm gesprochen hatte. Tieren war die Sprache egal, es kam auf den Ton an. Er hatte Erfolg, der

Hund folgte ihm im gewohnten Abstand. Vertrauen war hier anscheinend schwer zu erringen, bei Hunden wie Menschen.

Er holte eine Dose Hundefutter und bat Dona Firmina, die im Gemüsegarten Strohmatten über Gestelle legte, die Dose zu öffnen. Als sie den Hund sah, strahlte sie.

»Senhor Frederico«, sagte sie betont, nickte und zeigte auf den Hund. »Perúss!«

Während Nicolas dem Tier zusah, das in rasender Geschwindigkeit das Futter verschlang, hörte er ein Fahrzeug näher kommen, es nahm den Weg zu den Wirtschaftsgebäuden. Als Nicolas nach oben eilte, um sich den Besucher anzusehen, folgte der Hund.

Der Kellermeister lud etliche Weinkisten in den Kombi, und der Fahrer grinste und klopfte ihm auf die Schulter. Als er anfahren wollte, trat ihm Nicolas in den Weg.

»Zeigen Sie mir den Lieferschein«, rief er auf Deutsch und war sich klar, dass ihn niemand verstand. Doch dann fiel ihm ein Wort ein, das er in Porto beim Bezahlen im Restaurant aufgeschnappt hatte: *conta*, die Rechnung. Und das sagte er mehrmals laut. »*A conta, Senhor! A conta.*«

Der Fahrer beugte sich aus dem Fenster und rief ihm etwas zu. Nicolas schüttelte den Kopf und rührte sich nicht von der Stelle, obwohl der Fahrer den Motor aufheulen ließ und auf ihn zufuhr. Er bemerkte, dass der Kellermeister ihn beobachtete, gerade das war ein Grund, Stärke zu zeigen. Es würde sich herumsprechen. Er wich keinen Millimeter von der Stelle, obwohl der Fahrer tobte. Nicolas schüttelte nur langsam den Kopf und wiederholte die Bewegung mit dem Zeigefinger, wie es der Verwalter ihm vorgemacht hatte. Da sprang der Fahrer aus dem Wagen, riss die Hecktür auf und warf zehn Zwölferkartons in den Sand. Nicolas machte eine Verbeugung und winkte den Fahrer vorbei. Mach dich vom Acker, du Lump, dachte er, schrieb linkisch die Autonummer auf und sah der Staubwolke nach. Lass dich nie wieder hier sehen. Schade, dass er das nicht auf Portugiesisch sagen konnte.

Er hatte richtig vermutet. Da wurde Wein, sein Wein, unter der Hand verschoben. Wer weiß, wie viel seit Friedrichs Tod schon auf diese Weise verschwunden ist, fragte er sich. Wer von den beiden war hier kriminell, der Verwalter oder der Kellermeister – oder teilten sie den Gewinn? Da Silva kam mit einem Hubwagen, als wäre nichts geschehen, lud die Kartons auf und brachte sie ins Flaschenlager.

Während Nicolas ins Büro zurückging, sagte er sich, dass es sinnvoll wäre, einen Wirtschaftsprüfer einzuschalten, um weitere Fehlbestände aufzudecken. Wenn es bei den Flaschen so zugeht, wie sieht es dann erst in der Kasse oder auf dem Bankkonto aus? Wer ist eigentlich berechtigt, im Namen der Firma Geld zu überweisen? Gibt es für die Mitarbeiter ein festgelegtes Limit? Aber genug Zeit, um die Quinta leer zu räumen, war seit Friedrichs Tod noch nicht vergangen. Pereira muss her, sagte sich Nicolas. Dann zögerte er, es war peinlich, den Anwalt mit jeder Lappalie zu belästigen. Also war Erfindungsgabe gefragt.

Für die Flaschenetiketten müsste es die Rechnung der Druckerei geben. Er musste nur die gelieferte Menge mit dem Bestand an Etiketten abgleichen. Die Differenz musste der Zahl der verkauften Flaschen entsprechen, andernfalls bestahl ihn jemand. Aber es gab drei verschiedene Weine und etliche Jahrgänge ... also doch zählen?

Er hatte angenommen, jeder werkele hier vor sich hin, unabhängig vom anderen, mehr chaotisch als organisiert, ohne Führung, ohne Richtung. Aber hier herrschte wie überall ein Geflecht von Beziehungen, das er nicht durchschaute. Freundschaft und Feindschaft, wortloses Verstehen und sich wiederholende, wortgewaltige Missverständnisse. Weshalb sollte es anders sein als im Berliner Architekturbüro? Nur da hatte er sich stets herausgehalten, was man ihm als Arroganz angekreidet hatte. Aber hier war er allen anderen ausgeliefert. Die Seele, der Motor, die Zielsetzung, der Anführer fehlte. Hatten sie sich gegen ihn verbündet – mit dem Ziel, die Quinta auszuschlachten wie ein gestrandetes Schiff? Wer spielte welche Rolle? Wer stand oben, wer unten? Die wirklich lohnenden Verbrechen verübten die Insider ganz oben. Der Verwalter kannte sich in allem am besten aus – und was bedeutete das?

Erst einmal war Dona Firmina am Zug. Morgens hatten auf dem großen Küchentisch zwei Gedecke gestanden. Vor dem einen war ein reichhaltiges Frühstück mit Schinken, Wurst und Käse aufgebaut, gegenüber lagen Trockenkekse, ein weiches und ein süßes Brötchen und daneben Marmelade. War es die Art der Köchin, von ihm zu erfahren, welche Art von Frühstück er mehr schätzte? Nicolas hatte sich zu dem reichhaltigeren Frühstück gesetzt. Auch der Blick war hier besser. Er war in Häusern mit Einbauküchen aufgewachsen, und er hasste sie. Er liebte alte verglaste Küchenschränke, einen Tisch in der Mitte zum Arbeiten, Stühle drum herum und eine Speisekammer neben dem Kühlschrank, alles so wie hier. Er musste herausfinden, wo Friedrich die alten Kacheln gekauft hatte. Sie mussten heute ein Vermögen wert sein. Dieser Otelo würde es auf jeden Fall wissen, der war von Anfang an dabei gewesen.

Dona Firmina hatte ihn allein gelassen. Doch jetzt stand sie vor ihm, und er sah ihr an, dass sie nicht wusste, wie sie beginnen sollte. Er zeigte auf seinen Mund, und sie nickte. Sie sagte etwas, sah sich Hilfe suchend um, bedeutete Nicolas, mit vors Haus zu kommen, und wies nach unten auf den Fluss. Sie deutete mit den Händen Wellen an und dann etwas sich Schlängelndes. »*Peixe, o Senhor come peixe?*«

Wenn sie fragte, ob er Fisch esse, einen aus dem Fluss, dann lag sie richtig. »Senhor Frederico«, sie zeigte nach oben, also war Friedrich ihrer Meinung nach in den Himmel gekommen. »Peixe – hmm.« Sie verdrehte genüsslich die Augen.

Verflixt, er musste diese verdammte Sprache lernen, er kommunizierte auf dem Niveau von Zweijährigen. »*Sim, peixe!*«, murmelte Nicolas, von seiner Darbietung peinlich berührt. Sie schrieb mit einem Stöckchen 20:00 in den Sand, also wurde um 20 Uhr gegessen. Er würde sich daran halten und sah sie prüfend an. Diese Frau war möglicherweise sein Zugang zur Quinta, wenn er sie gewinnen konnte – die meisten Menschen gewann man über Bewunderung. Bei ihr würde es die Kochkunst sein. Was sie ihm bislang vorgesetzt hatte, war ausgezeichnet gewesen, und der Gemüse- und Kräutergarten war bestens gepflegt.

Zur Barbe, die Dona Firmina bereits filetiert hatte, bekam er ein Glas Vinho Verde von der Quinta de Azevedo vorgesetzt, den er als sehr schön frisch und durstlöschend empfand, sodass er ein zweites Glas verlangte, was ihm Dona Firmina wegen der Schmerztabletten, die er noch immer einnahm, nur ungern einschenkte. Käse schloss wie üblich die Mahlzeit ab. Was Nicolas vorgesetzt bekam, war größer als ein Camembert und doppelt so hoch. Oben war ein Loch in die dicke gelbe Haut geschnitten, darin steckte ein Teelöffel. Dazu gab es geröstetes Weißbrot. Es war ein Queijo de Azeitão, wie er erfuhr, innen flüssig wie eine dicke Creme, sehr frisch und würzig, und dazu ein Portwein, eine grandiose Mischung.

Nicolas stand jetzt der Sinn nach Kaffee, nach einer ganzen Kanne, denn am liebsten hätte er sich sofort hingelegt. Den Tag über hatte er bei Büroarbeit gegen Müdigkeit und Lethargie ankämpfen müssen. Es wäre falsch, jetzt noch einen Portwein zu trinken, da er sich in Friedrichs Bibliothek umsehen wollte. Der Schlüssel am Bund trug einen roten Punkt, Pereira hatte ihn darauf hingewiesen: »Von diesem hier existiert nur ein Einziger.«

Sollte er nicht besser erst mit Sylvia telefonieren? Je länger er den Anruf hinausschob, desto komplizierter würde das Gespräch.

Sylvia war die Freundlichkeit in Person, geradezu unheimlich besorgt und einfühlsam, was seinen Armbruch betraf und die Schwierigkeiten, die er hier vorfand. Kein Vorwurf, dass er gegen ihren Wunsch abgereist war, nur Freude, dass er sich meldete.

»Und – hättest du auf deiner Quinta Platz für mich?«, fragte sie, als alles erzählt war, was man den anderen wissen lassen wollte. »Ich könnte frühestens in den Sommerferien, Mitte Juli.«

»Früher nicht? Mal ein Wochenende?«

»Du weißt ja, ich habe immer viel zu tun ...«

»Hier ist jede Menge Platz«, antwortete er und spürte, wie sich etwas in ihm dagegen sträubte. Wenn sie käme, gäbe es noch mehr, worum er sich kümmern müsste.

»Und – hast du schon eine Idee, wie du dich entscheiden wirst?«

»Ja. Ich erinnere mich an einen Satz, ich glaube, er ist von Karl Kraus: Das einzig Fremde in der Fremde ist der Fremde. So ungefähr fühle ich mich.«

»Dann ist ja alles klar«, sagte sie befriedigt und versprach, ihn anzurufen. »Wann man dich hier wieder zurückerwarten darf, steht noch nicht fest?«

Diese Frage hatte Nicolas verneint. Er stand wie benebelt auf der Terrasse und sah ins Tal. Mit seinem Leben hier hatte in Berlin oder Frankfurt niemand etwas zu schaffen. Er kam sich vor wie weggeweht, ein Blatt im Herbst, das draußen am Café vorbeiflog, während man drinnen die Wärme und eine heiße Schokolade genoss.

Er wehrte sich gegen ein Gefühl von Einsamkeit, von unten drangen Stimmen durchs Treppenhaus. Dona Firmina und ihr Mann unterhielten sich, Geschirr klapperte, der

Fernseher plärrte dazwischen. War es in Berlin anders gewesen? Ja. Er hatte keine Aufgabe gehabt.

Jetzt erst nahm er den alten Hi-Fi-Turm an der Wand richtig wahr. Er bestand aus Kassettendeck, Radio, Plattenspieler, CD-Spieler und einem Verstärker, daneben standen große altmodische Boxen. Dann musste es Schallplatten und CDs geben. Wenn sie nicht im Salon waren, wo dann? In der Bibliothek? Als er die unauffällige Tür zwischen Sofa und Kamin aufschloss, sah er in Gesichtshöhe die gerahmte Reproduktion eines Gemäldes. Er kannte das Bild, Stillleben mit Bibel, van Gogh hatte es gemalt. Es gab so vieles hier, das er erst mit der Zeit bemerkte. Seine Aufmerksamkeit war von anderen Dingen beziehungsweise Menschen gefangen, dass er die von Friedrich hinterlassenen Spielereien und wohl auch Andeutungen erst nach und nach wahrnahm. Rechts auf dem Bild, neben der großen aufgeschlagenen Bibel, stand ein Kerzenständer mit einer erloschenen Kerze, quer davor lag ein zerfleddertes, an die hundert Mal gelesenes Büchlein. Der Titel war unlesbar klein, aber im Van-Gogh-Museum in Amsterdam hatte Nicolas ihn auf dem Original gelesen: ›La joie de vivre‹, ›Die Freude am Leben‹ von Emile Zola. Das Bild hatte etwas geradezu Beschwörendes und Transzendentes, und Nicolas lächelte, er fühlte sich Friedrich in diesem Moment sehr nah. Dann öffnete er die Tür.

Der verdunkelte, leicht muffige Raum mochte vier mal fünf Meter groß sein. Regale standen in Reihen nebeneinander und waren bis unter die Decke mit Büchern, Broschüren, Schallplatten und Mappen vollgestopft, am Fenster lud ein Tischchen mit Ledersessel und Leselampe zum Platznehmen ein. Für Nicolas hatte der Raum etwas von einer Gruft, ganz im Gegensatz zum Weinkeller, es war eine Gruft der Worte, wo sie ausschließlich für sich selbst existierten, Gedanken mit und ohne Bezug zum Leben, zur Wirklichkeit, zum wunderbaren Abend, der sich draußen über die Weinberge senkte.

Die Bibliothek war wie der Weinkeller nach Ländern geordnet. Da waren Frankreich und seine Existenzialisten, dazu die Romanciers. Deutschland war mit allen Klassikern vertreten, mit den geflohenen, den vertriebenen und verbrannten Autoren. Bei den Briten wurde Friedrichs Vorliebe für Shakespeare, George Orwell und Bruce Chatwin deutlich, den Nicolas auf seiner Südamerikareise gelesen hatte. Die Russen nahmen sogar zwei Reihen ein. Nicolas kratzte sich etwas hilflos am Kopf. Konnte man das alles lesen?

Einige Autoren kannte er von der Schule her, einiges hatte er im Exil gelesen, so hatte er damals das Wochenendhaus von Sichel genannt. Er hatte sich da verkrochen, um den Forderungen seiner Familie zu entgehen. Sichel, den alle aus unerfindlichen Gründen mit seinem Nachnamen anredeten, gehörte als jüngerer Bruder seiner Mutter auch zur Familie. Er war früh zu eigenem Geld gekommen, bereits als Student ein erfolgreicher Versicherungsvertreter gewesen, aber er war unabhängig und ein Mann, der für alle Um- und Abwege Verständnis hatte.

Er würde viel Zeit für diese Bücher haben, ahnte Nicolas. Beim Betrachten der Buchrücken kam er sich schäbig vor, indiskret, er hasste es, wenn Gäste die Wohnung inspizierten und in seinem Bücherregal herumschnüffelten. Na, mit wem haben wir es denn hier bitte schön zu tun?

Amerika hatte Friedrich nach Nord und Süd aufgeteilt. In Südamerika lag das Schwergewicht auf Brasilien, sicher wegen der Sprache. Jorge Amado nahm 30 Zentimeter Regalbreite ein. Ein Titel ließ ihn stutzen: ›Das dritte Ufer des Flusses‹ von João Guimarães Rosa. Wie war das gemeint? Im Klappentext der deutschen Übersetzung las er etwas von »skurrilem Humor« und »surrealistischen Bildern« – wenn er sich in diesem Raum umsah, an den muffigen Geruch von altem Papier hatte er sich gewöhnt, meinte er, sich selbst in einem skurrilen Bild zu befinden, inmitten der Bücher, mit der Stehlampe hinter dem Sessel und dem Lesetisch. Er bewegte sich durch einen Film aus vergangenen Tagen. Er legte das ›Dritte Ufer‹, über das er beim Durchblättern nichts in Erfahrung hatte bringen können, auf den Tisch. Es gab einen weiteren Band von Guimarães Rosa, ein Buch ohne Rücken, so zerlesen wie das auf van Goghs Gemälde: ›Grande Sertão‹. »Der Teufel auf der Gasse, mitten im Wirbelwind ...«, las er. Was für ein Vorwort. Teufel. Und dann der Anfang: »Hat nichts auf sich. Das Knallen, das Sie vorhin gehört haben, war keine Schießerei, da sei Gott vor. Hab nur ein bisschen Scheiben geschossen, drunten am Bach, auf einen Baum in Quintal. Zur Übung. Tu ich jeden Tag, zu meinem Vergnügen ...«

Gott und der Teufel, Metaphern für zwei Extreme, zwischen denen sich unser Leben bewegte? Nicolas legte das Buch weg. Es interessierte ihn weniger vom Einstieg her als wegen des zerfledderten Einbands. Entweder hatte Friedrich es antiquarisch gekauft oder so oft gelesen, dass es fast auseinanderfiel. Sicher gaben die Unterstreichungen Aufschluss über ihn, über sein Wesen. Was bedeutete es, dass unter den deutschen Autoren kein Grass, aber die Brüder Mann standen?

Im Regal direkt neben der Tür, sozusagen in Griffnähe, standen die Weinbücher. Die hatte er gesucht, doch man fand immer etwas anderes, wenn man suchte, und zu gern hätte er sich mit dem ›Dritten Ufer‹ weiter beschäftigt, mit dem dritten Ufer des Rio Douro vielleicht. Doch der Wein forderte sein Recht, und dieses Regal war eine Fundgrube, seine Rettung, sein Licht in der Finsternis. Wein von A–Z, Wie Wein entsteht, Rebsortenlexikon, Kellereiwirtschaft, Weinbautechnik, Weine der Neuen Welt, Weinführer aus aller Herren Länder, Frankreichs Appellationen, Weine degustieren, Die neuen deutschen Weine, die Enzyklopädie der Weine von einem Hugh Johnson, Weinbaugebiete und

Weinerzeuger. Neugierig schlug Nicolas den Portugal-Teil auf.

»Die Sage will wissen, dass es nur die grässlichen Douro-Weine waren, die den Händlern keine andere Wahl ließen, als sie mit Brandy zu versetzen – und dabei erfanden sie den Portwein.«

Nicolas kannte eine andere Version, nach der die Weine mit Branntwein versetzt worden waren, um sie für die Verschiffung nach England haltbar zu machen, nachdem Frankreich wegen des Kriegs mit England als Lieferant ausgefallen war. Nicolas suchte weiter und entdeckte neben vielen anderen Büchern auch alle, die er mitgebracht hatte. Er hätte sich die Kosten wie auch den Schweiß des Schleppens sparen können. Nein, Happes Bändchen ›Bluff your way in Wines‹ war nicht darunter. Nachdem Nicolas einige Bände durchgeblättert hatte, besserte sich seine Laune, er wurde geradezu euphorisch: Die meisten Bücher waren auf Deutsch, viele auf Englisch oder zweisprachig und einige auf Französisch. Er war an der Quelle des Weinwissens, des theoretischen zumindest, sie sprudelte und strömte. Ein Buch war sogar dreisprachig angelegt: deutsch, englisch und portugiesisch. Eine gewisse Heike Breidenich, genauso ein blutiger Anfänger wie Nicolas, hatte einen Sommer über auf Weingütern der Firma Niepoort gearbeitet und ein önologisches Tagebuch verfasst. Es war so kenntnisreich geschrieben, dass Fachleute daran mitgearbeitet haben mussten.

Es klopfte zaghaft. Dona Firmina brachte den Kaffee in einer silbernen Kanne auf einem silbernen Tablett und musterte ihn ernst, einen so eindringlichen und gleichzeitig fragenden Blick hatte er lange nicht aushalten müssen. Dabei murmelte sie einen unverständlichen Satz: »*Seu Frederico foi o seu pai ou seu tio?*«, und schüttelte verwundert den Kopf. »*Boa noite*«, sagte sie, »Gute Nacht.« Sie lächelte beim Hinausgehen und schloss leise die Tür, während

Nicolas zwischen den Buchstaben in die Welt des Weins eintauchte.

Was ihn am ersten Text störte, war der Satz, dass der Mensch am Douro seit Jahrhunderten gegen die Natur kämpfte. Wenn er die Natur nicht begriffen hätte, würde sie ihm den Wein nicht geben. Doch so sah es nicht aus.

Lange betrachtete er eine Karte über die Bodenbeschaffenheit. Am Rio Douro kam hauptsächlich Schiefer vor, dazu brauchte er nur aus dem Fenster zu sehen. Sogar einige Pfosten, an denen die Spanndrähte befestigt waren, die das Weinlaub hielten, bestanden daraus. Zwischen den Rebstöcken lagen Schieferplatten, große und kleine, in den Trockenmauern waren sie verarbeitet, und das Untergeschoss des Flaschenlagers war in den Schiefer getrieben worden, er hatte es an den Wänden gesehen. Die Auffaltung der Gebirge hatte den Schiefer senkrecht gestellt, sodass er auseinanderbrechen und verwittern konnte. Darin hatte der Rio Douro sein Bett geformt. Hätten die Schieferplatten flach gelegen, hätte man sie nicht aufbrechen und für eine Bepflanzung vorbereiten können. Schiefer verwitterte und formte eine dünne, höchstens 25 Zentimeter dünne Erdschicht.

Am Rio Douro wuchsen dieselben Rebsorten wie in den anderen Weinbaugebieten Portugals, aber im Nachbarland kamen sie nicht vor, bis auf die Tinta Roriz, die in Spanien Tempranillo genannt wurde. Boden und Klima, so der Text weiter, waren für den unvergleichlichen Charakter des Portweins verantwortlich. Bulldozer und Dynamit, das waren die heutigen Methoden, den Schiefer bei der Anlage neuer Weinberge aufzuspalten. Dazu also diente der kleine Raupenschlepper in der Remise. Früher hatte man in mörderischer Arbeit Keile in den Schiefer getrieben und ihn zum Platzen gebracht. Morgen früh würde Nicolas die Rebzeilen ablaufen und sich das Gestein ansehen. An einigen Stellen hatte er den Eindruck gehabt, dass der Wein auf Schuttfeldern wuchs, nirgends ein Krümel Erde, nur graubraune Gesteinsbrocken.

Das nächste Kapitel betraf das Klima, hierzu fand er weitere Tabellen und Statistiken, die ihm zumindest einen theoretischen Eindruck gaben, was in diesem Sommer auf ihn zukommen konnte. Jedenfalls keine 45 Grad, wie Happe geunkt hatte, sondern nur 40. Im Winter sollten die Temperaturen sogar bis unter null Grad fallen. Aber im Mittel blieben sie zwischen 7 und 26 Grad. Die Sommer waren laut Statistik trocken, im Winter regnete es umso mehr, oft fiel der Wetterwechsel mit der Lese zusammen. Die Quinta do Amanhecer lag in einem Gebiet mit durchschnittlich 600 bis 700 Millimeter Niederschlag. Wenn er die Rebstöcke draußen betrachtete, konnte das nicht zu wenig sein, sie machten einen gesunden Eindruck.

Immer wieder fand Nicolas Hinweise auf das Mikroklima, das viele Regeln außer Kraft setzte, denn an einem Flussufer regnete es, wie er gestern gesehen hatte, am anderen war es trocken geblieben. Über einem Berg hatte sich ein Gewitter entladen, die Regenfahnen hatten jegliche Sicht genommen. 200 Meter weiter war nicht ein Tropfen gefallen. Ein Wunder, dass dieser Boden überhaupt Wasser aufnehmen konnte, denn vom Regen war nirgends mehr etwas zu sehen. Hatte Pereira ihn nicht darauf hingewiesen, dass Regen jetzt im Mai besonders schädlich für die Blüten sei? Nicolas schüttelte den Kopf und holte das Lexikon aus dem Regal. Unter »Blüte« fand er die gewünschte Information. Regen ließ die sich selbst bestäubenden Blüten verrieseln, also absterben. Wenn er das alles, was er hier auf Deutsch und Englisch las, noch auf Portugiesisch verstehen und sich merken könnte, dann ... ja, was dann? Er klappte das Lexikon zu.

Er sollte sich um die Firma kümmern, sich die Personalakten ansehen. Von den Arbeitern hatte er bislang nicht einen zu Gesicht bekommen, und einer sollte Deutsch sprechen. Vielleicht könnte der ihm als Assistent behilflich sein. Aber ihm Einblick in die Personalakten zu gewähren, ginge das nicht zu weit? ... Als Nicolas aufwachte, fiel ihm das Lexikon vom Schoß. Draußen war es stockdunkel, nur auf dem gegenüberliegenden Berg sah er Lichter.

Er sah die Reflexe des Mondlichts auf dem Ausschnitt des Flusses, der ihm vergönnt war. Das dritte Ufer kann nur ein fiktives sein, eines in uns. Wir selbst sind das dritte Ufer; dahin müssen wir gelangen, um uns zu retten, dachte er und ging zu Bett.

Die ersten beiden Stunden des nächsten Tages verbrachte Nicolas mit Fahrübungen. Es hatte eine Viertelstunde gedauert, bis er dem Verwalter klargemacht hatte, dass er von jetzt an Schlüssel und Wagenpapiere behalten würde. Er musste mobil bleiben, er durfte hier nicht versauern. Nur der Automatik wegen ließ sich der Wagen von ihm bedienen, trotzdem war das Rangieren schwierig, besonders wenn er über die rechte Schulter zurückschauen musste. Er steckte einen Stock in den Boden und setzte zurück, bis der Stock sich bewegte. Vorn machte er es genauso und lernte dadurch die Abmessungen des Fahrzeugs kennen. Die Piste hinunter zur Landstraße nahm er im Schritttempo. Sollte die Kiste abrutschen, gäbe es kein Halten mehr. Er hatte nie zuvor einen derart schweren Wagen gefahren.

Das kurze Gespräch mit Pereira führte er von seinem Mobiltelefon aus, da konnte niemand mithören. Sein eigenes Misstrauen widerte ihn an, derartigen Situationen hatte er stets aus dem Wege gehen können, aber hier sah er keinen anderen Weg. Der Anwalt kündigte sein Kommen für die nächste Woche an. Danach müsse Nicolas allein zurechtkommen.

Anschließend rief er Lourdes zu sich und ließ sich von ihr zeigen, wo er welche Firmenunterlagen finden konnte.

Er schlug den aktuellen Rechnungsordner auf und sah sie vielsagend an. Zum ersten Mal bemerkte er, dass sie ein hübsches Mädchen war, mit einem offenen Gesicht und großen schwarzen Augen, bei denen er schlecht sagen konnte, ob sie frech waren oder ob sich darin ihre Unsicherheit verbarg. Aber sie war interessiert. Nicolas blätterte in den Ordnern, betrachtete Rechnungen, nickte mehrmals, als hätte er eine Bestätigung für irgendetwas gefunden, seufzte und klappte ihn zu. In Lourdes' Gesicht nahmen die Fragen überhand. Dann verlangte er die Personalakten. Lourdes holte sie aus dem Büro des Verwalters, der jede ihrer Bewegungen mit Argwohn verfolgte und zunehmend unruhig wurde. Nicolas fand die Akte über Lourdes und steuerte sofort auf sein Ziel zu. *Contrato* musste Vertrag bedeuten, und darin war bei *salário*, was wohl Gehalt hieß, eine elend niedrige Zahl angegeben. Portugal war nicht umsonst das Armenhaus Europas. Die Arbeiter in der Lese bekamen gerade mal 500 Euro im Monat. Es musste schwer sein, damit auszukommen.

»Sie verdienen monatlich 750 Euro?«, fragte Nicolas.

Lourdes nickte, und bevor sie antworten konnte, sagte Nicolas: »Ab morgen verdienen Sie 200 Euro mehr!«

Ihr fiel das Kinn runter, sie hatte offenbar mit allem gerechnet, nur nicht mit einer Gehaltserhöhung. Nicolas legte den Finger auf die Lippen. Sie nickte, sie hatte verstanden – und damit hatte er seine erste Verbündete. Bei ihr war es einfach, die anderen würden schwerer zu gewinnen sein.

Ein Kurierdienst hielt vor dem Haus, im Paket war der Portugiesischkurs zum Selbstlernen. Happe war zuverlässig. Nicolas würde sich am Abend damit beschäftigen. Auch Carlos hielt Wort. Er tauchte gegen sechs Uhr abgehetzt auf und hörte fassungslos den wahren Grund für Nicolas' Reise an den Douro. Staunend folgte er ihm durch die Quinta. Es war Nicolas' erste Führung durch den neuen Besitz.

»Du kannst dir nicht vorstellen, was für ein Glück du hast«, meinte Carlos und bekam den Mund noch immer nicht zu.

»Glück?« Nicolas zog den zukünftigen Önologen hinter sich her zu Friedrichs Privatkeller, schloss die Tür auf, ohne das Licht anzumachen. »Die Treppe ist eingebrochen.«

Carlos ging nach unten, untersuchte die Stufen, rüttelte an der Treppe und schüttelte den Kopf. »So morsch scheint mir das Holz nicht zu sein.«

Nicolas hob vorsichtig den bandagierten Arm. »Jetzt trage ich dieses Andenken mit mir herum. So viel zum Glück. Der Verwalter beklaut mich allem Anschein nach, die anderen belauern mich von morgens bis abends. Der Hund meines Onkels wird mit Steinen beworfen, der Assistent gibt dem Kellermeister Anweisungen, der Hausmeister ignoriert mich, und ob die Köchin mich eines Tages vergiftet ...« Er zögerte, ob er Carlos von der Erbregelung erzählen sollte. Er vertraute ihm, irgendwem musste er vertrauen, sonst würde er verrückt.

»Was erwartest du?«, meinte Carlos ungerührt, als er die Hintergründe erfahren hatte. »Sie werden alles tun, um dich von hier zu vertreiben. Weshalb sollten sie kampflos das Feld räumen?«

»Du meinst, sie wissen davon?«

»Wieso nicht? So, mein Freund, ich hab's eilig, meine Freundin wartet. Lass uns fahren, damit wir diesen *provador* treffen.«

Es war Carlos nicht recht, dass Nicolas mit dem Geländewagen fuhr, sie nahmen seinen Wagen. Nicolas fand den Weg auf Anhieb wieder. Vor dem Haus befragte Carlos alle Nachbarn und sprach mit dem Besitzer des Ladens an der Ecke. Einer verwies ihn an den anderen, nach jedem Gespräch kam er kopfschüttelnd aus einem der Häuser, bis er sich wieder zu Nicolas in den Wagen setzte.

»Nichts, keine Spur. Niemand weiß, wo er ist, aber einer

sprach von Lissabon. Otelo soll dort eine Schwester haben, die hat früher auch hier gelebt. Zu der ist er womöglich gefahren, aber eine Adresse gibt es nicht. Er verschwand nach der Beerdigung deines Onkels. Einer der Nachbarn meinte, Otelo hätte mit nur einem Koffer fluchtartig das Haus verlassen.«

8.

Die Mine

Auf Seite elf des Portugiesischlehrbuchs begegnete Nicolas bereits dem Vinho do Porto – wörtlich übersetzt hieß es »Wein des Hafens«. Also waren seine Überlegungen zum Hafenwein richtig gewesen. Das Lehrbuch zeigte die Karikatur einer Blondine mit Zigarettenspitze an einem Bistrotisch, ein Kellner schmachtete sie an und nahm ihre Bestellung auf. »*Um vinho do Porto, por favor*«, klang es von der dazugehörenden Kurs-CD auf seinem Laptop. Darauf abgestimmt war das Begleitbuch, in dem Nicolas aufgefordert wurde, etwas zu trinken zu bestellen, in seinem Fall den Portwein. Es gab eine Broschüre über den Lektionswortschatz. Den akustischen Wortschatztrainer konnte er beim Fahren hören, denn Friedrichs Landrover hatte einen eingebauten CD-Player. Den Geländewagen als sein Eigentum zu begreifen, fiel ihm schwer, obwohl es rechtlich korrekt war. Auch das Unternehmen seines Vaters hatte er nie als etwas begriffen, das ihm irgendwann gehören könnte.

Das Paket mit den Lernmitteln und der unkomplizierte Umgang mit der Sprache lenkten von dem Umstand ab, dass er vorerst nicht mit Seu Otelos Hilfe rechnen konnte. Die Art seines Aufbruchs war äußerst merkwürdig. Nicolas schob seine Besorgnis beiseite, alles würde sich finden, jetzt hatte die Sprache Vorrang. Was der Schlüsselbund für die Türen der Quinta, war der Sprachkurs für den Zugang zu den Menschen. Er würde es sofort ausprobieren und ging in die Küche.

»*Boa noite, Dona Firmina, um vinho tinto, por favor*«, sagte er, als er in die Küche trat, wo sie das Essen für ihren Mann aufwärmte, der eben nach Hause gekommen war. Was machte dieser Kerl den ganzen Tag? Nicolas hatte seinen Wagen gehört, wie er neuerdings auf vieles achtete, was im und um das Haus herum geschah. Bald würde er die Geräusche zuordnen können, denn es lag nicht wie in der Großstadt über allem ein Rauschen. Die Köchin wandte sich vom Herd ab, ging zum Kühlschrank, nahm den Rest Rotwein vom Vortag, zog den Vakuumverschluss ab und reichte Nicolas die Flasche zusammen mit einem Glas. Also hatte sie ihn verstanden. Dann stutzte sie, drehte sich wieder nach ihm um und blickte ihn aus zusammengekniffenen Augen an. Er lächelte, bedankte sich mit einem »*Obrigado, Senhora*« und verschwand. Wahrscheinlich fragten sie und ihr Mann sich jetzt, ob er ihnen bislang etwas vorgespielt hatte und in Wahrheit längst Portugiesisch verstand. Wenn er sie verunsichert hatte, war sein Ziel erreicht.

Er setzte sich wieder an den Esszimmertisch und begann, sich ein zweisprachiges Wein-Glossar anzulegen. Bereits übersetzte Begriffe gab er ins Laptop ein. Hier würde er nach und nach alle Begriffe sammeln, die mit Wein zu tun hatten. Ihm graute nicht vor der Arbeit. Er hatte Englisch gelernt, dann Französisch, Latein und zuletzt ein wenig Holländisch, dann war jetzt eben Portugiesisch dran. Europa war vielsprachig. Es sollte hilfreich sein, Zettel mit den portugiesischen Namen auf alle ihn umgebenden Gegenstände zu heften. Sicher, es sah albern aus, wenn in seiner Etage Zettel an Türrahmen, dem Spiegel im Bad, dem Bettgestell und dem Gläserschrank klebten. Egal, es war seine Wohnung, er konnte darin machen, was er wollte, es würde höchstens ihn selbst stören. Er musste verstehen, was über die Quinta gesagt wurde, über Geschäfte und über Friedrich, was er gesagt und gedacht hatte, auch wenn es private Meinungen waren. In ihrer Fülle, verbrämt durch persönliche Interessen, lag die Annäherung an die Wahrheit.

Irgendwann in der Nacht fielen ihm die Augen zu, er schrak auf, als sein Kopf vornüberkippte. Von unten drang kein Laut herauf, von draußen kam das Rauschen des Windes in den Bäumen. Nicolas leerte sein Weinglas und trat auf die Terrasse. Der Sternenhimmel war gigantisch, zum Greifen nah, beinahe unheimlich und gefährlich. Er konnte sich nicht erinnern, wann zuletzt er die Sterne so eindrucksvoll erlebt hatte. Es fehlte jedes Nebenlicht, jede störende Straßenlaterne, da war kein flimmernder Fernsehapparat gegenüber, keine Straßenbeleuchtung. Trotzdem konnte er den Horizont erkennen, sah den Fluss, einzelne Weiler an den Berghängen. Peso da Régua strahlte von unten eine einsame Wolke an, und er sah einen sich bewegenden Schatten. Das war Perúss. Er ging hinunter, öffnete die Tür. Der Hund kam gegen seine sonstige Gewohnheit ohne zu zögern herbei, lief an Nicolas vorbei ins Haus und blieb vor der Küchentür stehen. Er wedelte nicht mit dem Schwanz, so weit war der Frieden zwischen ihm und den Menschen noch nicht wiederhergestellt. Während Nicolas Hundefutter holte, blieb der Hund vor der Küchentür stehen. Er fraß und trank gierig wie immer und setzte sich zwei Meter von Nicolas entfernt. Mochte er ihm auch noch so schmeicheln, Perúss blieb auf Distanz, trottete dann zu einem der Bäume gegenüber und legte sich hin. Nicolas zuckte mit den Achseln und ging schlafen.

Auf dem Küchentisch stand am Morgen kein zweites Gedeck mehr, als Nicolas gegen sieben Uhr zum Frühstück kam. Dona Firmina wusste, was er bevorzugte, und er nahm an, dass sie genau darauf achtete, wovon und wie viel er gegessen hatte. Daraus bezog sie ihre Anerkennung. Würde Nicolas sie für sich gewinnen wollen, würde er dicker werden. Rührei und geschmorte Tomaten gehörten nicht zu einem konventionellen portugiesischen Frühstück – vielleicht hatte Friedrich es geschätzt? Jetzt probierte sie es bei ihm aus. Nicolas verschmähte es auch nicht. Ihn störte etwas anderes. Wenn er die Küche betrat, ging sie hinaus, das zeigte ihm seinen Status. Wo setzten sich die Angestellten ungefragt zum Chef? Wenn er sich zu Hause das Frühstück auf die Schnelle reingezogen hatte, war ihm das Alleinsein nicht aufgefallen. Manchmal war Sylvia bei ihm gewesen. Doch sie war in aller Frühe verschwunden, die Schule begann um acht Uhr, und er hatte das Radio eingeschaltet und nach Sendern ohne unerträgliches Gute-Laune-Gequatsche gesucht.

Im Haus herrschte Ruhe, leider zu viel davon. Sie war hörbar, heute vernahm er zum ersten Mal das Ticken der Standuhr im Flur, was ihm bislang entgangen war. Keine Stimmen, keine Musik, keine Autogeräusche, es war, als würde er allein hier leben, und doch waren die anderen in ihrer Abwesenheit gegenwärtiger als anderswo. Würde das an den Wochenenden immer so sein? Die Stille war kaum zu ertragen. Kein Brummen von Doppelstockbussen, keine Polizeisirene, kein Rettungshubschrauber, kein tiefergelegter BMW mit dröhnenden Bässen. Die Hausbesorger mochten Stille gewohnt sein, konnten schweigen, redeten nicht viel. Nicolas hörte sie, wenn in ihren Räumen eine Tasse auf der Untertasse klirrte. Worüber hatte er mit den Kollegen im Büro geredet? Hier arbeiteten alle schweigend, in den Pausen redeten sie in irrsinniger Geschwindigkeit aufeinander ein, danach ging es still weiter. Und abends? Gaben sie sich mit dem Fernsehen zufrieden?

Wie soll ich das aushalten?, fragte sich Nicolas. Er nahm sich vor, am nächsten Wochenende zu Carlos nach Vila Real zu fahren. Aber mit einem gegipsten Arm? Schlecht machbar. Nein, außerdem müsste er unter der Woche hin, denn am Wochenende jobbte Carlos in Porto und besuchte seine

Freundin. Nicolas dachte an die Wahrsagerin und das dumme Zeug, das sie geredet hatte: sehen, wohin man tritt! Allgemeiner ging es nicht. Moment – was war auf der Treppe gewesen? Hatte er da nicht richtig hingesehen? Völliger Blödsinn, dachte er, wie konnte jemand etwas über ihn wissen, der ihn nicht kannte?

Er kehrte ins Esszimmer zurück und wiederholte die ersten Lektionen. Als ihm der Kopf rauchte, ging er ins Büro und schaltete Friedrichs Rechner ein. Gonçalves war am Sonntag nicht da, er konnte sich ungestört bewegen und herumstöbern, ohne belauert zu werden. Die portugiesischen Begriffe der Computersprache müssten leicht zu lernen sein, die Systeme waren identisch. Außerdem lag das Wörterbuch an seiner Seite.

Die Karte mit Friedrichs Weinbergen entdeckte er zufällig auf dem PC. Sie ließ sich vergrößern und verkleinern und in alle Richtungen schieben. Es war eine Karte dieses Berges, die sich durch Anklicken in verschieden große und unterschiedlich geformte Teilstücke zerlegen ließ. Jedes Teilstück war anders schraffiert, mal senkrecht, dann wieder waagerecht, mal schräg nach unten oder geschwungen, dickere und dünnere Linien wechselten in unbegreiflicher Reihenfolge, und erst als Nicolas die Karte bis aufs Maximum vergrößerte, erkannte er, dass es sich um den Verlauf der Rebzeilen handelte.

Er fand die Straßen, die Piste zur Quinta sowie Wirtschaftswege, auch die Gebäude und sogar die Stützmauern der Terrassen. In den Teilstücken waren Begriffe aufgeführt wie *patamar, socalco, vinha tradicional, patamar velho, oliveira, vinha ao alto*. Im Wörterbuch war *socalco* als terrassierter Weinberg zu finden. Ein *patamar* war der einzelne Absatz. Er würde hingehen und sich den Weinberg ansehen müssen, um die Begriffe richtig zu verstehen.

Er schloss alle Programme und richtete für den Rechner auf seinem Tisch ein Passwort ein. Jeder Experte würde es knacken können, aber die vermutete Nicolas nicht unter Friedrichs Angestellten. Wenn es einen Experten gab, müsste eine Rechnung für den EDV-Berater zu finden sein. Es gab auf dem Computer sicher ein Warenwirtschaftssystem, den Schriftverkehr und das, was er vom Weingeschäft noch nicht wusste.

Er probierte den Zugang ohne Passwort, der blieb ihm verwehrt. Mit seinem neuen Passwort kam er ins System. Als er aufsah, bemerkte er den Hund. Er kam bis an die Tür, legte sich jedoch so hin, dass er Nicolas im Blick hatte. Wovor hatte das Tier Angst? Vor Gonçalves, das war klar, aber vor den anderen auch? Vor Dona Firmina zum Beispiel? Sie verhielt sich Nicolas gegenüber mal freundlich, dann wieder, ohne dass er einen Grund dafür fand, wandte sie sich brüsk ab. Oder Otelo Gomes? *Head over heels* hatte Carlos gesagt, Hals über Kopf sei Otelo verschwunden. Unter welchen Umständen verlässt man sein eigenes Haus Hals über Kopf? Oder hatte er etwas zu verbergen? Fürchtete er womöglich eine Revision des Betriebs?

Wenn er in Tabuaço aufgewachsen war, dann würde er dort auch eine Familie, Freunde oder zumindest gute Bekannte haben; die mussten seine Lissabonner Adresse kennen oder die der Schwester. Diese Freunde musste Nicolas finden. War Pereira ihm gegenüber wirklich ehrlich? Als Referenz hatte er nur Hassellbrinck. Er schaute sich im Internet sein Bankkonto an. Pereira hatte Wort gehalten, die 3500 Euro für Mai waren überwiesen worden. Er schrieb Sylvia eine freundliche E-Mail, erwähnte jedoch nicht die Schwierigkeiten und vor allem nicht seine Gefühle. Dann wandte er sich wieder dem Wein zu.

Er blätterte systematisch alle Ordner durch, in denen die Pläne der Weinberge sein konnten. Zu dem aus dem Rechner gesellten sich acht weitere Pläne, die er jedoch keinem Ort zuordnen und daher ihre Lage nicht bestimmen konnte. Es musste einen Generalplan geben, er jedenfalls hätte einen angefertigt und ihn dann unterteilt. Langsam glaubte Nicolas, dass er Friedrichs Art zu denken verstand, er teilte sie. Kein Wunder, sie stammten aus derselben Familie, und sie kamen aus derselben Stadt. Sie hatten eine ähnliche Ausbildung genossen, nur was Friedrich ihm voraushatte, war die politische Vergangenheit, sein Engagement und anscheinend auch die Visionen. Er selbst empfand die Welt bei genauerem Hinsehen als aus der Spur geraten, das Negative überwog, die Machthaber waren gerade dabei, alles, aber auch wirklich alles zugrunde zu richten. Die Zivilisation plünderte den Planeten aus, bis er zum Mars würde. Doch sich dagegen aufzulehnen, wäre ihm nicht in den Sinn gekommen – und wie auch? Mit ehemaligen Kommilitonen oder Kollegen, die nichts anderes als persönliches Fortkommen im Sinn hatten und deren Karrieren zwischen grandiosem Aufstieg und Hartz IV stecken blieben? Da war sein Onkel anders gewesen, er hatte Schwein gehabt, er war in einer anderen Epoche aufgewachsen. Damals war nicht alles auf Kommerz und Image ausgerichtet gewesen. Nicolas stutzte, als hätte er sich bei etwas Verbotenem ertappt. Ihn befiel ein gänzlich unbekanntes Gefühl, neu, fremd und unangenehm, er hatte es nie gespürt. War das Neid? Es war kein schönes Gefühl, schmeckte wie verfaultes Essen und verdarb den Magen. Friedrich hatte gewusst, wogegen er sich aufgelehnt und wofür er sich eingesetzt hatte. Ihm selbst blieb diese Eindeutigkeit verschlossen, es gab keine Zukunft. Er ging lieber allen und allem, was unangenehm war, aus dem Weg.

Doch was hatte Friedrich der Protest genutzt? Was war dabei rausgekommen? Was hatte es ihm oder anderen eingebracht? Wahrscheinlich viel Ärger – und dieses Weingut, und das war allerhand. Friedrich hatte, soweit Nicolas das beurteilen konnte, bei seinem Abgang aus Deutschland nichts von Weinbau verstanden, jedenfalls hatte niemand in der Familie jemals etwas in dieser Hinsicht geäußert.

Dann war er Autodidakt gewesen. Früher galt das etwas, heute war es ein Schimpfwort für jemanden, der unprofessionell herumwerkelte, als wäre die Welt nur von Fachleuten aufgebaut worden. Dabei war es sicher intelligenter, und man lernte mehr, wenn man sich etwas selbst beibrachte. Dann musste Friedrich ziemlich intelligent gewesen sein, diszipliniert und offen anderen Menschen gegenüber, um ihr Wissen anzunehmen und von ihren Erfahrungen zu lernen. Wäre das auch sein Weg? Für dumm hielt er sich nicht, aber für diszipliniert? Es hätte einen Grund dafür geben müssen, ein Ziel, eine Hoffnung. Was hatte er für Ziele? Im Moment nur eins – Teufel, sagte er sich, dann mach hier weiter ... und er gab sich in Gedanken einen Tritt.

Er fand den Generalplan. Es war eine Übersichtskarte mit verschiedenfarbigen Feldern, die Friedrichs einzelne Weinberge markierten. Wenn er mit der Maus auf ein solches Feld klickte, öffnete sich eine neue Karte, und dann war er da, wo er begonnen hatte. Auf der Einzelkarte waren die Wege eingezeichnet, der Verlauf der Trockenmauern, wie er der Legende entnahm, sogar ihr Zustand sowie die Größe jeder einzelnen Parzelle. Darin wieder fand er Größenangaben in Quadratmetern und Hektar. Für Doppelbuchstaben wie TF, TN, TR, TC und TB fand er keine Legende, ebenso wenig begriff er, was die Buchstaben von A bis C und die dahinter stehenden Zahlen zwischen 1000 und 1200 zu bedeuten hatten. Auch entdeckte er ein neues Wort: *pomar*. Das Wörterbuch gab ihm Obstgarten als Antwort. Dann hatte er also auch einen Obstgarten geerbt. Das war nicht schlecht, frisches Obst aus dem eigenen Garten und keine lackierten, halbtot gespritzten EU-Äpfel mehr. Stattdessen frische Feigen und Orangen? Ein Zitronenbaum stand im Park, Orangen, Limetten – was würde es noch geben? Er sollte hinfahren und diesen *pomar* besichtigen.

In der Küche suchte er unter Dona Firminas strengem

Blick das Speiseöl, es stand neben dem Herd in Griffweite. Es war ein wenig trüb und hatte eine schöne Grünfärbung. Er goss einige Tropfen auf eine Untertasse, es duftete eindringlich und schmeckte hervorragend. Er hielt die Flasche in die Höhe, winkte Dona Firmina vors Haus und zeigte fragend auf den Olivenbaum am Rande des Weinbergs. Sie nickte zustimmend und sagte etwas, wobei er nur den Namen Seu Frederico verstand. Damit war Nicolas klar, dass seine Salate auch mit eigenen Olivenöl angemacht wurden. Das war ein Grund zum Bleiben.

Mit einem »*Obrigado, Dona Firmina, até logo*« ging er ins Büro zurück, wobei er die Augen der Haushälterin in seinem Rücken fühlte. Er würde sonst was dafür geben zu wissen, was sie dachte – und wusste. Sie wusste viel, ihre Augen sprachen, sie verschwieg viel, auch das sah er, und sie tat es nicht gern.

Ein Areal oberhalb der Quinta war mit Lugar da Granja bezeichnet. Dem Grundriss nach konnte es sich nur um Friedrichs Wohnhaus handeln. Er nahm ein Handtuch und den Zeichenblock, rief den Hund, der ihm zum ersten Mal folgte, ohne vom Hunger getrieben zu sein, und wandte sich dem Garten zu, als Dona Firmina ihn zurückrief. Sie hielt ihm einen Strohhut hin und wies auf die senkrecht stehende Sonne.

Die Frau arbeitete seit Jahrzehnten hier, sie musste Friedrich in- und auswendig gekannt haben, besonders aus der Zeit vor seiner Verbindung mit dieser Madalena und dem Umzug nach oben. Nicolas schlenderte über den Hof, prüfte alle Türen, ob sie abgeschlossen waren, und ging dem Hund nach, der einen kaum sichtbaren Pfad zwischen den Rebzeilen hinauflief. Friedrichs neues Haus lag so still und verlassen da, als würde es um seinen vormaligen Besitzer trauern.

Nicolas erinnerte sich dabei an eine Kurzgeschichte von Edgar Allan Poe, ›Der Untergang des Hauses Usher‹. Aber da war es um Personen gegangen und nicht um ein Gebäude. Ob dieses Buch in Friedrichs Bibliothek stand? Die Mehrzahl der Bücher und auch die Schallplattensammlung hatte Nicolas noch gar nicht durchforstet.

Es war seltsam, dass Madalena Barbalho nichts von sich hören ließ. Sie musste wissen, dass er längst eingetroffen war. Jemand auf der Quinta würde sicherlich ihre Telefonnummer haben, aber er wollte sich ihr nicht aufdrängen. Außerdem fehlte ihm die Erfahrung, wie Menschen mit dem Tod umgingen. Den Verlust seiner Großeltern mütterlicherseits hatte er als Kind kaum wahrgenommen, die Eltern seines Vaters lebten beide, aber man hatte sich wenig zu sagen.

Oben angelangt, gab er sich dem grenzenlosen Blick über die Berge hin. Die Täler waren tief eingeschnitten, die Hänge steil, eine Steigung von 30 Prozent, deshalb sah man deutlich, wie sie bearbeitet waren. Die Berge schienen in etwa gleich hoch, nicht einer überragte die anderen deutlich; die Kuppen waren abgeflacht, nichts Schroffes und Feindliches, jeder Quadratmeter war bearbeitet, überall wuchsen Wein oder Öl. Knallig machte auch hier der Ginster auf sich aufmerksam, der auf dem gegenüberliegenden Hang einige Parzellen überwucherte. Erst bei längerem Hinsehen bemerkte Nicolas, dass diese Parzellen nicht gepflegt und die Terrassen abgerutscht waren, dabei hatten sie die Stützmauern mitgerissen. Oder waren die eingebrochen und hatten die Terrassen abrutschen lassen? Wer ließ seine Weinberge derart verkommen?

Eigentlich hatte er in Dona Madalenas Pool baden wollen, aber nachdem ihn der Wind abgekühlt hatte, interessierten ihn die Pläne, die er auf dem Computer gesehen hatte, mehr. Um sich herum fand er alles in natura, die unterschiedlichsten Weinberge lagen in Sichtweite, er saß mittendrin, und er versuchte, sie mit der linken Hand zu zeichnen. Je ruhiger er es anging, je tiefer er atmete und je mehr er sich entspannte, desto mehr folgte die Hand seinem Willen. Wenn er sonst zeichnete, gab es nur seine Wahrnehmung, der Wille war ausgeblendet, die Hand diente als Werkzeug. Jetzt war sie ein Handicap, das Zeichnen eine Quälerei. Aber es zwang ihn zum Hinsehen.

Nach zwei Stunden verließ er seinen Ausguck und kehrte zur Quinta zurück. Heute war die Stille noch deutlicher zu vernehmen. Die Hausbesorger fuhren im Sonntagsstaat weg, und Nicolas beschäftigte sich nach Sprachstudien mit Rechnungen, Expertisen, internationaler Korrespondenz, Weinbeschreibungen und chemischen Analysen. In den Weinbeschreibungen waren Säurewerte erwähnt, was ihn darauf brachte, sich das Labor neben dem Raum des Kellermeisters anzusehen. Es war ein kleiner gekachelter Raum, ein Labor eben, wobei ihm die Funktionen von Geräten, Pipetten, Glaskolben und Thermometern verborgen blieben.

Perúss und er kehrten ins Büro zurück. Nicolas setzte sich an den Schreibtisch, nachdem er das Radio eingeschaltet hatte. So entging er der Stille und gewöhnte sich an die Sprache. Der Hund legte sich fluchtbereit in die Tür und behielt Nicolas im Auge – bis ihm der Kopf vornübersackte und er einschlief. In einem Ordner mit der Aufschrift Douro Geral fand Nicolas einen deutschen Text, der ihm die Erklärung für die Doppelbuchstaben auf den Weinbergkarten lieferte: TN, TF und die anderen Kürzel standen für die dort angepflanzten Rebsorten Touriga Nacional, Touriga Franca, Tinta Roriz und Tinta Cão ... Und anhand einer Information, die Friedrich an seine deutschen Kunden verschickt hatte, entzifferte Nicolas die Bedeutung der Buchstaben A, B und C bis F. Es handelte sich um eine Lagenklassifizierung, eine qualitative Bewertung der einzelnen Parzellen. Bereits 1940 war ein Bewertungsschema entwickelt worden, wonach Höhenlage, die Region Cima Corgo, die Erträge pro 1 000 Rebstöcke und auch die Neigung des Hanges bewertet wurden. Dann war wichtig, ob der Weinberg nach Süden ausgerichtet und wie hoch der Steinanteil war. Der gab Auskunft über den Wassereintritt sowie die Durchlässigkeit des Bodens. Hinzu kam, dass Schiefer das Licht reflektierte, die Trauben und das Blattwerk von den Seiten und unten anstrahlte. Und bei Nacht gaben die Steine die tagsüber gespeicherte Hitze wieder ab, was die gleichmäßige Reife begünstigte. Dann ging es um das Alter der Rebstöcke. Nur wenn sie älter als vier Jahre waren, durften sie zur Portweinproduktion herangezogen werden. Auch die Pflanzdichte je Hektar war entscheidend für die Punktevergabe. Die wichtigsten Kriterien waren dabei die Erträge und die Rebsorte. Das war, wenn Nicolas es richtig überblickte, auch das Einzige, worauf ein Winzer Einfluss nehmen konnte. Man konnte abholzen oder mehr pflanzen. Wer dadurch allerdings den Ertrag erhöhte, bekam Punkte abgezogen. Den Boden konnte er sich nicht aussuchen, ob der Hang geneigt war oder nicht, entzog sich selbstredend jeder Einflussnahme. Wetter und Wind waren sowieso unkontrollierbar und immer weniger vorhersehbar.

Die hier vergebenen Punkte bedeuteten bares Geld. Trauben von A-Weinbergen waren die teuersten – wenn man sie verkaufte. Von wem Friedrich Trauben hinzugekauft hatte, müsste sich aus den Rechnungsunterlagen ergeben. Wenn Gonçalves ihm weiterhin Schwierigkeiten machte, musste er sich an den Kellermeister halten und so was wie Piktogramme entwickeln, mittels derer er sich verständlich machen konnte, eine Art Comic. Ihm fiel auch sofort etwas ein: ein Piktogramm mit einer Weintraube, auf dem nächsten ein mit Trauben beladener Lkw und auf dem dritten Geldscheine mit einem Fragezeichen. Das alles mit der linken Hand zu zeichnen, wäre eine unsägliche Mühe.

Er erinnerte sich, wie er sich auf diese Weise mit einer

Polin verständigt hatte, die wissen wollte, wie man nach der Ankunft mit dem Schiff im Hafen von Harwich nach London käme. Er hatte die Fähre gezeichnet, mit ihr als Passagierin, sie dann vor dem Schiff in einen Doppelstockbus steigen lassen, der am Zug hielt. Die letzte Zeichnung war die Tower Bridge gewesen. Sie hatte es verstanden, sicher auch, weil sie es hatte verstehen wollen. Es war eine Notlösung, sie konnte den Sprachunterricht nicht ersetzen.

Das Klingeln des Telefons schnitt wie ein Messer durch die Stille. Nicolas erschrak zutiefst, sogar Perúss sprang auf und bellte wild. Nicolas war so erstaunt darüber, dass er beinahe das Abheben des Hörers vergaß. Es war Dr. Veloso.

»Was macht Ihr Arm? Können Sie sich einarbeiten? Ihr Onkel hat eine große Bibliothek mit vielen Büchern über Wein und Weinanbau. Vielleicht sollten wir uns die mal gemeinsam ansehen. Ich könnte Ihnen helfen, die richtigen Bücher zu finden, damit Sie keine Zeit verlieren. Und – sind die Mitarbeiter hilfsbereit?«

Nicolas war dankbar, mit jemandem reden zu können, trotzdem zögerte er mit den Antworten. Sollte er dem Arzt von seinen Schwierigkeiten erzählen? Nein, es wäre ein Zeichen von Schwäche. Er wusste nicht, was Veloso weitergab, denn schließlich waren die Quintas ringsum Konkurrenten, die seine Situation hätten ausnutzen können. Siedend heiß fiel Nicolas die Kundenliste ein. Wenn einer der Mitarbeiter die Adresse ihrer Kunden an andere Produzenten weitergab, und das mitsamt der Umsatzzahlen? Dieser verdammte *provador* musste her, bevor alles zusammenbrach.

»*Escuta,* hören Sie, Nicolau. Wie wär's, wenn wir essen gingen? Ich erzähle Ihnen ein wenig von uns, von den Menschen hier, und ich zeige Ihnen Peso da Régua. Viel gibt es nicht, aber auf jeden Fall mehr als bei Ihnen da oben. Ein Mann wie Sie wird sich zu Tode langweilen, allein auf dem

Berg. Sie werden sich in dieser Einöde nach Ihrem Leben in Berlin völlig verloren vorkommen.«

Nicolas' Blick fiel auf den Hund. »Ich bin so beschäftigt, dass mir der Gedanke daran gar nicht in den Sinn kommt, Doktor. Aber Ihre Einladung nehme ich gern an.«

»Außerdem sind *caseiros* wohl kaum der richtige Umgang für Sie. Entschuldigung, ich meine das Ehepaar, die Köchin und ihren Mann. Sie werden sich ja nicht fürchten, aber verdammt einsam ist es doch, oder?«

»Da muss ich Ihnen recht geben, Doktor ...«

»Nennen Sie mich nicht Doktor, ich heiße Filipe.«

»Gut, Senhor Filipe, wann wäre es Ihnen recht?«

Veloso schlug vor, ihn am nächsten Tag um die Mittagszeit abzuholen. »Und genießen Sie das Wochenende. Was haben Sie vor?«

»Ich arbeite mich ein ...«

»Wie? Sie arbeiten? Wozu haben Sie Gonçalves? Ein Mann wie Sie sollte das Leben genießen. Erkunden Sie die Gegend. Wir haben mittelalterliche Baudenkmäler in der Umgebung. Beginnen Sie mit Lamego, es ist nicht weit, zwanzig Minuten höchstens. Für einen Architekten muss das großartig sein. Die Burg wurde zu Beginn des 13. Jahrhunderts gebaut und auch die Kathedrale und der Santuário, Barock pur, äußerst interessant. Gönnen Sie sich was, wiederholen Sie nicht unsere Fehler. Nun gut, es waren damals andere Zeiten.« Veloso bekam einen sehr ernsten Ausdruck in der Stimme. »Wir mussten aufbauen, Portugal lag am Boden, wir hatten schlimme Kriege hinter uns, verlorene Kriege, viele unserer besten ...«

»Und noch eine Bitte, Dr. Veloso«, unterbrach ihn Nicolas, den der Ausflug in die Geschichte im Moment wenig interessierte. »Es gibt in Peso da Régua sicher eine Zeitung.«

»Wir hatten uns auf Filipe geeinigt«, meinte Dr. Veloso zuvorkommend. »Eine Zeitung? Ja, natürlich, weshalb?«

Nicolas bat ihn, eine Anzeige wegen eines Portugiesischlehrers aufzugeben.

»Wozu das? Auf der Quinta spricht man Englisch, und Sie wollen sich doch nicht hier niederlassen, oder?«

»Nein, keineswegs«, antwortete Nicolas, »aber es hilft, die Geschäftsabläufe zu begreifen.«

»Das hat nur Sinn, wenn man so was täglich macht«, meinte der Arzt schroff.

»Da habe ich wenigstens abends was zu tun«, sagte Nicolas, »und mir fällt das Dach nicht auf den Kopf.«

»Ich nehme Ihnen das gerne ab, es ist mir ein Vergnügen. Also, *então – até amanhã*, bis morgen ...«

Dona Firmina hatte Nicolas morgens in der Küche den *guisado* gezeigt, eine Art Eintopf aus geschmortem Schweinefleisch, Paprikaschoten und Oliven. Sie hatte Nicolas bedeutet, sich das Essen warm zu machen. Den Gasherd in Gang zu setzen war nicht das Problem, vielmehr wusste er nicht, welchen Wein er dazu trinken sollte. Er entschied sich für einen aus der Region mit einem ellenlangen Namen: Casa de Casal de Loivos. Als Produzent war van Zeller angegeben. Also war Friedrich nicht der einzige Ausländer hier gewesen, aber es gab so viele fremde Namen, sicher waren sie portugiesische Staatsbürger wie Friedrich.

Nicolas holte aus der Bibliothek das Büchlein ›Weine degustieren‹ und hielt sich an den empfohlenen Ablauf. Erst einmal die Farbe: ein schönes Rot in Richtung Kirsche, dicht und klar, aber nicht vollkommen durchsichtig. Er roch sauber und war intensiv, da war Würze und Frucht – mithilfe dieses Büchleins und den Vorgaben war es einfacher, sich dem Wein zu nähern. Nur wie sollte er Säure und Tannin, also die Gerbsäure, beurteilen? Leicht, mäßig und stark war vorgegeben, zusätzlich musste man angeben, ob die Tannine feinkörnig, grob, spröde oder gut eingebunden waren. Das war noch zu viel für ihn. Er spürte das Tannin zwar, aber es störte ihn nicht, war nicht zu stark – also gut eingebunden? Er musste mehr probieren, mindestens täglich. Sicher gehörte auch hier die Übung dazu. Die Probe mit Carlos war hilfreich gewesen, da hatte er die Weine nebeneinander probieren und vergleichen können. Dann sollte er jetzt den Wein von gestern dazunehmen.

Dr. Veloso rief noch einmal an und verschob die Verabredung auf den Abend, er müsse einen wichtigen Termin wahrnehmen. Aber es kam erst am folgenden Mittwoch zum Treffen. Nicolas hatte den Tag über Akten, Lehrbüchern und vor dem Rechner verbracht, und ihm rauchte der Kopf. Deshalb war er über die Abwechslung sehr erfreut. Die Mitarbeiter hatten Feierabend gemacht und waren nach Hause gefahren. Nicolas saß auf der Gartenmauer und überlegte, dass er dringend einiges zum Anziehen brauchte, als der Arzt in seinem großen blauen BMW unten am Tor hielt und hupte. Es war auf Nicolas' Anweisung hin geschlossen, er wollte verhindern, dass noch mehr Wein beiseitegeschafft wurde.

Nicolas ging zum Tor, Veloso war ausgestiegen. »Was sind das für Methoden, Senhor Nicolau? Ist das Ihr Vertrauen zur lokalen Bevölkerung? Damit machen Sie sich keine Freunde. Das wird auch Dona Madalena nicht gefallen. Aber wie Sie meinen, Sie müssen wissen, was Sie tun. Steigen Sie ein, ich hoffe, Sie haben guten Appetit mitgebracht.«

Während der Fahrt schlug Dr. Veloso mehrere Restaurants vor, eines im »Hotel Régua« mit Blick über den Fluss, eines direkt unten am Fluss, ein anderes war hoch über der Stadt und ein viertes im Zentrum, es sollte die beste Küche haben. Gutes Essen war Nicolas wichtiger als der Ausblick, den hatte er täglich.

»Dann kommt nur das ›Cacho d'Oiro‹ in der Rua Branca Martinho infrage. Sehr gute regionale Küche.«

Das Restaurant in einer Seitenstraße von Régua war nicht besonders geschmackvoll eingerichtet, lange Tische standen in einem kühl wirkenden Saal, davor unbequeme Stühle. Am meisten störte Nicolas, dass es kaum Fenster gab; das Etablissement glich einem aus der Mode gekommenem Veranstaltungssaal, wo die freiwillige Feuerwehr einmal jährlich mit ihren Familien feierte – und anschließend wurde getanzt.

Die Auswahl der Speisen und des Weins überließ er Veloso. Der ließ ein wenig von allem bringen: Bacalhau, dazu Schinkenbällchen, am offenen Feuer gebratene Würste und einen Teller mit Oliven als Vorspeisen. Es war einfach und gut. Dazu tranken sie einen Alvarinho, die Edeltraube des Minho, ein aromatischer Weißwein aus dem nördlichsten Zipfel Portugals. Er war für diesen heißen Abend wohl genau das Richtige. Was wusste der Doktor über seinen Onkel?

»Nicht viel, ich kannte ihn kaum, unsere Wege haben sich selten gekreuzt. Viele Winzer leben in Porto, da werden die Geschäfte gemacht. Wie vor 100 Jahren kommen sie her, um die Lese zu überwachen oder um die Quinta ihren Geschäftsfreunden und Kunden vorzuführen. Der Unterschied zwischen den Portweinhäusern und den Winzern ist enorm. Jemand wie Ihr Onkel war ein Unikum, einer, der wie ein Eremit auf dem Berg lebte. Es war sein Glück, dass er diese Frau gefunden hat. Übrigens, wenn Dona Madalena bald zurückkommt – schließlich ist seit dem Tod Ihres Onkels mehr als ein Monat vergangen –, wird sie Ihre Hilfe brauchen.« Hatte Veloso bisher mehr Interesse auf die Speisekarte verwendet, so blickte er Nicolas jetzt eindringlich an.

»Sie wird Sie brauchen, wie wir alle auf unsere Nachbarn angewiesen sind. Wir Portugiesen sind sehr hilfsbereit. Sie sind besonders wichtig, weil Sie zur Familie gehören. Fremden gegenüber ist man immer etwas reserviert. Geben Sie auf Dona Madalena acht, kümmern Sie sich um sie. Bei Fremden fällt mir dieser *provador* ein. Treibt der noch immer sein Unwesen? Er stammt von hier, ein alter Stalinist, einer von der härtesten Sorte. Der war auch im Gefängnis. Das waren Zeiten, sage ich Ihnen, nach dem 25. April. Was damals los war, kann man sich heute nicht vorstellen. Wir sind nur knapp einer kommunistischen Diktatur entgangen. Dieser Freund Ihres Onkels hat einen üblen Ruf. Er ist einer von den ewig Gestrigen, die ihre Niederlage nie verwunden haben.«

»Gibt es ihn noch?«, fragte Nicolas, der nach Dr. Velosos Enthüllungen besser nicht erwähnte, dass er den *provador* brauchte.

Veloso griff nach seinem Glas und nahm einen Schluck. »Ich glaube, der gehört immer noch dazu. Ist er noch nicht aufgekreuzt? Das wundert mich. Nehmen Sie meinen Rat an, halten Sie sich von ihm fern. Aber wahrscheinlich werden Sie das Vergnügen nicht haben, allzu lange werden Sie ja wohl nicht bleiben, wie ich annehme.«

»Wieso das? Wie kommen Sie darauf?« Nicolas ärgerte sich. Wieso waren alle der Meinung, dass er bald wieder abreisen würde?

Veloso lehnte sich entrüstet zurück. »Sie sind weder Winzer noch Agronom oder Önologe. Was wollen Sie dann hier? Jeder macht mit Ihnen, was er will. Sie sind dem Geschäft gar nicht gewachsen. Außerdem haben Sie einen spannenden Beruf und wie ich weiß auch den entsprechenden Hintergrund. Sie sind nicht der Aussteigertyp wie Ihr Onkel.«

Was der Doktor sagte, verstimmte Nicolas. Oder hatte er recht? Jedenfalls gefiel es Nicolas nicht. Und woher wusste Veloso von seiner Familie? Wahrscheinlich durch Friedrich, hier wusste man viel über den Nachbarn.

Sie waren mit den Vorspeisen fertig, und ein junger schwarzer Ober räumte das Geschirr ab. Dem Arzt gefiel irgendetwas daran nicht. Er ließ den Inhaber des Restaurants an den Tisch kommen. Von ihrer leise und in freundlichem Ton geführten Unterhaltung verstand Nicolas nur das Wort *negro* und *africano*, es tauchte mehrmals auf, die Blicke gingen zwei- oder dreimal in die Richtung des jungen Schwarzen. Der Inhaber wurde ernst und verließ verärgert den Tisch. Nicolas sah ihm nach, wie er zu dem Kellner ging, der ausdruckslos herüberstarrte, und ihm etwas zuflüsterte.

»Früher haben sie auf uns geschossen und unsere Frauen und Kinder ermordet, damit wir ihr Scheißland verlassen«, knurrte Dr. Veloso verächtlich und sah zu dem jungen Schwarzen hin. »Heute kommen sie her und betteln uns um jeden Scheißjob an«, sagte er, »weil sie nichts zu fressen haben in ihrer wunderbaren Heimat. Wir müssen sie auch noch aus dem Mittelmeer fischen und ernähren. Ist das gerecht? Haben Sie gedient?«

»Nein, ich habe Zivildienst geleistet, im Krankenhaus. Das müsste Ihnen als Arzt doch gefallen.«

Veloso sah Nicolas verständnislos an und zog sein Hemd aus der Hose. An der Hüfte und am Rücken kamen verwachsene Narben zum Vorschein.

»Verbrannt, mein Freund, am Oberschenkel auch. Eine Mine. Ich war stundenlang im Jeep eingeklemmt, rechts und links haben sie gekämpft, bis sie uns ausgeflogen haben. Ich war als Arzt in Angola, drei Jahre Krieg, drei Jahre lang habe ich Kameraden zusammengenäht – oder ihnen mit Morphium den Übergang erleichtert, wenn nichts mehr zu machen war. Ein Scheißkrieg. Wir haben ihn nie mit der richtigen Überzeugung geführt, nicht mit dem Bewusstsein unserer Überlegenheit, nicht mit dem Willen zum Sieg. Wir haben dieselben Fehler gemacht wie unsere amerikanischen Freunde, die haben in Vietnam sogar ein Jahr vor uns aufgegeben. Die Heimat hat uns aufgegeben, hinter allem standen die Kommunisten, in Afrika, in den USA, diese angebliche Flowerpower-Bewegung – und bei uns hatten sie sogar die Streitkräfte unterwandert. Sonst wäre es nie zum 25. April gekommen. Selbstbestimmungsrecht, Nationalgefühl? Das hat der Schwarze nicht, der denkt, wenn er denkt, in Stämmen. Sehen Sie sich an, wie es bei denen zugeht. Als wir noch dort waren, in Angola und in Mosambik, gab es eine Entwicklung. Aber die Schwarzen untereinander? Die haben sich schon früher gegenseitig an die Weißen verkauft.«

»Und als der Krieg vorbei war?«, fragte Nicolas vorsichtig.

»Mir war Portugal zu chaotisch, nur Stress, Debatten, keiner wusste, wo es hingehen sollte, keine Führung. Unser General Spinola wurde kaltgestellt. Jeder machte, was er wollte. Ich habe das Chaos genutzt, bin in die USA gegangen und habe mich beruflich fortgebildet. Für einen verantwortungsvollen Arzt wie mich ist so etwas unerlässlich. Die medizinische Forschung in Amerika ist Europa um Lichtjahre voraus.« Veloso atmete heftig, die Worte hatten ihn sehr bewegt.

»Ach, daher haben Sie den amerikanischen Akzent«, sagte Nicolas und fragte sich, ob er einem Rassisten oder einem traumatisierten Kriegsopfer gegenübersaß. Aber auch wenn die Vergangenheit den Arzt derart bewegte, war Nicolas über dessen unbeherrschten Ausbruch doch erstaunt. »Der 25. April – ich dachte, das ist Portugals Nationalfeiertag, zur Erinnerung an die Befreiung von der Diktatur.«

Veloso rümpfte die Nase. »Diktatur? Hier gab es keine Arbeitslager, im Gegensatz zur Sowjetunion, keinen Gulag, keine Folter, keine Erschießungen. Es war ein autoritäres Regime, das mag manch einer so sehen, aber bei dem Bildungsstand der Bevölkerung war Portugal damals gar nicht zur Demokratie fähig. Das ist es ja heute kaum. Wer konnte lesen und schreiben? Die Bauern hier, die bei Ihnen da oben in den *lagares* den Wein treten? Ihre Unfähigkeit haben sie im Alentejo bewiesen und die besetzten Kooperativen runtergewirtschaftet. Da haben ihnen auch Politkommissare wenig genutzt. Und von den Bauern will man verlangen, dass sie politisch richtige Entscheidungen treffen?«

Der Restaurantbesitzer stand mit der Weinkarte neben dem Tisch und sah unbewegt auf Dr. Veloso herab. Nicolas machte ihn darauf aufmerksam.

»Wie möchten Sie weitermachen? Wir haben heute Tintenfisch, gebratenen Kabeljau, ein schönes *cozido*, geschmortes Rindfleisch – oder wie wär's mit Innereien? Zicklein hätten wir auch, im Ofen gebacken, mit gebratenen Kartoffeln?«

Nicolas hasste politische Debatten beim Essen. Auch Happe hatte diese blödsinnige Angewohnheit, der Tischgesellschaft damit den Appetit zu verderben. Aber ihn interessierte das Thema. Sicherlich würde er in Friedrichs Bibliothek Bücher mit einer differenzierteren Sicht auf die jüngste Geschichte finden. Auch was der Arzt über Otelo gesagt hatte, gefiel Nicolas nicht. Wenn der *provador* ein so windiger Typ gewesen wäre, wieso hatte Pereira ihn empfohlen?

Jetzt musste er Veloso von diesem Thema abbringen. Nicolas ließ sich vom Wirt ausführlich die Zubereitung der einzelnen Gerichte erklären, was der mit ausgesuchter Höflichkeit tat, und Veloso musste übersetzen. Dann entschied er sich für den Ziegenbraten und für einen kräftigen Rotwein von einem Winzer, der in der Nähe ein Weingut betrieb, die Quinta do Vallado. In der Beschreibung auf dem Rückenetikett tauchten die üblichen Rebsorten wieder auf, neu war lediglich der Name der Rebsorte Sonsão.

»Traditionellerweise sind bei uns die Weinberge mit

mehreren Rebsorten bepflanzt«, erklärte der Wirt. »Manche Weinbauern erkennen nicht, was bei ihnen wächst. Man kann in alten Anlagen bis zu zwanzig verschiedene Rebsorten finden. Insgesamt haben wir in Portugal ungefähr 80 Rebsorten, das macht unsere Weine unverwechselbar und authentisch.«

Der Wein war sieben Jahre alt. Er war in der Farbe dichter als der vom Tag zuvor, hatte einen vielseitigen Duft. Nicolas meinte, Schokolade zu riechen, mediterrane Gewürze und Lakritze, *liquorice,* wie er Veloso verständlich zu machen versuchte. Als der Arzt es begriffen hatte, steuerte er das portugiesische Wort dafür bei, *alcazçuz.* »Dem A am Anfang des Wortes nach zu urteilen ist es arabischen Ursprungs.«

Über den Wein sprach Nicolas bedeutend lieber als über den Angolakrieg, und Veloso plusterte sich bei der Weinbeschreibung ein wenig auf. Als frisch und weich empfand er den Wein und keineswegs rau am Gaumen.

Dr. Veloso staunte noch mehr, als Nicolas ihm erzählte, dass er das Verkosten erst hier gelernt habe. »Da machen Sie ja rasante Fortschritte.«

Der Arzt ließ es nicht zu, dass Nicolas bezahlte, und brachte ihn zurück zur Quinta. Unterwegs fragte er ihn erneut, ob er allen Ernstes vorhabe, zu bleiben, denn was an Aufgaben und damit verbundenen Schwierigkeiten auf ihn zukommen würde, sei gar nicht zu überblicken. Sachlich gesehen hatte er recht, doch als Nicolas das Licht der Laterne über der Eingangstür sah und Perúss beim Aufschließen neben ihm stand, fühlte er sich zu Hause. Er konnte sich nicht erinnern, wann er zuletzt dieses Gefühl gehabt hatte.

Als die Mitarbeiter am nächsten Morgen eintrafen und Nicolas endlich aus Lourdes herausbekam, dass der Deutsch sprechende Arbeiter gekündigt hatte, war es mit dem Hochgefühl wieder vorbei. An seinen Namen, Antão Pacheca, konnte Nicolas sich erinnern. Er hatte ihn bei Durchsicht der Personalakten gelesen, aber nichts entdeckt, was auf Sprachkenntnisse oder einen Deutschlandaufenthalt hinwies. Er nahm die Personalakten zur Hand, um nach seiner Adresse zu sehen, aber unter Pacheca fand er nichts. Jemand hatte die Seiten verschwinden lassen.

9.

Gepanschter Wein

Zwischen dem Besuch beim Steuerberater und dem Termin beim Portweininstitut blieb Zeit, und so setzten sich Nicolas und Dr. Pereira an einen Tisch in der Tür des Cafés in der Rua dos Camilos. Die wenigen Autos, die langsam durch die Einbahnstraße fuhren, störten kaum. Die Sonne schien, es ging ein leichter Wind, ein wunderbarer Tag – aber Nicolas fühlte sich angespannt. Das Gespräch mit Veloso ging ihm nicht aus dem Kopf, er ärgerte sich, dass er ihm nicht die Meinung gesagt hatte. Aber wozu? Mit traumatisierten Menschen, die jahrelang den Tod vor Augen gehabt hatten, ließ sich schwerlich diskutieren, und was wusste er von Afrika? So gut wie nichts. Außerdem war ihm nicht wohl bei dem Gedanken, dass Pereira verreiste und niemand mehr da war, mit dem er Fragen wie die leeren Weinfässer oder das Verschwinden der Personalakte von Pacheca besprechen konnte. Zumindest hatte Pereira zugesagt, Gonçalves auf den Zahn zu fühlen.

Das Portweininstitut war nebenan, Nicolas würde heute offiziell als Produzent registriert, die entsprechenden Dokumente hatte Pereira vorbereitet, und wegen der britischen Dominanz im Portweingeschäft und der internationalen Kontakte sprachen viele Mitarbeiter Englisch. Wie die meisten Portugiesen seien sie Ausländern gegenüber offen und hilfsbereit, sagte Dr. Pereira. Es sei eben ein Land mit einer langen Tradition von Seefahrern und Entdeckern.

Die Registrierung war einfach. Nicolas erfuhr, dass er von allen Qualitäten seiner Weine Proben abzuliefern hatte, die untersucht und bewertet würden, und dass nach dem *Lei do Terço,* dem Gesetz des Drittels, geregelt war, dass alle Produzenten jährlich nur jeweils ein Drittel ihrer Portweinproduktion verkaufen durften. Käme alles auf den Markt, würden die Preise abstürzen. Ihrem Gesprächspartner lagen die Bestände und Verkäufe der Quinta do Amanhecer vor. Was an Portwein fehlte, war hier als Bestand registriert, die Menge entsprach der in Nicolas' Unterlagen. Um ihm entgegenzukommen, wurde ein Inspektor beauftragt, den Bestand vor Ort zu überprüfen, am besten sofort, solange Pereira noch da war. Erst dann wollte man entscheiden, wie weiter zu verfahren sei.

Sie fuhren zu dritt mit Pereiras Wagen hinauf und hielten vor der Lagerhalle. Nicolas zeigte dem Inspektor die leeren Fässer. Der klopfte dagegen – und bereits jetzt hörte Nicolas, dass sie nicht mehr hohl klangen. Er wurde blass. Jemand hatte sie in der Zwischenzeit aufgefüllt. Seine Begleiter sahen ihn fragend an. Er holte die Trittleiter, kletterte hinauf und zerrte an dem ins Spundloch getriebenen Stopfen. Mit nur einem Arm gelang es ihm nicht. Erst der Inspektor schaffte es unter Mühen. Er roch daran und gab den Stopfen an Nicolas weiter. Was man eingefüllt hatte, roch so wie der Portwein für die Touristenshow in Vila Nova de Gaia.

»Jemand hat heimlich das Fass aufgefüllt«, empörte sich Nicolas, »aber mit anderem Port als dem, der vorher drin war.«

Pereira zweifelte offensichtlich an Nicolas' Wahrnehmung. Der Inspektor blickte nicht durch. Pereira übersetzte, und jetzt hielt der Inspektor die Nase über das Spundloch. In diesem Augenblick kam Gonçalves hinzu und begann sofort zu toben, auch der Kellermeister trat hinzu, brachte einen Weinheber und versenkte die gläserne Röhre im Fass, schloss mit dem Daumen die obere Öffnung, sodass der Wein vom Vakuum gehalten wurde. Überraschend schnell hatte Gonçalves zwei Gläser in den Händen, die der Kellermeister füllte. Die Probe wurde herumgereicht. Alle rochen daran, nur der Inspektor nippte und spuckte in eine Rinne. Dann sagte er was zu Pereira, ohne von Gonçalves Notiz zu nehmen.

»Es fehlt nichts«, erklärte Pereira mit einem mitleidigen Gesichtsausdruck. »Allerdings ist der Inhalt falsch deklariert. Die Qualität ist bedeutend schlechter als angegeben.«

Nicolas fuhr auf. »Das ist Betrug. Ich weiß, was ich probiert habe und was ich gerochen habe. Da war Tabak, es roch nach Vanille, nach reifen Früchten, nach Pfirsich, ich habe mir das aufgeschrieben.« Wütend stierte er Gonçalves an, während Pereira übersetzte.

Der Verwalter blieb ungerührt, und während er langatmig antwortete, machte er entschuldigende oder abfällige Gesten in Nicolas' Richtung.

Pereira wirkte verwirrt und nickte mehrmals, bevor er sich an Nicolas wandte. »Der Verwalter meint, dass Sie sich irren, niemand habe die Fässer angerührt, und was den Portwein angehe, so könnten Sie das gar nicht beurteilen, Sie hätten nicht die geringste Erfahrung, was kaum von der Hand zu weisen ist. Er findet sich von Ihnen unkorrekt behandelt. Sie würden ihn mit Ihrem Misstrauen verfolgen. Neulich sei ein guter Kunde hier gewesen, und Sie hätten ihn auf aggressivste Weise vertrieben. Das sei beleidigend gewesen.« Pereira zuckte mit den Schultern. »Ich kann es nicht beurteilen, aber lassen Sie sich Zeit, bitte, gehen Sie die Dinge langsam an ...«

»Fragen Sie ihn mal, wieso er nicht mehr mit mir spricht«, zischte Nicolas wütend. »Seit einigen Tagen versteht er kein Englisch mehr, er reagiert nicht einmal. Und ich will wissen, wo die Personalakte des Arbeiters ist, der Deutsch spricht ...«

»Bitte, beruhigen Sie sich.« Pereira hob die Hände. »Hier in Portugal erreichen Sie mit Höflichkeit mehr. Es nutzt nichts, wenn Sie sich aufregen oder die Leute beschimpfen.«

»Bin ich nun der Chef hier oder Gonçalves?«

Pereira zog ihn beiseite, bis sie außer Hörweite waren. »Was nutzt es dem Kapitän, wenn die Mannschaft meutert, Nicolas?«

»Ziehen Sie meine Worte in Zweifel, Herr Rechtsanwalt?«

Pereira atmete tief durch. »Sie verstehen mich nicht. Ich rate Ihnen lediglich, sich zu mäßigen. Wenn Sie sagen, dass die Fässer leer waren, dann waren sie das. Finden Sie jemanden, der gesehen hat, wie man sie leerte oder heimlich auffüllte. Dann ist Gonçalves dran. Wenn Sie sagen, dass der Wein ohne Rechnung abgegeben wird, dann glaube ich Ihnen natürlich. Haben wir uns verstanden? Und kümmern Sie sich um die Dinge, von denen Sie was verstehen. Lernen Sie unsere Sprache, lernen Sie Ihre Nachbarn kennen, die helfen Ihnen. Gewinnen Sie Vertrauen, nur so kommen Sie weiter. Ist das zu viel verlangt?«

Während der Rückfahrt vibrierte Nicolas vor Wut, während der Inspektor mit Pereira plauderte.

»Wenn Sie Hilfe brauchen, wenden Sie sich an mich«, sagte der Inspektor zum Abschied.

»Ich glaube, dass er ahnt, was gespielt wird, Nicolau. Er steht auf Ihrer Seite. Alles beginnt mit einem Verdacht, aber ohne Beweise kommen wir nicht aus. Und was Sie mir von diesem Dr. Veloso erzählt haben – es ist so, dass viele von uns weder die Kolonialkriege noch die Nelkenrevolution verarbeitet haben. Mich hat man übrigens zum Töten nach Mosambik geschickt, als Wehrpflichtigen. Es war die Hölle. Nach meinem Urlaub können wir uns gern mal drüber unterhalten. Lesen Sie das Buch von António Lobo Antunes, ›Der Judaskuss‹. Ihr Onkel hat es bestimmt, es bringt das Entsetzen auf den Punkt, ist allerdings nichts für schwache

Nerven. Der Autor war übrigens auch Arzt, wie Dr. Veloso. Also, *tudo de bom para você,* alles Gute für Sie. Kopf hoch, lassen Sie es ruhig angehen und lernen Sie! Und finden Sie Otelo.«

Hatte Nicolas bislang Pereira als ruhigen Pol gesehen, als Ratgeber und Hilfe, so hatten ihn das Gespräch und sein Verhalten auf der Quinta völlig durcheinandergebracht. Er glaubte ihm, aber auf der Quinta hatte er auf Gonçalves' Seite gestanden. Oder hatte er ihn in Sicherheit wiegen wollen? Denn letztlich hatte er Nicolas indirekt aufgefordert, seine Nachforschungen fortzusetzen.

Um seinen Frust loszuwerden, machte Nicolas eine Einkaufstour. Er hatte nichts mehr anzuziehen und scheute sich, Dona Firmina seine Kleidung zum Waschen zu geben. Sie machte auch sein Bett, was er seit Kindestagen nicht mehr erlebt hatte. Anderseits war es ziemlich bequem. Außerdem graute es ihm davor, nach dem Gesichtsverlust Gonçalves gegenüber auf die Quinta zurückzukehren.

Er klapperte mehrere Geschäfte ab, kaufte alles Nötige, darunter ein Paar feste Stiefel, denn ihm stand die Erkundung der Weinberge bevor. Er musste wissen, was es mit dem entlassenen Arbeiter auf sich hatte und wer die Arbeiter im Weinberg waren. Als er zurückfuhr, schlug er einen anderen Weg ein. Kurz hinter Peso da Régua hatte er an der Straße zwischen Weinstöcken einige Arbeiter entdeckt. Er hielt in der Nähe der Gruppe, grüßte und sah ihnen eine Weile zu. Jeweils zwei Mann gingen nebeneinander durch die Rebzeilen, brachen kurze grüne Triebe ab und flochten die längeren zwischen Drähte oberhalb der Weinstöcke. Auf einer anderen Terrasse unterblieb das Einflechten, die Weinstöcke breiteten sich ohne Drähte buschartig aus.

Zurück auf der Quinta ging er direkt in die Bibliothek und fand in einem der Nachschlagewerke die Gründe für das eben Gesehene aufgeführt: Das Aufstellen oder Einflechten der Triebe sollte sie vor dem Abbrechen schützen, die Beschattung des Stockes und des Bodens verhindern und die Bodenbearbeitung erleichtern. Diese Arbeit musste mehrmals im Jahr wiederholt werden, damit später genügend Licht an die Blätter gelangte, um die Fotosynthese zu ermöglichen. Fotosynthese war sein nächstes Stichwort. Bei diesem Prozess assimilierte der Weinstock mithilfe des Blattgrüns Kohlendioxid aus der Luft und bildete Kohlehydrate – so entstand der Zucker in den Trauben, der bei der Gärung mittels der Hefen in Alkohol verwandelt wurde. Bei einer bestimmten Lichtmenge und Temperatur verlief die Fotosynthese ideal. Was verstand man unter Assimilation? Es war der Ausdruck für die Umwandlung aufgenommener Nährstoffe in Pflanzensubstanz. Auch dafür gab es förderliche und hinderliche Bedingungen. Langsam bekam Nicolas eine Ahnung von dem, was auf den Bergen um ihn herum geschah, erfreut begann er, die Zusammenhänge zu verstehen. Für einen Augenblick fühlte er sich dem, was auf ihn zukam, gewachsen. Er musste nur schneller lernen. Wenn sie allerdings die Bücher verschwinden ließen, wäre er aufgeschmissen.

Unter Gonçalves' argwöhnischen Blicken und den neugierigen von Lourdes suchte er im Büro nach Lexika, Broschüren und Nachschlagewerken zum Thema Wein, nahm so viele wie möglich unter den gesunden Arm und brachte sie, ohne sich um Gonçalves zu kümmern, in die Bibliothek. Es waren nicht viele Bände, die deutschsprachigen Werke befanden sich sowieso hier. Er würde das Schloss auswechseln lassen. Es war immerhin möglich, dass jemand doch Schlüssel für die Bibliothek und die anderen Räume besaß. Er sollte alle Schlösser auswechseln lassen. Er würde sich nicht wieder vorführen lassen. Jemand hatte die Fässer mit billigem Port aufgefüllt. Und er würde verfügen, dass nicht eine Lieferung den Hof ohne Lieferschein und Rechnung verließ, *sem guia e factura*.

Nicolas glaubte, dass alle ihm gegenüber derart feindlich

eingestellt waren, weil sie von der Testamentsregelung wussten und ihn zum Aufgeben zwingen wollten. Aber Pereira hatte gesagt, dass sie ... Hatte es ihn zu interessieren, was Pereira sagte?

Zwei Tage später verblüffte Nicolas den Kellermeister und seinen Gehilfen mit einem neuen Einfall. Er ahnte, dass sie umso heftiger reagieren würden, je weiter er sich in ihre Arbeit einmischen würde. Mit Laptop und mehreren Gläsern bewaffnet, erschien er morgens noch vor dem Kellermeister im Fasslager und rückte einen wackligen Tisch und einen Hocker in die Mitte des Gangs vor den Fässern. Er hatte nach den vorhandenen Unterlagen ein Verkostungsschema nach Name, Jahrgang, Rebsorten, Farbe, Duft und Geschmack entwickelt. Es war nicht zu differenziert, damit er sich nicht zwischen Geschmäckern und Fachausdrücken verirrte.

Als er die Reihe der *pipas* und der großen, lackierten Holzfässer vor sich sah, dazu die vielen Barriques, kamen ihm erhebliche Zweifel. Hatte er sich zu viel vorgenommen? Aber irgendwie musste er angefangen, es käme auf einen Versuch an.

Und dann hatte er ein Aromenrad gefunden, vielleicht war es in seinem Falle nützlich. Es unterteilte den Geschmack in Kategorien wie pflanzlich und fruchtig, wärmegeprägt und gewürzbetont. Und innerhalb der Kategorien gab es wieder eine Unterteilung; »erdig« zum Beispiel war unterteilt in süßlich, kräftig und Kräuter. Bei »fruchtig« unterschied man nach Zitrus, tropisch, Beeren und Trockenobst. Die Worte verstand er, aber um sie in Beziehung zum Wein zu setzen, fehlte ihm die Erfahrung.

Er begann mit dem ersten Fass ganz links. Die Kennzeichnung der Fässer tippte er in den Rechner und notierte danach seine Eindrücke. Ob falsch oder richtig – das war egal. Jedes Glas ließ er mit ein wenig Inhalt vor sich auf dem Tisch stehen und roch immer wieder, verglich, nippte und war so konzentriert, dass er den Kellermeister erst bemerkte, als er vor ihm stand.

»Was glotzen Sie mich an? Gehen Sie, machen Sie Ihre Arbeit«, schnauzte er ihn auf Deutsch an, und erschrocken trollte sich da Silva, drehte sich aber noch einmal um. »Gehen Sie, habe ich gesagt«, rief Nicolas ihm hinterher und machte die gleiche Handbewegung wie der Verwalter bei seiner Ankunft. Im Laufe des Vormittags schauten alle »Mitarbeiter« vorbei, um zu sehen, was der neue Eigentümer veranstaltete. Nicolas war vom Probieren benebelt, als Dona Firmina ihn zum Mittagessen rief. Wenigstens eine, die es gut mit ihm meinte – solange sie ihm kein Rattengift in die Kartoffelsuppe tat, mit der sie das Menü eröffnete. Als sie zuletzt ein rundes Törtchen und ein Glas Tawny servierte, wollte er ablehnen, aber Dona Firmina ließ nicht locker. »Pastel de Nata«, meinte sie und bedeutete ihm, die cremige Füllung mit dem Portwein zu genießen. Es war das ultimative Geschmackserlebnis, ein pures Glücksgefühl, das ihn für die Unbilden dieses Tages entschädigte, und er gönnte sich einen Mittagsschlaf. Eigentlich war es mehr eine Ohnmacht.

Am Nachmittag winkte Lourdes ihm aus dem Büro zu und bedeutete ihm, ihr zu folgen. Während sie zu den Wirtschaftsgebäuden gingen, schaute sie sich mehrmals um. Fürchtete sie Gonçalves? Im Labor zeigte sie auf einen verschlossenen Rollschrank. »*Open it*«, sagte sie und drehte die Hand, als würde sie die Tür aufschließen.

Lourdes wusste, welcher Schlüssel an Nicolas' Bund passte, und sie tat es selbst. Sie durchsuchte den Schrank, hob alle Mappen und Ordner an, die hier aufbewahrt wurden, und ihre Enttäuschung nahm zu, als sie merkte, dass das Gesuchte nicht zu finden war. Mühsam erklärte sie Nicolas, dass hier Kellerbücher aufbewahrt wurden, in denen alles notiert wurde, was im Keller geschah, welche Fässer womit gefüllt waren und wie sich die Weine entwickelten, egal ob es sich nun um Port- oder Tischwein handelte, und die abgefüllten Mengen. Lourdes biss sich auf die Unterlippe, dann kam ihr ein Gedanke. »Senhor Otelo ...«

Mehr bekam sie nicht heraus, denn Gonçalves kam wutschnaubend in den Raum und polterte los. Nicolas verstand kein Wort, aber er hatte endgültig die Faxen dicke (wie Happe zu sagen pflegte), am liebsten hätte Nicolas den Choleriker mit einem Faustschlag zum Schweigen gebracht, aber wer würde dann den Betrieb hier aufrechterhalten? Er sah sich dazu nicht in der Lage. Sich mühsam beherrschend schob er sich zwischen die beiden, grinste den Verwalter an, den er fast um einen Kopf überragte, legte einen Finger auf die vorgestülpten Lippen, machte »Pssst« und schob den verdutzten Mann rückwärts aus der Tür, noch immer lächelnd. Drüben, von der großen Halle aus, sah der Kellermeister zu. Bestens, dachte Nicolas, das Blatt wendet sich.

»Sie müssen Senhor Otelo finden«, wiederholte Lourdes in ihrem kaum verständlichen Englisch. »Er wohnt in Tabuaço.« Jetzt nicht mehr, dachte Nicolas und fragte sich, was hier nach Friedrichs Tod eigentlich vorgefallen war. Alle, die ihm weiterhelfen konnten, waren verschwunden.

Unvorstellbar, dass diese Musik bereits vor seiner Geburt aufgenommen worden war: die Band Chicago, 1968. Die Aufnahme der Allman Brothers Band stammte von 1976, den Fotos auf dem Doppelalbum nach zu urteilen waren die Typen damals ziemlich gut drauf gewesen. Es war eine Musik, die Nicolas gefiel, allerdings konnte er das damalige Zeitgefühl kaum erfassen, heute bedeutete sie Nostalgie. Was waren das für Jahre, die Sechziger und Siebziger, was für eine Zeit, dass man die Menschen nach ihrem Jahrgang beurteilte, sogar nach einer Jahreszahl? Das gab es sonst eigentlich nur beim Wein. Er hatte nie gehört, dass sich jemand selbst als 68er bezeichnete, der Begriff kam nur von anderen, und dann meist in Verbindung mit Vorurteilen. Ein 68er oder Alt-68er war frech, links, undogmatisch, unkonventionell, antikapitalistisch und eigentlich gegen alles. Diejenigen, die sich als solche bekannten, schworen gerade medienwirksam ab und sich auf den Mainstream ein. Einen 69er oder einen 73er gab es höchstens als Bordeaux, ein solcher lag in Friedrichs Keller.

Blind Faith hörte er jetzt, Blindes Vertrauen. Jene achtundsechziger Jahre waren eher vom Gegenteil geprägt, von Protest und Widerstand. Da war Friedrich gerade mal volljährig gewesen. Wie war das Gefühl jener Epoche, der Sechziger? Es machte Nicolas neugierig, weil die 68er ständig diffamiert wurden. Sie waren schuld am Sittenverfall und Elend dieser Welt und der Gewalt. Sie hatten angeblich die Rote Arme Fraktion geschaffen. Klar, das stimmte, und auch wieder nicht, die RAF war aus jener Zeit hervorgegangen, aus dem Konflikt mit einem totalen Staat, aus Eitelkeit. Verworrene Visionen waren im Spiel gewesen, Gefühle, ein Aufbruch ins Unbekannte, vielleicht zu besagtem dritten Ufer, so zumindest empfand Nicolas die Musik, die er laut gestellt hatte, um sie auf der Terrasse zu hören. Und fundamentale Kritik an allem hatte zum Lebensgefühl gehört. Es musste Friedrichs Gefühl gewesen sein. Heute müsste man das ganze System infrage stellen, komplett, total, einfach alles. Und was dann? Als Erstes die Soldaten aus dem Ausland zurückholen. Hielten sich die deutschen Politiker für schlauer als die imperialistisch geschulten Briten? Was jene und die Weltmacht Sowjetunion mit Panzern und Bomben nicht geschafft hatten, wollte diese Mitläuferin aus Templin ohne allzu viel Aufsehen (und Tote) über die Bühne bringen? Unter Cäsar hatte keine römische Mutter erfahren, ob ihr Sohn in Germanien gefallen war. Heute zählte man die Plastiksäcke oder Zinksärge genau. Aber im Zeitalter der Gleichgültigkeit zählte auch das nicht mehr.

Nicolas kannte den Namen Jethro Tull, aber Ian Andersons Flöte hatte er nie bewusst gehört. ›The Witch's Promise‹, das Versprechen der Hexe, was für ein wunderbarer Titel, aber was hatte sie versprochen? John Mayall – ›All by Myself‹, das war er, Nicolas, ›Room to Move‹, den hatte er auch, aber Unbekannte machten ihm seinen Raum streitig. Eric Claptons ›After Midnight‹ war für Nicolas' Geschmack viel zu erotisch. Die Musik machte ihn sehnsüchtig, doch Sylvia hatte damit wenig zu tun. Es dauerte den Bruchteil einer Sekunde zu lang, bis er sich an ihren Namen erinnerte.

Wieso konnte jemand immer zu allem eine Meinung haben, ohne die Hintergründe zu kennen? Nicolas ging in den Salon, sah sich um und versuchte, sich Sylvia in dieser Umgebung vorzustellen oder dort draußen, am Geländer der Veranda, auf den Fluss schauend. Er konnte es nicht. Was hätten sie heute Abend zusammen gemacht? Es gab in den Bergen ringsum wenig Programm. Fünfzehn Kilometer waren es nach Peso da Régua, in Berlin war das die Strecke von Steglitz zum Prenzlauer Berg, aber hier ohne Staus und rote Ampeln.

Hatte Friedrich ein Geheimnis hier irgendwo versteckt, oder hatte er es mit ins Grab genommen? Wo lag das eigentlich, sein Grab?

Und Nicolas empfand es als unverzeihlich, dass er erst jetzt daran dachte und es nicht längst aufgesucht hatte. Gleich morgen fahre ich hin, sagte er sich, gleich morgen. Ich grabe hier einen Weinstock aus und pflanze ihn dort. Ich nehme einen seiner Weine mit und stelle die Flasche aufs Grab. Oder ist das albern, bin ich betrunken?

Mit jedem Tag auf der Quinta kam Friedrich ihm näher, zog er ihn mehr in sein Leben, Nicolas musste sich in Acht nehmen. Die Toten waren tot. Das Grab würde Friedrichs Geheimnis nicht enthüllen, außerdem konnte er dort schlecht suchen. Also beginne ich hier in der Bibliothek, sagte er sich, ich bin am richtigen Ort, er spricht Bände über ihn, in Bänden. Nicolas sollte sich die Unterstreichungen ansehen, und auch die Bücher, die fehlten, gaben Auskunft.

Bei der Musik von Jimi Hendrix vergaß er die Nacht und genoss die Aussicht von der Terrasse. Nein, er genoss nicht, er trank das Panorama, das mitternächtliche Blau. Hinter ihm war es ein wenig heller, wo die Sonne untergegangen war, das war der Widerschein von Peso da Régua. Was für eine traumhafte Nacht, das schönste Wetter, warme, weiche Luft, viel zu warm, um allein zu sein. War das Wetter auch für den Wein gut? Er nahm sich vor, aufs Wetter zu achten, mehr als bisher – gab es hier Wetterstatistiken? –, das Wetter konnte er weder beeinflussen noch die Weinstöcke wegtragen, doch auf vieles andere hatte er Einfluss, täglich gewann er ein wenig mehr. Er kam voran.

Nicolas entdeckte Schallplatten, von denen er noch nie gehört hatte. ›Psychedelic Rock‹ las er auf einer knallbunten Plattenhülle. Er befand sich inmitten der alten Scheiben auf einer psychedelischen Schatzsuche. Auf Droge waren die meisten Musiker wohl alle mal gewesen.

Er hätte jetzt auch ganz gern geraucht, mit Happe, der wusste immer, wo gutes Gras aufzutreiben war. Alles andere machte krank. Dann redeten sie sich stark, debattierten bis in den Morgen, entwarfen Straßenzüge und Städte, spielten ihr ganz persönliches Monopoly. Die Ideen wurden unter Drogeneinfluss nicht besser, aber kreativer und allemal lustiger. Da fiel ihm ein, dass er einen Keller voller Drogen besaß, voller Wein. Wer würde Wein trinken, wenn er nicht trunken machte? War er jetzt so was wie ein Drogenbaron? Na, zumindest ein Portwein-Erbe.

Es kostete ihn viel Überwindung, die Kellertreppe hinunterzukommen, er setzte die Füße tastend auf jede Stufe und probierte, ob sie auch hielt. Er kam mit einer Flasche burgundischem Pinot Noir wieder nach oben, und tief in der Nacht war auch sie leer.

Die nächste Stufe – eigentlich war es mehr die Sprosse einer steilen Leiter – erklomm er am nächsten Tag. Nicolas wunderte sich, dass die Arbeiter aus den Weinbergen nicht auf der Quinta erschienen, um Anweisungen entgegenzunehmen oder abends von der Tagesleistung zu berichten. Wie Lourdes erklärte, holte ein Kollege sie mit dem Auto ab und brachte sie zum Weinberg. Abends gelangten sie auf demselben Weg nach Hause. Da mischte Gonçalves sich ein, er kontrolliere sie ab und zu ohne Ankündigung, deshalb sei es unnötig, dass Nicolas sie aufsuche.

»Die Arbeit ist langweilig, Einflechten und Ausbrechen, den ganzen Tag über in der Sonne, für mehr sind die Leute nicht zu gebrauchen. Außerdem finden Sie den Weinberg nicht, wo sie gerade arbeiten.«

Genau das rief Nicolas' Misstrauen hervor. Er pflichtete ihm bei und tat, als wäre das Thema für ihn erledigt. Es machte ihn fuchsig, nicht zu wissen, was Leute, die jetzt von ihm bezahlt werden mussten, eigentlich taten und wer sie waren. Außerdem würden die Kollegen wissen, wo dieser Pacheca wohnte. Gonçalves schien bemerkt zu haben, was in Nicolas vorging, und er wieselte den ganzen Vormittag über um Lourdes herum, damit Nicolas sich nicht ungestört mit ihr unterhalten konnte.

So wie er von seinem neuen Schreibtisch aus alles sehen konnte, war auch er den Blicken aller ausgesetzt. Er würde vor eines der Fenster eine Jalousie hängen, um einen Rückzugsraum zu schaffen. Er hasste Großraumbüros. Niemand verhielt sich unter Beobachtung normal. Dauernder Kontrolle zu unterliegen, brachte schlechte Ergebnisse, und wer seine Arbeit nicht gern tat, leistete wenig. Nicolas konnte nicht ermessen, wer hier seine Arbeit gern tat, denn alle schienen ihm verklemmt und gehetzt. Da waren die Kollegen im Architekturbüro cooler. Aber die Arbeit war sterbenslangweilig gewesen. Doch hier ging es um etwas anderes.

Lourdes wusste, wo Nicolas die Arbeiter finden konnte, und mittels der Computerpläne bekam er eine Vorstellung vom Weg dorthin. Er nahm sich Ausdrucke mit, der Wagen verfügte nicht über ein Navigationssystem, außerdem brauchte Nicolas nur einmal auf eine Landkarte zu sehen, um sich für immer daran zu erinnern. Er musste den Weg selbst finden, nur dabei lernte er ihn kennen und bekam einen Sinn für die Umgebung. Er wusste im Grunde genommen noch immer nicht, wohin er geraten war.

Mittlerweile hatte er Übung im einhändigen Fahren; einer Polizeikontrolle jedoch hätte er nicht begegnen dürfen, deshalb band er den Riemen, mit dem der gebrochene Arm am Körper fixiert wurde, nach dem Einsteigen los und legte den Arm in den Schoß. Er benutzte die Rechte nicht einmal, wenn der Schalthebel auf rückwärts umgestellt werden musste. Ohne Servolenkung wäre er aufgeschmissen gewesen.

Die Arbeiter sollten heute auf einem Weinberg am nördlichen Ufer sein. Nicolas fuhr nach Pinhão, überquerte am Ortsausgang die Römerbrücke und bog links ab. Die Straße führte am jenseitigen Ufer des Rio Douro den Hang hinauf, der seiner Quinta gegenüber lag, und als er auf 400 Meter Höhe angekommen war, sah er sie jenseits des Flusses. Er lächelte. Das Land gehörte noch längst nicht ihm, und er konnte sich kaum vorstellen, dass es jemals so sein würde. Doch es existierte bereits eine leise Verbundenheit, eine gewisse Nähe. Sie war sein Bezugspunkt wie der Funkturm in Berlin.

Er fuhr in Richtung Gouvinhas weiter, hier gehörten Friedrich auch einige Lagen, da sollte er die Arbeiter finden. Er verpasste die Einfahrt hinter einer Brücke und musste zurück. Es gab zwar Terrassen, aber statt der Stützmauern nur mehr oder weniger geneigte Böschungen. Er probierte es beim nächsten Feldweg, nur um in einem Olivenhain zu enden. Der dritte Versuch brachte ihn auch nicht näher an eine Gruppe von Arbeitern. Erst der vierte Versuch war erfolgreich, und er fand ein Schild am Weg mit der Kennung wie auf seinem Plan.

Einer der Arbeiter unterbrach seine Arbeit, als er ausstieg. Nicolas grüßte freundlich und hielt dem Mann einen Zettel mit dem Namen Antão Pacheca hin. Der Mann schüttelte den Kopf. Ja, es sei der Weinberg von Chico Alemão, so weit konnte man sich verständigen, aber sie arbeiteten für die Quinta do Andrade – das jedenfalls meinte Nicolas herauszuhören. Aber dass dieses Land zur Quinta do Amanhecer gehörte, daran bestand kein Zweifel. Wo waren dann die Arbeiter, seine Arbeiter? Mit dieser Frage im Kopf fuhr Nicolas zurück, trank in Pinhão gegenüber vom Bahnhof einen Kaffee, dachte daran, mit dem Zug rauf zur spanischen Grenze zu fahren, weit war es nicht.

Er blieb am nördlichen Ufer, fuhr wieder in die Berge, über flache Hügelkuppen, durch Pinienwälder mit leuchtenden Blumen, vorbei an geschälten Korkeichen und stattlichen Quintas. Ihre Namen waren groß auf weiß leuchtende Mauern geschrieben. Dahinter standen Tanks in Reihen, ein Vielfaches größer als die auf Friedrichs Quinta. Dann fuhr er wieder in die Einsamkeit. Auf den engen Straßen und den Serpentinen machte ihm das Steuern Mühe, da er umgreifen und dazu das Lenkrad loslassen oder mit den Oberschenkeln halten musste.

Er gelangte nach Peso da Régua, überquerte den Fluss und fuhr weiter in Richtung Lamego. Dr. Veloso hatte von der Stadt und ihren Sehenswürdigkeiten gesprochen. Die Kathedrale da Sé, von außen sehr ansehnlich, war geschlossen, dafür hatte der Friseursalon »Lord« in der Gasse gegenüber geöffnet. Ein Herr saß mit zurückgelegtem Kopf auf einem uralten Friseursessel und ließ sich das Kinn einseifen. Zehn Minuten später saß Nicolas in derselben Haltung auf demselben Stuhl und fühlte das Rasiermesser in einer Mischung aus Furcht und Genuss an der Kehle. Es wurde die beste Rasur seines Lebens. Als der Barbier ihm auch das Haar schneiden wollte, winkte er ab. Es sollte wachsen – und er sah die Plattenhüllen der letzten Nacht vor sich. Die Jungs hatten gut ausgesehen.

Die Sehenswürdigkeiten Lamegos wurden von architektonischen Verbrechen der Gegenwart erdrückt, verschluckt und zunichte gemacht. Auf Fotos sahen sie besser aus. Nicolas wollte zum Friedhof, der lag hoch über der kleinen Stadt am Ortsausgang. Steinplatten deckten die Gräber, Familiengrüfte säumten breite Wege, Marmor mit Inschriften oder Medaillons mit den Fotos der Verstorbenen standen auf den Grabsteinen. Es waren nie die Fotos vom Zeitpunkt des Todes, keine von Leid und Schmerzen gezeichneten Gesichter. Wer ließ ein Foto unter der Voraussetzung machen, dass es später auf den Grabstein käme? Nichts konnte einem gleichgültiger sein. Oder gab es einen Willen über den Tod hinaus? Ja, den gab es, und Nicolas beugte sich ihm. Friedrich hatte es so gewollt.

Sein Grab war ein schmuckloser Erdhügel mit vertrockneten Blumen, kein Stein, nicht mal ein Kreuz, nur ein Schild mit der Zahl 39, daran hatte er das Grab erkannt. Der Anblick bedrückte ihn, machte ihn still, gleichzeitig legte sich ein trauriges Lächeln über diese Gefühle, als er sich an seine Besuche am Douro erinnerte und er Friedrich in seiner gut gelaunten Art vor sich sah. Mit einer diffusen Hoffnung machte er sich auf den Rückweg. Am Tor sah er sich um und wunderte sich, wieso ihm dieser Ort vertraut sein konnte. Lag es an der Erinnerung an Friedrich, oder war er eben gerade in Friedrich sich selbst begegnet?

Kurz vor Feierabend traf er wieder auf der Quinta ein.

Wenn er Gonçalves jetzt auf die Arbeiter ansprechen würde, konnte nur Lourdes ihm den Tipp gegeben haben, und diesen Eindruck musste er so lange wie möglich vermeiden. Aber der Umstand, dass Fremde auf Friedrichs Weinberg arbeiteten, war äußerst mysteriös. Quinta do Andrade! Nicolas griff zu einem Weinführer, fand den Namen und die Anschrift. Sie war keine zehn Kilometer entfernt. Den Weinen nach, die in dem Führer angegeben waren, musste es sich um einen größeren Betrieb handeln, und seinen bisherigen Erfahrungen zufolge gab es überall jemanden mit Sprachkenntnissen.

Er schloss das Büro ab und ging nach oben. Der Portugiesischkurs ging weiter, er wiederholte die Ausspracheübungen, das S am Wortanfang wurde wie in Saft ausgesprochen, am Wortende wie bei Schule. Das Z sprach man ebenso aus. Ich bin – *eu sou*, du bist – *tu és*, er oder sie ist – *ele ou ela é* ... Kompliziert war der Unterschied zwischen *ser* und *estar*, beides bedeutete ›sein‹, Deutscher sein hieß *ser alemão*, krank sein hingegen hieß *estar doente* – ein statischer und ein hoffentlich vorübergehender Zustand. Er arbeitete, bis Dona Firmina ihn zum Essen rief. Immerhin war er bereits bei Lektion vier angekommen und merkte, dass es ihm Spaß machte, bei der Köchin die ersten Worte auszuprobieren. Er war verblüfft, dass sie ihn verstand – und er begann sie zu verstehen, besonders da sie jedes Wort mit einer Geste unterstrich. Er begann, die Namen der Zutaten der heutigen Suppe in seinen Glossar einzutragen: Lammschulter, Schweinespeck, Hartwurst, Zwiebel, Minze, Salz und Brot. *Borrego, toucinho, chouriço, cebola, hortelã, sal e pão.* Besonders freute ihn, dass Perúss sich abends einstellte und an der Haustür von Dona Firmina sein Futter bekam. Wenigstens das hatte er durchgesetzt. Und bis tief in die Nacht hörte er sich Songs der Stones und Beatles an, besonders ›Lovely Rita‹ vom Album ›Sergeant Pepper's Lonely Hearts Club Band‹ faszinierte ihn. Friedrichs Plattensammlung war unerschöpflich. Und da waren noch die übervollen Bücherregale zu entdecken: Mit Portugal hatte er sich bislang noch nicht beschäftigt.

Als er einige Tage später von der Untersuchung im Krankenhaus zurückkam, musste er in einer Staubwolke hinter einem Kleinwagen herfahren, der vor ihm die Piste zur Quinta hinaufkroch. Am Steuer saß eine Frau, die sich mehrmals umschaute. Nicolas fuhr dicht auf, um ihr Gesicht zu erkennen, bekam aber nur welliges, kastanienbraunes Haar zu sehen. War Dona Madalena eingetroffen? Dann würde es endlich so weit sein, die anstehenden Fragen zu klären.

Es war eine herbe Enttäuschung, als eine junge Frau ausstieg, nachdem sie ihren Wagen vor dem Haupthaus geparkt hatte. Das konnte unmöglich Dona Madalena sein. Doch ihr Aussehen, ihr Blick und ihre ganze Erscheinung entschädigten Nicolas für die Enttäuschung. Es gefiel ihm, wie sie ihn anlächelte, es gefiel ihm, wie sie erstaunt erst ihn und dann den Geländewagen musterte, als wundere sie sich, dass er ausstieg. Was ihm aber nicht gefiel, war, dass Gonçalves kam und sie ins Büro zerrte, wo er auf sie einredete.

Nicolas setzte sich an seinen Schreibtisch, erstaunt sah die Frau herüber. Sie mochte etwas jünger sein als er, hatte ein offenes, schmales Gesicht und eine ausgeprägte Mimik. Es war ein Gesicht, in dem sich lesen ließ. Ob sie von der Sonne gebräunt oder von Natur aus ein dunkler Typ war, ließ sich nicht sagen. Während Gonçalves redete, betrachtete sie den unaufgeräumten Schreibtisch. Nicolas glaubte zu wissen, worüber die beiden sprachen, denn sie fuhr zurück, sah Gonçalves erschrocken an, legte eine Hand vor den Mund, dann blickte sie über die Schulter zu ihm und fragte etwas. Sicher sprach der Verwalter von Friedrichs Tod und erklärte, wer an Friedrichs Schreibtisch saß. Nicolas hätte zu gern gewusst, was der Verwalter über ihn sagte.

Das Gespräch dauerte zehn Minuten, dann erhob sich Gonçalves und wies auf die Tür. Das war eine klare Aufforderung zu gehen, der die junge Frau mit einem Lächeln folgte. Auch Nicolas stand auf und trat auf den Korridor. Diese Frau durfte er auf keinen Fall gehen lassen, ohne sie anzusprechen, doch Gonçalves trat ihm in den Weg. Irgendwann, Gonçalves, haue ich dir fürchterlich aufs Maul, schwor sich Nicolas, als ihn eine Welle heißer Wut überschwemmte. In seinem Zorn hielt er den Verwalter am Kragen fest.

»*Hello, do you speak English?*«, fragte er die Besucherin und versuchte sein charmantestes Lächeln.

»Das auch, aber Deutsch spreche ich besser«, antwortete sie, und ihr Blick bedeutete Gonçalves, dass er gehen konnte. Mit dumpfem Hass stierte ihn der Verwalter an. Wenn er jetzt auf der Stelle kündigte, wäre es Nicolas mehr als recht. Er würde es ohne ihn schaffen. Aber Gonçalves tat ihm den Gefallen nicht und blieb stehen.

»Sie sprechen Deutsch?«, fragte er erstaunt. »Wieso das? Warum?«

»Wir haben dieselbe Nationalität, Herr Hollmann«, sagte sie. »Senhor Frederico war Ihr Onkel? Mein aufrichtiges Beileid.«

Nicolas griff neben die ausgestreckte Hand, weil er sich nicht vom Anblick ihrer Augen losreißen konnte. Dann hielt er sie zu lange fest. Er wurde verlegen wie selten, wusste nicht, was oder ob er etwas antworten sollte, also ergriff sie das Wort.

»Ihr Onkel war ein wunderbarer Mensch, sein Tod ist ein großer Verlust für uns alle, auch für mich.« Sie bemerkte, dass Gonçalves stehen geblieben war. »*Pode deixar a gente, seu Gonçalves, está tudo perfeito, obrigada*«, sagte sie kurz und beobachtete mit kaum merklich hochgezogenen Brauen, wie der Verwalter sich widerwillig trollte.

Nicolas konnte die Augen nicht von dieser Frau lassen. Er wurde unsicher, das Gefühl wurde so körperlich, dass er fürchtete, sie könnte ihm ansehen, wie wunderbar er sie fand und was in ihm vorging. Er wollte sie gern hierbehalten. Er wollte sie kennenlernen, und gleichzeitig genierte er sich. Teufel, das war sein Wort, Teufel auch. »*Diabo*«, sagte er leise.

»Was sagten Sie? Senhor Gonçalves erwähnte, Sie sprächen kein Portugiesisch. *Diabo?* Ich kannte Ihren Onkel, ich kann gar nicht verstehen, was passiert ist. Wir haben uns Anfang des Jahres erst getroffen, ich habe nicht bemerkt, dass er krank war.«

»Woher kannten Sie ihn?«

»Mein Name ist Rita Berthold, ich arbeite für ein Reisebüro und begleite Weinliebhaber in die verschiedenen Weinregionen und auf die Quintas. Hier bei ... Ihnen war ich mehrmals. Ihr Onkel hat uns herumgeführt, und wir haben da oben gegessen.« Sie zeigte auf die Terrasse.

Lovely Rita, dachte Nicolas und erinnerte sich an Sergeant Pepper's von letzter Nacht. Lovely Rita, was für eine Frau, er würde sich den Titel heute Abend wieder anhören.

»Arbeitet Dona Firmina noch hier?«, fragte Rita. »Die ist ja schon Ewigkeiten da. Ich glaube, die war schon hier, als Ihr Onkel noch nicht oben gewohnt hat.«

»Da kannten Sie Friedrich aber noch nicht, oder?«, fragte Nicolas verblüfft.

Sie lachte – ein wunderschönes Lachen. Zuerst lachen sie immer so, dachte Nicolas und erinnerte sich daran, wie Sylvia anfangs gelacht hatte und ihn dann hatte erziehen wollen.

»Nein, ich kenne, äh, ich kannte ihn erst zwei Jahre. Aber wir verplaudern uns, ich muss weiter. Ich werde in zwei Wochen mit einer Gruppe von elf Personen an den Rio Douro kommen, wir fahren von Porto aus mit dem Schiff bis Pinhão. Wir übernachten im ›Vintage House Hotel‹ und wollten dann auch diese Quinta besichtigen, gerade weil sie einem Deutschen gehört. Aber das hat sich ja leider erledigt, wie Senhor Gonçalves meinte.«

»Wieso das?«, fuhr Nicolas dazwischen, er war alarmiert.

Rita zuckte ein wenig zurück. »Sie würden sich nicht auskennen, sagte er, und sonst hätte niemand Zeit …«

»Das hat er Ihnen gesagt?« Geschäftsschädigend ist der Lump, dachte Nicolas, auch wenn es stimmte. Doch diese Frau musste er unbedingt wiedersehen. »Selbstverständlich bringen Sie Ihre Gäste wie immer zu uns«, sagte er mit Überzeugung. »Unsinn, was der Mann sagt. Er muss mich falsch verstanden haben. Außerdem treffe ich solche Entscheidungen.«

»Ich dachte, Sie sind Architekt und nur hergekommen, um den Nachlass …«

»Das hat er auch gesagt?«

Statt einer Antwort nickte sie nur.

»Ich habe das Weingut von meinem Onkel geerbt, übernommen sozusagen, und werde es betreiben. Sind Ihre Gäste eher an Tawny oder an Ruby interessiert? Oder legen sie mehr Wert auf unsere Stillweine? Man müsste mit Dona Firmina das Menü besprechen, wenn sie bisher für Sie gekocht hat, wie Sie sagen, wir müssen die Auswahl der Weine klären …« Nicolas war stolz auf sich, dass er die richtigen Worte parat hatte. Irgendwie würde er das Ding wuppen, die Ideen kamen beim Machen.

»Was ist mit Ihrem Arm passiert?«, fragte sie, als sie mit Dona Firmina in der Küche saßen.

Rita hatte sich von ihr doch zu einem Kaffee überreden lassen, nachdem Dona Firmina ihr unter Tränen von Friedrichs tragischem Tod berichtet und auch Nicolas' Anwesenheit erklärt hatte. Rita hatte, ohne auf Nicolas' Zustimmung zu warten, übersetzt. Gemeinsam hatten sie das Menü für den Besuch festgelegt, die Weine hatte Dona

Firmina ausgesucht, und Nicolas hatte sich diplomatisch durchgeeiert.

Er schaute auf den Arm wie auf einen Fremdkörper, als hätte er ihn nach dem Unfall für eine Weile abgelegt. Es tat sich vor ihm so viel Neues auf, dass er sich kaum darum gekümmert hatte.

»Der Arm?«, achselzuckend stülpte er die Unterlippe vor, für einen Moment fühlte er sich nicht befangen. »Ich war heute beim Röntgen, der Arzt meinte, die Heilung schreite gut voran«, und er erzählte Rita, als sie neben ihrem Wagen standen, von seinem Sturz.

»Das mit der Treppe finde ich merkwürdig«, sagte Rita und schüttelte nachdenklich den Kopf. »Bei meinem letzten Besuch sind wir mit einem Dutzend Leute runtergestiegen, da waren einige dabei, die waren bedeutend schwerer als Sie. Da hat nicht eine Stufe geknarrt.«

10.

Dona Madalena

Rita war in einer Staubwolke entschwunden, sie hatte allerdings versprochen, vor dem Eintreffen ihrer Reisegruppe noch einmal vorbeizuschauen. Jetzt waren die zwei Wochen um. Am Vortag hatte sie angerufen – übermorgen würde sie kommen, Nicolas war aufgeregt, es war ein Gefühl zwischen Angst und Erwartung, wie damals bei der Belgierin in Rotterdam, nur um einiges schlimmer. Allen Fragen nach persönlichen Beziehungen war sie ausgewichen, oder hatte er seine Fragen so verklausuliert gestellt, dass nur eine blödsinnige Antwort herauskommen konnte? In solchen Momenten benahm er sich ungeschickt. In der letzten Zeit war ihm nur Sergeant Peppers' ›Lovely Rita‹ geblieben. Zumindest hatte er sie davon überzeugt, dass er ihre deutschen Gäste durch die Quinta führen konnte. Er zählte auf Dona Firmina. Was gaffte sie ihn seitdem so merkwürdig an, oder bildete er sich das ein? Übermorgen wollte Rita also vorbeikommen – doch wozu? Was es zu bereden gab, war besprochen, den Rest konnte man am Telefon klären. Die Reisegruppe würde mit dem Schiff vormittags in Pinhão eintreffen. Nicolas würde sie im »Vintage House Hotel« abholen.

Carlos hatte wie üblich keine Zeit, was Nicolas ärgerte, dabei war ihm klar, dass Carlos ihm in keiner Weise verpflichtet war, weder, um zu helfen noch, um den Übersetzer zu spielen. Nicolas musste sich fügen, nur für ihn begann eine Art neues Leben, alle anderen steckten mitten im eigenen, hatten Verpflichtungen, folgten Interessen und gingen ihren Neigungen nach. Für ihn gab es das nicht. Er hatte bei Pereira unterschrieben – und was folgte, waren Sachzwänge. Die Freiheit der grundsätzlichen Entscheidung währte nur kurz, den Rest musste man fressen. Rita war wichtig, sie kannte Friedrich und Dona Madalena. Rita wusste, wie der Betrieb auf der Quinta ablief, die nächste Führung würde ihre fünfte sein. Ein verregnetes Wochenende hatte sie auf Friedrichs Einladung im Gästezimmer verbracht, die meiste Zeit allerdings in der Bibliothek. Ob er die portugiesischen Autoren gelesen hätte, hatte sie gefragt.

Auf Carlos würde er länger verzichten müssen, der hatte wichtige Seminare auf dem Plan und fuhr zwei Wochen auf eine Exkursion zu Winzern ins Dāo-Gebiet. Also stand er allein mit dem Weingut da, dem cholerischen Verwalter, seiner Suche nach Otelo und einem verschwundenen Arbeiter. Sollte er Rita um Hilfe bitten? Aber dann würde sie merken, wie sehr er noch am Anfang stand.

Später am Abend hörte er einen Wagen. Eigentlich hatte ihn Perúss aufmerksam werden lassen. Der Hund war ihm bis in die Bibliothek gefolgt, wo Nicolas sich durch die Handbücher des Weinbaus wühlte, sich im Rebsortenlexikon verbiss und bei einem Werk stecken blieb, das darüber Auskunft gab, wie man Weine prüfte, erkannte und genoss. Alles war aufgeschrieben, nichts war neu. Sein Problem bestand darin, die Worte mit der Wirklichkeit in Einklang zu bringen. Eben hatte der Hund den Kopf gehoben, war auf die Terrasse gelaufen und hatte gebellt. Nicolas hörte ihn die Treppe hinuntersausen und sah seinen Schatten verschwinden.

Das unbekannte Motorengeräusch kam von rechts oben, aus einer Richtung, aus der er bislang außer Grillengezirpe und Vogelgezwitscher nichts gehört hatte, aber dahin war der Hund nicht gelaufen. Nicolas sah Scheinwerfer sich an Friedrichs Haus herantasten. Das musste Madalena Barbalho sein. Endlich. Das Leben würde von nun an einfacher werden.

Er war neugierig auf sie. Wie sah sie aus? Man musste sich sympathisch sein, um ins Gespräch zu kommen, um Vertrauen aufzubauen, damit sie von Friedrich erzählte. Vielleicht hatte sie eine ganz einfache Antwort auf die Frage, weshalb er die Quinta geerbt hatte. Sollte er gleich hinaufgehen oder auf ihren Anruf warten? Dazu hätte sie wissen müssen, dass er hier war.

Dona Madalena war eine stattliche und interessante Frau. Sie sah gut aus, aber sie war nicht schön, dazu war sie zu herb. Um ihre Mundwinkel war eine harte Linie, die Nicolas störte. Oder lag es am Altersunterschied von fünfzehn Jahren? Frauen von Mitte 40 waren ihm nicht vertraut. Diese Frau hatte viel erlebt, das fühlte er, sie hatte viel zu erzählen, das sah er ihr an, und sie verbarg wohl auch einiges, das ahnte er. Sie trug ihr schwarzes Haar glatt und streng zurückgekämmt; das gefiel Nicolas, es machte sie ernsthaft. Diese Frau wird es Friedrich nicht leicht gemacht haben und umgekehrt. Es musste eine starke Beziehung bestanden haben, dass sie sich auf ein solches Abenteuer eingelassen hatten.

Sie war groß und schlank, fast zu schlank. Ihre lange schwarze Bluse reichte bis über die schwarze Hose und war an den Seiten geschlitzt, wodurch sie etwas Asiatisches gewann (dass sie in der ehemaligen portugiesischen Kolonie Macau geboren war, erfuhr Nicolas erst später, und es passte zu ihr). Der schwarze Rahmen betonte ihr Gesicht, machte Madalena Barbalho fast zu einer Pantomimin. Und in dem blassen Gesicht dominierte über den ausdrucksstarken, aber nicht zu vollen Lippen eine große schwarze Sonnenbrille, hinter der die Augen verschwanden. Das machte Nicolas nervös. Er wusste nicht, ob er sie bitten sollte, die Brille abzusetzen. Sie tat ihm von allein den Gefallen, und erst jetzt sah er ihren Gesichtsausdruck. Sie wirkte bedrückt, ihre Augen waren dunkel umschattet, das machte den Blick tief und schwer zu ergründen, doch sie sah Nicolas mit Neugier an.

Was für einen Unsinn man sich zusammenreimt, wenn man einem Menschen zum ersten Mal begegnet, dachte Nicolas und streckte die Hand zur Begrüßung aus, während sie sich vorbeugte und ihm die Wange zum Kuss hinhielt.

»Das macht man so in Portugal – und in der Familie. Herzlich willkommen auf unserer Quinta, Nicolau.«

Sie war der erste Mensch, der ihn in diesem Land freundlich willkommen hieß. Und noch dazu sprach sie Englisch. Was für eine Erleichterung. Von nun an konnte er sich verständlich machen, und Gonçalves war aus dem Rennen, er würde nicht länger vorgeben können, ihn nicht zu verstehen. Die Sache mit den Arbeitern werde ich als Erstes klären, doch immer mit der Ruhe, sagte er sich, es gibt anderes, das wichtiger ist.

»Du hast einen bösen Unfall gehabt.« Ihr Lächeln nahm dem Gesicht die Härte. »Das tut mir leid, aber wenn man jung ist, nimmt man vieles nicht so tragisch. Und eingerichtet hast du dich auch schon. Zwar nicht konfliktfrei – so was spricht sich herum –, aber man sieht dahinter den Willen, die Kraft. Insofern seid ihr euch ähnlich, auch äußerlich. Frederico war ein schöner Mann.« Sie schlug die Augen nieder und bekam wieder diesen gequälten Ausdruck. »Ob ich mich daran gewöhnen werde, dass er tot ist? Kann man das? Man sagt, die Zeit heilt alle Wunden. Hast du schon einen geliebten Menschen verloren?«

Nicolas schüttelte den Kopf. Er würde sich mit seinen Anliegen gedulden, vorerst durfte er Dona Madalena nicht mit seinen Alltagssorgen belasten. Er wollte sie gewinnen und nicht vor den Kopf stoßen.

»Ich wollte eigentlich nicht so bald wiederkommen, aber als ich hörte, dass du hier bist, habe ich gedacht, du könntest Hilfe brauchen. Außerdem – man muss sich der Wirklichkeit stellen.«

Nicolas hatte nicht erwartet, dass sie ihm so weit entgegenkommen würde. Es war mehr, als er zu hoffen gewagt hatte.

»Etwas Zeit musst du mir allerdings lassen, bevor wir über alles reden. Es gibt viel zu besprechen. Jedenfalls bin ich froh, dass du da bist.« Sie schluckte und presste einen Moment lang die Lippen aufeinander. »Magst du übermorgen zu mir kommen? Ich will morgen zum Friedhof, mich ums Grab kümmern, da kann ich niemanden sehen ... Wir könnten gemeinsam einen Grabstein aussuchen.«

»Ich war vor einigen Tagen auf dem Friedhof ...«, Nicolas bemerkte Dona Madalenas Reaktion, es schien ihr nicht zu gefallen. Sie machte eine kaum merkliche Bewegung rückwärts, etwas wie Verblüffung in ihrem Gesicht.

»Hätte ich ... da nicht hingehen sollen?«, fragte er.

»Nein, nein«, entgegnete sie tonlos, »es ist nur die Stimme, Friedrichs Stimme, du sprichst wie er, der gleiche Klang, die gleiche Stimme, *Deus me livre* ...«

Während Dona Madalena um Fassung bemüht war, erzählte ihr Nicolas, um sie abzulenken, von den Touristen, die sich angemeldet hatten.

»Das traust du dir bereits zu?«, fragte sie erstaunt. »Na, blamiere dich nicht und rechne nicht mit mir. Ich möchte allein sein. Nein, diese Stimme, deine Stimme, wie er ...«

War das der Grund, weshalb auch Perúss ihn immer so merkwürdig ansah? Carlos war es aufgefallen, Pereira hatte es bemerkt und auch Dona Firmina. Er zuckte mit den Achseln, damit musste sie klarkommen.

»Ich würde die Fahrt zum Friedhof lieber um einen Tag verschieben«, sagte er, um sich den Tag für Lovely Rita freizuhalten.

Dona Madalena war es recht, sie wandte sich zum Gehen, als Nicolas noch eine Frage an sie richtete, die ihn beschäftigte.

»Leben Sie jetzt allein – in dem Haus, so weit weg von allem? Oder haben Sie jemanden ...?« Es war ohne Hintergedanken gefragt.

An der Antwort merkte er, dass ihr die Frage nicht gefiel.

»Wir hatten eine Haushälterin, genau wie du! Die wohnt im Ort. Sie kommt, wenn ich sie brauche! Und dann erwarte ich eine Cousine aus Lissabon, aber das hat Zeit, ich will erst einmal für mich sein, muss begreifen, was passiert ist. Ich muss es hier tun. Ich dachte zuerst ... ach, besser nicht, *até logo,* bis später, Nicolau.« Sie wandte sich brüsk ab.

Sie zu schonen, gefiel ihm gar nicht, er hatte so viele Fragen, aber er musste es tun, mehr aus Pflichterfüllung denn aus Mitgefühl, er wollte sie nicht verärgern. Außerdem war er der einzige Familienangehörige. Aber gehörte eine Lebensgefährtin zur Familie? Es würde sich zeigen.

Nicolas sah ihr nach, wie sie in das silberne Coupé stieg. Der Peugeot war fabrikneu, etwas zu schick, ein harter Kontrast zu den Steinen, den Mauern, dem Staub, der sich auf alles legte, seit es nicht mehr regnete. Nicolas betrachtete den Geländewagen, Friedrichs Geländewagen, unter den Bäumen. Der gehörte hierher, der passte zur Umgebung. Nicolas wunderte sich, dass Dona Madalena die Köchin nicht begrüßt hatte.

Kaum war Dona Madalena außer Sicht, kam Perúss, als hätte er darauf gewartet. Perúss begleitete ihn, heute war er vielleicht fünf Zentimeter näher gekommen. Anscheinend gefiel es ihm besonders, wenn Nicolas Portugiesisch lernte und dabei laut redete. Aber er hatte eine angenehmere Art zu lernen entdeckt. Unter Friedrichs Schallplatten hatte er brasilianische Scheiben gefunden und die dazugehörigen Texte. So konnte er sich mit einem Glas Wein auf die Terrasse setzen, Musik hören und die Texte verfolgen, es war total *relaxed*. Er sollte seinen Aufenthalt als Urlaub betrachten, bevor er sich auf den Rückweg machte und die Häuser entwarf, von denen er träumte. Die Wirklichkeit würde ihn früher oder später sowieso einholen.

Rita kam inmitten ihrer Staubwolke angerast, sie war viel zu spät und abgehetzt. »Nichts funktioniert, keiner ist da, alle kommen zu spät«, schimpfte sie. »Der Reiseveranstalter erwartet, dass alles klappt, dabei haben sie keine Ahnung, was hier wirklich abläuft. Niemand hält sich an Absprachen, die Leute erscheinen nicht zu Verabredungen, eine Frechheit, jemanden eine Stunde warten zu lassen, das ist eine Stunde meines Lebens. Das zählt einfach nicht. *Calma, não se preocupe* heißt es dann, immer mit der Ruhe, regen Sie sich nicht auf. Dabei muss ich für jeden Fehler geradestehen. Und dann die Touristen. Ich habe manchmal den Eindruck, dass sie nur darauf warten, dass etwas nicht klappt, damit sie den Reisepreis wieder einklagen können.«

»Keine Alternative in Aussicht?«, fragte Nicolas und grinste. »Keinen ruhigeren Job?«

»Ich wüsste schon, was ich lieber täte«, brummte Rita und blickte finster vor sich hin. »Dafür hat man nun studiert.«

»Wofür hat man studiert? Ist doch wunderschön hier.« Nicolas breitete die Arme aus und sah sich um. »Eine wunderbare Landschaft, Sonne, angenehme Gesellschaft, heute zumindest, oder hast du noch nicht gegessen? Dona Firmina macht uns bestimmt einen wunderbaren Kaffee ... oder du gehst besser erst einmal ins Bad. Eine Dusche wirkt Wunder. Den Weg kennst du ja ...«

Hörte Nicolas da bei sich selbst einen Vorwurf heraus, etwas wie Eifersucht auf Friedrich? Was war mit ihm los? Während Rita im Bad verschwand, ging er in die Küche, den Kaffee konnte er selbst zubereiten. Er musste sowieso einiges mehr in die Hand nehmen, er wusste nicht einmal, wo der Zucker stand, wo die Töpfe und Pfannen waren, wo man Einkaufen ging. In Berlin musste er sich ja auch um alles kümmern.

Nach der Dusche folgte Rita Nicolas auf die Terrasse, wo sie ihm den Ablauf von Friedrichs Führungen durch die Quinta schilderte. Es hatte immer im Schatten der Mimosenbäume mit einem Glas Weißwein begonnen. Er hatte aus seinem Leben erzählt und berichtet, wie er 1974 nach Portugal gekommen war, hatte die politische Situation aus der Sicht eines Augenzeugen geschildert, hatte auch die Kooperative im Alentejo nicht ausgelassen, wo er mit Otelo gearbeitet hatte, den er dann vorstellte.

»Wo ist der eigentlich?«, fragte Rita.

»Das besprechen wir gleich, ich habe auch einige Fragen beziehungsweise eine große Bitte«, meinte Nicolas, der mehr hören wollte; denn was Rita berichtete, wusste er nur von seinen Eltern. Wenn sie auch geschieden waren, in ihrer ablehnenden Haltung Friedrich gegenüber waren sie sich einig gewesen. Ihn aber interessierte viel mehr, was andere über seinen Onkel dachten.

»Wir haben uns dann die Gärtanks und die *lagares* angesehen, die Becken, in denen der Wein getreten wird, und dabei hat dein Onkel erklärt, was bei der Gärung passiert, wie lange der Wein da bleibt, wie sich Zucker in Alkohol verwandelt ...«

»Anschließend habt ihr im Fasslager seine Tawnys und Rubys probiert«, unterbrach sie Nicolas. »Friedrich hat die Unterschiede zwischen einem Vintage Port und einem Late Bottled Vintage erklärt, eine Colheita oder einen Dated Port hat er auch noch – habt ihr den probiert?«

»Daran erinnere ich mich nicht«, sagte Rita überrascht. »Du kennst dich mit seinen Weinen aus?«

»Ich hatte Gelegenheit, mich damit zu beschäftigen«, meinte Nicolas, als wäre Portwein schon immer sein Geschäft gewesen. »Von morgens bis abends, auch nachts, hier gibt's nichts anderes.«

»Das hat dein Onkel auch gesagt, fast mit derselben Stimme. Es verwirrt mich total, diese Stimme. Wenn du redest, sehe ich ihn geradezu vor mir. Die Verwandtschaft lässt sich nicht verleugnen. Du siehst ihm sehr ähnlich.« Verlegen senkte sie den Blick. »Als letzte Station haben wir das Flaschenlager besichtigt«, sagte sie schnell. »Seu Frederico ist dann auf die Stillweine eingegangen und dass sie im Douro eigentlich keine Tradition haben. Das hätte so richtig erst 1986 mit Portugals Eintritt in die Europäische Gemeinschaft begonnen. Er hat von dem Gesetz gesprochen, dass Portwein nur von Vila Nova de Gaia aus verkauft werden durfte, das hing mit dem englischen Monopol zusammen. Aber du weißt das sicher besser.«

Nicolas schwieg, zu sehr wollte er nicht aufschneiden. Wenn sie ihn für einen Fachmann hielt, würde sie Fragen stellen, denen er nicht gewachsen war, aber zumindest unter den Blinden, und das würden die Teilnehmer ihrer Reisegruppe sein, wäre er als Einäugiger der König.

»Den Abschluss bildete das Essen oben im Speisezimmer, dazu gab es dann die drei normalen Weine und zuletzt den Port.«

Nicolas atmete auf. Er müsste alles nachlesen, was Rita erwähnt hatte. Am besten probte er die Führung und klapperte die einzelnen Stationen ab, besser noch, er machte sich eine Art Drehbuch. Eine Colheita oder einen Dated Port hatte er unter den abgefüllten Flaschen nicht gesehen, aber er könnte vorgeben, einen zu machen. Die Trauben mussten aus demselben Jahr sein, und eine Fassreife von sieben Jahren war das Minimum. So was Ähnliches hatte er auf der Bestandsliste gesehen. Er schmunzelte über seinen Einfall, wurde aber wieder ernst.

Er erzählte Rita von Otelos Verschwinden und dass er

ihn dringend brauchte. »Es gibt viele Unklarheiten, eigentlich sind es mehr Ungereimtheiten«, sagte er nur, denn zu viel wollte er nicht verraten, und fragte sie, ob sie ihn nach Tabuaço begleiten könne. Er hoffte es inständig, nicht nur Otelos wegen, sondern auch, um ihre Gegenwart noch länger zu genießen. Und er konnte sie nebenbei fragen, ob sie nicht zum Essen bleiben wollte.

Unterwegs erzählte sie ihm, was sie nach Portugal verschlagen hatte. Sie war immer reiselustig gewesen und hatte nach dem Abitur nicht studiert, sondern in einem Reisebüro eine Lehre begonnen. Doch das war ihr auf Dauer zu langweilig.

»Deshalb habe ich Romanistik studiert, Spanisch und Portugiesisch. Und bei meinem ersten Aufenthalt in Lissabon habe ich mich dann in Fernando Pessoa verliebt...«

Nicolas zuckte zusammen. Also doch! Er hatte wieder Pech. Wenn ihn eine Frau interessierte, kam immer ein anderer Mann dazwischen, wie bei der Belgierin, das hatte er befürchtet. Seine Hand verkrampfte sich am Lenkrad, und er hatte Mühe, in der nächsten Kurve nicht an der Felswand entlangzuschrammen. Er musste sich rechts halten, so nah wie möglich am Berg, falls ihm ein wahnsinniger Portugiese entgegenkam.

»... und Pessoas wegen habe ich dann noch Literaturwissenschaft belegt. Kennst du ihn?«

»Nein!«, sagte Nicolas grimmig. »Ich kenne hier ganz wenige Leute; nur die, mit denen ich von Berufs wegen zu tun hatte.«

Rita lachte laut auf. »Du kennst Fernando Pessoa nicht?«, fragte sie gespielt vorwurfsvoll. »Bist du ihm in der Bibliothek nicht begegnet?«

Jetzt wusste Nicolas nicht mehr, woran er war. Hielt sie ihn zum Besten?

»Er ist einer der wichtigsten Autoren Portugals, wenn nicht gar der wichtigste Lyriker...«

»Und du hast dich in ihn verliebt?«
Rita gluckste, sie konnte sich gar nicht beruhigen.
»Du dachtest, er ist ein wirklicher Mensch, ein Mann? – Nicolas, du bist süß.«
Er ärgerte sich zuerst über seine Unwissenheit, doch ihr Lachen wirkte ansteckend. »Entschuldige, wenn man so tief in den Dingen steckt, sieht man nicht, dass andere sich an einem gänzlich anderen Ort befinden. Und – wieso sollte ein deutscher Architekt auch Fernando Pessoa kennen. Ich kenne keinen berühmten Architekten.«
Den Rest des Weges bis zu Otelos Haus sprach sie über Fernando Pessoa und seine Heteronyme. Das waren die von Pessoa geschaffenen Persönlichkeiten, die ihm als Pseudoautoren seiner Werke dienten. Aber am besten gefiel ihr die Erzählung ›Ein anarchistischer Bankier‹.
»Ein wenig hat sie mich an deinen Onkel erinnert, auch du hast was davon – ein anarchistischer Winzer...«
Nicolas wartete vor Otelos Haus, und während Rita von einem Nachbarn zum nächsten ging und nach dem Verbleib des *provadors* fragte, begutachtete Nicolas den Garten. Der war gewässert, und auch um den Gemüsegarten kümmerte sich jemand. Also war das Haus nicht wirklich verlassen. In diesem Dorf musste es jemanden geben, der Otelos Adresse kannte. Sie müssten diesen Nachbarn finden und ihn bitten, Otelo auszurichten, dass er dringend gebraucht wurde. Ohne ihn würde Nicolas das nicht durchstehen, vor allem nicht die Lese. Das Weingut kurz davor zurückzugeben, wäre feige. Er hatte nicht genügend Zeit, alles über die Ernte zu lernen, Arbeiter zu finden, falls sie denn mit ihm arbeiteten und nicht gegen ihn, die Regeln des Portweininstituts zu befolgen – nein, das war zu viel. Je mehr er lernte, desto klarer wurde ihm, dass er es allein niemals schaffen würde.
Um Kraft geht es nicht, dachte er, als er die heruntergelassenen Jalousien betrachtete, davon habe ich genug. Es

hat keine Grenze gegeben, ich habe mir nie etwas Unmögliches gewünscht. Die Zeit auf der Quinta war eine Zeit der Konfrontation mit fremden Menschen. Dabei lernte man sich selbst kennen. Vielleicht war das das Ziel der Reise, vielleicht hatte Friedrich genau das beabsichtigt.

Nicolas ging zur Straße zurück und wartete auf Rita. Heute Abend würde er sich in der Bibliothek einschließen und diesen Pessoa auswendig lernen, schon ihretwegen.

Ihr Gesicht signalisierte bereits von Weitem einen Misserfolg. »Merkwürdig, keiner sagt was. Niemand will was von Senhor Otelo wissen, aber ich glaube, so gut kenne ich die Leute inzwischen, dass zumindest eine Nachbarin mehr weiß. Sie hat den Zettel mit deinem Namen und der Telefonnummer entgegengenommen. Wenn sie keinen Kontakt mit ihm hätte, hätte sie das nicht getan.«

Das leuchtete Nicolas ein.

»Was bringt einen Menschen dazu, so schnell von der Bildfläche zu verschwinden und dann dafür zu sorgen, dass keiner weiß, wo man ist?«, meinte Rita nachdenklich.

Angst war das Erste, das Nicolas einfiel, aber das hatte wohl mehr mit ihm zu tun. »Wir können nur warten, bis er sich meldet«, meinte er frustriert. »Also fahren wir zurück. Bleibst du zum Essen? Ich würde mich riesig freuen.«

»Das würde ich gern, aber ich muss zurück nach Porto, und nach Dona Firminas Essen braucht man einen Mittagsschlaf.«

Nicolas suchte im Haus nach einer Liege oder nach Decken, um sie auf der Terrasse auszubreiten und sich daraufzulegen. Im Schlafzimmerschrank fand er eine geeignete Unterlage.

»Mit Romanistik und Literaturwissenschaft kann man viel anfangen, aber kein Geld verdienen«, hatte Rita auf der

Rückfahrt gemeint. An der Universität habe sie nicht bleiben wollen, auf Dauer sei Theorie nichts für sie, also war sie wieder im Reisebüro gelandet. Heute erfand sie Reisen, dachte sich Touren aus, »wie die zu deinem Onkel – beziehungsweise jetzt zu dir«, hatte sie sich verbessert.

Als er steif und fröstelnd erwachte, standen die Sterne kalt funkelnd über ihm, Perúss lag in der Nähe und war sofort wach. Mühsam stemmte Nicolas sich hoch – und hörte einen Wagen kommen. Es war nicht Dona Madalenas Coupé, aber der Fahrer nahm den Weg zu ihrem Haus. Es war kurz vor Mitternacht. Wer kam um diese Zeit? Dann erloschen die Scheinwerfer, der Motor erstarb, die Stille kehrte zurück.

Dona Madalena konnte ihm in Bezug auf die verschwundenen Arbeiter nicht weiterhelfen. Die Tatsache, dass fremde Arbeiter das Ausbrechen und Einflechten besorgten, rief bei ihr genauso viel Unverständnis hervor.

»Ich kann es mir nur so erklären, dass Gonçalves eine Fremdfirma damit betraut hat. Wahrscheinlich ist es billiger, wir müssen rechnen. Du musst uns verstehen, Nicolau, niemand weiß, wie es nach Fredericos Tod weitergeht. Keiner weiß, ob du, und das sage ich dir im Vertrauen, da spreche ich mit niemandem sonst drüber, die Fähigkeiten hast, sein Weingut weiterzuführen. Es ist eine große Aufgabe, es hängt viel davon ab. Menschen sind auf dich angewiesen, Familien leben davon, unsere Kunden im In- und Ausland. Vielen gegenüber bestehen Verpflichtungen. Du hast Verantwortung übernommen. Ich hoffe, du bist dir dessen bewusst. Na, ein Hollmann wird es schaffen.« Sie setzte ein Lächeln auf.

»Wenn so viel davon abhängt, weshalb werfen sie mir dann Knüppel zwischen die Beine, statt mich zu unterstützen?« Die Frage kam zu heftig, bislang hatte Nicolas niemandem gezeigt, wie sehr es ihn belastete, und erst jetzt erinnerte er sich an den Traum, in dem jemand gekommen war und ihm gesagt hatte, dass alle Fässer leer seien, da er selbst den Portwein abgelassen habe, der jetzt den Berg hinunterfloss, woraufhin der Inspektor des Portweininstituts ihm eine Strafe wegen Verschmutzung der Weinberge aufbrummte.

»Das sind die Anfangsschwierigkeiten«, sagte Dona Madalena mit ihrer rauen und doch beruhigenden Stimme. »Außerdem machen sie ihre Arbeit. Auch wenn du einen anderen Eindruck hast, hab Geduld mit ihnen. Niemand kennt dich, keiner weiß, wer du bist und was du kannst, und dann platzt du herein und nimmst ihnen ihre Entscheidungen weg. Plötzlich gehört die Quinta einem anderen, der niemals einen Weinstock gepflanzt hat, nicht eine Traube gelesen hat. Für dich mag das der Hauptgewinn in der Lotterie sein, für die anderen ist es ein Erdbeben. Mir ging es mit Fredericos Arbeitern ähnlich, noch dazu als Frau. Portugal ist in dieser Beziehung konservativ... Entschuldige mich bitte.« Sie ging hinaus.

Nicolas sah sich in ihrem Wohnzimmer um. Es war ein großer Raum mit rauen, weiß getünchten Wänden und dunkel gebeizten Tür- und Fensterrahmen, Kastanie – wie Nicolas annahm. Auch hier gab es einen Kamin, wie unten im Haupthaus waren das Sofa und die Sessel mit Leder bezogen, aber hier war es Wildleder, weich, bequem und neu. Unten, in seinem Salon, herrschte eine männliche Atmosphäre, ein angekratztes Junggesellenambiente, und die Möbel waren vor Jahrzehnten angeschafft worden, obwohl Friedrichs Stil eher schwer und dunkel war und möglicherweise der Einrichtung anderer, rein portugiesischer Quintas entsprach. An den Wänden hingen hier Bilder moderner Maler, wahrscheinlich hatte Friedrich sie mit heraufgenommen, denn es war Nicolas aufgefallen, dass an einigen Stellen Bilder fehlten; wo sie gehangen hatten, waren die Wände weißer, es gab übermalte Löcher von den Nägeln. Dafür hatte er einen Blick.

»Ich bin keine Dona Ferreirinha«, sagte sie, als sie zurückkam und Tee servierte. »Vielleicht wäre ich gern eine gewesen. Der Wein war nie mein Thema.« Sie bemerkte, dass Nicolas nicht wusste, wovon sie sprach. »Dona Antónia Ferreirinha? Eine der berühmtesten Frauengestalten des Douro. Ihr erster Mann starb relativ früh, und als auch der Vater starb, führte sie zwei Portweinunternehmen. Sie baute ein Imperium auf, kaufte Weinberge, Kellereien und Lagerhäuser in Gaia und Herrenhäuser in Lissabon...« Dona Madalenas Augen funkelten vor Begeisterung. »Fast wäre sie bei einem Ausflug auf dem Douro in den Stromschnellen ertrunken. Das Boot des Baron Forrester kenterte. Ihn haben angeblich Goldmünzen in seinen Taschen unter Wasser gezogen. Dona Ferreirinha wurde durch die Luft unter ihren Röcken gerettet, die wirkten wie Schwimmreifen.«

Über Friedrichs Tod wollte Dona Madalena noch immer nicht sprechen. »Es ist zu schmerzhaft.« Sie erzählte lediglich, dass er sich am Tag vor seinem Tod unwohl gefühlt habe, müde und schlapp. Er habe sich geweigert, zum Arzt zu gehen, obwohl sie ihn inständig darum gebeten habe und sich jetzt Vorwürfe mache, dass sie nicht darauf bestanden habe. Aber es sei zwecklos gewesen, er sei sowieso nie zum Arzt gegangen, auch keine Krebsvorsorge, und das in seinem Alter. Am Vorabend seines Todes habe er sich für seine Verhältnisse sehr früh hingelegt. Die wenigen Worte, die sie darüber verlor, bewegten sie anscheinend so sehr, dass sie aufstand und schweigend im Raum auf und ab ging.

Dann blieb sie stehen und sah Nicolas an. »Du bist nicht gekommen, um dir etwas vorjammern zu lassen, außerdem hattest du ein anderes Verhältnis zu ihm. Wahrscheinlich kanntest du ihn gar nicht – manchmal glaube ich, ich kannte ihn auch nicht. Frederico war ein merkwürdiger Mensch, einerseits sehr offen und freundlich, sehr mitteilsam, andererseits verschlossen und zurückgenommen. Er konnte gut für sich sein. Das Leben, das er hier führte, war eine Art Kompromiss, glaube ich. Er hat nicht erreicht, was er wollte, er hat begriffen, dass das nicht möglich war ... Er hatte so viele Gesichter. Er war Unternehmer, Geschäftsmann, er war Gärtner, und er war Träumer, träumte von einer besseren Welt, die Träume seiner Jugend. Seine Angestellten hätte er am liebsten zu Teilhabern gemacht. Das wollten sie nicht, denn dann hätten sie die Verluste mittragen müssen, das war eine Bedingung. In einer anderen Situation hätte ich ihn mir als Robespierre vorstellen können, radikal und gnadenlos, mal der eine oder der andere, mal alle zugleich, das war seine schwierige Persönlichkeit.«

Nach Perúss zu fragen und danach, was den Hund so scheu gemacht hatte, war sicherlich in diesem Moment nicht angebracht.

»Frederico –«, Dona Madalena sah leer vor sich hin, »man wusste nie, auf was für Ideen er kam. Ich bin eben ein Sponti, das waren seine Worte. Spontis nannte man die Revoluzzer wohl damals in den Siebzigerjahren bei euch in Deutschland? Er nannte sich einen Sponti, und als Chaoten bezeichnete er sich besonders gern. Irgendwo müssen die Fotos von damals sein. Er hat sie in der Bibliothek aufbewahrt. Wir könnten mal zusammen suchen. Ich möchte die Bilder auch gern sehen, vielleicht versteht man heute, mit dem nötigen Abstand, wer er war. Aus seiner Bibliothek hat er immer ein Geheimnis gemacht. Du hast doch den Schlüssel?«

Nicolas nickte. »Auf die Fotos wäre ich auch gespannt, das war alles vor meiner Geburt.« In seinem Gedächtnis blitzte kurz die Erinnerung an das Foto in der Kanzlei des Berliner Anwalts auf. »Ich habe bislang keine Fotos gefunden. Seine Plattensammlung allerdings ist phänomenal. Kennen Sie die Platten?«

Dona Madalena lächelte. »Das ist nicht mein Geschmack. Ich liebe klassischen brasilianischen Samba, Tom Jobim, wenn dir das was sagt, ›The Girl of Ipanema‹, und dann Chico Buarque oder Beth Carvalho ... und besonders Tango, Piazzolla, den Meister, da bin ich anspruchsvoll, das sage ich ehrlich. Ja«, sie seufzte, »zurück zu Frederico. Wie er war? Ein Tänzer war er nicht, das sind die wenigsten Männer, aber sonst, als Mann? Ich konnte gut mit ihm hier leben. Das ist viel. Er respektierte mich immer, manchmal war ich deshalb sogar ein wenig unsicher«, sie zögerte und senkte die Stimme, »ob es nicht Gleichgültigkeit war. Er war viel mit sich selbst beschäftigt und mit den Büchern. Politik interessierte ihn, der Wein war seine Leidenschaft, eine späte, so wie die unsere.« Das klang bitter, wie von einer Frau, die sich vernachlässigt gefühlt hatte. »Seine Leute, die Arbeiter und Angestellten«, fuhr sie fort, »die behandelte er gut, viel zu gut, wie ich meine. Er erinnerte mich an den Typ des Patrón, wie wir sagen, der von seinen Mitarbeitern viel verlangt, sehr viel sogar, aber der auch stets für sie da ist – und sogar für ihre Familien. Wer mitmachte und sich einsetzte, der durfte sich vieles erlauben.«

Das passte kaum zu dem Bild, das sich Nicolas hier zeigte, nicht zu dem verschwundenen *provador* und den entlassenen Arbeitern und der Situation des sich Belauerns, wie er es empfand. »Und Senhor Otelo?«

»Der?« Dona Madalena lehnte sich zurück und starrte Nicolas an. »Die beiden kannten sich aus den Wirren der Revolution von 1974, der Nelkenrevolution. Du weißt, damals putschte das Militär, sie waren kriegsmüde, sie wollten Demokratie, wollten Portugal modernisieren, wollten den Sozialismus, Kommunismus, wollten die Volksherrschaft, die Rätedemokratie, und sie wollten die Kirche abschaffen. Alles wollten sie abschaffen, aber gute Ideen hatten sie nicht, außer dass sie pausenlos Kongresse abhielten. Otelo und er haben sich irgendwo bei einer Straßenschlacht kennengelernt.« In ihrer Stimme lag Verachtung. »Dieser Otelo – ehrlich gesagt, ich mochte ihn nie leiden – stammt von hier, seine Eltern waren kleine Leute. Er hat bereits damals agitiert, wurde von der Polizei gesucht und ist untergetaucht, bis er deinen Onkel traf. Die beiden haben in einer Kooperative im Alentejo gearbeitet, wie Frederico mir erzählte, da hat er mit dem Wein angefangen. Vielmehr dein Onkel hat gearbeitet, und Otelo hat Propaganda gemacht. Der hat auch hier das große Wort geführt, ist philosophierend durch die Weinberge marschiert, hat unsere Weine probiert, den Leuten zugesetzt und immer nur kritisiert.«

»Soweit ich weiß, ist das die Aufgabe eines *provadors* ...«

Dona Madalena überhörte den Einwand geflissentlich. »Und er hat dafür kassiert – und nicht zu schlecht. Er hat unten, in dem alten Haus, sogar noch ein Zimmer. Du musst dir überlegen, wie du es demnächst nutzt, vielleicht hast du ja eine Freundin, die mal für länger kommen wird und dann dort wohnen kann. Ich will dir nichts vormachen, Frederico hat eigentlich nie von dir gesprochen. Deshalb hat mich die Regelung im Testament sehr gewundert. Andererseits ist es schön zu wissen, dass man jemanden aus der Familie gewonnen hat, besonders bei einem so entsetzlichen Verlust.« Sie schaute nach unten und legte eine Hand über die Augen, aber doch so, dass ihr Augen-Make-up nicht verschmierte.

Für Nicolas war es eine zu melodramatische Geste. Ihre Gefühle hinsichtlich Otelos teilte er nicht, er war an ihm interessiert und nicht am Gerede über ihn. Auch für die Familie würde sich später Zeit finden. Ihm machte der Wein Sorgen, die Angst, Fehler zu machen, wuchs. Aufgaben bauten sich auf, von denen er keinen Schimmer hatte. Der Druck der Realität nahm zu. Je mehr er einstieg und sich einließ, je vertrauter er sich mit dem Wein machte und je besser er die Vorgänge in der Kellerei begriff und die Weinberge zeichnete, desto mehr wurde ihm seine Beschränktheit klar.

»Otelo kommt nicht wieder?«, fragte er und bemühte sich, seine Besorgnis darüber nicht deutlich werden zu lassen. »Ich war an seinem Haus«, sagte er und erzählte von der Suche nach ihm. »Niemand weiß, wo er steckt.«

»Ich kann dir nicht helfen, und ich will gar nicht wissen, wo er steckt.« Nicolas ahnte, dass sie etwas anderes hatte sagen wollen. »Er hat Frederico nie gutgetan. Er hat ihn aufgehetzt, er war ein Unruhestifter. Mit nichts war er zufrieden, weder mit der Regierung noch mit den Menschen und dem Wein. Alles wollte er verbessern, das Niveau heben, wie er meinte. Überheblich. Ich glaube, er hat seine Niederlage in der Politik nicht verkraftet. Im Grunde muss man mit solchen Menschen Mitleid haben.«

Nicolas erinnerte sich an Dr. Veloso, was Dona Madalena sagte, klang ähnlich, und er hielt den Mund. Und es stand in krassem Gegensatz zu Pereiras Ansichten. Einmal mehr merkte er, wie wenig er sich auf die Einschätzung anderer verlassen konnte. Er musste sich selbst ein Bild machen und dazu diesen Otelo auftreiben. Aber zuvor fragte er Dona Madalena, ob er sie zeichnen dürfe. Er musste sie zeichnen, um auch sie zu begreifen, nur so drang er in die Tiefe vor, aber das verriet er besser nicht, niemand mochte es, erkannt zu werden. Erst jetzt fiel ihm ein, dass er Sylvia nie gezeichnet hatte. Erstaunlich, wie man sich vor Erkenntnissen drücken konnte. Er würde sie aus dem Gedächtnis zeichnen müssen.

Dona Madalena lächelte verhalten. »Eigentlich könnte es mir schmeicheln, aber ich bin dazu nicht in der richtigen Verfassung. Ich glaube nicht, dass dich mein augenblickliches Gesicht inspiriert.«

Vom Verbleib Pachecas wusste sie nichts, sie wusste nicht

einmal, dass es unter Friedrichs Leuten einen Mann gegeben hatte, der Deutsch sprach.

»Gonçalves wird es wissen, dafür ist er zuständig. Ich habe mich nie um die Quinta gekümmert. Falls du Verständigungsprobleme hast, helfe ich gern. Aber jetzt bin ich zu erschöpft, es regt mich alles zu sehr auf. Du gehst jetzt besser ...«

11.

Schwimmende Berge

Der Bruch war verheilt, der Gips, der Nicolas' Arm und die Hand ruhig gestellt hatte, wurde durch eine leichte Bandage ersetzt, und ihm wurde Physiotherapie verordnet, was Nicolas als überflüssig erachtete. Physio-, Psycho-, Gruppen- und Einzeltherapie hatte er auf der Quinta bis zum Abwinken – und Arbeitstherapie auch. Auf dem Rückweg vom Krankenhaus fühlte er sich mit beiden Händen am Lenkrad wesentlich wohler. Das kam ihm insofern entgegen, als er sich für den Nachmittag den Besuch einer entfernten Weinberglage vorgenommen hatte. Die Parzelle lag in einer Zone, in der die meisten Weinberge nach der neuen Vinha-ao-Alto-Methode angelegt worden waren. Dort wurde auf Terrassen verzichtet, die Rebzeilen führten geradlinig den Hang hinauf. Das Gefälle durfte nicht zu groß sein, da sonst die Gefahr eines Bergrutsches bestand, die bei Terrassen kaum gegeben war. Nicolas hatte erfahren, dass Friedrich mithilfe von EU-Mitteln viele Trockenmauern hatte instand setzen lassen, was bei dem Weinberg, den Nicolas sich heute ansehen wollte, noch nicht geschehen war. Dass man ihm den Gips abgenommen hatte, kam ihm auch insofern gelegen, als Lovely Ritas Besuch mit ihrer Reisegruppe bevorstand. Er konnte ihr endlich ohne »Behinderung« gegenübertreten.

Lourdes unterstützte ihn täglich mehr, sie half beim Sichten der Akten, informierte ihn über eingehende Bestellungen und ausgehende Lieferungen und hatte Gonçalves verständlich gemacht, dass Nicolas jede Zahlung zur Genehmigung vorgelegt werden musste, allerdings nach Rücksprache. Das führte zu heftigen Auseinandersetzungen mit dem Verwalter, und Nicolas fürchtete, dass Lourdes die Arbeit hinschmeißen könnte. Seine Arbeitszeit stieg mit jeder Maßnahme, die er verfügte, hinzu kamen täglich zwei Stunden Sprachstudium und zwei Stunden Bibliotheksarbeit. Bevor er im Morgengrauen mit Portugiesisch begann, notierte er die am Vortag erledigten Arbeiten. Außerdem führte er eine Wetterstatistik. Den Abend beschloss er regelmäßig mit einer Weinprobe. Gestern war es ein Rotwein der Quinta da Trepadeira gewesen, aus den Rebsorten Tinta Roriz und Touriga Franca. Er war in *cubas*, in Bottichen, vergoren und später in Barriques aus französischer Eiche ausgebaut worden. Friedrich und Otelo nutzten ähnliche Fässer. Wie sich das Holz auf den Wein auswirkte, hatte Nicolas am Unterschied zwischen dem Jungwein, der Semi-Crianza und der Reserva gemerkt. Alle diese Weine aus den vorherigen Jahren schmeckten anders. Allerdings waren dafür auch andere Trauben verwendet worden. Dann kam hinzu, wie lange der Wein in den Fässern blieb und ob sie neu oder bereits gebraucht waren. Bei einigen Weinen, die er probiert hatte, überlagerte der Geschmack des Barriques den des Weins. Ursache dafür war das Lignin, eine Kohlenwasserstoff-Verbindung. Sie war die Grundsubstanz für den Aromastoff Vanillin, daher der Vanillegeschmack vieler Weine, gleichzeitig wurde ihr die Eigenschaft zugesprochen, krebserregende Stoffe zu binden und so unschädlich zu machen.

Der Wein der Quinta da Trepadeira jedenfalls hatte ihm gefallen. Er meinte langsam zu begreifen, was das Typische der hiesigen Weine war: Beerenaromen und eine kräftige, vielschichtige Würze. Die Weine waren meist sehr konzentriert, mediterran und doch anders als der sardische, den er am Abend zuvor probiert hatte. Da hatte er die Macchia fast in der Nase gehabt. Bei den Douro-Weinen meinte er, eine leichte Mineralität zu spüren, vielleicht wegen des Schieferbodens, vielleicht auch weil er es so häufig in den Weinbeschreibungen gelesen hatte.

Entscheidend war für ihn die Probe des Rotweins der Quinta da Casa Amarela gewesen. Mit ihm hatte er den Geschmack der Region begriffen und konnte ihn von anderen unterscheiden. Es war nicht der beste Wein, den er getrunken hatte, es gab vornehmere, andere waren geschliffener, aber er wahrte die nötige Distanz zwischen Ursprünglichkeit und Eleganz. Er fand alle auch bei den Portweinen gekosteten Aromen wieder, sie waren in diesem Wein enthalten. Doch noch immer empfand er sich als blutiger Laie. Er stand am Anfang, und bis er alles verkostet hätte, was in Friedrichs Keller lag, würden Jahre vergehen. Irgendwann musste er damit beginnen, die Bestände wieder aufzufüllen.

Er hatte sich nicht nur in einen Rausch getrunken, sondern auch hineingearbeitet. Egal was er tat, er las es nach, jeder neue Begriff wurde analysiert, jeder Sachverhalt in den Fachbüchern nachgeschlagen. Er fühlte sich zum ersten Mal in seinem bisher recht bequem verlaufenen Leben wirklich gefordert und spürte die Grenzen. Aber dadurch, dass er sie kennenlernte, konnte er sie überschreiten.

Am frühen Nachmittag nahm er den Ausdruck vom Weinberg Monte Amarelo, rief den Hund, der in den Wagen sprang, und fuhr los. Der gesuchte Weinberg lag wie die Quinta am linken Ufer, aber ein beträchtliches Stück landeinwärts. Gonçalves hatte ihm bereitwillig die Wegbeschreibung gegeben. Das hätte ihn stutzig machen müssen. Gonçalves hatte ihn allerdings auch vor dem schwierigen Gelände gewarnt und ihm geraten, mögliche Sperrschilder zu beachten.

Nicolas verließ die Uferstraße hinter Folgosa. Der Weg in

die Weinberge stieg steil an. Er durchquerte ein Gebiet mit Olivenhainen, die längst nicht mehr bewirtschaftet wurden, und erreichte eine Zone mit abgestorbenen Weinstöcken auf ungepflegten Terrassen. Viele Stützmauern waren eingebrochen. Dazwischen wucherte der Ginster, der mittlerweile verblüht war. Es waren so genannte *mortórios,* aufgegebene, tote Weinberge, auf denen am Ende des 19. Jahrhunderts sowohl Pilzbefall wie auch die Reblaus gewütet und die Weinstöcke vernichtet hatten. Ein trauriger, wenn nicht sogar schauriger Anblick. Als man der Methode folgte, Edelreiser auf reblausresistente Wurzelstöcke aufzupfropfen, waren diese Weinberge nicht wiederbelebt und mit Oliven statt mit Wein bepflanzt worden. Aber mit Oliven ließ sich kaum Geld verdienen. Die Lage Monte Amarelo hatte Friedrich erst im letzten Jahr gekauft und neu bepflanzen wollen. Benachbarte Lagen zeigten dagegen gesunde Weinstöcke in drei oder vier Reihen nebeneinander. Sie wuchsen auf Terrassen mit Böschungen statt mit Mauern. Ein Stück unterhalb des Feldwegs riss ein Bulldozer Stufen in den Berg.

Einen halben Kilometer weiter erreichte Nicolas eine Gabelung. Über die linke Abzweigung war ein rot-weißes Band quer über den Weg gespannt, und ein Schild auf einem rostigen Dreibein zeigte an, dass die Durchfahrt verboten war. Wie musste dieser Weg aussehen, wenn der rechte, dem Nicolas folgte, bereits eine Katastrophe war? Er erinnerte sich beim Weiterfahren an den alten Schwarz-Weiß-Streifen ›Lohn der Angst‹, wo fünf mit Nitroglyzerin beladene Lkws durch den Busch gebracht werden mussten. Soweit Nicolas sich erinnerte, war einer durchgekommen ...

Zum ersten Mal überhaupt schaltete Nicolas das Allradgetriebe dazu. Steine lagen im Weg, Brocken von der Mauer links, rechts ging es bergab. Er rumpelte durch ausgefahrene Spuren, über Wurzelstöcke und von Erosion ausgespülte Rinnen. Dagegen war die Piste zu seiner Quinta eine Autobahn. Dieser Hang hatte sich längst der menschlichen Kontrolle entzogen. Der Kontrast zu dem jüngst angelegten Weinberg vor ihm konnte kaum größer sein.

Da jaulte Perúss auf, es war fast ein Schrei, sprang mit einem Satz über Nicolas' Schulter und quetschte sich zappelnd durchs halb offene Fenster der Fahrertür. Nicolas verriss das Steuer, der Wagen geriet ins Schlingern, und erst jetzt sah Nicolas, wie sich sein Horizont verschob. Die Weinberge rutschten aus unerfindlichen Gründen in die Waagerechte, gleichzeitig hatte er das Gefühl, dass der Wagen schwamm und zur Seite kippte. Ihm war, als bewege sich das Fahrzeug in zwei Geschwindigkeiten, die eine führte nach vorn, die andere drängte es zur Seite. Reflexartig griff er zur Tür, es war schwer, sie zu öffnen, da er sie hochdrücken musste. Der Hund war längst draußen, als Nicolas den Absprung fand. Er landete in einer rutschenden Masse aus Sand, Geröll und Wurzelstöcken. Alles glitt mit ihm den Hang abwärts. Unter ihm kippte der Wagen vollends um und überschlug sich. Nicolas riss die Arme hoch, um sich vor Steinen zu schützen, und als er den Wagen wieder sah, kullerte er über eine Terrasse und blieb darunter auf dem Dach liegen. Wie gelähmt, mit weit ausgestreckten Beinen und Armen, den Körper halb vom Geröll bedeckt, lag Nicolas auf dem Rücken und starrte dem Wagen nach. Der Hang war zum Stillstand gekommen.

Nicolas jedoch stand unter Strom. Es war eine Erregung, die ihn beinahe ohnmächtig werden ließ. Das Adrenalin war in Augen und Ohren, unter der Schädeldecke und in den Fingerspitzen, in den Knien, und waberte die Wirbelsäule rauf und runter, sein Herz raste. Erst als der Hund an seinem Gesicht leckte, kam er wieder zur Besinnung. Er befreite sich vom Sand, starrte entsetzt auf den rechten Arm, der zum Glück nichts abbekommen hatte. Er griff nach dem Hund und zog ihn an sich.

Nicolas' Kopf war leer, das Entsetzen ließ keinen Gedanken zu. Nach einer Weile stand er auf. Er dachte nichts, sah an sich herunter, klopfte Staub und Erde aus den Kleidern und kletterte mit zittrigen Knien abwärts. Es war schwierig, auf dem abschüssigen Hang bis zum Wagen zu kommen, immer in der Angst, irgendwo Brocken loszutreten. Er brauchte seine Jacke mit der Brieftasche und dem Mobiltelefon, sie lag auf dem Rücksitz, aber er kam nicht ins Wrack hinein. Langsam dämmerte es ihm, dass er zerquetscht worden wäre, wenn er den Absprung nicht geschafft hätte. Auch die Wasserflasche im Wagen blieb unerreichbar. Der Rückweg würde weit und trocken werden. Nur gut, dass Perúss dabei war, der würde den Weg finden. Auf Händen und Füßen krabbelte er zum Weg, auf dem er gekommen war, und trottete mit gesenktem Kopf zurück durch die Hitze. Er fühlte sich wie nach einer verlorenen Schlacht. Es war heiß, ohne Kopfbedeckung spürte er die Sonne bis auf die Schädeldecke brennen. Dann erreichte er die gesperrte Gabelung und stutzte.

Erst als er einige Meter weitergegangen war und sich umdrehte, merkte er, was ihn hatte zögern lassen. Der Weg, den er vorhin genommen hatte, war jetzt abgesperrt. Das Verkehrsschild stand mitten darauf. Er stierte das Schild an, nein, er irrte sich nicht, er sah die oberflächlich verwischten Abdrücke des Dreibeins im Boden, wo das Sperrschild gestanden hatte. Ihm wurde trotz der Hitze kalt. Vorsichtig sah er sich um. Weit und breit war niemand zu sehen, nur weiter unterhalb wirbelte der Raupenschlepper Staubwolken auf, und ein Motorrad knatterte irgendwo.

Nicolas starrte wieder auf die Abdrücke. Er war nicht wahnsinnig, er hatte sich das nicht eingebildet, und erst jetzt bemerkte er, dass auf der Seite, die er genommen hatte, sich nur eine Reifenspur abzeichnete, seine eigene. Ihm war klar, was das bedeutete: Anscheinend hatte er einen Todfeind – und plötzlich sah er vor sich wieder die Treppe zum Weinkeller.

Verschwitzt, dreckig und humpelnd erreichte er gegen Abend Folgosa. Er hatte erst nach längerem Laufen gemerkt, dass er sich beim Fallen die Hüfte geprellt hatte. Einen Fuß vor den anderen setzend erinnerte er sich an die alten Fotos der Weinlese in diesen Bergen und an die Gesichter der Männer mit den Kiepen. Diese Wege waren sie mit 50 Kilo auf dem Rücken gelaufen, um die Trauben zu den Quintas zu bringen – barfuß! In den Gesichtern war kein Hass gewesen und keine Freude. Es waren Gesichter von Männern, die einfach nur versucht hatten, ihre Kräfte beisammen zu halten, nicht umzufallen, in der Reihe zu bleiben und durchzuhalten. Und immer war ein Aufseher dabei, der die Verantwortung trug. Seine Peitsche war die Armut dieser Männer gewesen, und an diesem Nachmittag brach sich etwas in Nicolas' Bahn, das er bislang nicht gekannt hatte: Verachtung für die Menschen. Sie mussten zutiefst böse sein, es war in ihnen angelegt, im menschlichen Charakter. Es war ihr Größtes, andere zu quälen, sich über sie zu erheben, und bei dem Fußmarsch meinte er, dass sein Gesicht denen der Männer auf den Fotos glich.

Die Straßenköter Folgosas rotteten sich gegen Perúss zusammen, der sich nah an Nicolas hielt; sein Hund war kein Kämpfer, einer Meute war er nicht gewachsen. Nicolas bückte sich und tat, als griffe er nach einem Stein, was auch Perúss zu einem riesigen Satz von ihm weg veranlasste. Mit eingeklemmtem Schwanz jagte er davon, die Hundemeute raste hinterher. Nicolas rief und pfiff, aber Perúss blieb verschwunden. Nicolas konnte sich sein Verhalten nur so erklären, dass ihm jemand ziemlich wehgetan haben musste. Er sah Gonçalves in der Bürotür stehen und den Arm heben.

Verdreckt und verschwitzt wollte Nicolas weder in dem Szenerestaurant am Fluss noch im Gasthaus gegenüber um Wasser bitten. In seinem Zustand passte er nur zu den

Bauern in der Dorfkneipe. Das Bier, das ihm die Wirtin auf Kredit verkaufte, war grandios. Man kannte ihn zu seiner Überraschung, man wusste, wer er war: *o neto do Chico Alemão,* der Neffe von Chico Alemão.

»Ein Unfall«, sagte er auf Englisch.

»*Um acidente?*«, fragte die Wirtin. »*Com o seu automóvel?*« Er nickte, ja, mit dem Auto.

Was sie danach sagte, verstand er nicht mehr. Die ihm möglicherweise bekannten Wörter gingen im Kneipenlärm unter, aber es fand sich jemand, der ihn in der hereinbrechenden Dunkelheit nach Hause fuhr. Nach Hause? So hatte er bislang nie über die Quinta gedacht. Er sah von Weitem Licht in seinen Räumen, in denen außer ihm und Dona Firmina niemand etwas zu suchen hatte. Die Quinta wirkte ein wenig wie eine Burg, die Terrasse davor wie ein Bollwerk.

Dona Firmina servierte das Abendessen mit einer Miene, als wäre Friedrich eben erst gestorben. Wusste sie etwas? Was war mit ihrem Mann? Wo war er am Nachmittag gewesen? Und wer hatte im Obergeschoss Licht gemacht?

Als im Hause Stille eingekehrt war, trat Nicolas vor die Tür. Die Nacht war dunkel, der Himmel bedeckt, der Wind wurde kräftiger. Plötzlich bemerkte er einen Schatten rechts von sich und erschrak. Da erkannte er Perúss, der sich zitternd an die Hauswand drückte. Gott sei Dank, der Hund war wieder zurück, Nicolas war erleichtert. Schnell holte er einen Wassernapf und etwas zu fressen für das erschöpfte Tier, das sich dankbar darüber hermachte. Nach einer Weile besann sich Nicolas wieder auf sein eigentliches Vorhaben und ging die Kellertreppe hinunter, heute ohne Angst, dafür mit einem Verdacht. Er war noch immer durstig, er hatte Lust auf einen Weißwein, und er fand einen von der Real Companhia Velha, einer um 1889 gegründeten Kellerei. Er hieß Evel und war bereits einige Jahre alt, dabei sollte man Weißwein immer recht frisch trinken. Der Evel war eine Cuvée aus verschiedenen Rebsorten, von denen er drei in Friedrichs Aufstellungen nicht gefunden hatte. Moscatel, Arinto und Fernão Pires. Wie sollte er sich die Namen merken und wie erst den Geschmack? Egal, der Wein schmeckte ihm, er war fruchtig und blumig, gelbe Pflaume und Melone meinte er zu riechen, die Säure war angenehm, nicht zu stark und nicht zu schwach, demnach gut ausbalanciert, wie sein Degustationsbuch erklärte. Als er seine Eindrücke notiert hatte, kippte er das Glas herunter.

Obwohl ihm der Keller unheimlich war, blieb er, um das auszuführen, was er sich auf dem Marsch vorgenommen hatte. Er faltete Pappkartons auf, legte sie auf den kalten Boden und sich selbst darauf. Wie perfekt ließen sich Spuren beseitigen? Er wusste, dass unter der Treppe kürzlich gefegt worden war, und Nicolas benötigte lange, bis er hinter dem Fuß eines Regals die Sägespäne entdeckte. Wieso hatte ihn Gonçalves dann vor der Gefahr des Berges gewarnt?

Es bereitete Nicolas ein geradezu diabolisches Vergnügen, sich am nächsten Tag von Gonçalves nach Peso da Régua bringen zu lassen, damit er sich einen Leihwagen nehmen konnte, aber zu seiner Enttäuschung zeigte der Verwalter nicht die geringste Regung. Weder äußerte er sich zu dem Umstand, dass Nicolas knapp dem Tod entgangen war, noch dazu, dass der Geländewagen als Totalschaden abgeschrieben werden musste. Nichts wies darauf hin, dass er hinter der Sache steckte. Ungerührt hörte er sich Nicolas' Geschichte an und meinte nur, dass es kein Problem geben würde, einen neuen Wagen zu leasen, der alte sei vollkaskoversichert, den Selbstbehalt von 1000 Euro müssten sie allerdings aufbringen. Wie viele Flaschen Wein musste Nicolas verkaufen, um den Verlust auszugleichen? Erst als sie zur Polizei fuhren und Nicolas Gonçalves draußen warten ließ, zeigte der Verwalter sich beleidigt und nervös. Als

Nicolas sich noch einmal umdrehte, bevor er die Wache betrat, hatte Gonçalves das Mobiltelefon am Ohr. Telefonierte er mit seinem Auftraggeber?

Während Nicolas auf einen Polizisten der Guarda Nacional Republicana wartete, den man wegen seiner Sprachkenntnisse aus Vila Real würde kommen lassen, überlegte er, wer die Schilder umgestellt hatte. Wem war an seinem Tod gelegen? Einen Satz seines Vaters hatte er im Gedächtnis, den er für richtig hielt: »Frag dich immer, wem es nutzt!«

Wenn er das Erbe nicht angetreten hätte, wären die ehemaligen Arbeiter und Angestellten heute die Besitzer der Quinta. Wenn Friedrich und den *provador* tatsächlich eine so starke Freundschaft verbunden hätte, hätte der als Erbe an erster Stelle stehen müssen. Aber davon stand nichts im Testament. Otelo war kein Teilhaber gewesen, er hatte Beraterhonorare und eine Gewinnbeteiligung erhalten. Wieso war er unauffindbar? Was war wirklich mit dem verschwundenen Arbeiter los? Womöglich hingen die beiden zusammen.

»Das ist kein Fall für uns, sondern für den Abschleppdienst«, meinte der Polizist und war verärgert, weil Nicolas darauf bestand, ihn zum Unfallort zu begleiten, und ihn bat, Gonçalves gegenüber Stillschweigen zu bewahren. Der Verwalter protestierte, er habe keine Zeit, trotzdem plauderte er auf der Fahrt angeregt mit dem Beamten der GNR und verstand es, sich in den Mittelpunkt zu schieben. Als sie an die fragliche Abzweigung gelangten, schimpfte er auf Nicolas, und zu ihm gewandt meinte der Polizist: »Senhor Gonçalves sagt, er habe Sie gewarnt ...«

»Das hat er, das stimmt ...«

»... aber Sie hätten den falschen Weg genommen. Sie würden ihn sowieso mit Ihrem Misstrauen verfolgen. Er habe Ihnen angeboten, Sie zu begleiten. Aber Sie hätten das abgelehnt. Stimmt das auch?«

Letzteres verneinte Nicolas natürlich, aber der Polizist glaubte ihm nicht, er zuckte mit den Achseln und redete weiter mit Gonçalves. Und obwohl Nicolas versuchte zu erklären, dass es sich um sein Fahrzeug und seine Quinta handelte, schien ihn der Beamte nicht ernst zu nehmen.

»Bei starkem Regen saugt sich das Erdreich mit Wasser voll, die Erdschicht ist hier über dem Schiefer oder Granit besonders dünn, da kann sich leicht was in Bewegung setzen.«

Sie stiegen zwischen Geröll, ausgerissenen Weinstöcken und eingebrochenen Terrassenmauern zum Wagen hinab, und Nicolas bemerkte, dass jemand Erde beiseite geräumt hatte, um sich ins Wageninnere zu graben. Dieser Jemand musste ihn beobachtet haben, wie sonst hätte der Weg sofort nach seinem Absturz wieder gesperrt sein können. Er würde Lourdes fragen, wer gestern Nachmittag auf der Quinta gefehlt hatte.

Als Nicolas auf die Spuren aufmerksam machte, bedachte ihn der Polizist mit einem Lächeln, als neige er zu Hirngespinsten. Zumindest konnte Nicolas seine Begleiter dazu bewegen, ihm zu helfen, an seine Jacke mit der Brieftasche zu gelangen. Er bat den Polizisten, den Fahrer des Raupenschleppers zu befragen, und zu Nicolas' Überraschung bestätigte der Mann, dass er außer Nicolas noch jemanden mit einem Moped oder Motorrad gesehen hatte, was Gonçalves mit einem Kopfschütteln und dem Satz kommentierte, dass man das von seiner Position aus niemals sehen könne. Das allerdings machte den Polizisten nachdenklich, und er ließ sich vom Fahrer des Raupenschleppers zeigen, von wo aus er den Mann beobachtet haben wollte.

Zurück in Peso da Régua blieb Nicolas vor dem Eingang der Polizeiwache stehen.

»Senhor Gonçalves, Sie können nach Hause fahren, Sie haben viel Arbeit, ich brauche Sie nicht mehr. Gehen Sie!«

Dieser Gangster sollte ihn kennenlernen. So negativ hatte er selten von Menschen gedacht, er war nie im Leben gehässig gewesen. Er hielt sich weder für durchtrieben noch für bösartig, aber in Bezug auf Menschen musste man lernfähig sein. Der Blick, den Gonçalves mit dem Polizisten wechselte, machte ihn stutzig. Gab es zwischen den beiden ein Einverständnis, fragte sich Nicolas, als er seine Version der Ereignisse zu Protokoll gab. Über den Armbruch und seinen Verdacht, jemand hätte die Treppe angesägt, schwieg er, er hätte sich lächerlich und unglaubwürdig gemacht. Spät in der Nacht schlich er zur Remise. Die Plane lag noch da, aber das Motorrad war weg.

Aufgeregt wartete Nicolas im Garten des »Vintage House« auf Lovely Rita und die Reisegruppe. Die Pläne waren geändert worden, sie waren am Vortag mit dem Luxusliner den Rio Douro heraufgekommen. Er sah auf die Uhr – er war pünktlich, obwohl er vorhin noch den neuen Leihwagen in Empfang genommen hatte. Der elektronische Firlefanz hatte ihn gestört, die Mühe, sich da hineinzufinden, überwog die Vorteile – Scheinvorteile statt wirklicher Neuerungen wie schadstoffarmer Motoren. Das Nonplusultra wäre intravenöse Ernährung beim Fahren. Happe wären nur unanständige Sachen eingefallen. Der Freund fehlte ihm.

Leider verdeckte die Gartenhecke den Ausblick auf den Fluss und die Pontons. Das Hotel in seinem Rücken sollte das beste weit und breit sein. Das mochte in Bezug auf Einrichtung, Essen, Weine und Personal stimmen, aber man musste sich auch unter den Menschen wohlfühlen, die dort abstiegen. Die meisten Gäste wirkten wie Fremdkörper. Eine reiche südamerikanische Familie mit verwöhnt quengelnden Kindern, eine Gruppe dehydrierter Briten beim Portweingenuss, wohlhabende Ehemänner, die sich beim Urlaub mit der Gattin langweilten und auf das Steigen der Aktienkurse warteten, eingebettet in eine vornehme Stille auf dicken Teppichen. Hoffentlich setzte sich Ritas Reisegruppe aus anderen Menschen zusammen. Die Kellner, zwischen Unterwürfigkeit und vorwurfsvoller Arroganz schwankend, erkannten offenbar, dass Nicolas nicht hierhergehörte. Der Weinladen im vorderen Gebäudeteil hatte ihm wesentlich besser gefallen. Nicolas merkte, wie er sich stärker zur Seite der Produktion und des Verkaufs hingezogen fühlte – den Konsum würde er anderen überlassen – wenn sie ihn denn ließen. Er musste auf der Hut sein, bis jetzt hatte sein unsichtbarer Feind sein Ziel nicht erreicht. Er war immer noch hier und noch am Leben.

Dona Madalena hatte auf sein Abenteuer ärgerlich reagiert. Sie hatte ihn am Vorabend auf ihre Terrasse zum Essen eingeladen, vorher hatte er sich im Pool abgekühlt und sich gefreut, dass der Arm wieder ihm gehörte, wenn er auch blass und dünn geworden war. Doch für vorsichtige Schwimmstöße hatte es gereicht. Er hatte ihr dosiert von den Vorfällen berichtet, hatte sich an Fakten gehalten, an das, was alle erfahren sollten. Er wusste nicht, wie sie wirklich zu Gonçalves stand, hatte die beiden bislang nie miteinander gesehen. Sie begegnete dem Verwalter mit Desinteresse.

»Wir haben bereits einen Toten, das reicht, Nicolau. Bei so viel Pech sollte man ernsthaft darüber nachdenken, ob man am richtigen Platz ist. Die Dinge geschehen nicht von ungefähr«, hatte sie anschließend gesagt. »Es ist immer schwer – und undankbar, anderen Menschen einen Rat zu erteilen, glaub mir; man gibt Ratschläge stets aus seiner Warte, man rät meistens, was für einen selbst gut wäre, statt aus der Sicht des anderen zu urteilen. Um dir einen wirklichen Rat zu geben, kenne ich dich zu wenig. Manche Entscheidungen trifft man zu früh, das solltest du bedenken. Ich glaube nicht, dass es hier gut für dich ist. Mir wäre es hingegen lieb, wenn du bliebest, zumindest für die Zeit, die ich noch hier bin. Es ist – es war Fredericos Welt. Ich gehe nach Lissabon, zurück zu meiner Familie, wenn ich alles geregelt und endgültig Abschied genommen habe. So ist es leider, ich muss es dir ganz klar sagen. Rechne nicht mit mir. Du wirst auf dich gestellt sein. Übrigens, wir müssen demnächst dringend zum Steinmetz gehen, der Grabstein ...«

Bis zu einem gewissen Grad hatte Nicolas auf sie gezählt, aber dass er sich allein durchschlagen musste, war nichts Neues. In der Familie Hollmann lebte jeder für sich. Wie lang war die Halbwertszeit einer Familie? Die erste Generation kämpfte, die zweite baute auf, die dritte verwaltete und genoss, und die vierte verschleuderte den Rest. Das dauerte etwa 120 Jahre. Wo stand er in dieser Reihe? Die Zeiten der Familienbetriebe waren vorbei, das Zeitalter der Heuschrecken war angebrochen.

Sein Thema war Friedrich und nicht die Quinta. Er musste es sich immer wieder sagen, denn ihr Alltag beanspruchte seine Zeit, seine Kraft und sein Denken.

»Hi, Nico«, hörte er eine wunderbare Stimme sagen, und Rita, Lovely Rita, kam strahlend auf ihn zu. Eine Sommerbrise, ein Hauch vom Meer, ein Eisbecher mit Früchten, an dem winzige, kühle Wassertropfen herunterliefen. Hinter Rita kam ihr Gefolge, ihre Gäste, für einige Stunden auch *seine* ersten Gäste. Und wenn er später darauf angesprochen wurde, wann er sich entschieden hätte, Winzer zu werden, dann sah er Rita vor sich und den Garten des »Vintage House«.

Der Besuch begann im Esszimmer mit einem Kaffee, einem Wasser und einer Begrüßung, die Nicolas sich zurechtgelegt hatte. Er sprach von Friedrich Hollmann, der 1974 hierher ausgewandert sei – kurz nach der Nelkenrevolution.

Nach der Besichtigung der Gärhalle und Erklärung des Gärprozesses im *lagar*, wobei Nicolas geschickt seine Schwächen umschiffte und die Wissenslücken mit dem stopfte, was er wusste, führte er seine Gäste ins Fasslager. Er erinnerte sich daran, wie beeindruckend für ihn der erste Besuch gewesen war, und er wusste, wie wichtig der erste Schluck Portwein war. Wenn er gefiel, gewann man Freunde fürs Leben, wenn nicht, war auf Jahre alles vorbei. Deshalb steuerte er auf das Fass zu, in dem ein neun Jahre alter Port lagerte. Es war ein roter Wein, sehr fein, dezent alkoholisch, trotz seiner neunzehn Prozent. Nachdem jeder probiert hatte, erklärte Nicolas, dass er dem eigenen Eindruck nicht vorgreifen wolle, aber man könne durchaus Pflaume und Brombeere herausschmecken, vielleicht auch ein wenig Schokolade, Milchschokolade. Süße und Säure wären ganz gut ausbalanciert, er empfinde ihn als schön weich. Das hier würde ein LBV werden, ein Late Bottled Vintage. Er wäre jetzt so weit, elegant und weich genug, dass man ihn abfüllen konnte. Befriedigt sah er das Kopfnicken seiner Zuhörer, und während er zum nächsten Fass vorausging, schaute er diskret auf seinen Spickzettel.

Er wolle ihnen jetzt einen etwas älteren Wein vorstellen, der mal eine Colheita werden würde, oder ein Dated Port, wie es auf Englisch hieß. Bei diesem Wein hätten sich die Aromen durch den minimalen Kontakt mit Sauerstoff im Fass erheblich gewandelt, und auch an der Farbe könne man diesen Prozess erkennen, denn das Rot verschwinde zugunsten von Teefarben oder Bernstein. Hier stünden nicht mehr die Aromen roter Früchte im Vordergrund, sondern die von gelbem Trockenobst neben Röstaromen und Gewürzen.

»Ihre Weine lagern hier am Douro und nicht in Vila Nova de Gaia, wo die anderen Portweinhäuser sind?«, fragte einer der Männer. »Hier ist es doch viel zu heiß! Und es gibt Temperaturschwankungen, das ist nicht gut für den Portwein ...«

Nicolas hielt ihn für einen jener Besserwisser, die es in jeder Gruppe gab und die Fragen stellten, um mit eigenem Wissen zu trumpfen. Er hatte sie auf Exkursionen während seines Studiums erlebt. Man musste sie vor allen anderen loben, damit sie den Mund hielten.

»Wenn Sie so gut Bescheid wissen, dann ist Ihnen sicher aufgefallen, dass wir die Kellerei in den Berg gebaut haben und die Wände angeschüttet sind. Stein und Erdreich halten gleichmäßig kühl, sicher haben Sie den Temperaturunterschied zwischen draußen und drinnen bemerkt. Und die Außenmauern sind aus Stein. Fassen Sie mal an, wie kühl der ist.«

Nicolas atmete auf, sah zu Rita hin, die ihn dankbar anlächelte. Wahrscheinlich hatte auch sie ihre Last mit diesem Herrn.

Der Mann gab sich nicht geschlagen. »Wie oft füllen Sie die Fässer auf? Ich meine, damit die Mikrooxidation nicht ...«

Nicolas unterbrach ihn. »Damit alle anderen verstehen, was dieser Herr meint – Oxidation ist die Reaktion eines Materials mit Sauerstoff. Eisen oxidiert, aber auch jeder Wein, so auch Portwein. Unerwünschte Veränderungen treten ein, je größer der Luftkontakt ist, desto schneller. Der Wein wird braun, sowohl die Gerbstoffe wie das Aroma verändern sich. Portwein soll langsam und harmonisch altern. Deshalb füllen wir die Fässer immer wieder so weit wie möglich auf. Wie oft wir das tun, mein Herr? So oft wie nötig ...«

Die Gruppe hatte verstanden.

»Du erklärst gut«, flüsterte ihm Rita zu, als sie aus dem Flaschenlager heraufkamen.

»Habe ich erst letzte Nacht gelesen«, gestand Nicolas, »eigentlich erst heute Morgen um drei.«

Rita blickte ihn erstaunt an. So ganz verstand sie nicht, was hier geschah.

»Ja, ich habe die Nacht über gebüffelt. Ich will mich nicht blamieren, das würde auf dich zurückfallen.«

Dona Firmina hatte den Tisch im Esszimmer festlich gedeckt, Nicolas sah es mit einem Anflug von Stolz. Auf sie konnte er sich verlassen, er hoffte nur, dass ihm sonst niemand die Show verdarb. Er hatte Lourdes zum Essen gebeten, zum einen, um sie einzubeziehen, zum anderen, um den Keil in der Belegschaft tiefer zu treiben. Sie wusste mehr, als sie ihm sagte. Außerdem sollte sie Gonçalves beobachten. Nicolas musste wissen, was er plante. Sein Leben konnte davon abhängen. Und immer, wenn ein solcher Gedanke hochkam, packte ihn für einen Moment die Angst. Jetzt zwang er sich zu lächeln: Rita war da.

Leider wollten die meisten der Gäste in seiner Nähe sitzen, deshalb fand sie nur am anderen Ende des Tisches Platz. Die Fragen, die auf ihn einprasselten, verhinderten, dass er ihr die Blicke zuwarf, die seinen Gemütszustand zum Ausdruck hätten bringen können. Er dachte an Fernando Pessoa, und obwohl er wusste, dass es ein längst verstorbener Autor war, fühlte er einen Stich. Er hatte ein wenig im ›Buch der Unruhe‹ gelesen. »Ich bin die Ruinen von Häusern, die nie etwas anderes als Ruinen waren, da man bereits während ihres Entstehens müde wurde, sie fertigzustellen.« Dieser Satz, vielmehr seine beängstigende Wahrheit, hatte ihn tief bewegt. Fernando Pessoa, vielmehr sein Heteronym, der Hilfsbuchhalter Bernardo Soares, war ein trauriger Mann gewesen.

Zum Geflügelsalat gab es einen Weißwein von van Zeller, der im Barrique vergoren und auf der Hefe ausgebaut worden war. Diese Weine galten als haltbarer, der Geschmack hielt zwischen dem Aroma des Holzes und dem der Frucht die Waage, er war frisch und doch weich und eleganter als andere, mehr säurebetonte Weißweine der Region, und er fand besonders bei den Damen der Reisegesellschaft Anklang. Nicolas konnte sich nicht ganz mit ihm anfreunden. Ihm war der Alvarinho lieber, von dem er einige Flaschen entdeckt hatte. Zum Hauptgericht, einem Fleischgang, schenkte er Friedrichs besten Rotwein aus, die Cuvée aus Touriga Franca und Touriga Roriz. Er ging von einem Gast zum anderen, was jedem gut gefiel, und auch den Jungwein brachte er zum Probieren. Das Etikett in seiner Hand ließ ihn fröhlicher dreinblicken, er sah die wenigen Linien, die einen Berg, einen Fluss und ein Haus umrissen, und er war Friedrich zum ersten Mal dankbar für die Hinterlassenschaft.

Dona Firmina, die sich für derartige Gelegenheiten wie üblich eine Küchenhilfe aus Folgosa geholt hatte, brachte den zehn Jahre alten Tawny und die Colheita von 1994, die vor drei Jahren abgefüllt worden war. Dieser Port war nicht im Verkauf. Dazu gab es die traumhaften Sahnetörtchen und den Käse aus Azeitão. Nicolas schnitt ihn auf, sodass man an den Inhalt herankam, und er zeigte den Gästen, wie man ihn herauslöffelte, ihn auf ein Stück Brot strich und dann mit einem Schlückchen Port genoss. Dann ging er zu Rita.

»Ich muss mit dir reden«, raunte er ihr zu.

»Wir müssen weiter, unser Programm lässt das nicht ...« Als sie seine Augen sah, erschrak sie und folgte ihm in die Bibliothek.

Er schloss die Tür. »Bitte setz dich und hör zu.«

So knapp wie möglich erzählte er ihr von Friedrichs Hinterlassenschaft, vom Gespräch mit dem Berliner Anwalt, der Reise nach Porto und dem Zusammentreffen mit Pereira. Dann kam er auf den Sturz im Weinkeller und seinen Verdacht zu sprechen.

»Die Sägespäne können doch vom Einpassen der neuen Stufen stammen«, wandte Rita ein.

»Nein, ich erinnere mich jetzt, wo ich an allem rieche und probiere, dass an jenem Tag der Geruch von frisch geschnittenem Holz im Raum lag.«

Danach berichtete er von seinem Autounfall. »Sie haben mich absichtlich in das Geröllfeld geschickt. Der Verwalter hatte gemeint, ich hätte nicht alle Weinberge gesehen. Er hat mich sozusagen hingeschickt und mich auch noch auf die Schilder hingewiesen. Und die hat jemand umgestellt.«

»Bist du dir sicher?«, fragte Rita entsetzt.

»Meine Sinne habe ich noch ganz gut beieinander«, sagte Nicolas heftiger als beabsichtigt und vergaß für einen Augenblick alles andere. Er sah nur noch Ritas Gesicht vor sich und spürte den unbändigen Wunsch, sie zu küssen. Er kniff die Augen zusammen, riss sich von der Vorstellung los. »Du kennst diesen Otelo. Kann man ihm trauen? Könnte es sein, dass er dahintersteckt, alles steuert – weil er die Quinta haben will?«

Rita verzog den Mund und schlug die Augen nieder. »Du stellst schwierige Fragen. Ich hatte einen guten Eindruck.«

»Das wollte ich wissen. Der Anwalt in Porto übrigens auch. Friedrich und Otelo waren so was wie Kampfgefährten, sie waren seit 30 Jahren befreundet. Glaubst du, dass so jemand ... Dona Madalena hat mich vor ihm gewarnt.«

In diesem Moment dachte Nicolas an seine Freundschaft mit Happe. Sylvia hatte ihn nie leiden können und nie ein gutes Haar an ihm gelassen. Damit war die Entscheidung klar.

»Ich möchte dich bitten, bei Otelos Nachbarin anzurufen und ihr – möglichst beiläufig – von meinen beiden ›Unfällen‹ zu berichten, so nebenbei.«

»Heute geht das nicht, aber morgen auf jeden Fall. Was versprichst du dir davon?«

Nicolas wusste es selbst nicht, möglicherweise ließ Otelo sich so schneller zu einer Kontaktaufnahme oder gar zur Rückkehr bewegen.

»Jetzt müssen wir zurück«, meinte Rita, »ach, vorher will ich dir nur Fernando zeigen«, sie lachte, »und José – José

Saramago und Lygia Fagundes Telles – sie ist Brasilianerin. Und Camões solltest du lesen, sieh her ...«

Sie trat in die hinterste Ecke der Bibliothek und schob eines der beweglichen Regale zur Seite, dahinter kam ein weiteres zum Vorschein, das Nicolas noch nicht gesehen hatte.

»Das ist seine Vergangenheit in Buchform, die Partisanenliteratur, wie er es nannte, Studentenbewegung in Deutschland, alle linken Klassiker, Mandel, Wilhelm Reich über Charakter und Sexualität, Max Horkheimer, Marcuse, Frankfurter Schule. Ach – ich könnte Tage hierbleiben, Wochen ...«

»Dann tu's doch«, sagte Nicolas zu seiner eigenen Überraschung, und Rita blickte ihn erschrocken an. Sie begriff, wie es gemeint war.

»Du, äh, ich ... wir, ich muss los, wir können unsere Gäste nicht warten lassen.«

Nicolas bat sie um einen weiteren Gefallen: ob sie eine Anzeige aufgeben könne, Portugiesischlehrer/in gesucht. »Ich hatte Dr. Veloso darum gebeten, leider hat sich bislang niemand gemeldet.«

Nachdem Nicolas einige Gäste in seinem Wagen zum Hotel zurückgebracht hatte, war er zu nichts mehr in der Lage. Er konnte sich weder auf Portugiesisch im Selbststudium konzentrieren noch interessierten ihn irgendwelche Akten. Aufmerksam, beinahe ängstlich lauschte er auf jedes Wort von unten aus dem Büro. Jedes Telefonklingeln erschreckte ihn. Ein Spaziergang wäre das einzig Richtige, oder war das ein Fluchtimpuls? Es wäre einfacher, alles hinzuschmeißen.

12.

10 000 Euro

Sie war wirklich klein. Senhora Verónica hätte unter Nicolas' ausgestrecktem Arm durchgehen können, und besonders hübsch war sie auch nicht. Dafür hatte sie Witz, sie machte einen konsequenten Eindruck und war damit genau die Lehrerin, die Nicolas brauchte. Die dreißig hatte sie längst überschritten, war verheiratet und wohnte mit ihrem Mann und drei Kindern am Stadtrand von Lamego. Nicolas benötigte eine knappe halbe Stunde bis dorthin. Der Gewöhnungsprozess an den Verkehr war nahezu abgeschlossen, er hatte sich der Fahrweise angepasst, nur mit den gewagten Überholmanövern haperte es noch. Auf dem Weg über die Landstraße hatte er einen weiteren Schrottplatz entdeckt, zwar nicht so schön gelegen wie der vor Mesão Frio, dafür kamen hier Weinstöcke mit ins Bild. Nicolas hatte den zertrümmerten Geländewagen fotografiert, zu sehen, wie er von einem Raupenschlepper aus dem Weinberg gezogen wurde, war recht eindrucksvoll, doch lange nicht so faszinierend wie ein natürlich gealtertes Wrack inmitten von Reben.

Dona Verónica und er einigten sich auf das Honorar. Nicolas wollte zweimal wöchentlich zu ihr kommen, und sie sollte ihn zweimal pro Woche abends auf der Quinta besuchen, wobei er auf kaufmännisches Portugiesisch als Unterrichtsthema bestand. An den restlichen drei Tagen hätte er Zeit für »Schularbeiten«. Obwohl Senhora Verónica Englisch sprach, war vereinbart, nach diesem Gespräch ausschließlich Portugiesisch zu sprechen. Dona Verónica zog es vor, eine Sache lieber mit 100 Worten auf Portugiesisch zu erklären und auf weitschweifige Erklärungen sowie auf die Zeichensprache auszuweichen, statt eine englische Übersetzung anzubieten. Dass er gerade jetzt Besuch aus Deutschland erwartete, betrachtete sie als schädlich für sein Fortkommen. »*Tudo depende de você*«, lautete ihr Motto für die Schüler jeden Alters, »alles kommt auf Sie an«.

Bevor er zurückfuhr, gönnte er sich eine Rasur im Salon »Lord«. Es gefiel ihm, dass man ihn kannte und begrüßte. Mit Dona Firmina war nichts verabredet, also ging er im Gasthaus von Folgosa essen. Er musste mehr unter Leute, die Einsamkeit tat ihm nicht gut.

Nach dem Essen ging er auf einen Kaffee und einen Bagaço in die Kneipe, in der er nach dem Bergrutsch gelandet war. Nach einigen Tresterschnäpsen an der Bar meinte er, bereits portugiesisch sprechen zu können, und auch das Fahren war kein Problem, nur die Dunkelheit machte ihm auf seiner Piste zu schaffen. Besonders als er zurücksetzen musste, da ihm Dona Madalena in ihrem Coupé entgegenkam. Man kam nicht aneinander vorbei, und ihm brach der Schweiß aus. Es war sowieso eine heiße Nacht. Wer bei ihr auf dem Beifahrersitz saß, konnte Nicolas nicht erkennen, sie hatte aufgeblendet. Aber was ging es ihn an, was sie tat und wen sie traf? Auf der Quinta jedenfalls ging sie allen aus dem Weg. Es ergab sich keine Gelegenheit, mehr über Friedrich und ihr Zusammenleben zu erfahren. Nicolas hatte das Gefühl, auf der Stelle zu treten, die Zeit verrann, die Tage gingen vorbei. Er lernte so viel und so schnell wie nie zuvor in seinem Leben. Aber wohin brachte ihn das? Besonders nachts kamen die Zweifel. Was konnte er tun, um Otelo aufzutreiben oder wenigstens diesen Pacheca?

Einige Tage später kam Carlos wieder vorbei. Sie hatten den Rundgang durch die Quinta beendet und auch die umliegenden Reblagen besichtigt. Die Trauben entwickelten sich, die beiden Regentage kurz nach der Ankunft und auch die der letzten Woche hatten keinen Schaden angerichtet, und die ganz extreme Hitze blieb aus.

Carlos bestätigte allerdings Nicolas' Befürchtungen. »Der Betrieb ist nicht gut geführt. Soweit ich das beurteilen kann, ist alles nur halbwegs in Schuss, und dann die Fehlmengen. Du kommst nicht daran vorbei, eine genaue Bestandsaufnahme zu machen, sonst bekommst du Ärger. Weit schlimmer ist jedoch, dass die Weinberge von Fremden bearbeitet werden und dass keine Kontrolle herrscht. Wie stellst du dir das vor, wenn die Lese beginnt? Die Trauben werden von Weinberg zu Weinberg und je nach Rebsorte zu unterschiedlichen Zeiten reif. Wer will das beurteilen? Wer prüft Zucker- und Säurewerte? Wer entscheidet, ob die Trauben auch physiologisch reif sind? Ich würde dir gern helfen, aber mir fehlt die Erfahrung. Die Verantwortung kann ich nicht übernehmen, auch wenn ich die Zeit dazu hätte.

Und dann hast du Weinberge mit Mischbesatz. Verschiedene Rebsorten wachsen durcheinander, wie das früher immer so war. Die Trauben reifen unterschiedlich, eine Rebsorte früher als die andere, aber gelesen und verarbeitet werden sie gemeinsam. Also muss ein Mittelwert für die Reife festgelegt werden. Es gibt Erfahrungen aus den Vorjahren – dein Verwalter hat sie nicht, die Kellerbücher sind verschwunden, und dein Kellermeister kennt die Weinberge nicht so gut, ohne *provador* bist du aufgeschmissen. Oder du verkaufst die Weinberge sofort oder die Trauben. Dann hast du allerdings nächstes Jahr keinen Wein. Wenn du deinen Kunden nichts anbieten kannst, bedienen sie sich woanders, und du bist aus dem Geschäft, okay? Ohne Wein kannst du den Laden dichtmachen. Also verkaufe!«

»Das ist keine Lösung«, sagte Nicolas barsch.

»Ich denke, das Weingut gehört dir. Oder hol dir schleunigst einen guten Önologen. Ich kenne jemanden, der arbeitet auch für einen Deutschen, doch das bliebe eine Notlösung. Der weiß nicht, was gewesen ist und was sein könnte, wie die Trauben waren und wie sie werden können. Du hast dich verrannt, *amigo,* du hättest früher mit mir reden sollen.«

»Du hattest nie Zeit ...«

»Gib nicht mir die Schuld. Du bist der Chef. Du solltest dringend diesen Pacheca auftreiben. Vielleicht weiß der mehr über die Hintergründe, über das, was nach dem Tod deines Onkels geschah, und kann dir was über die Leute erzählen, die hier arbeiten. Die erwarten Anweisungen, die wollen wissen, wie es weitergeht. Und noch etwas ist mir aufgefallen, gestatte mir ein persönliches Wort: Du hast noch immer den Blick des Fremden, du siehst die Rebstöcke, aber du begreifst sie nicht. Und solange du das nicht tust, werden sie dir auch nicht mitteilen, was sie brauchen, was ihnen fehlt, was sie nicht mögen und wovon sie genug haben. Die Trauben sind das Entscheidende! Erst wenn du sie begreifst, dann kriegst du von ihnen, was sie geben können. Aus schlechten oder mittelmäßigen Trauben wird nie ein guter Port, da kannst du ihn 100 Jahre im Fass altern lassen.«

So entmutigt wie nach dem Besuch von Carlos war Nicolas nicht einmal nach dem Armbruch gewesen. Der Bergrutsch hatte ihn in Wut versetzt, hatte seine Lebensgeister angestachelt, ihm eine Ahnung von dem gegeben, was hier gespielt wurde, aber das Gespräch mit Carlos war niederschmetternd gewesen. Wenn er das alles bereits als Student wusste, was würde ein erfahrener Önologe sagen? Nach Carlos' Ansicht war er also im Begriff, das Weingut zu ruinieren. Das sahen die Mitarbeiter wohl genauso. Dieser Besitz war eine Nummer zu groß für ihn, das war keine Weinbergromantik, das war harte landwirtschaftliche Wirklichkeit. Und er hatte es vermasselt. Was blieb ihm anderes übrig, als vom Vertrag zurückzutreten? Pereira war sicher inzwischen aus dem Urlaub zurück, er musste ihn sprechen und dann seine Entscheidung treffen, damit nicht alles den Bach runterging, vielmehr den Rio Douro. Teufel, das musste Friedrich gewusst haben! Weshalb hatte er ihn in diese Lage gebracht?

Als Nicolas müde und niedergeschlagen am späten Nachmittag den Salon betrat, lag ein Zettel auf dem Tisch, darauf ein Name, eine Straße in Peso da Régua und eine Hausnummer. Elektrisiert starrte er aufs Papier. Antão Pacheca. Nicolas drehte sich auf dem Absatz um und ging zum Wagen. Er hielt nur kurz am Tor, da Perúss ihm hinterherrannte, und öffnete ihm die Wagentür. Der Hund hatte den Bergrutsch vor ihm gespürt. Wer weiß, was er heute spürt, dachte Nicolas. Es kann eine Falle sein, überall können Fallen sein, oder auch nicht. Wer hatte den Zettel hingelegt? Ich werde nicht danach fragen, sondern die Handschriften mit denen in den Akten vergleichen oder mir von jedem was aufschreiben lassen. Eigentlich hatten nur Dona Firmina, ihr Mann und die beiden Mitarbeiter im Büro Zugang zu seiner Etage. Aber auch der Kellermeister und sein Gehilfe konnten es gewesen sein oder Dona Madalena. Wer hatte den Zettel gesehen – wer wusste, dass er jetzt unterwegs sein würde?

Doch es war keine Falle, zumindest hatte Nicolas nicht den Eindruck. Ein Mann mit weißen Farbspritzern im Gesicht und auf dem Overall öffnete die niedrige Haustür. Es war eines jener portugiesischen Arbeiterhäuser, wo der Fortschritt und der Wohlstand nie angelangt waren. Perúss wedelte kurz mit dem Schwanz, also kannte er den Mann, es konnte sich nur um Pacheca handeln.

»Ich wusste, dass Sie kommen«, sagte er mit einem groben, kehligen Akzent.

Er sprach tatsächlich Deutsch, wie Nicolas erleichtert feststellte. Vielleicht bekam er die Weinlese doch noch hin. Er brauchte die Experten, und er setzte seine freundlichste Miene auf. Pacheca war ihm sympathisch. Er musste diesen Mann unbedingt gewinnen. Er wollte ihn auf der Quinta haben. Aber dazu musste er wissen, weshalb er gegangen war.

Antão Pacheca mochte an die 50 sein, doch körperlich hart arbeitende Menschen alterten schneller als Schreibtischhocker.

»Wir renovieren«, sagte er. »Ich streiche unsere Wohnung. Ich kann Sie nicht ins Haus bitten.« Nach dem freudigen Erstaunen kam der Rückzug. Pacheca wich Nicolas' Blick aus, wandte sich ab und gab den Blick auf die mit Zeitungspapier ausgelegten Räume und mit Folie abgedeckten Möbel frei. Farbeimer standen herum, es roch nach frischer Wandfarbe, im Flur bemerkte Nicolas eine Waschmaschine in der Originalverpackung. Aus der Küche brachte eine Frau mit Kittelschürze den Geruch von Essen mit. Sie sagte etwas, und Pacheca nickte.

»Meine Frau, Dona Elisabeth. Sie spricht kaum Deutsch.«

»Waren Sie nicht zusammen in Köln?«

»Ja, ja, aber sie ist lieber im Haus geblieben, wie die anderen Frauen. Sie hat nur mit unseren Landsleuten geredet. Und im Supermarkt kann man einkaufen, ohne zu sprechen. Da lernen die Frauen wenig.«

»Aber sie versteht mich?« Nicolas sah an ihren Augen, dass es sich so verhielt.

»Ich glaube nicht. Es ist lange her. Zehn Jahre sind wir wieder hier.«

Wieso log Pacheca? Sollte seine Frau nicht mitbekommen, was er mit ihrem Mann zu besprechen hatte? Statt nachzubohren, wechselte Nicolas das Thema.

»Und Sie haben damals gleich Arbeit auf der Quinta meines Onkels bekommen?«

Pacheca nickte. »Er war ein guter *patrão*, ein guter Chef. Er hat besser bezahlt. Er hat uns gut behandelt.«

»Weshalb haben Sie dann gekündigt?«

Jetzt wollte die Frau etwas sagen, wies auf Nicolas, der noch immer in der Tür stand, als ihr Pacheca über den Mund fuhr. »Weil Ihr Onkel tot ist. Senhor, ich streiche das Haus, unsere Wohnung. Wir haben viel Arbeit. Mit Ihrem Onkel, seinem Tod, das tut mir leid. Aber ich sage jetzt Auf Wiedersehen. Ich wünsche viel Glück mit der Quinta.« Er wollte sich zurückziehen.

Nicolas ging nicht darauf ein. »Ich muss mit Ihnen reden! Ich will, dass Sie wiederkommen und mit mir arbeiten, wie Sie mit meinem Onkel gearbeitet haben! Ich habe die Quinta geerbt. Ich brauche Sie, ich brauche Ihre Hilfe.«

»Ich kann nicht, Senhor. Ich habe Arbeit, viel andere Arbeit...«

Wieder sprach die Frau, sie stritten sich. Es sah aus, als wären beide gänzlich unterschiedlicher Meinung. Pacheca hob die Stimme und wies sie zurecht, aber sie blaffte genauso zurück, wies auf Nicolas. Er hörte sie den Namen der Quinta und des Onkels nennen, nur leider konnte er sich keinen Reim darauf machen.

»Ich habe große Schwierigkeiten, Probleme, Sorgen«, setzte Nicolas nach. »Ich brauche Hilfe, ich brauche jemanden, der Deutsch spricht und der die Weinberge kennt. Es sind fremde Arbeiter im Weinberg. Ich weiß nicht, was sie dort machen. Kommen Sie wenigstens mit und sehen sich alles an.« Nicolas' letzte Worte hatten so verzweifelt geklungen, wie er im Moment war.

Pacheca wand sich. »Ein wenig kann ich helfen, gut, ich komme nächste oder übernächste Woche, ich rufe an...«

»Ich brauche Sie morgen und nicht erst nächste Woche! Da ist es zu spät!«

»Kann ich nicht ändern. Ich muss jetzt weitermachen, die Farbe, Sie verstehen? Sie trocknet ... auf Wiedersehen.«

Pacheca wollte ihn loswerden. Und nicht, weil er renovierte, sondern weil er vor irgendetwas Angst hatte. Perúss schnüffelte an einem nagelneuen Motorrad herum, das vor dem Haus stand. Die Leute mussten in jüngster Zeit zu Geld gekommen sein. Die Waschmaschine, ein Motorrad, das Haus wurde renoviert ...

»Gehört die Ihnen?«, fragte Nicolas, die Yamaha bewundernd. Vielleicht kam er über das Motorrad weiter, er musste dranbleiben.

»Nein, das gehört meinem Sohn.«

»Ist es neu? Er wird gut verdienen, wenn er sich eine derartige Maschine leisten kann. Was ist er von Beruf?«

»Senhor, Sie müssen gehen. Ich muss arbeiten, meine Frau muss arbeiten. Auf Wiedersehen!« Er nickte unterwürfig, dann schloss er die Haustür. Dahinter wurde es laut. Nicolas wartete an die Motorhaube des Wagens gelehnt und sah Perúss zu, der mit der Nase am Boden durch den Garten schnürte.

In der Haustür erschien Dona Elisabeth. »Senhor Ollmann! Bleiben Sie! Mein Mann spricht, ob will oder nicht, er muss!« Sie ging zurück ins Haus und ließ Nicolas verdutzt stehen. Sie hatte deutsch gesprochen. Dann zerrte sie ihren widerstrebenden Gatten ans Licht. »Seu Chico hat uns gut behandelt, Ihr Onkel, also behandeln wir auch den Neffen gut. Ist das klar, Antão?«, sagte sie scharf an ihren Mann gewandt. »Sprich mit ihm, jetzt, sofort! *Fale come ele, fale com o Senhor, agora mesmo!*«

Pacheca wand sich noch. »Ich kriege Schwierigkeiten ...«

»Wer sollte Ihnen die machen?«

»Ich habe selbst gekündigt ...«

»Das ist kein Grund für Schwierigkeiten.«

»Ich habe eine Abfindung bekommen«, druckste er. »Ich kann das nicht zurückzahlen.«

»Sie sollen nichts zahlen. Sie sollen für mich arbeiten. Was ist hier eigentlich los? Wer hat Ihnen die Abfindung gezahlt?«

»Die Quinta, Gonçalves, dreimal so viel wie vom Gesetz vorgeschrieben.«

»Haben Sie wirklich selbst gekündigt?« Wenn Nicolas' Vermutung stimmte, hatten andere ihn rausdrängen wollen, möglicherweise sogar, um Nicolas die Möglichkeit zur Verständigung zu nehmen. »Vor oder nach dem Tod meines Onkels?«

»Kommen Sie, kommen Sie ins Haus. Wir sind einfache Leute, wir haben nicht viel. Wollen Sie Kaffee?« Dona Elisabeth lächelte zum ersten Mal, dabei ließ sie ihren Mann nicht aus den Augen, damit er es sich nicht anders überlegte, sich verdrückte oder schwieg.

Man setzte sich in die Küche, nachdem Dona Elisabeth die Stühle abgewischt hatte. Nicolas wiederholte seine Frage: »Wann haben Sie gekündigt?«

»Vier Tage später, nach der Beerdigung ...«

Da war auch Otelo verschwunden.

Pacheca berichtete schleppend, ließ sich jedes Wort aus der Nase ziehen, wenn er allzu einsilbig wurde, trieb seine Frau ihn voran. Pacheca erzählte, dass er nichts von Friedrichs Herzkrankheit bemerkt hatte. Er selbst hätte nie ein Wort darüber verloren, auf der Quinta hatten sie in letzter Zeit nur »hinter vorgehaltener Hand« darüber geredet. Pacheca freute sich, dass er den Ausdruck noch kannte. Alle waren von Friedrichs Tod überrascht und entsetzt gewesen, weil auch niemand wusste, wie es weitergehen würde.

»Gonçalves hat gesagt, dass es unmöglich ist, woanders eine so gut bezahlte Arbeit zu finden. Wir sollen die Abfindung annehmen, außerdem fiele das Geld weg, das meine Frau bekam, wenn sie Dona Firmina mit den Gästen geholfen hat.« Gonçalves hätte gemeint, die deutschen Erben würden verkaufen und alle würden entlassen. Es gäbe bereits einen Interessenten. Roberto hätte alles bestätigt.

»Der Mann von Dona Firmina? Ging es dabei um die Quinta do Andrade?«, fragte Nicolas, der an die Männer im Weinberg dachte.

»Gonçalves hat keinen Namen genannt. Aber er hat mir geraten, dass ich schnell kündigen soll. Nur solange kein anderer Besitzer da wäre, könne er mir die Abfindung zahlen«, fuhr er fort. »Ich sollte mich nicht auf der Quinta blicken lassen und nicht mit den Kollegen reden. Das musste ich Gonçalves versprechen. Wir draußen wussten nie genau, was auf der Quinta passierte. Wir haben unsere Anordnungen von Ihrem Onkel und von Seu Otelo bekommen, nachdem Bernardo, der alte Verwalter, in Pension gegangen ist. Beide kamen zu uns raus und haben die Aufgaben besprochen. Gonçalves haben sie nie geschickt. Bernardo hat nie auf uns herabgesehen wie Gonçalves. Seit der da war, hat sich auch Roberto aufgespielt. Wir waren die Arbeiter, sie die Angestellten. Vorher war das anders.«

»Wie gut kannten Sie Seu Otelo?«

Pacheca sah seine Frau an, ihr Blick veranlasste ihn zum Weiterreden. »Ja, natürlich.«

»Was soll das heißen? Gut oder schlecht? Wissen Sie, wo er sich gegenwärtig aufhält?« Nicolas blickte zu Dona Elisabeth.

»Nein.«

Dona Elisabeth zeigte keine Regung, also wusste er es tatsächlich nicht.

»Sind Sie gut mit ihm ausgekommen?«

»*Uma alma de pessoa*«, mischte sich Dona Elisabeth ein.

»Eine Seele von Mensch«, übersetzte ihr Mann.

»Haben Sie wirklich eine andere Arbeit?«, fragte Nicolas.
Pacheca schüttelte den Kopf.

»Würden Sie wieder auf der Quinta arbeiten?« Nicolas war sich sicher, dass Pacheca am liebsten Ja sagen würde, aber er wollte wissen, mit welcher Begründung Pacheca das Angebot ablehnen würde.

»Das geht nicht, dann muss ich die Abfindung zurückzahlen.«

»Wer hat das gesagt?«

»Ich glaube, das ist vom Gesetz geregelt.« Pacheca sah zu Boden. »Nein, Gonçalves hat es gesagt«, verbesserte er sich.

»Was würden Sie lieber machen, als im Weinberg zu arbeiten?«

»Ich will nichts anderes, vielleicht Vorarbeiter werden, ein paar Escudos, äh, Euro mehr verdienen, wissen Sie. Das Leben ist teuer.«

»Betrachten Sie sich als wiedereingestellt, aber im Moment haben Sie Urlaub, bis ich mich melde. Wie hoch war die Abfindung?«

Pacheca kratzte verlegen mit dem Fingernagel auf der Tischplatte die eingetrocknete Farbe ab, bis er von seiner Frau einen Rippenstoß bekam.

»10 000.«

»Genau 10 000?«

»Ja«, murmelte er, zwischen Überraschung und Hoffnung schwankend.

Irgendwem war es viel wert gewesen, Pacheca aus der Firma zu entfernen. Nicolas suchte bis tief in die Nacht nach einem Beleg für die Abfindung. Er wälzte Aktenordner, ging alle Bankauszüge der letzten Monate durch und wühlte sich durch die unsortierte Ablage. Er fand weder einen Zahlungsbeleg noch eine Aktennotiz, keine schriftliche Abmachung, nichts, was den Vorgang bestätigte. Gab es eine schwarze Kasse, aus der die Abfindung bezahlt worden war?

Gab es Konten, von denen er nichts wusste? Otelo – der würde als Friedrichs Vertrauter informiert sein. Sollte es einen möglichen Käufer für die Quinta geben, der den Betrag aufgebracht hatte? Was war mit den anderen Arbeitern, wie waren die abgefunden worden? Nicolas hatte den Zettel mit Pachecas Adresse die Nacht über neben sich auf dem Schreibtisch liegen. Immer wieder warf er einen Blick darauf, um sich das Schriftbild einzuprägen, aber auch hier blieb er erfolglos, keine handschriftliche Notiz glich der auf dem Zettel, niemand schrieb nur in Großbuchstaben.

»Nicht dass der uns auch noch wegstirbt«, hörte er jemanden sagen. Erschrocken fuhr er hoch, suchte sich zwischen Traum und Wirklichkeit zurechtzufinden, dann sah er den Aktenordner vor sich, die Sonne schien ins Büro, und reflexartig ließ Nicolas den Zettel mit der Adresse verschwinden. Gonçalves stand lauernd in der Tür.

»Wenn Sie was suchen, dann fragen Sie uns besser«, sagte der Verwalter mit Blick auf die Unordnung, die Nicolas hinterlassen hatte. »Kann man Ihnen helfen?«, fragte er scheinheilig.

»Ich suche etwas, das für Sie nicht von Interesse ist.« Oder was Ihnen das Genick bricht, hätte Nicolas lieber geantwortet. Es war eine Frage der Zeit, wann die Feindschaft zwischen ihnen in ein höheres Stadium treten würde. Wenn Gonçalves die Treppe angesägt hatte oder der Auftraggeber war, wenn er die Schilder im Weinberg hatte umstellen lassen, dann wollte er ihn eindeutig aus dem Weg räumen. Damit war er ein potenzieller Mörder. Als dieser Gedanke in Nicolas Gestalt annahm, wurde ihm heiß. Er wäre am liebsten auf Gonçalves losgegangen und hätte die Wahrheit aus ihm rausgeprügelt, er war ihm ohne Zweifel überlegen, aber körperliche Gewalt empfand er als widerwärtig. Gonçalves' überhebliches Grinsen, seine dumme Visage wurde ihm von Tag zu Tag unerträglicher. Der Lump wusste, worum es ging: Sicher war er über die Erbregelung informiert, wollte die Quinta für sich und sie dann an irgendwen verkaufen, das Schwein intrigierte auf Teufel komm raus, er war ein Krimineller. Wie hatte Friedrich so jemanden einstellen können? Wo hatte Gonçalves 10 000 Euro für Pacheca herbekommen? Er musste noch mal zu Pacheca, der hatte sicher einen Bankauszug mit der Kontonummer des Auftraggebers. Und wenn er das Geld in bar bekommen hatte?

Gonçalves hatte sicher begriffen, wonach Nicolas suchte. Das würde ihn zum Handeln zwingen und ihn unvorsichtig machen. Auf jeden Fall hatte er Nicolas' Stimmungsumschwung bemerkt. Er entschuldigte sich, verließ das Haus und wandte sich dem Garten zu. Wahrscheinlich ging er hinauf zum Kellermeister, um mit ihm die weiteren Maßnahmen zu besprechen, wie man ihn, Nicolas, loswerden konnte. Aber da hatten sie sich getäuscht. Er würde dafür sorgen, dass der Wind jetzt aus einer anderen Richtung blies.

Nicolas räumte das Büro auf, als Lourdes in bester Laune hereinkam und einen Blumenstrauß auf ihren Schreibtisch stellte. Sie sah ihn, griff die Blumen und ging raus. Nicolas hörte die Küchentür schlagen, und einen Moment darauf kam sie zurück. Sie hatte den Strauß geteilt und stellte die eine Hälfte auf seinen Schreibtisch. Das war bereits der andere Wind, und er lächelte sie dankbar an. Das Frühstück, das Dona Firmina für ihn bereitete, bestärkte ihn in dieser Einschätzung.

Pacheca war überrascht, Nicolas so bald wiederzusehen. Bereitwillig gab er Auskunft, das Geld habe er überwiesen bekommen, und er zeigte ihm den Bankauszug. Nicolas notierte die Kontonummer des Auftraggebers. In Peso da Régua ging er zur Bank und fragte, ob man ihm helfen könne, aber das Bankgeheimnis verbot eine Auskunft, wie der Angestellte am Tresen erklärte. Ärgerlich verließ Nicolas die Filiale und sah beim Hinausgehen, dass der Mann bereits nach dem Telefon gegriffen hatte. Wütend wollte er umkehren, als das Handy klingelte. Sich mühsam beherrschend griff er nach dem Mobiltelefon, das er lieber an irgendeine Trockenmauer geworfen hätte, aber es meldete sich eine Stimme, der er ewig hätte zuhören können. Lovely Rita. Sie war leider kurz angebunden und hatte nur eine Nachricht für ihn.

»Fahr sofort nach Peso da Régua und frage im Reisebüro gegenüber vom Einkaufszentrum nach einem Briefumschlag ...«

»... ich bin in Peso ...«

»... es soll mein Name darauf stehen. Im Umschlag findest du einen Brief – mehr kann ich nicht sagen. Du sollst sofort fahren. Jetzt gleich. Es ist wichtig. Ich bin übrigens nächste Woche in Lissabon. Tschau, Nicolas. Melde dich.«

Die einzige Erklärung für Ritas merkwürdiges Verhalten war, dass Otelo sich gemeldet haben musste. Nicolas erkundigte sich nach dem Reisebüro, war nach zehn Minuten dort und bekam den Briefumschlag ausgehändigt. Er setzte sich in seinen Wagen und riss ihn auf. Der Umschlag enthielt eine an Rita gerichtete E-Mail.

»*Lieber Sichel ...*«

Sichel? Nicolas erinnerte sich sofort an den Mädchennamen seiner Mutter. Damit war klar, dass der Brief für ihn war.

... Du suchst mich. Ich bin in Lissabon. Komme her am Mittwoch (nächste Woche mit Bahn, 12.56 ab Porto Bahnhof). Du wohnst in der Rua das Merces 78 (cidade alta), im ›Hotel Flamingo‹. Warte da auf Nachricht. Grüsse von O.«

Otelo, wer sonst sollte eine derart ominöse Botschaft schicken, und dann noch aus Lissabon. Er hatte die Nachricht an Rita geschickt. Sicher hatte sie Freunde in diesem Reisebüro. Doch weshalb die Geheimniskrämerei?

Als er den Brief sinken ließ, hielt ein Fahrzeug gegenüber. Der Beifahrer, ein blasses Allerweltsgesicht, stieg aus, ging ins Reisebüro, kam kurz darauf wieder heraus, trat suchend auf die Straße, ging zum Fahrer, der zu ihm aufsah, und schüttelte den Kopf. Nicolas blickte wieder auf die Nachricht in seinen Händen. Er hörte den Wagen anfahren und ging noch einmal zurück, um sich zu erkundigen, ob wirklich ein Zug um 12.56 nach Lissabon fuhr, was die junge Frau, die ihm den Brief ausgehändigt hatte, bestätigte. Dann sah sie mit zusammengezogenen Augenbrauen von ihrem Computer auf. »Sind Sie wirklich Nicolau Ollmann?«

Nicolas stutzte. »Wollen Sie meinen Ausweis sehen?« Er griff nach der Brieftasche.

»Schon gut. Der Mann, der eben hier war, hat auch nach dem Brief gefragt hat. Er sagte, dass er den Brief für Senhor Nicolau Ollmann abholen soll.«

»Er hat gesagt, er sei ich?«, fragte Nicolas ungläubig.

»*Não*, Senhor, das nicht, er wollte den Brief nur für ihn abholen. Sagen Sie mir, was das zu bedeuten hat.«

»Wenn ich's wüsste, würde ich es tun, glauben Sie mir.«

Nicolas war ratlos. Wer interessierte sich außer ihm für Otelos Brief, und wieso wusste er davon? Die Ungereimtheiten nahmen zu, aber endlich den ersehnten Kontakt zu Otelo herstellen zu können, verschaffte Nicolas eine unendliche Erleichterung. Es war doch nicht alles verloren, auch wenn er sich noch eine Woche gedulden musste. Er fuhr zurück zur Quinta und ging ins Labor. Dort hatte er Listen mit handschriftlichen Eintragungen gesehen. Das Erfreuliche daran war, dass die Buchstaben mit der Notiz von Pachecas Adresse übereinstimmten. Die Listen hatte der Kellermeister geschrieben, demnach auch den Hinweis mit der Adresse. So gesehen hatte er einen weiteren Verbündeten, der sich nicht offen zu erkennen geben wollte, aber es war gut zu wissen, dass es ihn gab.

Nach der durchwachten Nacht gönnte sich Nicolas einen Mittagsschlaf, zumal er nicht wusste, was er sonst hätte tun sollen. Mit dem Gedanken daran, nächste Woche auch Rita in Lissabon zu treffen, schlief er ein.

Zum Abendessen, einem kräftig gewürzten Lammgulasch, empfahl ihm Dona Firmina einen Rotwein der Quinta Vale Dona Maria. Er war von tiefem Kirschrot und vom Duft her sehr würzig. Er hatte etwas von Bitterschokolade und Mandeln, aber das merkte er erst, nachdem ihn die Broschüre über richtiges Verkosten darauf gebracht hatte. Von allein wäre es Nicolas nicht aufgefallen. Der Wein hatte feine und auch kräftige Gewürznoten, er erinnerte ihn an andere, die er zuvor hier gekostet hatte. Er stieg mit seinen 14,5 Prozent Alkohol ein wenig in die Nase. Und die Gerbstoffe? Nicolas hätte lieber mehrere Weine zum Vergleichen gehabt, um dann zu sagen, dieser oder jener sei rauer oder glatter. Der Geschmack blieb lange im Mund. All das schrieb er auf.

Zum Essen trank er eine halbe Flasche, mit der zweiten Hälfte begann die Reggae-Nacht. ›Burning Spear‹ fand sich in Friedrichs Plattensammlung, Bob Marley und Peter Tosh, die Größen des Business. »*The harder they come, the deeper they fall*«, sang Jimmy Cliff und traf damit Nicolas' augenblickliche Gemütsverfassung. Er wuchtete einen Sessel auf die Terrasse, ließ sich hineinfallen und hörte zu. Nach einer Weile schweiften seine Gedanken ab. Friedrich musste großartige Zeiten erlebt haben, die Sechziger- und Siebzigerjahre mussten voller Bewegung gewesen sein. Der Aufbruch zu neuen Ufern hatte das Establishment verschreckt, es hatte begriffen, dass es unter Menschen und nicht nur unter Arbeitskräften im Rausch des Wiederaufbaus lebte. Sie hatten sich geängstigt, denn ein Gespenst ging um – und nicht nur in Europa. Mögliche Veränderungen hatten sich abgezeichnet, wie verworren auch immer. Die Gegenseite hatte lange gebraucht, das Rad zurückzudrehen, die Menschen umzutrimmen, sie zur Anpassung zu bewegen. Spaß als oberste Maxime und das Ego als Zentrum allen Strebens. Es schien Nicolas, als wäre Friedrich mit einem Bein in seiner Zeit geblieben. Dieses Stück Welt hatte er ihm überlassen, nicht damit er es aufgab, sondern um es zu betreiben!

Er sah hinunter zum Fluss. War es das, was er da unten blinken sah, dieser winzige Ausschnitt des Rio Douro, sein Ufer? Er sah das Mondlicht Silber über den Blättern der Weinstöcke ausschütten und fühlte sich verdammt wohl. Teufel, er wollte bleiben, er wollte hier sein. Er ging die Treppe hinunter, kniete sich neben dem Parkplatz zwischen die ersten Weinstöcke und nahm eine Handvoll Erde, roch daran, versuchte Worte dafür zu finden, wie diese Erde roch. Es gelang ihm nicht, der Geruch war zu stark. Da erinnerte er sich an die Nachschlagewerke – und an Friedrichs Bücher, die Partisanenbibliothek, wie Rita sie genannt hatte.

Er schloss die Tür zur Bibliothek auf, sah das Bild mit der Bibel und das Buch von Zola darunter. Der Geruch des in Jahrzehnten vergilbten Papiers schlug ihm entgegen, als er die Tür öffnete, gealterter Wein roch besser, aber der Geruch dieses Papiers war ihm inzwischen vertraut. Er schob das Regal beiseite und machte sich an die Durchsicht der zerlesenen und zum Teil auseinanderfallenden Bände.

›Grundrisse der Politischen Ökonomie‹ von Karl Marx, Auszüge daraus hatten sie im Philosophiekurs der zwölften Klasse gelesen und waren darüber hergezogen. ›Theorie und Praxis‹, ein Buch von Jürgen Habermas, der zur Frankfurter Schule gezählt wurde. Nach dem Abitur hatte Nicolas nie wieder davon gehört, doch dass jedes Erkennen vom Erkenntnisinteresse abhängig war, hatte er sich gemerkt. Was hieß das für ihn hier, für das Erkennen seiner Lage und der Situation der Quinta, die ihm nach dem Ereignis beim Reisebüro noch brenzliger erschien? Hieß es, dass man nur sah, was man sehen wollte? Wollte er manches nicht sehen, weil er es sich nicht vorstellen konnte? Nicolas starrte auf das Buch in seinen Händen. Auch Friedrichs Herzversagen hatte natürliche Ursachen. Ein Herz bleibt irgendwann stehen, das ist normal. War das wirklich natürlich gewesen?

»Welchen Zustand muss das herrschende Bewusstsein erreicht haben, dass die dezidierte Proklamation von Verschwendungssucht und Champagnerfröhlichkeit, wie sie früher den ungarischen Operetten vorbehalten war, mit tierischem Ernst zur Maxime richtigen Lebens erhoben wird.« Da hatte Theodor W. Adorno bereits 1951 die Spaßgesellschaft vorausgesehen. Nicolas versank ins Grübeln. Er hatte was zum Denken gefunden, etwas, um sich in seiner zukünftigen Aufgabe als Wein- und damit Lustfabrikant infrage zu stellen. Er spürte, dass er nach Argumenten suchte, für oder gegen die endgültige Übernahme der Quinta. Wenn es ihm egal war, was sein Vater mit dem Konzern machte, konnte es ihm doch genauso egal sein, ob dessen Bruder ihm die Kellerei vermachte. Aber das war es nicht. Er wagte es kaum zu denken. Er fühlte sich von der Erbschaft geehrt. Es war kein Stolz, aber er nahm die Befriedigung darüber wahr. Allerdings – wenn er, Nicolas, sich entscheiden würde, Winzer zu werden, wo würden dann seine Ideen von Architektur, von Gestaltung, von lebendigen Räumen bleiben? Wo würde er selbst bleiben? Friedrich war es allem Anschein nach gelungen, er selbst zu bleiben, wenn Nicolas die vielen Bücher betrachtete. Und war ein Weinberg nicht auch ein lebendiger Raum?

Es ist zu viel Einsamkeit um mich herum, dachte Nicolas, dass mir derartige Gedanken kommen. Da fiel sein Blick auf ein Bändchen mit dem Titel ›Worte eines Rebellen‹. Rita hatte gut aufgepasst, das hier war tatsächlich eine Partisanenbibliothek. Kein Wunder, dass Friedrich sie verschlossen hatte. Nicolas nahm das Taschenbuch von 1972 in die

Hand, klappte es auf und las den unterstrichenen Text. »Die Parlamente ... haben nichts anderes getan, als die Machtmittel in den Händen der Regierung zu konzentrieren.« Und weiter unten hieß es: »Seit Beginn dieses Jahrhunderts schreit man nach Dezentralisierung, nach Autonomie, und man tut nichts als zentralisieren, alle die letzten Überbleibsel der Selbstbestimmung töten.« Das hätte von Happe sein können, aber die Zeilen stammten von einem Peter Kropotkin, einem Offizier und Pagen des Zaren, einem Anarchisten, geschrieben 1864. Brandaktuelle Fragen waren das, eine weitere Bestätigung, dass die Vergangenheit nicht vergangen war. Nicolas schnupperte an dem Buch. Es roch süßlich, vergilbt und staubig. Er ging in den Salon und trank einen Schluck Wein. Hatte Friedrich sich mit diesen Texten die einsamen Nächte am Douro um die Ohren geschlagen, oder hatte er sie einfach nicht wegwerfen können? Ehemalige Apologeten der Veränderung outeten sich heute als entschiedene Gegner ihrer Vergangenheit, aber sicher nur, weil sie bereits damals nichts anderes als Opportunisten gewesen waren.

Viele Bücher beschäftigten sich mit dem Vietnamkrieg. Zwischen ihnen steckte eine Landkarte von Vietnam, darin war das Vorrücken des Vietcong genau eingezeichnet. »30. April 1975 – Sieg« stand da groß in Rot. Fast genau ein Jahr zuvor hatte das portugiesische Militär geputscht. Es mussten für Friedrich bewegende Zeiten gewesen sein, denen er sich verbunden gefühlt hatte. Nicolas fühlte sich seiner Zeit in keiner Weise verbunden. Es gab weder Rebellen noch Freiheitskämpfer oder gar Partisanen. Jeder, der dagegen war, gehörte zu den Taliban.

»Ohne Feinde hält es keine Regierung aus, ohne Feinde bringen sie die Leute nicht hinter sich, sondern nur gegen sich auf.« Originalton Happe. Er wird seine Freude an dieser Bibliothek haben, dachte Nicolas und freute sich, auch wenn er wusste, dass nächtelange Diskussionen auf ihn zukommen würden, so wie damals in den letzten Frankfurter Schuljahren. Er würde leider wenig Zeit dazu haben, die Quinta forderte ihn täglich mehr, dazu der abendliche Unterricht. Und völlig unklar war, was das Treffen mit Otelo ergeben würde. Davon hing seine Zukunft ab. Otelo war die Schlüsselfigur.

13.

Die Entscheidung

»Du solltest unser Land bereisen, Nicolau, dich umsehen. Lamego wäre ein Anfang, gerade für dich als Architekten. Von den Baumeistern der Vergangenheit lässt sich vieles lernen. Die Kathedrale ...«

Nicolas sah Dona Madalena an – was sollte der Vorschlag? Momentan war er nichts, weder Architekt noch Weinbauer.

»Ich kenne Lamego«, antwortete er ausweichend, »auch die Kathedrale, nebenan ist mein Barbier.«

Er war nicht hier, um Kunstschätze und mittelalterliche Bauwerke zu besichtigen, die durchaus ihren Wert hatten. »Eine katastrophale Architektur, es gibt schreckliche Gebäude dort ...«

»Das Santuário de Nossa Senhora dos Remedios kannst du nicht meinen. Es ist einzigartig, wie es sich über viele Stufen den Berg hinauf erstreckt. Eine Treppe in den Himmel.« Dona Madalena war von seiner Ignoranz offenbar entsetzt. »Es ist ein Kleinod unseres Barock.«

»Ich meine die Gegenwart und ihre Architektur. Nur Freizeitarchitektur ist schlimmer, Themenparks oder Fitnesscenter im zwölften Stock. Beim Rest, so wie in Lamego, habe ich immer den Eindruck, es wäre Folklore.«

»Frederico hat denselben Unsinn von sich gegeben. Kunstschätze sind das. Geh ins Museum am Largo de Camões, im Bischofspalast. Da findest du wunderbare Artefakte aus dem Mittelalter, traumhaft schöne Skulpturen aus Holz, unsere klerikale Kunst. Ich war mit ihm dort. Es hat ihm wirklich gefallen.«

Das war für Nicolas kein Argument.

»Du kannst dir kaum vorstellen, Madalena, was ich schon gesehen habe. Während der Schulzeit und während des Studiums.«

»Balsemão musst du besuchen«, fuhr sie ungerührt fort. »Eine vorromanische Kirche aus dem zehnten Jahrhundert, das Kloster von Ferreirim oder das prähistorische Dorf von Daladas und Ucanha mit der mittelalterlichen Brücke über den Rio Varoasa ... Nutze deine Zeit, Nicolau, so bald wirst du dazu nicht wieder Gelegenheit haben.«

Er horchte auf. Trotzdem versuchte er, seiner Stimme einen unbefangenen Klang zu geben.

»Wie ist das gemeint?« Seit er die Sägespäne unter der Kellertreppe gefunden hatte, war er vom Misstrauen beherrscht. Das Durcheinander von Sprachen verwirrte ihn. Vier, nein, fünf Sprachen schwirrten gleichzeitig in seinem Kopf herum und machten ihm das Denken schwer.

»Du glaubst doch selbst nicht, dass du hierbleibst, nicht wahr? Was sollte dieses einsame Stück Land dir bieten?«

»Ich hatte nicht vor abzureisen.« Es kam bestimmter und aggressiver als beabsichtigt, und jetzt wurde Dona Madalena aufmerksam. »Auf der Quinta ist verdammt viel zu tun«, fügte Nicolas beschwichtigend hinzu. »Ich habe längst nicht alles erledigt, was ich mir vorgenommen habe, aber es geht voran.«

»Hast du im Ernst vor, hierzubleiben?« Dona Madalena schüttelte den Kopf über seine Entscheidung.

Nicolas wollte sich Kaffee nachschenken, sah dann, dass ihre Tasse leer war, und schenkte ihr zuerst ein.

Sie hob die Hand. »*Chega,* es ist genug. Ich kann mir nicht vorstellen, dass du bleibst. Ich sehe dich hier nicht, nach allem, was passiert ist. So viel Pech kann man gar nicht haben. Sieh es als Warnung an. Hier ist nicht dein Platz. Und dumm wäre es auch. Ach, sei so gut und stell den Sonnenschirm um, die Sonne blendet mich.«

Nicolas rückte den schweren Fuß des Sonnenschirms zur Seite und drehte den Schirm so, dass sie beide im Schatten saßen.

»Wieso wäre es dumm?« Nicolas setzte sich wieder. »So wie ich das betrachte, bin nicht ich das Problem, sondern Gonçalves und seine Leute. Sie ruinieren die Quinta, außerdem ist es eine Unverschämtheit, jegliche Zusammenarbeit abzulehnen. Sie boykottieren nicht nur mich, sie boykottieren auch die Kellerei, die sie ernährt!«

Dona Madalena sah ihn bedauernd an. »Nicolau, mach dir nichts vor. Du bist kein Winzer, auch wenn du das gern sein möchtest. Frederico hatte einen anderen Start, er hat das alles aufgebaut«, sagte sie eindringlich. »Stein um Stein hat er zusammengetragen, die Quinta ist organisch gewachsen. Wenn man etwas aufbaut, weiß man um die Stärken und Schwächen. Er kannte jeden Weinberg, er hat ihn besichtigt, gekauft, verbessert, jede Rebzeile gepflanzt und geerntet. Die Mauern wurden von ihm wiederhergestellt, er kannte jedes Fass und wusste, was drin war. Denk an dein Fiasko neulich. Leider verwechselst du die einfachsten Dinge, einen alten Port mit einem billigen Fusel.«

Nicolas erinnerte sich nicht daran, ihr davon erzählt zu haben. »Und wie kam der Fusel in die Fässer? Es gibt keinen vergleichbar schlechten Port auf dieser Quinta.«

»Mach dich vor den Mitarbeitern nicht lächerlich, ich habe kein abfälliges Wort gehört. Man sieht deine Bemühungen durchaus, aber man belächelt sie. Das ist keine Basis für eine Zusammenarbeit. Ich meine es gut, ich will dir Enttäuschungen ersparen. Außerdem ...«, sie machte eine Pause, um ihren Worten mehr Gewicht zu geben, »... hast du in Deutschland alles, was du brauchst. Weshalb arbeitest du nicht mit deinem Vater? Du verspielst deine Zukunft. Ein Mann wie du, jung, gut aussehend, intelligent, was soll der hier allein an diesem Fluss, unter Bauern? Willst du allein leben, so wie Frederico jahrelang? Glaubst du, eine vernünftige Frau lässt sich aufs Landleben ein?«

»Was ist mit dir? Du hast dich auch für Friedrich entschieden und lebst hier.«

»Das ist was anderes. Ich war oft in Lissabon bei meiner Familie. Außerdem habe ich Frederico geliebt. Wir kannten uns lange vorher, und nur ich weiß, was es mich gekostet hat, es hier auszuhalten.« Sie legte die Hände auf den Tisch und spreizte die Finger, ballte sie zur Faust, und Nicolas fragte sich, ob sie nach etwas griff oder etwas zerdrücken wollte. »Ich habe es ausschließlich ... seinetwegen getan.« Sie stand auf, stellte sich hinter ihren Stuhl, fasste sich ins gelöste Haar und drehte es zu einem Zopf. Sie sah heute erholt aus, besser als zuvor, beim Sprechen hingegen wirkte sie bitter.

»Du brauchst Jahre, bis sie dich akzeptieren. Frederico hat's mir erzählt, wir hatten keine Geheimnisse voreinander. Er hat sich anfänglich schrecklich einsam gefühlt, besonders nach der Enttäuschung mit der revolutionären Bewegung und wegen seinen abstrusen Ideen von Gerechtigkeit. Er hat ewig gebraucht, um auf dem Boden der Tatsachen anzukommen. Eigentlich war es eine Bruchlandung. Vergiss nicht, dass er von Anfang an einen Freund hatte, jemanden von hier, der es ihm leicht gemacht hat, auch wenn es durchaus bessere gibt als ihn, als Otelo, meine ich. Du stehst im Gegensatz zu ihm allein da.«

»Dafür gibt es heute die funktionierende Quinta.«

»Wer hat dir das gesagt? Lass dir nichts einreden. Und wenn es so ist, dann höre auf, Sand ins Getriebe zu streuen. Du hast in Frankfurt viel bessere Möglichkeiten; außerdem gibst du ein Vermögen aus der Hand, Macht, Einfluss, Beziehungen ... wie Frederico. Habt ihr denselben Spleen?«

Sie redete wie Sylvia, er musste sich beherrschen, um nicht aus der Haut zu fahren.

»All das interessiert mich wenig, Dona Madalena. Ich habe mir vorgenommen zu bleiben.« Verärgert stand Nicolas auf. »Vielen Dank für den Kaffee und die guten Ratschläge.«

»Jeder ist in seinen Entscheidungen allein, mein Lieber. Ich hoffe, du bereust es nicht ... Aber wenn ich dir helfen kann, dann gern ... und wenn du gehst, ich jedenfalls habe volles Verständnis dafür. Ich gehe auch.«

Helfen könntest du mir, dachte Nicolas beim Weggehen, aber nicht mit überflüssigen Ratschlägen, mit denen du dich selbst über Wasser hältst.

Am Beginn des Pfades durch den Weinberg tauchte Perúss wie gerufen auf, und Nicolas hörte Dona Madalena nach ihrer Haushälterin rufen. Danach folgte eine wütende Tirade, von der er nur zwei Worte verstand: *cão* und *merda*, Hund und Scheiße. So ordinär hatte er sie noch nie reden gehört. Wütend lief er den Weg zurück zu seinem Haus.

Er sah im Geiste das Bürogebäude, in dem sein Vater residierte, sah sich mit ausdruckslosem Gesicht im Fahrstuhl hinauffahren, mit Menschen, die sich nicht kannten und sich nie kennenlernen würden, die sich auch nach zehn Jahren auf derselben Etage nicht das Geringste zu sagen hatten. Er sollte auf Computerbildschirme blicken, von morgens bis abends, zwischendurch Baudezernenten, Bankiers, Subunternehmer, Landtagsabgeordnete und Bittsteller empfangen, von denen nicht einer sagte, was er dachte. Abends allein im Fahrstuhl in die Tiefgarage, weil alle längst zu Hause waren, rein in den Wagen und zu irgendeiner Villa im Taunus fahren – und sich beim Golf zu Tode langweilen, während Sylvia überlegte, in welchem Restaurant man essen ginge, und die Reinemachefrau zusammenschiss. Wieso die Hölle bereits auf Erden erleben, wenn man dazu nach dem Tode genügend Zeit hatte?

Perúss stöberte ein Rebhuhn auf. Nicolas lächelte. Friedrich und er hatten mehr miteinander gemein, als er gedacht hatte. Vor diesem Albtraum hatte er ihn bewahren wollen, vor diesem »Garten der Lüste«. Fand sich nicht unter den Schallplatten eine Hülle mit diesem Motiv? Genau, ›Chasing Shadows‹ von Deep Purple. Hieronymus Bosch würde sich heute andere Motive einfallen lassen – vielleicht Menschen, denen Mobiltelefone aus den Körperöffnungen herauskamen oder eingeführt wurden, Frauen und Männer, die von PCs gefressen wurden, zur Hälfte unter der Motorhaube herausragten, von Joysticks aufgespießt oder in Flugzeugtriebwerke gesogen wurden. Dazu folternde Laufbänder und strangulierende Trimmgeräte ...

Er wollte seinen Zeichenblock holen, als er auf dem Hof vor der Gärhalle den Kellermeister und Gonçalves toben hörte. Merkwürdigerweise erfüllte es ihn mit einem seltenen Gefühl von Befriedigung, was er sich nur schwer eingestehen konnte, denn es war Schadenfreude dabei, Bosheit und etwas, das er als Rachsucht bezeichnen würde. Er stand mit dem Rücken an die Tür gelehnt, schaute über den Hof und lauschte. Er verstand nichts, er begriff nur so viel, dass zwei absolut gegensätzliche Meinungen und entgegengesetzte Charaktere aufeinanderprallten. Als ihm in den Sinn kam, dass sie vielleicht seinetwegen stritten, riss er die Tür auf.

Die Streithähne standen sich wutentbrannt gegenüber und starrten ihn an wie ein Gespenst.

»*Chega*«, sagte Nicolas, »*chega!*« Er hatte das Wort eben von Dona Madalena beim Eingießen des Kaffees gelernt.

Nicolas ging auf Gonçalves zu. Er musste sich mühsam beherrschen, und zum ersten Mal sah er Angst in den Augen des Verwalters. Sie war so groß, dass ihm der Schweiß auf die Stirn trat. Hatte Gonçalves vor ihm solche Angst?

Nicolas nickte dem Kellermeister zu und ging zurück auf den Hof. Gonçalves rannte hinter ihm her.

»Sie müssen das verstehen. Wir machen uns Sorgen um die Quinta. Wir müssen Entscheidungen treffen, wichtige Entscheidungen, von denen hängt viel ab.« Er sprach wieder gut Englisch. »Jemand muss die Verantwortung übernehmen, und Sie können das nicht. Wir müssen den Jungwein abfüllen. Jemand muss entscheiden, wann genau das passieren muss. Bisher hatten wir Otelo, der hat das entschieden und sonst Seu Frederico. Aber jetzt... Und wie lange bleibt die Reserva noch im Barrique? Sie ist bereits im siebten Jahr... Welche Barriques werden miteinander verschnitten? Dann geht der Tawny zu Ende, wir müssen neu abfüllen. Wer soll die Assemblage zusammenstellen? Das ist eine Kunst. Wir haben heute von einem wichtigen Kunden in Boston einen Auftrag über 900 Flaschen bekommen, verstehen Sie nicht? Das sind 10 000 Euro. Sie können das nicht entscheiden.«

»Was ich entscheiden kann, bestimme ich. Wenn Sie mit mir zusammengearbeitet hätten, wäre das alles kein Problem geworden«, antwortete Nicolas barsch. »Wir werden das Problem lösen. In einer Woche ist alles geklärt. Verstanden? Sagen Sie dem Kunden, er kriegt seinen Tawny. *And now piss off!*« Der Mann ging ihm entsetzlich auf die Nerven.

Nicolas ließ Gonçalves mit offenem Mund stehen. Er holte den Zeichenblock und fuhr nach Folgosa, wo er sich an den Fluss setzte. Perúss war mitgekommen. Das Ensemble der kleinen bunten Häuser am anderen Ufer erinnerte ihn an ein Dorf im brasilianischen Staat Bahia. Darüber spannte sich das Blau des Himmels, als hätte es van Gogh gemalt. Nicolas liebte seine Farben.

Die Menschen, die hier wohnten, mussten den Anblick satt gehabt haben, sonst hätten sie kaum den hässlichen Kasten ans Flussufer gesetzt, ein Nobelrestaurant mit dem vielversprechenden Namen »D.O.C.« – die kontrollierte Herkunftsbezeichnung. Das Gebäude verletzte die Landschaft, und sein Anblick beleidigte die Netzhaut. Die Eisenbahn entlang des Flusses, vor 100 Jahren gebaut, war besser angepasst worden.

Das »D.O.C.« war das Lokal für die Geschäftswelt des Weinbaus, die sich von Porto hierher verlagerte. Mittlerweile lebten eine Reihe der Produzenten in der Nähe. Nicolas kannte sie nicht, sie hatten noch nicht vorbeigeschaut, und er hatte sich nicht vorgestellt. Nein, die Erbauer des Restaurants stammten nicht von hier und standen auf Gewerkschaftsarchitektur der Sechziger, wie er diese Bauweise nannte.

Wahrscheinlich führten die Winzer ihre internationalen Gäste her und Lovely Rita ihre Weintouristen. Er schmunzelte beim Gedanken an seine Premiere als Kellereibesitzer. Alles hatte gepasst, nur hatte er sich das Wissen angelernt, besitzen tat er es nicht. Das war der Unterschied. Er konnte noch immer aussteigen, dabei zweifelte er inzwischen ernstlich daran. Es war Friedrichs Besitz, den durfte er nicht aufgeben. Plante Gonçalves, im Verbund mit wem auch immer, Friedrichs Weinberge hinter seinem Rücken zu verscherbeln?

Wie dumm musste man eigentlich sein, um ein Erdbeben nicht zu erkennen? Nicolas hatte es noch immer nicht begriffen, die Einmaligkeit der Situation war ihm nicht klar. Er begann erst jetzt, es sich deutlich vor Augen zu führen. Er war in ein neues Stadium eingetreten, er hatte sich in etwas hineinmanövriert, aus dem er nicht herauskam, außer er annullierte den Erbvertrag. Dann gewännen die, die ihm Steine in den Weg legten. Sie wollten die Quinta haben und sie kämpften darum. Rechtlich hatten sie keine Chance, also mussten sie ihn ausschalten. Hatte Friedrich gewollt, dass er sich mit ihnen um die Quinta prügeln sollte? Ich werde es nie erfahren, dachte er, ich habe keinen Plan, keine Idee, wie es weitergehen soll – sie handeln, ich reagiere.

Nicolas schlenderte über die Brücke, die über dem Fluss außen am Restaurant vorbeiführte, und betrachtete die Gäste hinter Glas. Sie vermittelten den üblichen »Schau, wir sind auch hier«-Eindruck. Man ließ seine Geschäftspartner übers Wasser blicken und schenkte ihnen guten Wein ein. Aus eigenem Antrieb kam wohl niemand her. Er trat ein, sah sich um und empfand die Atmosphäre als viel entspannter als anderswo.

Leider zeigten die Ober dieses »Sie speisen in einem wirklich ausgezeichneten Restaurant«-Gesicht. Es ging um die Show und nicht ums Essen. Aber ob gegenüber, auf der anderen Seite der Uferstraße, genauso gut gekocht wurde, war fraglich. Nicolas bekam die Speisekarte, die *ementa,* und wunderte sich über den merkwürdigen Namen. *Ementa* klang völlig fremd. Er sah aus dem Fenster auf den breiten Fluss, bestellte Wasser und musste sich eingestehen, dass es ihm hier gefiel – von innen besser als von außen. Es wurde lebhaft getafelt, kein Tisch war ohne mehrere Weinflaschen und halbvolle Gläser, die Szenerie hatte Partycharakter.

Zwei junge Geschäftsleute wurden zum Nebentisch geführt. Sie hängten die Sakkos über die Lehne, lockerten die Krawatten und ließen sich nieder. Es waren Deutsche, Nicolas meinte es ihnen anzusehen, Junior-Manager, vielleicht Finanz- oder Versicherungsgewerbe, der Typ, den der Vater auf der mittleren Ebene einsetzte. Sie machten die Arbeit, aber hatten nichts zu sagen. Steif waren die beiden, gingen im Gegensatz zu den anderen Gästen geschäftlich miteinander um, verhalten und förmlich. Bei ihren ersten Worten fand Nicolas seinen Eindruck bestätigt. Zuerst ließen sie sich über den Komfort des »Vintage House Hotels« aus, das interessierte Nicolas weniger. Als sie über Portwein sprachen, machte er lange Ohren, als sie auf den Umbau einer Quinta zu einem Luxushotel kamen, rückte Nicolas näher. Er hielt die Luft an, starrte Löcher in die Glasscheibe, vertröstete den Ober und machte das unbeteiligtste Gesicht seines Lebens, dabei spürte er sich so schwindelig wie neulich beim Erdrutsch.

Ihr Thema war die Quinta do Amanhecer und wie man den Kaufpreis drücken konnte. Nicolas holte sich eine portugiesische Zeitung und tat, als würde er lesen. Die Junior-Manager sprachen über das Ziel ihrer Auftraggeber, die Quinta, ohne Zweifel seine Quinta, zu einem Fünfsternehotel der Luxusklasse umzubauen. Die Lage sei ideal, der Pool würde vor die Halle mit den Gärtanks kommen, zweistöckige Apartments seien etwas Neues, den Platz davor würde man bepflanzen. Sie rechneten mit einer zweijährigen Bauphase. Mit einem guten Architekten sei das zu schaffen.

Nicolas drehte sich entsetzt um, er musste diesen Männern ins Gesicht sehen. Sie wollten Friedrichs Lebenswerk, seine eigene Quinta, zu einem Teil des weltweiten Unterhaltungsprogramms degradieren. Teufel.

»Moderner als das ›Vintage House‹, sehr modern, für die lukrative Zielgruppe ab 30. Die Gruppe junger US-Millionäre ist beträchtlich gewachsen, weltweit sind es ...«

Seine Quinta – zum ersten Mal dachte er so: seine Quinta! Nicht Friedrichs, nein, sie gehörte ihm! Weder Dona Madalena noch Gonçalves, nicht Dona Firminas Ehemann oder sonst wem. Es war sein Besitz, sein Eigentum und möglicherweise sein Ziel.

Er stand abrupt auf, der Stuhl kippte polternd um, alle sahen her, auch die beiden vom Nachbartisch. Nicolas wollte sie ansprechen, dann besann er sich, dachte an Jimmy Cliff, »*The harder they come, the harder they fall* ...« Er überwand sich, dann ging alles einfach.

»Entschuldigung, meine Herren. Ich habe eben ein paar Gesprächsfetzen mitgehört, unfreiwillig. Es ließ sich leider nicht vermeiden.« Nicolas griff zur Brieftasche, nestelte eine Visitenkarte hervor und legte sie aufs Tischtuch. »Mein Name ist Hollmann, Frankfurt, Architekt. Sagt Ihnen das etwas, Hollmann AG, Frankfurt? Wenn Sie Fragen haben oder Hilfe brauchen – ich kenne mich in der Douro-Region recht gut aus. Rufen Sie mich an, ganz unverbindlich.«

Es war erstaunlich, wie leicht ihm das Lächeln und das Lügen fiel. Perúss kroch unter dem Tisch hervor, der Ober kam, erzählte etwas über Hunde und dass sie nicht erwünscht seien. Nicolas gab dem Ober einen Zehn-Euro-Schein und winkte den Aufkäufern seiner Quinta. Sie winkten zurück. Es war gut, einen Plan zu haben. Diese Lumpen würden nicht einen Stein von ihm kriegen, den Wein würde er ihnen allerdings gern verkaufen.

Am nächsten Tag fuhr er nach Porto, gab den Leihwagen zurück und ließ sich von einem Taxi zum Autohändler bringen, wo sein neues Leasingfahrzeug bereitstand, ein Toyota-Geländewagen. Auf dem Rückweg hielt er kurz vor Mesão Frio wieder am Schrottplatz. Der Ginster war verblüht, er dachte daran, wie er angekommen war und was seitdem passiert war. Anfängliche Neugier und Offenheit hatten sich in Durchhaltewillen und Misstrauen gewandelt. Zu den wenigen Fragen waren 100 neue gekommen, und positiv gesehen hatte sich aus der Orientierungslosigkeit eine Perspektive entwickelt. Vielleicht sollte er eine Serie von Fotos hier auf dem Platz machen, wie das Blech verrottete, wie sich junge Triebe durch Autotüren und zerbeulte Kofferräume Bahn brachen und Gras in den Radkappen spross. Doch sein Hochgefühl beim Anblick von Schrottplätzen stellte sich nicht ein, heute störte ihn der Schrott. War das die Folge seines neuen Lebens, seiner Beziehung zum Berg, zum Fluss und zum Haus?

Nicolas stieg in seinen Wagen, fuhr hinab ins Tal und spürte etwas wie heimatliche Gefühle. Die Berge am Fluss, das Tal, die Terrassen und Rebzeilen, das war ein vertrauter Anblick, den er lieb gewonnen hatte. Als er Rita anrief, erwähnte er Otelos E-Mail und die Reise nach Lissabon mit keinem Wort. Er plauderte mit ihr über dies und das und er sagte ihr, dass er sich wahnsinnig freuen würde, wenn sie ihn wieder besuchen käme. Irgendwie musste er ihr beibringen, dass noch jemand anders von dem Brief ans Reisebüro gewusst hatte. In Peso da Régua besorgte er sich Schreibpapier und teilte ihr seine Fragen in einem kurzen Brief mit.

Abends bei Dona Verónica war er unkonzentriert, er fürchtete sich bereits jetzt vor dem Treffen mit Otelo oder mehr noch vor seiner möglichen Weigerung, ihm zu helfen. Ohne ihn war alles verloren, allein war die Quinta nicht zu führen. Weshalb zeigte sich Otelo so widerspenstig? Hatte er kein Verantwortungsgefühl? Was war geschehen, dass er alles von heute auf morgen im Stich ließ?

Dona Verónica führte Nicolas' mangelnde Aufmerksamkeit auf seinen Hunger zurück, denn sein Magen knurrte hörbar. Er war wegen der Fahrt nach Porto nicht zum Essen gekommen, das konnte er mittlerweile auf Portugiesisch ausdrücken. Quälend verging der Unterricht, erlöst verabschiedete Nicolas sich und fuhr nach Hause. Am Kreisverkehr vor der Brücke nach Peso da Régua überlegte er es sich anders und fuhr hinüber, er wollte zum Restaurant, in dem er mit Dr. Veloso gegessen hatte. Er brauchte Gesellschaft, wollte sich ablenken, nicht an Rita denken, dazu war die Nacht zu heiß. Es kühlte zwar ab, aber tagsüber stieg das Thermometer auf knappe 40 Grad. So klein das Zentrum von Peso da Régua auch war, die Innenstadt war vollgeparkt, und so stellte er den Wagen in einer geschlossenen Tankstelle ab; dort störte er niemanden, und bis zum Restaurant waren es wenige Minuten zu Fuß.

Er ging noch einmal um den neuen Wagen herum, der im fahlen Licht der Bogenlampen besonders massig wirkte.

Er gefiel ihm, besonders die praktische sandfarbene Lackierung, man würde den Staub nicht sehen. Außerdem, und das war das Entscheidende, war der neue Wagen ein weithin sichtbarer Ausdruck dafür, dass er beabsichtigte, trotz aller Widrigkeiten zu bleiben.

»Hello, Nicolau!«

Erstaunt drehte er sich um, da traf ihn ein Faustschlag ins Gesicht.

Er taumelte und riss die Arme hoch, um sich zu schützen, da bekam er einen Tritt in die Kniekehle, was ihm die Beine unter dem Körper wegriss, und er ging neben dem Vorderrad des Wagens zu Boden. Jemand wollte seinen Kopf packen, aber das Haar war zu kurz. Vier Hände rollten ihn auf den Bauch, er war zu überrascht, um an Gegenwehr zu denken. Er schrie, jemand trat ihm auf den Kopf und hielt ihn mit dem Fuß am Boden, während ein zweiter Mann ihm die Arme auf den Rücken riss und blitzschnell etwas um seine Handgelenke wand. Dann wurde er durchsucht. Er hörte das Futter seiner Jacke reißen. Die Brieftasche wurde herausgezerrt, klatschte wieder auf den Beton. Dann kamen die Hosentaschen dran, der neue Autoschlüssel klimperte. Also darum ging es. Während der Fuß sein Gesicht weiter auf den Boden presste, hörte er, wie der Wagen ansprang. Der Fuß wurde von seinem Kopf zurückgenommen, dafür traf ihn ein Tritt in den Rücken. Der Schmerz nahm ihm die Luft, und beim Versuch, Atem zu holen, hörte er Türen schlagen, das Aufheulen des Motors. Dann entfernte sich der Wagen.

Nicolas krümmte sich, rollte sich auf die Seite, versuchte gegen den Schmerz zu atmen, zerrte an den Handfesseln, und als er sich nicht befreien konnte, schrie er. Er stieß einen erstickten Schrei aus, denn wie »Hilfe« auf Portugiesisch hieß, hatte ihm noch niemand beigebracht.

Lichter gingen an, ein Mann lief herbei. Zwei weitere kamen, knieten sich neben ihn. Er verstand sie nicht. Endlich band ihm jemand die Hände los, und er fühlte Nässe im Gesicht. Es roch nach Blut. Als er sich mit den taub gewordenen Händen durchs Gesicht fuhr, waren die Handflächen klebrig. Er blutete im Gesicht. An der Lippe und oberhalb der Schläfe und am Jochbein war die Haut aufgeplatzt. Die Helfer lehnten ihn an eine Zapfsäule und redeten auf ihn ein, weder verstand er etwas noch sagte er ein Wort. Er sah ein Elektrokabel – damit also hatten sie ihm die Hände gefesselt. Dann kam ein Polizeiwagen. Sie nahmen ihn mit. Er wunderte sich, dass man ihm das Mobiltelefon gelassen hatte, glücklicherweise war Dr. Velosos Nummer gespeichert, und eine Viertelstunde später war der Arzt da.

Kopfschüttelnd stand er vor ihm. »Was machen Sie für Unsinn? Eine Katastrophe jagt die nächste. Ihr Glück, dass Sie nicht unter dem abgerutschten Weinberg begraben wurden – und jetzt das.« Dr. Veloso reinigte die Kopfwunde. »Wie viele Männer haben Sie denn überfallen?«

»Sind Sie auch Polizeidolmetscher?« Nicolas hatte nicht bedacht, dass Dr. Veloso auf diese Weise erfuhr, was vorgefallen war. Er konnte nur hoffen, dass er es nicht weitererzählte. Der Überfall war ihm peinlich, er hätte sich lieber nur der Polizei anvertraut.

»Wir können auch bis übermorgen warten, bis ein offizieller Übersetzer zur Verfügung steht. Dann finden wir Ihr Auto nie wieder. Wir müssen schnell sein, sicher bringt man den Wagen über die spanische Grenze. Jetzt halten Sie verdammt noch mal den Kopf still. Ich muss die Wunde vereisen, da ist Sand drin ...« Nicolas empfand die Prozedur als äußerst schmerzhaft und schnappte nach Luft.

»Wie viele waren es nun?«

»Zwei«, murmelte Nicolas. Beim Sprechen knackte und schmerzte das Kiefergelenk, während Veloso die Wunde reinigte. »Oder auch drei. Ich weiß es nicht.«

»Haben Sie niemanden gesehen?«

»Nein, aber ...«

Nicolas hörte, wie einer der Uniformierten dem Arzt etwas sagte.

»Der Tenente hält es für möglich, dass man Sie beobachtet hat, seit Sie den Wagen in Porto übernommen haben. Ein Angestellter des Autohändlers kann den Tätern einen Hinweis gegeben haben, das wird überprüft. Diese Autos sind gefragt, besonders im Osten, oder man bringt ihn nach Ceuta und von dort aus nach Marokko. Die Wagenpapiere sind weg? Das Pack arbeitet mit den Grenzbehörden zusammen, alle sind käuflich.«

Es hörte sich plausibel an, nur was Nicolas störte, war, dass die Polizei, vielmehr die Guarda Nacional Republicana, sofort jemanden präsentierte, der als Täter in Betracht kam, ohne überhaupt nachzuforschen. Niemand machte sich die Mühe, den Tatort abzusuchen, auf das Kabelende hatte er sie aufmerksam gemacht, sie hätten es liegen lassen.

»Glauben Sie nicht, es wäre sinnvoll, erst mal so was wie Spurensicherung zu betreiben?«, fragte Nicolas, während der Arzt noch immer mit der Wunde im Gesicht beschäftigt war, was entsetzlich wehtat. »Wir sollten noch einmal zur Tankstelle fahren!«

»Das hält man für wenig sinnvoll«, meinte Veloso nach kurzer Rücksprache. »Was wollen Sie dort finden? Eine Visitenkarte? Weshalb haben Sie überhaupt mitten in der Nacht an der Tankstelle gehalten?«

Nicolas erklärte, dass er im »Cacho d'Oiro« essen gehen wollte.

»Dann bin ich quasi schuld am Überfall«, meinte der Arzt zerknirscht. »Wollen Sie darauf hinaus? Aber an einem so finsteren Ort stellt man keinen fabrikneuen Wagen ab. Das ist dumm.« Wieder wandte er sich an den Tenente, dann an ihn. »Wie lautet die Autonummer?«

Nicolas stieß hörbar die Luft aus. »Woher soll ich das wissen? Ich habe den Wagen erst seit heute.«

»Sie werden sich doch die Nummer gemerkt haben?! Nein?« Der Arzt verdrehte die Augen. »Meine Güte, wie weltfremd sind Sie eigentlich? In Berlin werden jede Nacht sicher 100 Autos geklaut. Die Diebe sind längst über alle Berge, oder sie lassen den Wagen einige Wochen in einer Garage stehen. Dann müssen wir warten, bis morgen die Geschäftszeit beginnt, und bei der Firma nachfragen. In Porto, sagten Sie? Und was ist das für ein Fabrikat? Oder wissen Sie das auch nicht?«

Nicolas zuckte mit den Achseln. »Hilus, so ein Fantasiename, fabrikneu, hellbraun, mit Anhängerkupplung. Man müsste das Ding doch finden, vonseiten des Verkäufers her, über Satellitenortung, GPS, der hat einen derartigen Sender.«

»Das waren Profis«, meinte Dr. Veloso nach Rücksprache mit dem Tenente, »die wissen, wo der Sender steckt, und legen die Elektronik lahm. Halten Sie verdammt noch mal den Kopf endlich still ...«

Nachts brachte ein Taxi Nicolas zurück auf die Quinta. Er sah aus wie ein Boxer nach einem verlorenen Kampf. Mutlos stemmte er sich aus dem Wagen. Veloso hatte ihm Schmerztabletten mitgegeben. Falls die Schmerzen anhalten sollten, musste er zur Ultraschalluntersuchung ins Krankenhaus. Besser, er würde das in Berlin über sich ergehen lassen, die Ärzte seien gewissenhafter, und er könne sich unter seinen Landsleuten besser verständlich machen. Bis dahin hatte Nicolas dem Arzt zugestimmt. Doch der letzte Ratschlag hatte ihn hellhörig gemacht. Von da an hatte er genau hingehört: »Damit ist ja dann wohl Ihr intellektueller Ausflug in die Weinwelt beendet.«

Genau dieser Satz war einer zu viel. Er würde von jetzt an so umsichtig sein wie noch nie in seinem Leben. Jemand in seiner Umgebung war total durchgeknallt, wollte ihn vielleicht sogar umbringen. Aber den Schwanz einziehen wie Perúss kam nicht infrage. Er war kein Feigling, hinzu kam die Verabredung mit Otelo, von der er sich viel versprach, außerdem wollte Happe kommen, und Sylvia hatte sich auch angekündigt.

Beide würden ihm raten, sofort zu verschwinden. Sylvia würde es begrüßen, aber sich über seine Rückkehr nicht wirklich freuen, höchstens darüber, ihrem Ziel näher gekommen zu sein. Happe dachte auch egoistisch – wer verzichtet schon gern auf einen Freund? –, aber er würde es bedauern, dass Nicolas sich vor einem Stärkeren hatte zurückziehen müssen. War das der Fall?

Nicolas stand noch immer vor dem Haus und schaute ins Tal. Dort, wo der Fluss herkam, zeigte sich über den Bergen ein feiner Schimmer, *amanhecer*, die Morgendämmerung – oder war es mehr ein Grauen? Nicolas kannte den Gegner nicht, woher sollte er dann wissen, ob er stärker war? Bisher hatte er keinen Erfolg gehabt, aber das besagte wenig. Es raschelte, und Nicolas wirbelte herum. Zu seiner Erleichterung sah er Perúss, der neben ihm stehen blieb und an seinem Bein schnüffelte. Wer profitierte am meisten, wenn er die Quinta aufgab?

Es bestand eine Möglichkeit, das herauszufinden. Er musste die Erbregelung vor allen Mitarbeitern gleichzeitig offenlegen. Er musste wissen, welche Regelung Friedrich für die Belegschaft vorgesehen hatte, wer wie viel bekommen würde. Für das Haus gab es Kaufinteressenten, und von den Arbeitern der Fremdfirma müsste er herausbekommen, wer ihnen die Anweisungen gab.

Er ging in den Salon und legte eine Schallplatte auf, die seine Gefühle hervorragend traf: MC5, die totale Chaosgruppe, frühester Punk, Heavy Metal, nicht als Popversion mit geschminkten Gesichtern, sondern mehr Schrottplatz. Led Zeppelin klang wie eine Pfadfindercombo im Vergleich dazu. Es waren alles Wahnsinnige, die Instrumente und Gehörgänge zerstörten, in keiner Montagehalle konnte ein derartiger Krach herrschen, das gab es nur auf der Bühne, und genauso war ihm zumute, er hätte um sich schlagen können, hämmern, die Gitarrensaiten rauf und runter, Gonçalves ohrfeigen, nichts half. Nicolas knirschte vor ohnmächtiger Wut mit den Zähnen.

Wenn sie mit ihm kooperieren würden, würde er ihnen zuhören. Kooperieren würde bedeuten, dass sie ihn näher an den Wein bringen würden, ihr Wissen über die Geschäftsabläufe mit ihm teilen würden. Und er müsste den Laden am Laufen halten. War er dafür geeignet? Entwerfen konnte er hier auch – ein Weingut, vielleicht auch einen Lebensplan. Die Arbeit begann Nicolas zu gefallen, und gleichzeitig wurde es brenzlig. Teufel auch, wie weit würde die Auseinandersetzung eskalieren? Jetzt fehlten noch Hieb- und Stichwaffen, danach die Schusswaffen.

Am nächsten Morgen erledigte er das, was nach dem Diebstahl einer Brieftasche mit Dokumenten und Plastikkarten nötig war, telefonierte mit der Deutschen Botschaft und fragte, wie er zu einem neuen Personalausweis käme. Den Pass hatte er im Gegensatz zu sonstigen Reisen mitgenommen. Er berichtete Gonçalves von dem Überfall, was bei dem Verwalter wieder einen Schweißausbruch zur Folge hatte. Seine Selbstsicherheit war auf einmal wie weggeblasen. Der hält nicht mehr lange durch, dachte Nicolas und betrachtete den kleinen ängstlichen Mann, dessen Augen unruhig hin- und herhuschten und der mit den Fingern an der Schreibtischkante herumfuhr. Gonçalves hatte sich übernommen. Das Komplott, das gegen ihn, Nicolas, gerichtet war, konnte von einem Einzelnen geschmiedet werden, es funktionierte aber nur, wenn mehrere beteiligt waren. Und von denen scherte immer einer aus. Entweder man kaufte ihn oder brachte ihn anders zum Schweigen.

Lourdes war gewonnen, Dona Firmina hörte auf ihren Ehemann, Pacheca stand zaghaft auf seiner Seite. Nicolas musste ihn direkt mit Gonçalves konfrontieren. Und er sollte sich an den Kellermeister halten. Den hatte er gestern nicht gesehen, aber der Gehilfe hatte ihm nachgestarrt, hatte den neuen Wagen mit gierigen Augen bestaunt, danach hatte er Nicolas lauernd ins Gesicht geblickt. Für den Bruchteil einer Sekunde hatte Nicolas ihm hinter die Stirn geschaut. So offen war er dem Neid noch nie begegnet.

Bislang hatte er nie etwas besessen, worauf andere hätten neidisch werden können, außer seiner Herkunft, aber daraus hatte sich nichts abgeleitet. Er war den so genannten gesellschaftlichen Pflichten konsequent aus dem Weg gegangen. Er war ein guter Basketballspieler gewesen, das hatte ihn in der Schule beliebt gemacht. Er hatte seiner Mannschaft und der Schule Punkte gebracht. Er war als Spieler bekannt und nicht als der Sohn von irgendeinem Baulöwen. Wahrscheinlich hatte er es nur der Scheidung seiner Eltern zu verdanken, dass sie ihn nicht in eines dieser Internate gesteckt hatten, wo man für den Rest seines Lebens die nötigen Kontakte verpasst bekam. Unter der Scheidung hatte er nie gelitten, im Gegenteil, sie hatte ihm seine Unabhängigkeit ermöglicht. Reiten, Golf oder Tennis waren nicht sein Ding. Stattdessen hatte er von Sichel, dem Onkel mütterlicherseits, das Billardspiel gelernt. Sichel, den alle beim Nachnamen nannten, war nie ein Onkel wie Friedrich gewesen, mehr ein Bruder.

Früher hatte Sichel mit einem Weinhändler in den Bahnhofskneipen Billard gespielt, manchmal hatten sie ihn mitgenommen, doch dieser Freund betrieb inzwischen eine Kellerei in Bordeaux. So jemand müsste in Reichweite sein, dachte Nicolas, aber Bordeaux ist nicht der Rio Douro, der Winzer würde mit Portwein wenig anfangen können.

Der Anruf eines Journalisten aus Barcelona riss Nicolas am Nachmittag aus seinen Grübeleien. Ein Henry Meyenbeeker, ein Deutscher mit einem Informationsdienst für iberische Weine, wollte die Quinta gerne heute noch besichtigen. Er recherchiere für eine Geschichte über Ausländer im portugiesischen Weinbau. Nicolas wollte eigentlich niemanden sehen, er fühlte sich wie nach einer durchzechten Nacht. Das Gesicht und der Rücken schmerzten, und den Mitarbeitern ging er aus dem Weg. Weshalb er dem Besuch trotzdem zustimmte, wusste er nicht.

Zumindest war Meyenbeeker sympathisch, wie er vor der Quinta aus seinem Kombi stieg und Perúss freundlich begrüßte. Ein gutes Zeichen. Nicolas führte Meyenbeeker durch die Quinta und erklärte, so gut es ging. Bei Weinexperten musste er sich vorsehen, lieber ein Wort zu wenig als eines zu viel, und als sie den Rundgang durch die Kellerei hinter sich hatten, war die Vorführung der Weinberge an der Reihe.

»Wir müssen Ihr Auto nehmen«, meinte Nicolas entschuldigend. »Mein Wagen wurde mir letzte Nacht geklaut.«

Meyenbeeker blieb stehen. »In dieser Einöde werden Autos geklaut?«

»Nein, in der Stadt, in Peso da Régua.« Nicolas überlegte, ob er dem Reporter mehr erzählen sollte, nahm dann aber doch Abstand.

»Es gibt in der Nähe ein Weingut. Der deutsche Winzer Meyer-Näkel von der Ahr steckt da mit drin. Es ist die Quinta da Carvalhosa. Arbeiten Sie mit denen zusammen?«

»Ich wusste gar nicht, dass hier ein deutscher Winzer lebt.«

»Soweit ich weiß, lebt er nicht hier. Er hat seine Leute auf der Quinta und einen Önologen, die sich darum kümmern. Dann kennen Sie auch seine Weine nicht?«

»Ich weiß nicht einmal genau, was ich alles im Keller

habe«, murmelte Nicolas, ohne zu bedenken, welche Schlüsse der Weinjournalist daraus ziehen konnte, aber der schwieg und achtete auf die Löcher in der Piste. Nicolas sah ihn von der Seite an. Meyenbeeker war Anfang bis Mitte 40, hinter dem Steuer des Wagens wirkte er groß, wenn auch nicht gerade athletisch, und kaum schaute Nicolas ihn an, blickte Meyenbeeker zurück, als hätte er den Blick gespürt. Seinen Augen entging nichts, nicht das kleinste Schlagloch. Sicher lag es an seinem ständigen Aufenthalt in den Weinbergen, dass er gesund und erholt aussah, als käme er gerade aus dem Urlaub.

»Sind Sie schon länger am Rio Douro unterwegs?«, fragte Nicolas, nachdem er Meyenbeeker einen Überblick über seine Weinberge verschafft hatte.

»Drei Tage, aber es ist nicht die erste Reise. Ich war bereits vor drei Jahren hier, und im letzten Jahr, allerdings war ich da mehr im Süden, im Alentejo und auf Madeira, ich war gerade aus Chile zurückgekommen ...«

»Da waren Sie auch? Und Sie kennen sich mit all den Weinen aus?«

»Mehr oder weniger«, sagte Meyenbeeker, »aber eigentlich bin ich Rioja-Fan, außerdem arbeitet meine Freundin dort.« Er wandte sich Nicolas zu. »Sie leben ganz allein hier?«

»Mehr oder weniger«, sagte Nicolas und dachte mit Ingrimm an die Menschen, die tagsüber die Quinta bevölkerten. Er war froh, wenn sie gingen. »Meine – Freundin kommt in wenigen Tagen ...« Nicolas dachte an Rita.

»Ich möchte Ihnen nicht zu nahe treten, aber Winzer sind Sie nicht. Sie haben die Quinta von Ihrem Vater oder Onkel übernommen? Wenn ich mich recht erinnere, hatte ich bei meinem letzten Besuch mit einem wesentlich älteren Herrn zu tun, mit Friedrich Hollmann. Und es gab noch einen Portugiesen, ich habe mir seinen Namen gemerkt, weil er die Hauptperson in einem Shakespeare-Drama ist,

Othello. Ich fand den Namen unpassend, Ihr Otelo ist viel zu klein. Gibt es den auch nicht mehr?«

»Doch, der hat was in Lissabon zu erledigen«, sagte Nicolas ausweichend. »Das Weingut habe ich tatsächlich von meinem Onkel übernommen, er ist im April verstorben. Ich kümmere mich einstweilen um alles.« Für Nicolas war das Thema beendet, mehr Worte wollte er darüber nicht verlieren.

Nach dem Mittagessen, zu dem er Meyenbeeker ins »D.O.C.« eingeladen hatte, kam ihm die Idee, sich der Dienste des Journalisten zu bedienen. Es wäre unauffälliger, wenn Meyenbeeker an seiner Stelle einige heikle Fragen klären könnte.

»Wenn Sie schon einige Tage hier sind – waren Sie auf der Quinta do Andrade?« Es war ein Schuss ins Blaue, aber auch die trafen manchmal.

»Die steht nicht auf meinem Besuchsplan. Ist sie zu empfehlen?«

»Ich glaube, ja«, behauptete Nicolas, obwohl er nicht die geringste Ahnung hatte; hoffentlich stellte er sich nicht bloß. »Mich würde interessieren, ob die Quinta do Andrade expandiert. Könnten Sie mir einen Gefallen tun und das für mich herausfinden? Ein wenig über den Hintergrund, Produktionsmenge, Zahl der Mitarbeiter, Umsatz, na ja, einen kleinen Überblick eben. Und ob sie an neuen Weinbergen interessiert sind, Sie verstehen?«

»Wollen Sie verkaufen?«

Nicolas grinste. »Nein, im Gegenteil. Ich will wissen ...«

Meyenbeeker rümpfte die Nase. »Dann soll ich Spionage für Sie betreiben?«

14

Lissabon

Sein Herzklopfen ließ ihn nicht schlafen, und Nicolas starrte an die Decke. Draußen zeigte sich der erste Schimmer des neuen Tages. Es würde heiß werden, sehr heiß, die Nächte brachten kaum Abkühlung. Er hatte die Klimaanlage ausprobiert. Sie hatte ihm Erleichterung verschafft, aber leider auch Halsschmerzen, deshalb benutzte er sie nicht länger. Er hatte am Vortag zu viel getrunken, Meyenbeeker war erst gegen ein Uhr in der Frühe aufgebrochen. Sie hatten sich ausgesprochen, was dringend nötig gewesen war.

Der Journalist hatte zu viel von ihm und Friedrich gewusst, er konnte das unmöglich bei seinem ersten Besuch hier von Friedrich und Otelo erfahren haben, und so war Nicolas durch intensives Fragen darauf gekommen, wer ihn geschickt hatte. Dann war es einfach gewesen, den Hergang zu rekonstruieren. Dummerweise hatte Happe in seiner Sorge um Nicolas' Gesundheit Sylvia angerufen. Die beiden waren über ihren Schatten gesprungen – ein einmaliger und unwiederholbarer Akt – und hatten sich getroffen, woraufhin Sylvia Nicolas' Mutter kontaktiert hatte. Die wiederum hatte sich an ihren Bruder Sichel gewandt, damit der seinen Winzerfreund in Saint Emilion einschaltete, Martin Bongers, einen ehemaligen Frankfurter Weinhändler. Der stand in Verbindung mit Henry Meyenbeeker, seit der über den Mord an Bongers' Freund Gaston Latroye berichtet hatte. Und ihn hatte seine Mutter gebeten oder ihm den Auftrag erteilt, unter dem Vorwand einer Reportage hier nach dem Rechten zu sehen. Eine europaweite Verschwörung. Nicolas hatte Meyenbeeker, nachdem er davon erfahren hatte, vor zwei Tagen rausgeworfen. Er brauchte kein Kindermädchen und er hatte sich die unerwünschte Einmischung verbeten.

Umso überraschter war er gewesen, als Meyenbeeker gestern wieder aufgetaucht war.

»Ihr Verwalter, Gonçalves, hat Ihre Arbeiter entlassen!« Mit diesen Worten war der Journalist auf ihn zugekommen, um Nicolas den Wind aus den Segeln zu nehmen.

»Das weiß ich längst«, fauchte ihn Nicolas an. »Wenn Sie gekommen sind, um mir das zu sagen, können Sie gleich wieder verschwinden.«

»Die Weinberge werden jetzt von den Arbeitern der Quinta do Andrade gepflegt, denn der Betreiber wird Ihre Weinberge kaufen, die der Klassen A und B, die werden von seinen Leuten bereits nach dessen Methoden bearbeitet. Die Unterschrift unter die Verträge scheint eine Frage von Tagen zu sein. Wer allerdings der Verkäufer ist, wollte man mir nicht sagen. Das war's, nur damit Sie es wissen. Was Sie damit anfangen, bleibt Ihnen überlassen. Alles Gute für die Zukunft. Ich habe schon mal eine Story über einen Winzer geschrieben, dem sein Eigensinn das Genick gebrochen hat. Der ist unter einem Stapel Paletten zu Tode gekommen, Genickbruch. Treppe und Bergrutsch scheiden bei Ihnen aus, das hatten wir schon. Es gibt da noch andere Möglichkeiten.«

»Sie wissen davon?« Nicolas wandte sich ab und starrte ins Tal. Er kämpfte mit sich.

»Glauben Sie, dass Sie sich was vergeben, wenn Sie Hilfe in Anspruch nehmen?«

»Niemand hilft selbstlos, höchstens, um Einfluss zu gewinnen, um den Fuß in die Tür dieser Quinta zu kriegen und um mir später sagen zu können: ›Ohne mich hättest du das nie geschafft.‹«

»Wer sollte das sagen?« Meyenbeeker wirkte ungerührt, er war absolut sachlich. Wie er dachte oder was er fühlte, ob ihm die Angelegenheit persönlich naheging, blieb Nicolas verborgen. Vielleicht mussten Journalisten so sein.

Erst spät in der Nacht hatte Meyenbeeker über sich geredet und darüber, was ihn nach Barcelona verschlagen und zum Aufbau eines eigenen Pressedienstes bewogen hatte. Da hatten sie bereits die dritte Flasche geöffnet. Meyenbeeker hatte schnell erkannt, welche Schätze Nicolas im Keller liegen hatte. Zuletzt war es ein Wein der Quinta da Gaivosa gewesen. »In zehn Jahren im Holzfass weich und rund geworden, sehr kräftig, würzig, erdig und warm«, wie der Journalist ihn qualifiziert hatte. Nicolas hatte er einfach nur gut geschmeckt.

Seinen Einwand, womöglich wegen äußerer Einmischung die Unabhängigkeit zu verlieren, hatte Meyenbeeker gelten lassen. Seine Freundin war die Tochter des Besitzers einer großen Kellerei in La Rioja, der ihm die Leitung seiner Abteilung für Öffentlichkeitsarbeit angeboten hatte. Meyenbeeker hatte mit demselben Argument wie Nicolas abgelehnt. Das Leben war seitdem doppelt so hart, aber auch doppelt so interessant geworden, und er musste niemandes Weine schönreden, auch nicht die seines zukünftigen Schwiegervaters. Das Einzige, was ihn an Barcelona störte, war das nationalistische Getue um Katalonien, um die Sprache und das Verständnis von Autonomie.

Meyenbeeker hatte sich Nicolas' Geschichte angehört und geschwiegen. Weder hat er sich zu Mutmaßungen hinreißen lassen noch mir Ratschläge erteilt, dachte Nicolas und sah die Schatten der Nacht weichen. Langsam gewannen die wenigen Möbel in diesem spartanisch eingerichteten Zimmer Konturen. Er hätte gern länger geschlafen, aber vor der Fahrt nach Lissabon war er viel zu aufgeregt. Er rollte sich auf die Seite, dann auf den Bauch, und dabei erinnerte er sich, dass Meyenbeeker doch eine Vermutung geäußert hatte. Sie betraf den Raub des Wagens. Der Journalist war der Ansicht, dass normale Gangster ihn mit einer Waffe bedroht oder ihn niedergeschlagen hätten, aber ihm niemals die Hände auf dem Rücken gefesselt hätten – und dazu noch so geschickt, wie Nicolas es beschrieben hatte. Menschen auf den Boden werfen und sie dort fixieren, das erinnerte ihn an den Stil der Polizei. Sie waren anschließend in die Bibliothek gegangen und hatten in den Mappen mit vergilbten Zeitungen Fotos aus den Siebzigern des letzten Jahrhunderts mit Aufnahmen von Demonstrationen gefunden. Die Technik war identisch; auf dem Bauch, das Gesicht am Boden, ein Knie im Rücken und die Hände gefesselt. Als Nicolas sich jetzt in aller Deutlichkeit an den Überfall erinnerte, stand er auf, ging unter die Dusche, wusch sich vorsichtig das Haar über der Badewanne und erneuerte die Wundauflagen an Schläfe und Jochbein.

In barschem Ton forderte er Gonçalves später auf, ihn zum Bahnhof von Régua zu fahren. Der Verwalter gehorchte widerspruchslos. Er begriff, dass sich etwas geändert hatte, und die Angst saß ihm offenbar so tief in den Knochen, dass er Nicolas sogar die Reisetasche zum Wagen trug.

»Wovor fürchten Sie sich, Mister Gonçalves? Davor, dass mir noch mehr zustößt? Oder fürchten Sie sich davor, dass man Ihnen dazu Fragen stellen könnte, zum Beispiel, weshalb Sie der Quinta do Andrade meine Weinberge verkaufen wollen?« Das war lediglich eine Vermutung. Gonçalves reagierte nicht. »Oder haben Sie Angst, dass man fragen könnte, wer die Abfindung für Antão Pacheca aufgebracht hat? Für mich ist der Ärger bald vorbei, aber für Sie fängt er gerade erst an.« Das hoffte er zumindest.

Gonçalves erstarrte, er blickte geradeaus, die Arme bewegten das Lenkrad mechanisch, er bemühte sich, Nicolas nicht sehen zu lassen, wie sehr ihm das Gesagte zu schaffen machte. Er öffnete den Mund, aber Nicolas schnitt ihm das Wort ab.

»Ihre Meinung interessiert mich nicht, weder Erklärungen noch Entschuldigungen, gar nicht, verstehen Sie? Sie sind erledigt!«

»Gute Reise, Senhor«, sagte der Verwalter kleinlaut, als Nicolas mit kleinem Gepäck am Bahnhof ausstieg. Er hatte nicht einmal zu fragen gewagt, wo Nicolas hinfuhr und wann er zurückkäme. Wahrscheinlich nach Porto, von Régua aus fuhr man immer nach Porto und selten flussaufwärts.

»Bestellen Sie Dona Firmina, dass ich übermorgen zurück bin und zwei Gäste mitbringe. Sie möchte bitte für drei Personen ein schönes Abendessen vorbereiten. Wer die Gäste sind? Zwei Leibwächter...«

Die Strecke am Douro entlang war eine der schönsten, die Nicolas kannte. Heute war ihm die Erinnerung an seine erste Reise gegenwärtig wie nie zuvor. Das Wetter war damals genauso herrlich gewesen. Allein dieser Landschaft wegen lohnte es sich, um die Quinta zu kämpfen, und er dachte an die Zukunft.

Da noch Zeit blieb, stieg er in Porto nicht am Hauptbahnhof aus, sondern fuhr weiter bis zur Station São Bento – und war mitten im Großstadttrubel. Er blieb vor der Bahnhofshalle stehen, sah die Menschen vorbeihasten, die Autos sich in den Straßen stauen. Er roch den Gestank der Auspuffgase, hörte den Lärm der Motoren und Hupen, und er wollte weg, zurück an den Fluss, auf den Berg, zu seinem Haus. Das dritte Ufer kam ihm in den Sinn, doch wie konnte man an etwas denken, das man gar nicht kannte? Er dachte darüber nach, als der Schnellzug nach Lissabon wunderschöne Gärten mit Dattelpalmen passierte. Eine dieser Palmen, deren Wedel ihn, wenn der Mond darauf schien, an ein Feuerwerk erinnerten, so eine würde er auf der Quinta neben die von Friedrich setzen, um sich an seinen Anfang zu erinnern. Der Zug fuhr am Meer entlang, wo der Nebel herkam, der die Ferienorte gnädig einhüllte, die eigentlich nichts anderes waren als Maschinen zum Geldmachen. Man sollte die Architekten, die sie entworfen hatten, dort einsperren lassen.

Bei Aveiro dachte er an den flüssigen Käse von Dona Firmina, und schließlich traf die Bahn den Rio Tejo, dessen Ufer immer weiter auseinanderrückten. Nicolas sah die glänzende Wasserfläche, und er fragte sich, ob Lissabon ihn näher ans Ufer bringen würde, an sein Ufer, oder ob die Stadt ihn davon entfernen würde. Obwohl er nervös war und sich freute, Rita zu treffen, verfinsterte sich seine Stimmung, er wurde missmutig und fragte sich, wozu er sich derartigen Gefahren aussetzte. Er könnte es bequemer haben. Wirklich zu leben, war allerdings immer gefährlich. Weder Frankfurt noch der Platz am Rechner des Architekturbüros waren bequemer, wenn er bedachte, was er dafür aufgeben müsste.

Er hatte diesen schrecklich guten Roman José Saramagos gelesen, ›Die Stadt der Blinden‹. Friedrichs Bibliothek war unerschöpflich, in einem Leben zusammengetragen. Dieses Buch und die Menschensicht des Autors hatten ihm keinen Mut gemacht. ›Die Stadt der Sehenden‹ stand im Regal direkt daneben, er würde es nach der Rückkehr auf die Quinta lesen.

Der Zug war nahezu leer, als er die Endstation Santa Apolónia erreichte. Mutlos griff er nach der Reisetasche. Wenn sich das Treffen mit Otelo als Seifenblase herausstellte? Aber da stand SIE, am Anfang des Bahnsteigs, Rita, Lovely Rita, und empfing ihn mit einem strahlenden Lächeln. Sie fielen sich in die Arme und blieben umschlungen stehen, als wären sie bereits ein Liebespaar. Und er musste gegen die Tränen kämpfen. Es war ihm gleichgültig, dass der ältere Herr, der an einem Pfeiler lehnte, herüberstarrte.

»Was ist mit deinem Kopf passiert?« Rita schob Nicolas

von sich weg. »Was sind das für Pflaster?« Sie sah ihn an – in ihren Augen lagen Wiedersehensfreude und Erschrecken.

»Ich erklär's dir später, aber wieso bist du überhaupt hier? Woher weißt du ...?«

»Dein Senhor Otelo hat mich angerufen. Er sagte lediglich, *o Nico chega na estação de Santa Apolónia as quatro e media,* du kämest um 16.30 Uhr in Santa Apolónia an. Mehr nicht. Und du würdest wissen, was dann zu tun sei. Und du darfst auf keinen Fall mit irgendeinem Taxi fahren, sondern nur mit öffentlichen Verkehrsmitteln. Es ist nicht weit, wir müssen zur Estação Cais do Sodré, und von dort nimmst du den Bus zum Barrio Alto. Es ist ein schönes Viertel, lebendig, gute Leute, Alt und Jung gemischt. Ich kann dich leider nicht hinbringen, nur bis zu den Cais. Wir haben eine Besprechung wegen meiner Weinreisen. Da ist deine Quinta natürlich mit im Programm.« Sie lachte. Allein um das zu hören, hatte sich die Reise gelohnt.

Auf der Fahrt zu den Cais blieben sie befangen, wechselten kaum ein Wort und sahen sich an.

»Wir treffen uns heute Abend. Du kommst zu mir? Ich wohne in der Alfama, in der Nähe vom Castelo de São Jorge, da kommst du mit der Straßenbahn hin, mit der Linie sieben. Und denk dran, nicht mit dem Taxi fahren!« Mit diesen Worten verschwand sie in der Straßenbahn, und Nicolas fühlte sich schrecklich einsam. Er wusste nicht, was er in der Stadt anfangen sollte. Wieder war er von anderen abhängig, die ihn herumschickten. Als er zuletzt in Lissabon gewesen war, hatte er ein Programm gehabt. Er überquerte den Platz und ging zur Bushaltestelle. Mit seinen Portugiesischkenntnissen war es einfach für ihn, das angegebene Hotel zu finden. Es war eher familiär als touristisch. Das Zimmer war reserviert. Er empfand es als eng, da er sich inzwischen an ein großes Haus gewöhnt hatte, dafür bot sich zum Hof ein Blick auf das nachbarschaftliche Leben. Nicolas war keine zehn Minuten im Zimmer, als das

Telefon läutete, und er spurtete tropfnass aus der Dusche an den Apparat.

»An der Rezeption ist ein Herr für Sie, der Sie abholen will.«

»Wie heißt er?«

»Sie wüssten Bescheid«, sagte der Portier nach einer kurzen Rücksprache auf Portugiesisch.

Wenig später betrat Nicolas das Foyer. Ein Mann, nur wenig kleiner als er, kam auf ihn zu. Weder den bisherigen Beschreibungen noch dem Alter nach konnte es sich um Otelo handeln. Eine Sonnenbrille verbarg die Augen, ansonsten sah er grau wie ein Großstadtmensch aus. Er gab Nicolas die Hand.

Please, follow me«, sagte er und bedeutete, ihm zu folgen. Nicolas betrachtete von hinten den dichten Haarschopf. Der Haarwuchs dieses Mannes musste jeden Friseur an die Grenze seiner Fähigkeiten bringen. Nicht ein Haar, das gerade aus der Kopfhaut wuchs, die gesamte Oberfläche war von gegenläufigen Wirbeln geradezu verunstaltet.

Der Fremde hielt die rückwärtige Tür einer Taxe auf. Beim Wegfahren bemerkte Nicolas, dass ein Mann die steile Straße herauflief, stehen blieb und ihm nachstarrte. Hatte er ihm ein Zeichen gegeben?

Der Fahrer schaltete das Radio ein und stürzte sich in den Verkehr. Nicolas verlor jede Orientierung, er merkte nur, dass es von einer Anhöhe hinunterging. Unten überquerte man die Avenida da Liberdade, wie er auf einem Straßenschild las. Er sah den Obelisken, an ihm konnte er sich orientieren. Es war ihm unangenehm, herumgefahren zu werden, ohne dass er wusste, wohin es ging. Er war diesen Zustand endgültig satt. Als er den Obelisken wieder sah, diesmal von der anderen Seite, wusste er, dass sie zurückfuhren. Er begriff, dass der Fahrer nicht geradewegs auf sein Ziel zusteuerte. Wozu der Quatsch, waren das wieder Otelos übliche Sperenzchen? Nicolas zwang sich, ruhig zu bleiben. Das Ganze würde sich bald aufklären. Dann kamen sie zum zweiten Mal an einem Springbrunnen vorbei, und Nicolas verlor die Geduld. Er sah sich um, um zu überprüfen, ob ihnen jemand folgte, und er lauschte angespannt auf die Worte des Fahrers mit einem unbekannten Anrufer. Er verstand inzwischen weit mehr, als er seine Umwelt wissen ließ. Er meinte zu verstehen, dass er zu einem Treffpunkt gebracht werden sollte. Ob der Chef noch andere Anweisungen habe. Der Chef? Nicolas' Nervosität nahm zu. Nach den üblen Erfahrungen der letzten Wochen sollte er kein Risiko eingehen. Otelo konnte sich zum Teufel scheren, oder er sollte sich offen zeigen. Oder waren das nicht die Leute, mit denen er verabredet war?

Der Wagen hielt an einer Ampel, als Nicolas sich an Ritas Warnung erinnerte. Er war in einem gänzlich unbekannten Teil Lissabons. Die Straßen waren belebt, Menschen schoben sich an Geschäften vorbei, auf der anderen Straßenseite befand sich ein Kaufhaus – Nicolas riss die Tür auf, rollte sich aus dem Wagen und huschte geduckt zwischen den Passanten auf die Eingangstür des Kaufhauses zu. Hinter ihm begann ein Hupkonzert. Entweder hatte er sich gerade unsterblich blamiert oder sich gerettet.

Nach einer Viertelstunde über Rolltreppen und Korridore, als er sicher war, dass ihm niemand folgte, bestieg er einen Bus mit dem Fahrtziel Cais do Sodré, dem einzigen Platz, an den er sich erinnerte, von dort aus würde er das Hotel finden. Die Rushhour erreichte ihren Höhepunkt. Nicolas fand sich von Menschen eingekeilt und herumgestoßen, wie er es aus der Berliner U-Bahn kannte. Das war er nicht mehr gewohnt, seine Stimmung sank auf den Nullpunkt. Er hatte die Nase voll vom Versteckspielen.

Dann kam ihm Rita in den Sinn. »*Lovely Rita, meter maid, where would I be without you*«, summte er vor sich hin. In

Berlin würde er keine Chance haben, mit dieser wunderbaren Frau etwas anzufangen. Von Sylvia war er inzwischen unendlich weit weg. Sie existierte gar nicht mehr, weder in seinem Fühlen noch Denken. Plötzlich fiel ihm ein, dass er zur Verabredung mit Rita zu spät kommen würde. Aber das ließ sich telefonisch regeln.

Ihre Wohnung lag in einer kleinen Seitenstraße des Alfamaviertels. Rita hatte sie erst vor einem halben Jahr gemietet. Zwei winzige Räume, eine Küche, in der man sich kaum umdrehen konnte, und ein Duschbad, dafür eine Terrasse in den Ausmaßen der Wohnung, mit Liegestuhl, Sitzgruppe und jeder Menge Blumentöpfe. Beim Blick über Lissabon hatte Nicolas den Eindruck, auf einer Promenade am Meer zu stehen. Vor wenigen Monaten hätte ihm dieser Blick besser gefallen als der von seiner Terrasse am Douro, jetzt war es umgekehrt.

Rita kannte ein kleines Restaurant in der Nähe, recht günstig, aber wäre ihm das als Quintabesitzer fein genug? Hörte er da heimliche Kritik? Sollte er sich bemüßigt sehen, die Geschichte seiner Familie vor ihr auszubreiten?

Rita brachte einen gekühlten Rosé auf die Terrasse, und gemeinsam schauten sie über die Stadt, hörten in der Nähe die Straßenbahn kreischen, der Lärm der Autos war weit weg. Wieder waren sie befangen und wussten nicht, wie sie miteinander umgehen sollten, da nichts Geschäftliches zu besprechen war. Nicolas haderte mit sich, ob er ihr von der Irrfahrt des Nachmittags berichten sollte. Würde er sich lächerlich machen? Oder sollte er ihr sagen, dass ihm ihre Wohnung gefiel, so geschmackvoll mit dem Wenigen eingerichtet, das sie sich leisten konnte. Er könnte ihr sagen, dass es wunderbar war, sie anzuschauen, dass er sie schön fand und dass er nicht wollte, dass dieser Moment endete. Aber das wäre zu intim, außerdem wollte er sie nicht bedrängen. Wieso war er dann so befangen, ja geradezu ängstlich und darauf bedacht, ihr nicht zu nahe zu kommen?

Seine Gedanken wurden vom Klingeln des Telefons unterbrochen.

»Für dich«, sagte Rita erstaunt. »Wem hast du meine Nummer gegeben?«

Nicolas blickte sie bestürzt an. »Niemandem, ich schwör's!« Er griff nach dem Hörer. »Ja?«

»Ich hatte gesagt, du sollst nicht Taxi fahren. Benutze nur Bus und die *eléctrico*«, sagte eine feste und entschiedene Stimme auf Deutsch mit starkem Akzent. Die Stimme klang trotzdem freundlich. War das Otelo? Nicolas hatte sich seine Stimme älter vorgestellt.

»Geht heute Abend im ›Palmeira‹ essen. Die junge Dame kennt das Lokal. Es ist nicht weit. Mein Freund Nogueira kocht sehr gut – für 21 Uhr ist ein Tisch bestellt ...«

Bevor Nicolas sich dazu äußern oder etwas fragen konnte, war die Verbindung unterbrochen. Auf dem Display des Telefonhörers war keine Nummer erschienen.

»Ich wusste gar nicht, dass er Deutsch spricht ...«

»Erklär mir bitte, was das alles zu bedeuten hat«, sagte Rita und stellte ihr Glas ab. »Ich wüsste gern, worauf ich mich einlasse.«

Ich auch, dachte Nicolas. Dann begann er, ihr alles zu erzählen.

»Das heißt, dass wir beobachtet werden, nicht nur du, sondern auch ich«, sagte Rita. »Jemand ist über deine Schritte im Bilde, sowohl auf der Quinta als auch hier. Dann weiß Otelo, dass du bei mir bist – und andere wissen es vielleicht auch. Ich glaube nicht, dass nur dieser Gonçalves dahintersteckt. Das wäre zu viel für einen, und er ist ein kleiner Fisch. Die Weinberge sind allein viele Millionen wert. Das ist zu groß für ihn – das ist jedenfalls mein Eindruck. Und was kosten die Gebäude und der Garten?«

»Wenn die Typen aus dem Restaurant sich melden, werde ich es erfahren.«

»Woran ist dein Onkel gestorben, an Herzversagen? Das

ist ziemlich schwammig. Hat man es nicht weiter ausgeführt?«

»Nein, Dr. Veloso hat den Totenschein ausgestellt.«

»Was weißt du über ihn? In welcher Beziehung stand er zu deinem Onkel?«

»Sie kannten sich. Er war nicht sein Hausarzt.«

»Und was sagt der?«

»Worauf willst du hinaus, Rita?«

»Lass uns ins ›Palmeira‹ gehen, sonst vergeht mir der Appetit, außerdem ist es Zeit. Wir können nachher auf der Terrasse weiterreden, da hört niemand zu.«

Nicolas musste unter der niedrigen Eingangstür des Restaurants den Kopf einziehen. Das »Palmeira« machte einen ausgesprochen schlichten Eindruck, betrachtete man aber die Zahl der Gäste, musste das Essen sehr gut sein. Drinnen war es höllisch heiß. Es roch nach allen Rezepten Portugals, und man verstand beim Geschrei der tafelnden Gäste, dem Klappern des Bestecks und der Teller kaum, was die Kellnerin sagte, die mit mehreren Tellern auf sie zukam.

»Ob wir reserviert haben, fragt sie«, übersetzte Rita.

»*Sim*«, meinte ein älterer Mann, wahrscheinlich der Wirt, und winkte sie in einen Gang, an dessen Ende sich der Hof öffnete. In seiner Mitte wuchs in einem Kiesbett der Namensgeber der Kneipe, eine einsame Königspalme, die bis zu den Dächern der umliegenden Häuser ragte. Ringsum waren bis auf einen alle Tische besetzt.

»Es macht mich wütend, wenn alle anderen mehr wissen als ich.« Nicolas war drauf und dran zu gehen, aber Rita hielt ihn fest. Sie war neugierig, was geschehen würde, denn der Wirt behandelte sie wie Stammgäste. Wasser, Wein, Brot und Oliven standen auf dem Tisch.

Nicolas musterte unauffällig über den Rand der Speisekarte hinweg die Leute an den anderen Tischen. Hoffentlich befand sich nicht »zufällig« ein bekanntes Gesicht darunter. Er hatte nicht die geringste Ahnung, worauf er achten musste. In der Nähe saßen Paare und Gruppen. Man plauderte angeregt, aß mit Lust und genoss die Sommernacht. Nur am Nebentisch aß ein älterer Mann allein, sein Gesicht lag im Schatten, von seinem geneigten Kopf sah Nicolas lediglich den weißen Haarkranz und eine ausdrucksvolle Nase. Der Mann trug im Unterschied zu den anderen Gästen einen Anzug mit weißem Hemd und Krawatte, und er hatte trotz der Hitze nicht einmal das Sakko über die Stuhllehne gehängt. Er hob den Kopf, ihre Augen trafen sich, dann blickte der Mann auf Nicolas' Pflaster, ohne eine Reaktion zu zeigen, und widmete sich wieder seinem Essen. Er war bereits beim Hauptgang, also konnte er ihnen nicht gefolgt sein. Aber Nicolas wurde das Gefühl nicht los, den Mann schon mal gesehen zu haben. Der Ober, oder vielleicht war es sogar der Inhaber des Lokals, griff nach der Weinflasche, um einzuschenken. Nicolas kam ihm zuvor. Er kannte das Etikett und hielt es Rita hin:

»Weißt du, was das zu bedeuten hat?«, fuhr er sie an.

Sie wusste nicht, was er meinte, dann begriff sie.

»Fragen wir doch den Wirt.«

»Es ist einer der Weine auf unserer Karte, und Sie haben ihn selbst bestellt.«

Nicolas hasste derartige Eingriffe in sein Leben, er hasste es, wenn man ihn irgendwohin schob oder zog, wenn er verplant wurde. Nur Ritas Anwesenheit verhinderte, dass er wutentbrannt das Lokal verließ, Lissabon den Rücken kehrte, seine Siebensachen auf der Quinta einsammelte, Pereiras Vertrag annullierte und sich in Berlin irgendeinen Scheißjob suchte. Er war gespannt, was Otelo sich noch einfallen ließe. Flüsternd erzählte Nicolas Rita vom Raub des Wagens und bemerkte, dass ihre Hände so dicht beieinanderlagen, dass lediglich ein Streichholz dazwischen gepasst hätte. Als Rita es auch bemerkte, schaute sie ihn mit einem jener Blicke an, die sein Innerstes nach außen kehrten.

Während des Hauptgerichts erklärte Nicolas seine Schlussfolgerungen wegen der entlassenen Arbeiter und bestellte eine zweite Flasche Wein. Über die Schilderung der Zustände auf der Quinta vergaß er die Zeit, er bemerkte kaum, dass er inzwischen Ritas Hand ergriffen hatte, und sah erst wieder auf, als der Herr vom Nachbartisch zahlte, aufstand und im Weggehen grüßte.

Rita sah ihm nach. »War der nicht auf dem Bahnhof gewesen?«

»Das meine ich auch. Was hat er gesagt?«

»*Até amanhã,* habe ich verstanden, bis morgen. Hast du das gehört?«

»Nein«, meinte Nicolas nur und wollte mit seiner Erzählung fortfahren, doch Rita ließ nicht locker. »Bis morgen hat er gesagt. Wieso bis morgen? Was meint er damit? Nach allem, was du mir erzählt hast, wird es mir auch unheimlich.«

»Du hast dich verhört«, versuchte Nicolas sie zu beruhigen, dabei blieben ihm die Worte fast im Hals stecken.

Als rechts und links von ihnen die Tische frei wurden, unterhielten sie sich entspannter. Nicolas blieb trotzdem mit dem Mund an ihrem Ohr, und irgendwann drehte er sachte ihren Kopf, bis sie sich in die Augen sahen, und küsste sie.

»Eben noch hatte ich Angst«, sagt er, »jetzt bin ich ...« Er schluckte.

»Gefühle hängen alle in geheimnisvoller Weise zusammen«, flüsterte Rita und verschloss ihm den Mund.

Als sie gehen wollten, war die Rechnung bezahlt. »Von dem einzelnen Herrn vom Nebentisch?«, fragte Rita den Wirt.

»Sagen wir, es war ein Freund, ein sehr guter, *no fundo quase um membro da nossa família,* eigentlich mehr ein

Mitglied unserer Familie, wenn Sie so wollen. *E pela morte do seu tio, eu sinto muito.*« Er schüttelte Nicolas die Hand.

Rita blickte den Wirt erstaunt an und dann zu Nicolas hinüber. »Es täte ihm leid, sagt er, das mit dem Tod deines Onkels.«

»Noch ein Alleswisser. Hier scheint jeder über einen Geheimdienst zu verfügen. Lass uns verschwinden.«

In den Gassen der Alfama war es still geworden. Hier und da hörte man Musik oder das Lachen der Nachtschwärmer. Nicolas und Rita wanderten Arm in Arm durch das alte Viertel, über Kopfsteinpflaster, unter Bögen hindurch und gelangten zu einem Aussichtspunkt, von dem aus sie über den Tejo schauten, und Rita erklärte die Stadt. Sie tranken in einer winzigen Bar mit höchstens fünf Barhockern noch ein Glas und redeten ohne Pause.

Nicolas hörte mit Interesse, was es Rita gekostet hatte, gegen den Willen ihrer Familie zu studieren und den Eltern deutlich zu machen, dass sie sich damit nicht über sie erhob. Nach dem Examen wurde klar, dass sie als Romanistin niemals eine Anstellung finden würde. Die Häme ihres Vaters war widerlich gewesen, als sie wieder im Reisebüro anfing, und um dem zu entgehen, war sie nach Lissabon verschwunden und hatte ihren langjährigen Freund verlassen. Hier ging es in ihrem Sinne voran, auch wenn das Leben entbehrungsreich war. Sie war zumindest niemandem Rechenschaft schuldig. Am meisten unterstützte sie die Familie, bei der sie während ihres portugiesischen Studienjahrs gewohnt hatte.

»Wie weit muss man eigentlich laufen, damit sie einen in Ruhe lassen?« Die Frage war mehr eine Feststellung.

»Wer soll einen in Ruhe lassen, die Familie?

»Klar. Du kannst rennen, so weit du willst, du entkommst ihr nicht, du schleppst sie überall mit hin. Ich glaube zu wissen, weshalb Friedrich weggegangen ist. Wahrscheinlich, um den Konflikt mit seinem Bruder zu vermeiden, aber mehr noch, um er selbst zu sein. Er hatte keinen Bock auf die Frankfurter Finanzszene, er wollte sich sein Leben nicht diktieren lassen. Außerdem hat er etwas gesucht, was es nicht gibt.«

»Wie kommst du darauf?«

»Durch seine Bücher. Bei allen Autoren dreht es sich um Erkenntnis, um Kritik der Verhältnisse, um Freiheit und Unabhängigkeit, um eine menschenwürdige Gesellschaft ...«

Rita stimmte ihm zu. »Das ist wirklich ein Traum. Ich glaube, sie geben deshalb so viel Geld für die Raumfahrt aus, weil sie hoffen, irgendwo eine Spezies zu finden, wo das möglich ist. Bei den romanischen Autoren ist es nicht anders, da geht es um die Diktatoren und um das, was sie in unseren Köpfen anrichten. Es geht immer um Gemeinheiten. Die Verzweiflung von Fernando Pessoa hat mich anfangs geschockt, sein Ekel vor den Menschen, vor diesem Leben, Saramago setzt es fort ...«

»Ich habe gerade ›Stadt der Blinden‹ gelesen, ein grauenhaftes Buch ...«

»... ein großartiges Buch«, verbesserte Rita. »Den ›Doppelgänger‹ musst du auch lesen, steht alles in der Bibliothek deines – na, jetzt in deiner«, korrigierte sie sich schnell. »In beiden Sprachen. Du kannst es dir aussuchen. Aber wir waren bei einer anderen Frage, nämlich was der Hausarzt zur Todesursache deines Onkels gesagt hat.«

»Stimmt«, sagte Nicolas, »das wollten wir auf deiner Terrasse besprechen ...«

»Es gäbe da noch ein anderes Thema ...« Rita blieb stehen. »Willst du die Quinta behalten?«

Er biss sich auf die Unterlippe. »Wenn man mich lässt.«

»So darfst du die Sache nicht angehen.«

»Wie dann?«

Rita stellte ihre Liegestühle auf die Veranda, schob ein Tischchen dazwischen und ging Wein holen. Die Musik war etwas in Richtung Bossa nova und gut zum Tanzen. Er nahm Rita die Flasche und die Gläser aus den Händen, stellte alles auf das Tischchen und zog sie auf einen freien Platz zwischen den Blumenkübeln. Sie erzählte von ihren Anfängen in Lissabon, wie der Putz von den pittoresken Fassaden der Altstadt abgebröckelt war, wenn man vom Reiseführer aufblickte und sich die Stadt wirklich ansah. Dann sprach sie von Friedrich in einer Weise, die Nicolas eifersüchtig machte. Er würde auch gern so gesehen: souverän, selbstbewusst, belesen, ein Weinexperte. Rita musste sich mit dem Neffen begnügen, Friedrich war tot, es gab nur Nicolas und die Gegenwart. Sie sprach von Friedrichs Aura der Einsamkeit und des tiefen Misstrauens, das sie dahinter vermutet hatte. Seine Frau hätte sich nie gezeigt. Einmal nur hätte sie Dona Madalena in Peso da Régua gesehen, zusammen mit einem Mann.

»In dem Nest kennen sich ja alle. Meine Kollegin aus dem Reisebüro kannte ihn, einen Arzt, Doktor Velo oder so.«

Nicolas horchte auf. »Sie meinte sicher Dr. Veloso.«

»Kann sein.«

»Wieso hast du mir das nicht früher gesagt?«, fuhr er erschrocken auf.

»Sei bitte nicht so heftig, du erschreckst mich. Und sag jetzt nicht, es täte dir leid. Das hasse ich noch mehr.« Sie ging zu ihm und legte ihm den Finger auf die Lippen. Er zog ihn weg und küsste sie.

»Alles Weitere bitte erst morgen, ja? Bitte ...«

Fürs Frühstück blieb nicht viel Zeit. Ein wenig geröstetes Weißbrot, Kaffee ohne Milch, aber mit Zucker. Nicolas begleitete Rita zum Reisebüro in einer Nebenstraße des Rossio. Im Vorübergehen erzählte sie ihm, dass man auf diesem Platz früher die Ketzer verbrannt hatte. Sie erzählte es in ihrer leicht ironischen Art, als stünde dahinter kein grauenhaftes Schicksal. Seine Stimmung war nach dem Aufwachen noch wunderbar gewesen, Rita in seinen Armen zu fühlen, sie anzusehen. Doch kaum hatte er sich von ihr verabschiedet, meldete sich die Angst zurück. Er bog abrupt in einen Hausflur und vergewisserte sich durch die Scheiben eines Schuhgeschäftes, dass ihm niemand folgte. So kann ich unmöglich weiterleben, dachte er. Er ging durch die Baixa hinauf zum Chiado, kam an der Bronze des sitzenden Fernando Pessoa vorbei und am Dichterstandbild von Camões. Er folgte der Rua S. Pedro de Alcantara und bog ins Barrio Alto.

Im Hotelzimmer war alles in Ordnung, niemand hatte seine Sachen durchwühlt, die er so hingelegt hatte, dass es ihm aufgefallen wäre. Vor die Schublade des Nachttischchens hatte er ein Haar geklebt, das sich gelöst hätte, falls jemand die Schublade geöffnet hätte. Er legte sich aufs Bett und starrte wieder an die Decke. Teufel – Sylvia und Happe waren im Anmarsch, sollte er sie besser heute noch anrufen und ihr sagen, was letzte Nacht geschehen war? Er verschob die Entscheidung und griff wieder nach Saramagos Roman von den Sehenden. Das Klingeln des Telefons riss ihn aus Gedanken.

Es folgten neue Anweisungen, er sollte mit dem Bus wieder zu den Cais fahren und dort in die Straßenbahn nach Belém zum Jeronimo-Kloster fahren. Kein Taxi diesmal! Aber Nicolas kam nicht nach Belém. Bereits im Bus sprach ihn ein Unbekannter an und bat ihn, an der Praça Camões auszusteigen und ihm zu folgen. Er ging die Straße hinunter, die er am Vortag heraufgekommen war, und folgte dem Unbekannten in einen sehr großen Buchladen.

Der Mann vom Nebentisch des »A Palmeira« wartete vor dem Regal für portugiesische Geschichte. Er stellte ohne den Ausdruck des Wiedererkennens ein Buch zurück, bedeutete Nicolas, zu schweigen und ihm zu folgen, während der Mann, der ihn hergebracht hatte, verschwand. Sie verließen die Buchhandlung durch den Notausgang, eilten die Treppe hinunter zur Tiefgarage und setzten sich in den Fond eines Wagens.

»Herzlich willkommen in Lissabon, *seja bem vindo,* ich bin Otelo.«

»Das habe ich mir gedacht«, sagte Nicolas scharf. »Was soll dieses idiotische Versteckspiel?«, fragte er auf Portugiesisch. Seine portugiesische Übersetzung ließ Otelo schmunzeln. »*Para que esse teatro?* Wer sind diese Leute, weshalb darf ich kein Taxi nehmen?«

»Es gefällt mir, dass du unserer Sprache bereits mächtig bist, aber wir müssen weiter.«

Der Fremde aus der Straßenbahn tauchte wieder auf, setzte sich hinters Steuer und fuhr los. »Du fragst, was das soll? Das verstehe ich gut«, meinte Otelo ernst. »Ich muss mich vorsehen, damit es mir nicht so geht wie dir. Du hast Glück gehabt. Du hättest dir auf der Treppe das Genick brechen können. Aber ich konnte nicht eingreifen.«

»Sie müssen das auch nicht, Senhor Otelo, ich kann allein auf mich aufpassen.«

»Das hat man gestern gesehen. Du hast gut reagiert, sonst wärst du heute vielleicht tot oder ein im Tejo ertrunkener Tourist. Ich darf dir noch nicht alles sagen, doch das Wichtigste zuerst. Wir fahren jetzt dahin, wo wir uns in Ruhe unterhalten können. Ich werde dir einiges erklären, und in drei Tagen komme ich an den Rio Douro nach. Ich habe nach Friedrichs Tod eine Drohung erhalten und musste herausfinden, was dahintersteckt. Die Dinge liegen nie so einfach, wie man glaubt. Außerdem wollte ich wissen, ob man sich auf dich verlassen kann ...«

»Dazu haben Sie fast zwei Monate gebraucht?«, fragte Nicolas.

»Manchmal dauert es länger. Jetzt weiß ich: Du kannst mit mir rechnen, ich stehe dir und der Quinta weiter als *provador* zur Verfügung, aber nur, wenn du Fredericos Arbeit fortsetzt. Willst du das?«

»Sonst wäre ich wohl kaum hier.« Nicolas war noch immer wütend. »Aber ich arbeite auf meine Art.«

»Das will ich hoffen.«

Der Fahrer fuhr wieder in ein Parkhaus, die Tür des Wagens neben ihnen wurde geöffnet, und sie wechselten in ein anderes Fahrzeug, das sofort das Parkhaus wieder verließ. Auf der Straße nickte Otelo. »Es geht nicht um dich, na, in gewisser Weise schon, es geht mehr um mich. Aber ich weiß noch nicht alles.« Er blickte sich um. »So, jetzt können wir uns entspannen.«

Die Fahrt bis in ein Neubauviertel am Stadtrand legten sie schweigend zurück, fuhren in eine Tiefgarage und dann mit dem Lift in den achten Stock. Eine Frau, an deren Schürze sich ein kleines Mädchen festklammerte, öffnete eine Wohnungstür.

»Olivia, meine Nichte, die Tochter meiner Schwester. Und ihr Enkelkind.« Otelo nahm das Mädchen auf den Arm, das mit den Händen über die Stoppeln seines Haarkranzes fuhr, und ging voraus ins Wohnzimmer. Es war schlicht und modern eingerichtet. Alle Möbel und Lampenschirme waren in Sand- und Erdfarben gehalten. Es war ein Raum mit einer modernen städtischen Atmosphäre. Die große Längswand war von einem übervollen Bücherregal bedeckt. Nicolas trat ans Fenster und sah hinaus auf den Stadtteil, den man im letzten Jahrzehnt aus dem Boden gestampft hatte. Hier passte die Metapher.

Otelo wies auf die bequemen Sessel. »Es gibt viele Fragen zu klären. Wir haben den ganzen Tag dafür Zeit, selbstverständlich nur, wenn du willst.« Er lächelte. »Ich hoffe, dass du nicht böse bist. Es ging nicht anders. Ich hatte keine andere Möglichkeit. Versprich mir, dass du niemandem sagst, dass wir uns getroffen haben. Ich werde in drei Tagen auf der Quinta sein, ich komme ohne Ankündigung. Ich will sehen, was geschieht.«

»Ich hoffe, dass ich bis dahin noch am Leben bin«, sagte Nicolas unwillig. »Wenn du nicht kommst, verschwinde ich.«

»Ich weiß, es ist gefährlich allein, aber nicht mehr lange. Über deine Bewegungen bin ich informiert, auch über das, was auf der Quinta passiert. Ich weiß nur nicht, wer alles dahintersteckt.«

»Gonçalves?«

Otelo machte aus seiner Abneigung keinen Hehl. »Er ist ein kleiner Verwalter. Er verwaltet – im Auftrag anderer. Und jetzt sieht er eine Chance, dabei weiß er, dass er gehen muss.«

»Weshalb bist du sofort nach der Beerdigung verschwunden?«

»Man hat mich bedroht, wie gesagt. Es war ernst. Ich wusste ungefähr, aus welcher Richtung das kam. Da habe ich mich besser abgesetzt, ich bin alt, und hier habe ich Hilfe. Aber die Vergangenheit holt uns immer ein.«

»Was zählt die Vergangenheit? Die Gegenwart ist wichtig.«

»Bist du Anhänger Fukuyamas?«

»In gewisser Weise...«

»Der Apologet der Gegenwart. Er liefert dem Neoliberalismus und der Globalisierung die Ideologie, jeder Glaube hat seine Jünger. Früher nannten wir das Imperialismus. Alle reden heute, als wären wir ein Volk, als hätten alle die gleichen Interessen, als gäbe es keine Widersprüche. Das ist ein Witz.«

»War Friedrich Kommunist? Wie passt das zusammen – Kommunismus und Unternehmer sein?«

»Er war kein Kommunist. Wir waren viel schlimmer, die Kommunisten haben uns gehasst. Chico lehnte jede Herrschaft ab, auch die Diktatur des Proletariats. Bei euch in der

DDR war das Volk nie an der Macht, nur die Vasallen Moskaus. Du willst wissen, wer dein Onkel war? Mein bester Freund! Er war einer, der sich auch im anderen sah. Das ist das Wichtigste. Wir haben uns auf der Straße kennengelernt. Sie waren zu viert. Sie hätten mich totgeschlagen, auf der Straße, bei einer Demonstration, im Herbst nach der Revolution. Weißt du davon?«

Nicolas hob fragend die Schultern.

»Frederico hat mir geholfen, obwohl er nicht wusste, zu welcher Seite ich gehörte. Damals waren alle in Lager aufgeteilt. Waffen waren in Umlauf und Soldaten auf den Straßen. Frederico half mir, weil vier auf mich einschlugen, und ich lag bereits am Boden. Er ging auf den nächsten los, täuschte mit der Hand und fegte ihm die Beine weg. Ich weiß es noch wie heute. Dann trat er den zweiten. Der dritte packte ihn von hinten, Frederico erwischte ihn mit dem Handrücken – da habe ich eine Chance gesehen und habe mich aufgerappelt. Wir stellten uns schnell aufeinander ein. Das war bis zuletzt in allem so, nur nicht bei Frauen.«

»Willst du damit etwas Bestimmtes sagen?«

»Er ließ sich verführen ...«

Das ist es also, dachte Nicolas, irgendwo hat jeder seinen schwachen Punkt. Aber ist es verwerflich, sich verführen zu lassen?

»Er war kein Freund von politischen Parolen«, fuhr Otelo fort. »Er war jemand von der Straße, sie war seine Frankfurter Schule, wie er sagte, ihm als Architekten ging es um Häuser, weniger um Ideen, er war kein Theoretiker.«

»Das ist keiner in unserer Familie.«

»*A praia está por baixo do asfalto,* sagte er immer. Was haben wir darüber gelacht, sogar im Weinberg, wenn wir neue Pfähle eingesetzt haben. ›Unter dem Pflaster liegt der Strand‹. Es gibt in der Bibliothek alte Zeitungen, die so heißen, ›Pflasterstrand‹. Er hat gern gearbeitet, weißt du? Mit den Männern draußen, in der Hitze, im Winter, bei

Regen, und nach einem Lesetag waren wir in der Nacht mit im *lagar,* in den Becken, um den Wein zu treten. Das hat mich bei seiner Herkunft sehr gewundert, und nur deshalb haben die Arbeiter ihn respektiert, schon im Alentejo in der Kooperative. Es waren harte Jahre. Nur Arbeit, Essen und kein Geld, dazu ein Scheißquartier, so wie die Arbeiter und Tagelöhner. Dabei besitzt deine Familie Millionen. Ich bin anders, ich stamme aus einer armen Familie. Ich habe immer gedacht, Menschen aus reichen Häusern seien schlecht. Frederico hat mir was anderes gezeigt.«

»Ja, bei ihm hat die Erziehung genau das Gegenteil erreicht.«

»Und du? Wieso bist du hier und nicht in Frankfurt?«

Nicolas zuckte mit den Achseln.

Otelo griff nach dem Kaffee, der kalt geworden war. »Alles lief gut, bis vor zwei Jahren. Da begann der Ärger. Er hat beschlossen, dass die Quinta nach seinem Tod verkauft wird und das Geld für ein Jugendprojekt in Luanda verwendet wird, in Angola. Er hat keine Kinder, Madalena war 35, als er sie kennenlernte ...«

Nicolas begriff, dass zwischen Otelo und Dona Madalena eine unüberbrückbare Distanz bestand.

»... aber sie konnte keine Kinder kriegen. Wenn er welche gehabt hätte, dann hätten sie die Quinta geerbt. Ich glaube, sie hat ihn so lange bearbeitet, bis er sein Testament zugunsten der Familie geändert hat. Ja, jetzt hast du sie.«

»Haben?« Nicolas sah Otelo an und seufzte. »Ich habe sie nicht, sie hat höchstens mich!«

»Dann kämpfe«, sagte Otelo. »Wir haben alle gekämpft. Das Schlimmste kommt noch.«

15.

Der Auftrag

Draußen raste das Ufer des Tejo entlang. Es gab bei der Geschwindigkeit des Zuges kaum etwas, das Nicolas klar erkennen konnte. So ähnlich empfand er den Ablauf der Ereignisse. Alles kam auf ihn zu, und noch bevor er genau gesehen hatte, worum es sich handelte, lag es bereits hinter ihm.

Das Licht des frühen Morgens war klar, Himmel und Fluss fanden am Horizont in einer Farbe zusammen. Rita hatte ihn zum Bahnhof gebracht. Wann würden sie sich wiedersehen? Sie hatten nichts Konkretes verabredet. Vielleicht könnte er mal schnell mit dem Wagen nach Lissabon fahren. Bei portugiesischer Fahrweise sollten es drei Stunden sein.

Lovely Rita – was für eine Frau. Er hatte ihre Stimme im Ohr, sah ihr Gesicht vor sich und hatte ihren Geschmack auf den Lippen. Aber was am Douro vor ihm lag, machte ihm Angst, und er fragte sich, wieso man Dinge tat, vor denen man sich fürchtete. Er atmete tief durch und spürte, wie verkrampft er war. Otelo hatte gemeint, das Schlimmste liege noch vor ihm. Was würden sie als Nächstes gegen ihn unternehmen? Und wer SIE waren, das hatte er nicht verraten wollen. Nicolas glaubte, dass Otelo es wusste und irgendetwas plante. »Zwei Tage noch, dann wirst du Bescheid wissen.« Nicolas wurde das Gefühl nicht los, dass ihm die Rolle eines Lockvogels zugedacht war.

Sie hatten den ganzen Tag lang geredet, eigentlich hatte nur Otelo erzählt. Der *provador* war ein Mensch, wie er nie zuvor einen getroffen hatte. Er war am Douro geboren, seine Eltern waren einfache Leute gewesen, Weinbauern. Sie hatten Weintrauben angebaut und verkauft und ein wenig zum eigenen Verbrauch gekeltert. Andere hatten ihre Trauben gekeltert und den Wein nach Vila Nova de Gaia verkauft. Aber dazu brauchte man bereits teure Anlagen. Otelo konnte nicht sagen, wer oder was ihm die Augen für die sozialen Verhältnisse geöffnet hatte, denn seine fünf Geschwister waren anders. »Sie leben ihr Leben und kümmern sich nicht viel ums Wetter.« Dabei kannten alle die harte Wirklichkeit am Douro, kannten die Armut, die Rückständigkeit. Die Dourienses hatten sich damit abgefunden, seit die Engländer um 1680 begannen, ihren Wein in Portugal statt in Frankreich zu kaufen. Dann war Portwein Mode geworden, in Londons Klubs wurden schwere und süße Weine bevorzugt. »Die Engländer waren unser Fluch und unser Glück, unser Elend und unser Überleben. Von denen, die Wein angebaut, verarbeitet oder transportiert haben, ist keiner reich geworden. Nur die Shippers.«

Otelo war als Kommunist verschrien. »Dabei habe ich nie mit ihnen sympathisiert.« Er hätte nicht sagen können, was sein Misstrauen gegenüber den Kommunisten geweckt hatte; letztlich glaubte er, dass es ihr Machtanspruch gewesen war. »Traue keinem, der nach der Macht greift, auch wenn er die Welt retten will!« Dann hatte ihn die Regierung als Achtzehnjährigen nach Angola geschickt. »In die Hölle, in den Wahnsinn, ins Verderben – für die Angolaner wie für uns. Ohne Schaden ist keiner zurückgekommen.« Und wenn die Familie die Rückführung nach Portugal nicht zahlen konnte, wurde der Tote in Angola begraben.

Auffallend war, dass Otelo eine gänzlich andere Sicht der Dinge hatte, ein ganz anderes Fazit aus dem Krieg gezogen hatte als Dr. Veloso. Otelo empfand keinen Hass auf seine ehemaligen Feinde, gegen die ihn das Salazar-Regime hatte kämpfen lassen, ganz im Gegenteil. Er verstand die Motive ihres Befreiungskampfes, und als er dieses Stadium erreicht hatte, wurde es für ihn doppelt gefährlich. Sein einziger Gedanke war, am Leben zu bleiben und heil aus Angola rauszukommen. So wie ihm ging es Tausenden portugiesischer Soldaten. Doch wer den Krieg kritisierte, seine bestialischen Methoden anprangerte, galt als Verräter. Das Schlimmste waren die Spitzel unter den Kameraden.

Nach seinem Wehrdienst war er politisch geworden, hatte versucht, die Landarbeiter am Douro zu solidarischem Handeln zu bewegen. Ende 1973 hatte er verschwinden müssen, nach Verhören durch den DGS, den Nachfolger des berüchtigten Geheimdienstes PIDE, dessen Vorläufer wiederum von der Gestapo aufgebaut worden war. Es war nur eine Frage der Zeit, bis sie Otelo auf Dauer aus dem Verkehr ziehen würden – wie man ihm angedroht hatte. Er war in Lissabon untergetaucht, und als am 25. April 1974 die Militärs in der »Nelkenrevolution« das faschistische Regime entmachteten, war er seinem Traum von einem gerechten Portugal ein Stück näher gekommen.

»In dieser Situation traf ich deinen Onkel, ein Kind aus sogenanntem besseren Hause. Und so einer prügelte sich für mich. Das hatte er beim Frankfurter Häuserkampf gelernt, wie er sagte. Da war dieser Fischer dabei, der spätere Außenminister. Chico hat auch den Arzt für mich bezahlt. Das verbindet ein Leben lang, wenn dich einer aus der Schusslinie schleppt. Ich bin ihm viel schuldig, Nicolas. Also, gib mir noch drei Tage. Und dann laufen wir zusammen die Weingärten ab, Rebzeile für Rebzeile, Weinstock für Weinstock. Ich hoffe, du bist gut zu Fuß und hitzefest. Und dann müssen wir die Lese vorbereiten. Ich habe in Frankreich einen neuen Lieferanten für den Alkohol aufgetan, mit dem wir den Port verschneiden. Eine Probe muss zuvor vom Portweininstitut genehmigt werden. Außerdem – die Kellerbücher sind in Sicherheit. Ich bringe sie mit. Und über Korken müssen wir sprechen, ob wir Naturkork verwenden oder auf Plastik oder Schraubverschlüsse umsteigen ...«

Als seinerzeit das Chaos der widerstreitenden Fraktionen, Tendenzen und Ideologien in Lissabon kaum noch auszuhalten gewesen war, als Anarchisten und Christliche, Kommunisten und Sozialisten, Liberale und Maoisten in der Hauptstadt sich gegenseitig niedermachten, als die Großmächte sich einmischten und die Militärmachthaber sogar nach Bonn einbestellt wurden und sich der Bundesnachrichtendienst einmischte, waren Otelo und Friedrich ins Alentejo ausgewichen. »Praxis machen«, »an die Basis gehen«, in einer Kooperative. Es folgten zwei Jahre härtester körperlicher und geistiger Arbeit. »Am Ende haben wir begriffen, dass die Leute zu verkorkst sind, um ihren Egoismus hintanzustellen. Und wer einmal oben war, will nicht wieder runter. Es war nicht der Feind, der uns enttäuschte oder entmutigte, die Kapitalisten, faschistische Politiker und die hohen Militärs, von denen erwartet man sowieso nichts. Enttäuschend waren unsere Leute.«

Aber Friedrich hatte im Alentejo gelernt, wie man Wein macht, und Otelo hatte sein Wissen und seinen Geschmack vervollkommnet. Friedrich ließ sich von seinem Bruder einen Teil des Erbes auszahlen, so war er ans Geld für die Weinberge und die Quinta gekommen. Im Gegenzug verzichtete er auf das restliche Erbe; für Nicolas' Vater war es das beste Geschäft seines Lebens.

Wenn ich Friedrichs Erbe endgültig annehme, dachte Nicolas erleichtert, bleibt alles in der Familie. Für mich reicht es allemal, wenn ich gut wirtschafte, und ich kann ebenfalls auf mein Frankfurter Erbe verzichten. Ich werde mir nie wieder anhören müssen, was sie alles für mich getan haben.

Lächelnd sah er aus dem Fenster, der Tejo lag hinter ihm, Hügel rückten heran, er schlief und träumte von Hochhausetagen, Lofts, langen Fluren und Zeichnungen auf Glasplatten, unter denen Weinstöcke wuchsen. Er wachte auf, als er Coimbra auf der Anhöhe liegen sah, die Universitätsstadt, wo er damals nach dem Besuch bei Friedrich herumgestromert war. Täglich bedauerte er es mehr, dass Friedrich nicht mehr lebte, eigentlich begann er erst jetzt, um ihn zu trauern. Und er hätte ihn und Otelo zu gern zusammen erlebt.

Der Zug hielt, Nicolas beobachtete die Wartenden, und er dachte daran, wie viele von ihnen damals noch gar nicht am Leben gewesen waren, so wie er selbst, und wie viele bereits gestorben waren. Er zweifelte an seiner Theorie der Gegenwart, an Fukuyamas Theorie, dass es außer der westlichen Zivilisation und dem neoliberalen Modell nichts anderes mehr gebe, nichts jenseits von Wirtschaftswachstum und Shoppen. Überall brannte es, und statt die Feuerwehr besser auszurüsten, wurden Brandbeschleuniger in alle Welt geschickt. Otelo hatte versucht, ihn davon zu überzeugen, dass die Probleme der Gegenwart nur gelöst werden konnten, wenn man in die Vergangenheit zurückging. Nur wie das geschehen sollte, und was es für ihn persönlich bedeutete, wusste er nicht. Er wurde unruhig und nervös, je mehr sich der Zug Porto näherte.

Da klingelte das Mobiltelefon: Es war Sylvia. Nicolas' Mund wurde trocken, er hörte an ihrer Stimmlage, dass etwas nicht stimmte.

»Kommst du voran? Ist das Wetter schön? Schmerzt der Arm noch? Hast du viel zu tun?«

Sie arbeitete eine Liste von Fragen ab. Kaum hatte er eine beantwortet, kam die nächste, bis sie schließlich zum eigentlichen Anlass ihres Anrufs kam:

»Ich kann leider nicht kommen, Nicolas, so leid es mir tut. Meine Mutter ist krank. Das Herz, wie immer, und da mir der Tod deines Onkels zu denken gibt, will ich in den Sommerferien zu ihr. Versteh mich nicht falsch ...«

Nicolas verstand sie richtig und ließ ihr die Ausrede. Sylvia hörte sich viel zu unbeteiligt an, als dass er ihr geglaubt hätte, außerdem war das Verhältnis zwischen Mutter und Tochter nicht das beste. Trotzdem drückte Nicolas sein Mitgefühl aus, äußerte sein Bedauern darüber, dass sie nicht kommen würde. Dabei wussten beide, dass sie sich belogen. Sie hatte von Anfang an Widerstände gegen die Reise nach Portugal gehabt. Er war heilfroh deshalb, er hätte nicht gewusst, wie er nach den beiden Tagen in Lissabon mit Sylvia hätte umgehen sollen. Er hatte ein schlechtes Gewissen, er war feige gewesen. Er hätte ihr reinen Wein einschenken müssen.

In Porto angekommen, suchte Nicolas als Erstes Pereira auf. Otelo hatte den Anwalt als absolut vertrauenswürdig beschrieben und Nicolas angemeldet. Pereira war bester Laune und gut erholt. Er hörte sich Nicolas' Bericht wortlos an und machte sich Notizen. Dann erledigte er ein Telefonat und gab schließlich zu, dass er sich getäuscht hatte.

»Bei der Sache mit den leeren Fässern habe ich Ihnen zu wenig zugetraut. Also war es doch Diebstahl. Das mit dem Bergrutsch ...« Pereira zögerte. »Wer die Wege nicht kennt, verfährt sich schon mal.« Er hatte Nicolas' bösen Blick offenbar bemerkt. »Hinter dem Überfall an der Tankstelle würde ich, von der Art der Ausführung her, auf Leute aus dem Sicherheitsapparat schließen. Nicht unbedingt den staatlichen, es kann auch ein privater sein. Und die Treppe ...« Der Anwalt dachte nach, zog die Stirn kraus und rieb sich die Augenbrauen, was er häufig tat. »Das war stümperhaft, aber wirkungsvoll. Allem Anschein nach hat niemand mit Ihrer Hartnäckigkeit gerechnet.« Pereira schmunzelte. »Das mochte ich an Ihrem Onkel, er gab nie klein bei – und dann so ein Ende ...«

»Wer weiß, ob es wirklich Herzversagen war.« Nicolas' Bemerkung ließ Pereira erstarren. »Alles ist denkbar, Senhor Advogado«, schob Nicolas vieldeutig nach.

Pereira ging zwischen Schreibtisch und Fenster hin und her. »Wir müssen Gonçalves entlassen. Ja! Sie müssen es tun, bevor er weiteren Schaden anrichtet. Er wird nicht auf eigene Rechnung gehandelt haben. Sie können von Glück reden ... ja, jetzt verstehe ich Sie. Ich werde mich um einen neuen Verwalter für Sie kümmern, oder kann diese ... wie heißt sie?«

»Lourdes ...«

»Ja. Ist sie dazu in der Lage, Verantwortung zu übernehmen? Für ihre Aufgabe als Sekretärin finden wir schneller Ersatz. Gut, dass Ihr Freund aus Berlin kommt, da fühle ich mich wohler, das gibt Ihnen Sicherheit.«

Pereiras Stimme hallte in Nicolas' Ohren nach, als er im Zug nach Peso da Régua saß und auf den Rio Douro blickte. Der Fluss war ihm vertraut, und Nicolas öffnete das Fenster und hielt den Kopf in den Fahrtwind, bis ihm die Augen tränten. Je weiter er flussaufwärts fuhr, desto mehr fühlte er sich zu Hause. Die Weinberge waren ein gewohnter Anblick, ins Grün des Weinlaubs mischte sich das Braun der Trockenheit, der Sommer nahm seinen Lauf. So bedeutsam waren Jahreszeiten für ihn noch nie gewesen.

In Nicolas' Jackentasche brummte und vibrierte es.

»Hast hier ja 'nen echt geilen Turm abgestaubt, Alter«, sagte die Stimme aus dem Mobiltelefon. Also war Happe gelandet und bereits auf der Quinta. Was er als Nächstes sagte, beunruhigte Nicolas jedoch zutiefst. »Aber hier steht alles offen, ist das immer so? Klaut hier keiner? Mach dir keine Sorgen, ich pass auf, bis du hier bist. Wo iss'n der Wein?«

»Ist auch Dona Firmina nicht da, die Köchin?«

»Ach, die Alte? Ja, die wuselt hier rum und beobachtet

mich – und noch so'n Mädchen, sehr freundlich, spricht ganz gut Englisch.«

»Das ist Lourdes, sei nett zu ihr, aber lass sie in Ruhe. Hast du dir einen Leihwagen genommen? Dann hol mich am Bahnhof in Peso da Régua ab, Lourdes wird dir den Weg aufzeichnen. Ich komme in einer halben Stunde an.«

Auf Happe war Verlass, er stand unter den Platanen am Kiosk und aß ein Eis. Sie umarmten sich herzlich. Happes Leihwagen, ein knallroter Fiat, stand gegenüber.

»Der Ferrari für Arme«, meinte er und warf Nicolas' Reisetasche auf den Rücksitz. »Dein erster Wagen hat Totalschaden, und den zweiten haben sie dir geklaut? Alter – wenn das mal stimmt. Du hast ihn auch zu Schrott gefahren, oder deine Matte ist dir in die Augen gekommen. Sei ehrlich, ist auch kein Wunder bei den Pisten, die Rallye Dakar ist nichts gegen die Strecke zu dir. Und die schmale Brücke da vorn, wenn dich jemand rammt, fällst du in den Bach. Würde sich für Bungee-Jumping eignen, der absolute Kick. Ich mach eine Agentur auf, lass die Leute bei dir wohnen. Echt geil, deine neue Hütte. Du betäubst sie mit Portwein, und ich lass sie von der Brücke springen. Aber Spaß beiseite, ich habe schlechte Neuigkeiten.«

Nicolas hatte sich während der Bahnfahrt einigermaßen erholt, was sollte ihn jetzt noch umhauen? Für die Quinta gab es eine Feuerversicherung. Oder hatte Gonçalves sämtliche Portweinfässer zerschlagen?

»Du wirst ohne Sylvia auskommen müssen. Ich habe sie in einem Café in den Hackeschen Höfen gesehen, verliebter Blick, Händchen haltend, der Typ sah aus wie einer von unseren Frankfurter Freunden mit dem Kreditkarten-Quartett in der Tasche. Sie hat's geschafft, sieht aus wie ihr Traummann. Das wollte ich dir nicht vorenthalten.«

Als Nicolas lachte, war Happe vollends verblüfft. »Du freust dich?«

»Ja, für sie. Eigentlich hatte sie auch kommen wollen, das wäre ein Wiedersehen geworden. Aber sie hat abgesagt, die Mutter diente als Ausrede – Herzschwäche.«

»Da meint sie ihre eigene. Aber Scherz beiseite, was ist hier los?«

»Ich bin heilfroh, dass du da bist, Alter, ich brauche dich. Aber jetzt muss ich dringend was erledigen, heute Abend essen wir auf der Terrasse. Wein gibt's reichlich, und ich erzähle, aber erst einmal so viel, ich habe in Lissabon endlich Friedrichs Kumpel getroffen. Er kommt, er macht wieder mit ...«

»Ich verstehe gar nichts ...«

»Mir geht's ähnlich«, sagte Nicolas. Sie waren inzwischen vor dem Haus angelangt, und Dona Firmina lief schreiend auf den Wagen zu. »*Seu Nicolau, o Perúss morre, eu acho que foi veneno, veneno* ...«

Der Hund lag an der Treppe zum Garten, die Zunge hing aus dem schäumenden Maul. »Gift!«, hatte Dona Firmina gerufen.

Er hob den Hund auf, wusch ihm das Maul, versuchte vergeblich, ihm Wasser einzuflößen, dann trug er ihn zum Wagen. Sie mussten sich beeilen. Er ließ Happe und Dona Firmina einsteigen, der Freund sollte fahren und sie ihnen den Weg zum Tierarzt zeigen, er selbst hielt den Hund auf dem Schoß. Der Wagen sprang durch die Schlaglöcher, setzte auf, rutschte, schleuderte, doch nach zwanzig Minuten waren sie in Pinhão, wo Dona Firmina einen Veterinär kannte.

»Soweit ich es beurteilen kann, war es Rattengift«, meinte der Tierarzt und wusch sich nach der Untersuchung die Hände, »einfach und effektiv, für die intelligenten Ratten muss es geruch- und geschmacklos sein. Aber so viel Mühe gibt sich hier sonst keiner. Wenn sie einen alten Hund loswerden wollen, genügen ein Knüppel oder eine Schlinge.«

Nicolas zahlte die Rechnung, der Hund blieb zur Beobachtung beim Veterinär. Nicolas war überzeugt, dass man ihn mit der Vergiftung des Hundes hatte treffen wollen, er sollte verschwinden.

Aber er ging noch weiter. Als er mit Happe in die oberen Räume der Quinta zurückkehrte, um Happe sein Zimmer zu zeigen, bemerkte er, dass die Tür zur Bibliothek angelehnt war. Nein, sie war aufgebrochen worden, und der Täter hatte sich keine Mühe gemacht, den Einbruch zu vertuschen.

Happe war schweigsam geworden. Ahnte er das Ausmaß der Gefahr, in der Nicolas schwebte? Nicolas betrachtete das hinterlassene Chaos auf dem Fußboden. Was hatten die Einbrecher gesucht? Er erinnerte sich dunkel, dass Dona Madalena in der Bibliothek etwas hatte nachschauen wollen. Sie hatte nicht gesagt, um was es sich handelte. Er sah die am Boden verstreuten Bücher, aus den Regalen rausgerissen, durchgeblättert und fallen gelassen. Es waren ausschließlich die politischen und philosophischen Bücher, die anderen waren nicht angetastet worden.

»Jemand hat beobachtet, wie wir weggefahren sind«, sagte Nicolas zu Happe, »und hat die Gelegenheit genutzt – nur was hat er gesucht?«

Wenn Dona Madalena etwas aus der Bibliothek gebraucht hätte, dann hätte sie ihn fragen können, und er hätte aufgeschlossen. Also kam sie nicht in Betracht. Er wusste sowieso nicht, weshalb er die Bibliothek immer abschloss; wahrscheinlich, weil er sie so vorgefunden hatte.

Lourdes hatte niemanden gesehen und nichts gehört, sie war allerdings in der Mittagspause nach Hause gefahren. Dona Firmina umging die Peinlichkeit der Situation, indem sie kochte. Ihren Mann Roberto konnte man auch nicht fragen, denn er glänzte durch Abwesenheit.

Sie gingen durch den Garten. Happe begeisterte sich für die Bäume mit exotischen Früchten, bis sie die Gärhalle betraten. Er war von dem Anblick der Tanks tief beeindruckt.

»Anders als deine Küche in Charlottenburg«, meinte er, »aber im Grunde genommen eine Küche. Du kennst dich damit aus, ich meine, du weißt, wozu die Tanks gut sind?«

»Ich glaube es zumindest, und Glaube versetzt bekanntlich auch Weinberge.«

»Na, viel Spaß, wenn du überhaupt bei der Weinlese noch hier bist.« Er umriss die Anlage mit einer Handbewegung. »Was sind die Hütte und das Land wert – und diese silbernen Kochtöpfe?«

»Alles in allem – nicht ganz zehn Millionen ...«

Happe stöhnte gequält. »Und da dreht sich bei dir nicht alles? Reich geboren müsste man sein. Eine Köchin hast du jetzt – bügelt sie auch deine Wäsche, Herr Baron?«

»Ich hatte nie jemanden, der mir meinen Kram nachgeräumt hat, außerdem solltest du nach zwanzig Jahren Freundschaft ein wenig Vertrauen aufbringen.«

»Geld verdirbt den Charakter, Mann. Ich kann nur hoffen, dass du nicht abdrehst und deine Freunde vergisst.«

Bevor Nicolas antworten konnte, öffnete sich die Tür am Ende der Halle und jemand, der sie im Halbdunkel nicht sehen konnte, kam ihnen entgegen. Nicolas zog Happe hinter einen der Tanks. Der Mann lief an einem Fenster vorbei, Nicolas erkannte in ihm den Kellermeister und rief seinen Namen. Ihm war eine Idee gekommen.

»Senhor da Silva, ich möchte Ihnen den neuen Önologen vorstellen!«

Der Kellermeister fuhr derart zusammen, dass Nicolas fürchtete, ihm würde das Herz stehen bleiben. Nicolas erklärte ihm, so gut sein Portugiesisch es zuließ, dass er jemanden aus Deutschland angefordert habe, der sich auskenne und sie während der Weinlese beraten würde.

»Was hast du ihm gesagt?«, fragte Happe, als der Kellermeister mit gesenktem Kopf und zusammengepressten Lippen gegangen war.

»Ich stelle dich von jetzt an als meinen Önologen vor,

Fachmann für Weinbau und Kellerwirtschaft. Mal sehen, was passiert. Ich will, dass die Ratten aus den Löchern kommen.«

»Du bist wahnsinnig, ich habe nicht die geringste Ahnung von dem Krempel.«

»Das weiß doch niemand.«

»Du solltest hier verschwinden, Nicolas, und zwar lebendig. Lass uns verduften. Das ist es nicht wert. Was willst du mit zehn Millionen, wenn du tot bist? Du hättest dir bereits beim Treppensturz den Hals brechen können.«

»Ich glaube, das war beabsichtigt«, bemerkte Nicolas ungerührt und war selbst über seine Gelassenheit erstaunt. »Der Kellermeister wird es herumerzählen, und sie werden sich was anderes einfallen lassen. Ich warte nur noch auf einen bestimmten Anruf, dann weiß ich, wer dahintersteckt. Und dann kommt es darauf an, was Meyenbeeker herausgefunden hat.«

»Wer ist das?«

»Ein Journalist, über vier Ecken bekannt mit meinem Onkel, mit Sichel. Man hat ihn zum Aufpassen geschickt, sozusagen als Kindermädchen. Es gibt Interessenten für meine Weinberge ...«

»Deine?«, fragte Happe und sah ihn kopfschüttelnd an. »So siehst du das inzwischen?«

»Rechtlich gesehen sind sie das.« Beiden war klar, dass Nicolas sich herauswand. »Ich habe sie geerbt. Und dieser Interessent will sie haben. Wenn wir ihn kennen, kommen wir über ihn an den Anbieter. Da gibt es noch zwei Irrlichter eines Versicherungskonzerns, die wollen aus der Quinta ein Hotel machen. Ich muss ihr Vertrauen gewinnen ...«

»Wie du willst«, sagte Happe, »dann bleibt mir nur die Rolle als Bodyguard. Stell dich darauf ein, ich werde mich nachts vor deiner Zimmertür zusammenrollen. Aber beschwere dich nicht, dass ich dich nicht gewarnt hätte.«

»Heute ja, aber ab morgen liegt da der Hund.«
»Wenn er durchkommt ...«

Beim Essen erzählte Nicolas von Carlos, vom Vertrag und der feindseligen Haltung der Mitarbeiter. Als sie über seinen Ausflug zu den *mortórios* und den Lokaltermin am nächsten Tag diskutierten, unterbrach sie das Brummen des Mobiltelefons. Der Tierarzt informierte sie, dass sich der Zustand des Hundes stabilisiert habe und Hoffnung bestehe, dass er es schaffen würde. Diese Nachricht hob die Stimmung der beiden Freunde, denn Happe, den sonst wenig beeindrucken konnte, verfiel wegen der Schwierigkeiten zusehends in Trübsal, und auch der rote Foral von Caves Aliança, eine Grande Escolha, wunderbar gereift, besserte seine Laune kaum. Nicolas hielt einen Vortrag über den Wein, über sein Alter, das man an der Braunfärbung erkennen konnte. Diesen Wein hatte die lange Lagerung sehr geschmeidig gemacht.

Nach dem Essen rief einer der Versicherungsleute an. Nicolas verabredete sich für den nächsten Tag um zehn Uhr im »Vintage House«, der Rahmen musste sein.

Am späten Nachmittag war Gonçalves noch immer nicht aufgetaucht, auch Dona Firmina und Lourdes wussten nicht, wo er steckte. Beide hatten ihn seit einem Tag nicht mehr gesehen. Nicolas glaubte ihnen. Gonçalves war weder zu Hause, noch meldete er sich unter seiner Mobilnummer. Happe hätte liebend gern ein Schläfchen gemacht, aber Nicolas ließ ihm keine Ruhe.

»Du musst mich nach Peso da Régua bringen. Pacheca weiß womöglich, wer nach meinem Sturz den Auftrag gegeben hat, die Treppe so eilig zu reparieren. Vielleicht kommen wir auf diesem Weg an die, die mich vertreiben wollen. Außerdem brauche ich wieder einen Wagen.«

Er fühlte sich zunehmend unter Druck. Am liebsten hätte er alle Probleme, die nichts mit dem Wein und der Arbeit auf der Quinta zu tun hatten, vor Otelos Eintreffen gelöst. Auch für das größte Problem hatte er keine Lösung. Was sollte er machen, wenn er wusste, wer hinter den Anschlägen steckte und sie ausgeführt hatte? Er fand nichts, womit er hätte zur Polizei gehen konnte, keinen Beweis, es sei denn, er würde Gonçalves dazu bringen, dass er auspackte. Aber der war abgetaucht. Wovor hatte der Verwalter Angst? Ohne Zeugen und entsprechende Aussagen würde Nicolas sich mit lächerlichen Indizien rumschlagen.

Pacheca wusste von nichts, aber zumindest kannte er die Tischlerei, die normalerweise für Chico Alemão gearbeitet hatte, und gab Nicolas die Adresse.

»Ab morgen sind Sie wieder auf der Quinta«, sagte Nicolas zum Abschied. »Ich brauche Sie.« Pacheca fiel ihm beinahe um den Hals, Nicolas hatte einen Freund gewonnen.

Die Tischlerei hatte bereits geschlossen. Auf dem Rückweg fuhr Nicolas an der Tankstelle vorbei, wo er überfallen worden war, sprach mit dem Tankstellenbesitzer und ließ sich anschließend von Happe zur Polizei bringen, um sich nach dem Stand der Ermittlungen zu erkundigen. Der Geländewagen war nirgends aufgetaucht, und auf die Täter gab es keinerlei Hinweise. Nicolas war überzeugt, dass nichts unternommen worden war, auch der Tankstellenbesitzer war nicht befragt worden. Was sollte die Polizei anderes tun, als den Wagen als gestohlen zu melden? Da stand er dann mit vielen anderen in einer Liste. Nicolas ließ sich ein Protokoll aushändigen, das er der Leasingfirma schicken musste. Im Vertrag war ein Selbstbehalt von 2 000 Euro angegeben. Diese Zahl machte ihm drastisch klar, dass er lediglich Kosten verursachte. Er würde alles aus eigener Tasche bezahlen müssen, denn wenn sich nichts änderte, würde er die Quinta in die Pleite treiben.

Sie kamen am frühen Abend mit zwei Autos zurück. Nicolas hatte von der Mietwagenfirma zwar keinen Fiat bekommen, wie Happe ihn fuhr, aber sein neuer Seat war ebenfalls knallrot. Zwei so ähnliche Wagen würden für Verwirrung sorgen, besonders wenn sie sie tauschten. Sollte man ihn beobachten, würde keiner wissen, wer von ihnen unterwegs war. Und in zwei Tagen würde auch Nicolas einen Fiat bekommen und damit die Verwirrung perfekt machen.

Happe verschränkte die Arme vor der Brust und betrachtete die Autos. »Der wievielte Wagen ist das, seit du hier bist?«

»Mein vierter«, antwortete Nicolas gequält, »den Leihwagen habe ich zurückgegeben, Friedrichs Geländewagen ist Schrott, den neuen haben sie geklaut – ja, der vierte.«

»Wie lange wird der halten?«

»Defätist! Was hältst du davon, wenn du dich ins Gästezimmer zurückziehst?«

»Erst nach dem Essen, ich darf mir unmöglich das Abendessen entgehen lassen, deine Köchin ist Spitze. Und du musst mir von deiner neuen Braut erzählen. Wenn Sylvia gekommen wäre, hättest du ein Problem gehabt. Hättest du nicht so viel Scheiß am Hals, würde ich sagen, du bist ein Feigling.«

Happe stimmte ihm zu, dass man nicht alles kommentieren musste. Nicolas bat Dona Firmina, auf der Terrasse zu decken. Zum einen gefiel es ihm hier, wichtiger war ihm aber, dass er von hier aus die Zufahrten im Auge behalten konnte. Gonçalves' Verschwinden machte ihm Sorgen. Wenn der Lump eine neue Schweinerei ausheckte?

Trotzdem konnte er das Essen genießen, und obwohl er Dona Firmina noch nie so bedrückt erlebt hatte, war ihr das Essen hervorragend gelungen. Statt der gewohnten Suppe brachte sie einen Salat aus frischen Muscheln mit einer feinen Vinaigrette und stellte einen gekühlten weißen Redoma Reserva von Niepoort auf den Tisch. Es war für Nicolas nach dem Van-Zeller-Wein nichts Neues mehr, der Barriqueausbau jedoch war nichts für Nicolas, aber Happe war begeistert. Die beiden Freunde versuchten sich gemeinsam an der Beschreibung nach Nicolas' Schema. Zum geschmorten Ochsenschwanz danach gab es einen Roten der Casa Ferreirinha in einer Dekantierkaraffe, dessen Trauben auf den Gütern do Seixo und Vale do Meão gewachsen waren. Happe nahm die Flasche in die Hand.

»Dreizehn Jahre? So alt ist das Zeug?«

»Probier, bevor du meckerst«, sagte Nicolas, nachdem er an dem Wein geschnuppert hatte. »Das sind die Schätze aus der Hinterlassenschaft meines Onkels. Sag mir lieber, was du riechst, und sag nicht, er rieche nach Wein ...«

Happe musste passen, dafür stimmte er Nicolas bei seiner Beschreibung zu. Rote Früchte, Brombeere, Lorbeer, provenzalische Kräuter, etwas Pfeffer ...

Sie plauderten und tranken. Nicolas entspannte sich allmählich, er genoss den Abend. In Gesellschaft des Freundes fühlte er sich wohl und sicher. Trotzdem beobachtete er aufmerksamer als sonst die Umgebung. Der heiße und aufregende Tag verging, die Sterne leuchteten auf, ein Kerzenleuchter kam auf den Tisch, und sie hielten sich an Dona Firminas Schokoladenkuchen. Dazu tranken sie einen Tawny von der Quinta de la Rosa.

Happe wunderte sich, wie Nicolas dem Portwein zusprach. »Bis vor zwei Monaten kanntest du nicht mal den Namen, und jetzt redest du hier von Ruby und Tawny, als verstündest du was davon.«

Aber der Faszination des zehn Jahre Portweins, der während der Lagerung die rötlichbraune Farbe eines Assamtees angenommen hatte, konnte auch Happe sich nicht entziehen. Nicolas genoss zuerst mit den Augen, dann mit der Nase. Der Tawny duftete frisch, überhaupt nicht aufdringlich alkoholisch, er erinnerte an würzige Rosinen, vielleicht Nüsse, ein winziger Hauch frischer Vanille kam dazu und das intensive Aroma reifer Trockenfrüchte. Trotz seines Alters war er weich und saftig. Seit er wusste, wie wichtig die Säure für die Lebendigkeit eines Portweins war, achtete Nicolas besonders darauf, und er erklärte Happe den Sachverhalt.

Bei ihrem Gespräch über Sylvia, Happes Exfreundin und Lovely Rita vergaß Nicolas die Bedrohung. Als sich Happe kurz vor Mitternacht todmüde ins Gästezimmer schleppte, war sie jedoch wieder gegenwärtig. Nicolas hörte Happe im Bad rumoren, dann legte sich Stille über die Berge. Im Tal fuhr ein Auto, was Nicolas die Stille umso eindringlicher empfinden ließ. Er sah die Scheinwerfer, Lichter einer anderen Quinta, auf dem Berg gegenüber, er hörte Grillen, den Flügelschlag eines Nachtvogels. Als ein Hund bellte, merkte er, wie ihm Perúss fehlte. Ob er hier oben mit Rita leben könnte? Es gefiel ihr, sonst hätte sie ihre Reisegruppen nicht angeschleppt, aber mit derartig weitreichenden Fragen musste man vorsichtig sein. Erst wenn er das Gefühl hätte, dass es auch ihr Wunsch war, würde er sie fragen. Vielleicht sollte sie sich ganz auf Weinreisen spezialisieren, dann hätte sie ihre Aufgabe. Das Dasein als Hausfrau würde sie nicht befriedigen. Als er sich an die Gespräche mit Otelo erinnerte, war es mit seiner Ruhe hin.

Die Zeiten, in denen Friedrich und Otelo sich getroffen hatten, waren bei Weitem bewegender als die bezahlten Events der Gegenwart. Gemeinsame Erlebnisse, Hoffnungen und politische Debatten hatten sie zusammengeschweißt. Warum machte Otelo ein derartiges Geheimnis daraus, was er in Lissabon zu erledigen hatte? Nicolas packte eine unerklärliche Unruhe, er stand auf, trat an die Brüstung und schaute in die Nacht. Was ihn sonst beruhigte, machte ihn heute nervös. Die Motorengeräusche auf dem Weg zu Dona Madalenas Haus passten dazu. Es war weit nach Mitternacht.

Er setzte sich rittlings auf die Brüstung und schaute dem Wagen nach, der erst hinter einem Hang die Scheinwerfer einschaltete. Wer wollte nicht gesehen werden? Sollte er sich auf die Lauer legen oder Dona Madalena einfach fragen? Das wäre am einfachsten.

Er ging zurück und blieb vor der Bibliothek stehen. Dass

jemand sich zu einem Einbruch verstieg, war entweder Ausdruck von Verzweiflung oder Arroganz. Der Wunsch, hier etwas zu finden, musste groß gewesen sein. Nicolas machte Licht. Der Bücherhaufen am Boden erinnerte ihn an Fotos von Bücherverbrennungen. Nach allem, was geschehen war – konnte es möglich sein, dass ihm jemand das Haus über dem Kopf anzündete? Die Frage, wem es nutzte, wenn er aufgab, hatte er nicht beantworten können. Wer hatte wonach gesucht? Niemand hatte jemanden kommen oder gehen gesehen. Wer hatte den Hund vergiftet? Er dachte an Dona Madalena und an seinen ersten Eindruck von ihr. Ihn irritierte, dass sie ihm bei dieser Frage als Erste in den Sinn gekommen war.

Was ließ sich in einer Bibliothek anderes verstecken als Informationen? Alles, was zwischen die Seiten eines Buches passte, ohne dass es auffiel. Man musste die Bücher mit dem Rücken nach oben halten und auffächern. Dann fiel möglicherweise ein Zettel heraus. Er würde wahnsinnig, wenn er alle Bücher in diesem Raum auffächern müsste. Die Zeit hatte er gar nicht. Nicolas nahm einige der am Boden liegenden Bände in die Hand: Franz Fanon – ›Für eine afrikanische Revolution‹, ›Minima Moralia‹ von Theodor W. Adorno, ›Bezahlt wird nicht‹ von Dario Fó. Der Titel gefiel ihm, er legte das Bändchen zur Seite, das würde er lesen.

Sollte er zu Bett gehen oder suchen? Er würde den Schlaf brauchen, die letzten Nächte waren kurz gewesen – dafür aber die schönsten, die er je erlebt hatte. Lovely Rita war ein Geschenk. Er ging hinunter und schloss die Haustür ab, zum ersten Mal, seit er hier war. Er warf einen Blick auf die Wohnungstür von Dona Firmina. Ihr Mann war spät gekommen, und Nicolas war sich über seine Rolle nicht im Klaren. Für einen Hausmeister gab es nicht viel zu tun. Otelo würde wissen, wozu er zu gebrauchen war, und er erinnerte sich daran, dass sie Alkohol einkaufen mussten, der dem Wein zugesetzt wurde, um die Gärung zu stoppen. Er hatte keine Ahnung, wie das vonstattenging. Es gab Bücher, um das nachzulesen. Im Weinlexikon sah er unter Gärung nach – und stutzte. Zwischen dieser und der nächsten Seite klemmte eine Seite eines Dünndruckpapiers. Sie war mit Tinte beschrieben. Nicolas schüttelte das Lexikon, aber das Blatt war festgeklebt. Es war ein Brief – er war an ihn gerichtet – und von Friedrich unterschrieben.

Lieber Nicolas,
wenn du hier bist, dann bist du weit gekommen. Ich war mir sicher, dass du den Brief findest. Bis zu dem Tag, der für dich »heute« ist, habe ich beziehungsweise die Quinta dein Leben hier bestimmt. Ich war mir weiterhin sicher, dass du das Erbe annimmst, denn wir Hollmanns sind neugierig. Obwohl ich dich selten gesehen habe, glaube ich, dich recht gut zu kennen. Du bist einer von uns, und in gewisser Hinsicht ähneln wir uns alle. Es wird nicht leicht gewesen sein, aber wir sind hart im Nehmen. Otelo wird dich über die Vergangenheit ins Bild gesetzt haben. Du kannst dich auf ihn verlassen, aber er wird alt, und seine Wachsamkeit lässt nach. Er ist zu gutgläubig, und er verzeiht. Das ist ein Nachteil, und gleichzeitig hat er mir das voraus. Lerne von ihm, denn diese Quinta ist ein Platz, an dem es sich zu leben lohnt. Sie hat mich für alles entschädigt, und da ich mir nicht vorstellen kann, dass du in die Fußstapfen meines Bruders trittst, da ich dich weder als kontrollbesessen noch als geldgierig erlebt habe, wird die Quinta do Amanhecer ein guter Ort für dich sein. Seine Schwingungen sind positiv, hier herrschte bis zu einem gewissen Zeitpunkt ein Geist der Offenheit. Dass es anders geworden ist, habe ich mir selbst zuzuschreiben.

Wenn du diese Zeilen liest, hat die Zeit mich eingeholt, und ich bin nicht mehr am Leben. Du fragst dich bestimmt, weshalb ich gerade dir die Quinta vermacht habe?

Weil ich dir einen Platz zum Leben zeigen will, eine Arbeit, die dir Raum zum Alleinsein und gleichzeitig Nähe zu Menschen verschafft. Der wichtigste Grund aber, Nicolas: Ich will etwas von dir, worum ich sonst keinen anderen Menschen bitten kann: Finde meinen Mörder!

Nicolas ließ das Buch mit dem Brief sinken, und ein eisiger Schauer kroch ihm über den Rücken, über die Arme und Beine, bis er vor Kälte und Erregung schlotterte.
 Was hatte Friedrich gewusst?

16.

In der Falle

»Lassen Sie uns in den Garten gehen, noch ist die Temperatur erträglich, außerdem sitzt man dort netter.« Nicolas war den beiden Kaufinteressenten entgegengegangen, und auch Happe hatte von jedem der beiden eine Visitenkarte in die Hand gedrückt bekommen. All-Union-Versicherungsgruppe prangte über den Namen ihrer Gesprächspartner. Während die Gruppe sich formierte und im Gänsemarsch in den Garten des »Vintage House« ging, vermied Nicolas jeden Blickkontakt mit Happe. Er konnte sich das Lachen kaum verbeißen. Happe war von Nicolas als Kompagnon ihres Architekturbüros vorgestellt worden, das sich angeblich auf »touristische Projekte im mediterranen Weinmilieu« spezialisiert hatte. Es war genau das, was die »Jungs«, wie Nicolas sie nannte, obwohl sie in seinem Alter waren, brauchten. Dann sollten sie es auch haben.

Am frühen Morgen hatten sich Nicolas und Happe im Internet alles angesehen, was sie über die All-Union-Versicherungsgruppe hatten finden können. Sie waren über den Arbeitgeber der »Jungs« besser informiert als diese selbst, und damit trumpfte Happe auf, während Nicolas mit dem Wenigen glänzte, was er von Rita über Weintourismus gehört hatte. Unter den Blinden war der Einäugige König. Sie agierten so aufeinander abgestimmt wie früher beim Basketball, wo sie sich mit für andere unverständlichen

Gesten verständigt hatten. Hier und jetzt bedeutete die flache Hand vor dem Kinn sich zurückzunehmen, die Hand am Ohr weiterzufragen und die parallel gestellten Hände diesem Argument weiter zu folgen, um die Schwachstellen des Gesprächspartners auszuloten. Sie hatten während des Wartens auf die »Jungs« lediglich fünf Minuten für die Wiederbelebungsversuche ihrer Geheimsprache benötigt.

Ihre Gesprächspartner gehörten zu dem Typ von Menschen, den Happe als geklont bezeichnete. Nicolas fand das Urteil zu hart, aber im Grunde genommen lag sein Freund nicht so falsch. Die »Jungs« wiederholten, was das Managermagazin und der Wirtschaftsteil der FAZ ihnen vorschrieb, ihre Allgemeinbildung bezogen sie mangels Erfahrung aus dem FOCUS, der Spiegel war ihnen zu links, und natürlich flogen sie mit ihren Freundinnen zu jeder wichtigen Kunstausstellung in die Hauptstadt. DINKS hatte diese Gruppe vor Jahren mal geheißen, *double income – no kids,* doppeltes Einkommen, keine Kinder.

»Sind Sie Mitarbeiter des Hollmann-Konzerns oder ein Konsultant?«, fragte der Nicolas am nächsten Sitzende.

»Hans-Heinrich Hollmann ist mein Vater.« Nicolas hatte es ausdruckslos vorgebracht, so war es für Menschen, die andachtsvoll zu den Konzernspitzen hinaufsahen wie Bergsteiger zur Eigernordwand im Winter am wirkungsvollsten. »Er ist der Bauingenieur, ich bin Architekt und spezialisiere mich auf die Nutzung von Kellereien.« Das war nicht gelogen. »Auch am Rio Douro macht die Konzentration bei den Kellereien nicht halt. Bedenken Sie, dass der größte Teil der Portweinproduktion in wenigen Händen liegt, die britische Symington-Gruppe ist führend, dann folgt Ferreira, aber die gehören wieder zu SOGRAPE. Es werden hier einige Quintas frei, die Produktionsstätten legt man aus Kostengründen zusammen. Sie finden wunderschöne Immobilien in den Weinbergen. Wie ich hörte, haben Sie bereits ein Objekt gefunden?«

Happe bedeutete Nicolas mit einem Blick, dass er jetzt den Ruhigeren der beiden ansehen sollte, damit auch dieser zum Zug käme und sich seinem Kollegen gegenüber produzieren konnte.

Es funktionierte, der andere stieg drauf ein. »Dann wissen Sie, worauf wir hinauswollen. Die Quinta do Amanhecer ist uns angeboten worden.«

Nicolas verzog schmerzgequält das Gesicht, blickte Happe an, der ihm gespielt vertraulich zunickte. »Offen gesagt, als Fachmann für den Douro halte ich das nicht für die beste Option. Ich kenne die Örtlichkeiten und die Gebäude. Sie wollen ein Luxushotel bauen, sechs oder sieben Sterne und für ein Publikum wie das des ›Vintage House‹?«

Jetzt nickte der andere. »Exklusive Lage, junges Publikum, besonderer Blick, perfekt in die Weinberge eingebettet und guter Zugang.«

Wieder ein Blick zu Happe, wieder das Nicken, und Nicolas machte einen völlig aus der Luft gegriffenen Vorschlag. »Ich hätte etwas, das Ihnen viel mehr entgegenkommt. Wir kommen viel herum, kennen die Winzer, wir wissen, wer verkaufen will, wo man sondieren könnte. Das ist unser Geschäft. Ich nehme an, Sie arbeiten mit Maklern?« Ohne die Antwort abzuwarten, stand er auf, rief dem Ober etwas zu, wobei er seine portugiesischen Sprachkenntnisse unter Beweis stellte.

Jetzt nickte wieder der andere Aufkäufer, wollte einen Namen nennen, aber sein Kollege schnitt ihm das Wort ab. »Wir arbeiten mit mehreren Winzern und sind in den Verhandlungen bereits ein gutes Stück vorangekommen.«

»Sie haben hoffentlich nichts unterschrieben«, warf Happe besorgt ein. Ihm begann das Spielchen Spaß zu machen. »Ausländische Investoren müssen besonders vorsichtig sein, es gibt Probleme nicht nur bei der Kommunikation, sondern auch in Bezug auf die Wahl und die Zuverlässigkeit der Partner.«

Nicolas nahm den Ball an. »Über uns verhandeln Sie direkt mit den Eigentümern und nicht mit Maklern, denen geht es ausschließlich um den eigenen Geschäftserfolg, und nicht um Ihren. Außerdem sparen Sie Geld.«

Einer der beiden Männer wurde misstrauisch. »Und womit verdienen Sie Ihr Geld?«

»Mit Umbau und Einrichtung, wenn unsere Vorschläge akzeptiert werden. Risiko ...« Happe zog ein Gesicht, als würde er von Erfolg zu Erfolg segeln.

Nicolas spielte den Ball weiter. »Ich möchte Ihnen etwas zeigen, was ich für geeigneter hielte als die Quinta do Amanhecer. Sie kennen sie natürlich?«

»Nein, wir hatten zwei Termine vereinbart, aber es kam immer etwas dazwischen, sehr ungewöhnlich. Wir haben nicht ewig Zeit, wie Sie sich denken können.«

»Allerdings. Dann fahren wir am besten sofort hin«, schlug Nicolas vor, und sagte, zu Happe gewandt: »Wie sieht es mit deiner Zeit aus?«

»Heute ja, von mir aus«, gab er nach dem Antippen einiger Tasten seines Mobiltelefons zurück. »Sollen wir?« Er machte Anstalten aufzustehen.

Das ging den Aufkäufern zu rasch. Sie machten einen Rückzieher. »Wir, äh, wir haben gleich noch einen weiteren Termin, ein weiteres Objekt. Wir sollten auch erst mit dem Makler in Porto sprechen.«

»Ein Makler in Porto? Na – dann verstehe ich, wieso Ihnen jemand diese Quinta anbietet!« Nicolas setzte ein überlegenes Lächeln auf und sagte zu Happe etwas auf Portugiesisch. Als er den misstrauischen Blick eines Aufkäufers auffing, entschuldigte er sich. »Sie versuchen es immer wieder, sagte ich.«

Fast, dachte Nicolas, fast habe ich sie. Sie sind unsicher und werden sich auf uns einlassen. Er musste den Aufkäufern eine Brücke bauen. »Gehe ich richtig in der Annahme, dass Ihnen von Ihrer Zentrale die hiesigen Partner oder Makler vorgeschrieben wurden?« Nach dem zustimmenden Aufatmen der beiden nannte Nicolas zwei portugiesische Namen, die ihm in den Sinn kamen, einen von beiden hatte er vorhin auf einem Plakat gelesen.

»Nein, es war die Firma Miguel Herado.«

Zumindest ein Schrittchen weiter, dachte Nicolas. Um den Rest müssen sich Meyenbeeker oder Pereira kümmern, es bleibt ihrem Geschick überlassen, denjenigen zu finden, der dem Makler die Quinta angeboten hat. Nicolas hatte gehofft, es selbst zu erfahren, aber da hatte sich jemand abgesichert. Es konnte zusätzlich ein Treuhänder oder Strohmann dazwischengeschoben worden sein. Sie hatten es nicht mit Dummköpfen zu tun. Zehn Millionen Euro waren nicht gratis zu haben.

»Woher kannst du das, Taktieren, Hinhalten, in die Irre führen – so kenne ich dich gar nicht, das ist nicht deine Art.« Happe schwankte zwischen Lachen und Erstaunen. Sie standen auf und sahen den »Jungs« nach, die heftig diskutierend zum Parkplatz gingen und ihren schwarzen BMW-Geländewagen bestiegen.

»Ein Ergebnis meiner Kinderstube; ich habe es von meinem Alten, er ist Meister darin, ich kann es zumindest anwenden, falls nötig. Es mag witzig klingen, wenn ich so rede, aber mich ekelt es an; irgendwann, wenn man es zu lange praktiziert, wird man so und glaubt das, was man sagt. Mein Vater kann nicht mehr anders. Meiner Ansicht nach ist Friedrich damals auch deshalb abgehauen, aus Angst vor sich selbst.«

Sie fuhren zurück Richtung Quinta. Nicolas rief Pereira an und erzählte von dem Treffen. Der Anwalt kannte den Makler und war sicher, dass man ihm den Anbieter nennen würde. Doch statt auf die Quinta zu fahren, fuhren sie nach Peso da Régua. Zu Nicolas' Erleichterung war Perúss über den Berg und konnte abgeholt werden. Die Analyse der Futterreste hatte Rattengift ergeben. Glücklicherweise hatte der Hund nur wenig davon gefressen. Dona Firmina beteuerte unter Tränen ihre Unschuld, als Nicolas den Hund in den Salon brachte.

Ihr Mann bekam einen Tobsuchtsanfall, als der Tischler eintraf, den Nicolas beauftragt hatte, die Tür zur Bibliothek zu reparieren – da machte jemand seine Arbeit! Dann überbrachte Lourdes die nächste Hiobsbotschaft: Gonçalves' Ehefrau habe angerufen, ihr Mann liege im Krankenhaus, und ihren Andeutungen nach handle es sich um eine Tablettenvergiftung, was immer man davon halten sollte. Er könne nicht sprechen, man wisse nicht, ob er nicht wolle oder es nicht könne.

»Selbstmord?«, fragte Happe noch leichthin.

»Mord«, sagte Nicolas und gab ihm Friedrichs Brief zu lesen.

Happe wurde blass. »Heißt das, dass du der nächste ... Wo nimmst du nur diese Ruhe her, Mann?«

»Mich bringt niemand um, es nutzt ihnen nichts. Es bleiben eigentlich nur wenige übrig, die was davon hätten. Da muss ich Gonçalves wohl Abbitte leisten ...«

»Wie cool du davon sprichst. Als ginge es nicht um deinen eigenen Arsch.«

»Es würde ihnen nichts nutzen, Happe, glaub mir. Bei meinem Tod erben meine nächsten Angehörigen, damit hätten sie alles verloren. Ihnen nutzt nur, wenn sie mich dazu bringen, den Erbvertrag zu annullieren.«

»Du irrst, mein Freund. Bei den anderen Anschlägen haben sie deinen Tod auch in Kauf genommen.«

»Mag sein. Aber wenn sie mich hätten umbringen wollen, hätten sie sich nicht so viel Mühe machen müssen.«

Der erste Drohanruf traf eine halbe Stunde später ein, Lourdes rief Nicolas ans Telefon, jemand wolle ihn sprechen.

»*If you don't resign – you will die, and before we fuck you!*«

»Lass uns abhauen«, schlug Happe vor, als Nicolas ihm davon erzählte. »Wir packen, geben die Autos zurück und fahren irgendwohin ans Meer.«

»Du kannst gehen, ich nehme es dir nicht übel.« Nicolas' Stimme hatte einen harten Klang angenommen. »Vielleicht ist es Wahnsinn, dass ich bleibe, aber ich habe einen Auftrag. Ich weiß es nur erst seit gestern. Außerdem sind das hier mein Haus, mein Land, meine Weinstöcke, mein Hund, mein Bett steht da hinten in dem Zimmer, unten ist mein Büro.«

»Das hast du alles nur geerbt.«

»Eben, und seit Wochen muss ich darum kämpfen, dass ich es behalten darf.«

»Unter Einsatz deines Lebens?«

»Setzt man sein Leben nicht immer ein, bei allem, für alles, jeden Tag wieder?«

»Oh, *shit*, Mann. Du bist nicht zu retten. Da bleibt mir nichts anderes übrig, als auch zu bleiben.« Happe seufzte. »Dann betrachte mich von jetzt an wirklich als deinen Leibwächter.«

»Kommt aufs Gehalt an.«

»Kost und Logis – und Portwein frei – ach, und natürlich die geilen Sahnetörtchen.«

»Klar, bis zum Abwinken. Würde mich jedoch viel mehr interessieren, ob du was … mitgebracht hast.«

»Du fragst? Der Ton gefällt mir besser. Nur macht Dope nicht aggressiv. Alkohol wirkt da besser.«

»Sie werden sich wieder melden. Außerdem kommt Otelo morgen. Ich rede noch einmal mit Pereira. Er muss die Obduktion meines Onkels einleiten, keine Ahnung, wie das geht, wer von den Familienangehörigen das veranlassen kann. Vielleicht mein Vater, er ist der nächste Verwandte. Den würde ich allerdings lieber aus der Sache raushalten. Wenn er sich irgendwo einmischt, übernimmt der sofort das Kommando, geradezu zwanghaft. Außerdem muss ich mit Pereira über Gonçalves sprechen. Ich glaube, wir müssen auf ihn aufpassen. Ich habe ihn bislang überschätzt. Pereira hat recht, der ist nur vorgeschoben. Entweder weiß er zu viel, dann will man ihn weg haben, oder er hat sich den Umgang mit mir leichter vorgestellt. Er ist der Sache hier nicht mehr gewachsen. Kann sein, dass er auf diese Weise aussteigen will, und das hat auch nicht geklappt. Er ist der geborene Verlierer. Wenn wir beweisen, dass er mich beseitigen wollte und auch Friedrich umgebracht hat, kriegt er lebenslänglich und stirbt im Knast.«

Den Rest des Nachmittags liefen sie mit Antão Pacheca die Weinberge rings um die Quinta ab. Der Arbeiter kannte sich hervorragend aus, war mit seiner bisherigen Tätigkeit total unterfordert, wie Nicolas feststellte, und er freute sich darauf, demnächst andere Aufgaben zu übernehmen. Pacheca erklärte die Wichtigkeit der Laubarbeit an den Weinstöcken. Er zeigte, dass im Frühjahr je Stock acht bis zehn Triebe stehen gelassen worden waren, die immer wieder zwischen die Spanndrähte gesteckt oder angebunden werden mussten. Die überflüssigen Geiztriebe wurden herausgebrochen. Es ging um das harmonische Verhältnis zwischen der Wuchskraft der Rebe und der Entwicklung der Trauben und darum, durch Licht und Belüftung einen möglichen Pilzbefall zu vermeiden. Pacheca wusste auch, bei welchen Lagen, bedingt durch das Mikroklima des Weinbergs, mehr Laub entfernt werden musste. Er würde am nächsten Tag die Mannschaft zusammenstellen, die ehemaligen Arbeiter zusammentrommeln. Sie würden vorübergehend mehr Leute als bisher brauchen, da nicht mit der nötigen Sorgfalt gearbeitet worden war. Und die weniger wertvollen Lagen sahen besonders vernachlässigt aus.

Als Nicolas ihn in Peso da Régua absetzte, Happe hatte

ihn mit seinem Ersatz-Ferrari eskortiert, druckste Pacheca herum und vergewisserte sich noch einmal, dass er die 10 000 wirklich nicht zurückzahlen musste.

»Haben Sie von mir 10 000 erhalten?«, fragte Nicolas.

»Nein, wieso?«, antwortete Pacheca, der nicht verstand, worauf Nicolas hinauswollte.

»Wie sollte ich etwas zurückverlangen, was ich Ihnen gar nicht gegeben habe? Vergessen Sie es. Außerdem haben wir das hier bald hinter uns.« Er erklärte dem verdutzten Mann nicht, wie er das meinte. Dessen Verblüffung steigerte sich noch, als er sah, dass Happe ihnen mit seinem Wagen gefolgt war.

»Bist du nun optimistisch oder blauäugig?« Happe lehnte sich aus dem Wagenfenster, und Nicolas merkte, wie sehr ihm die undurchsichtige Situation doch an den Nerven zerrte. Ergeben breitete Nicolas die Arme aus und stieg in seinen Wagen.

Happe hatte an der Staumauer zwischen Peso da Régua und Folgosa halten wollen, Nicolas aber war weitergefahren. Ein Stück voraus stand an der Uferstraße ein Wagen mit eingeschalteter Warnblinkanlage. Die Frau daneben winkte. Nicolas hielt. Er sah den zweiten Wagen nicht, der in einem fast zugewachsenen Weg stand, aber als er ausgestiegen war, wusste er, dass es zu spät war. Er hatte einen Fehler gemacht. Er hätte nicht halten dürfen. Alles Weitere ging blitzschnell. Dass sie so schnell reagieren würden, hatte Nicolas nicht erwartet.

»*Pare!*«, sagte eine Stimme hinter ihm, und er spürte, wie ihm jemand etwas in den Rücken bohrte. Es konnte eine Pistole sein oder auch nicht. Er hob die Arme, bekam einen Schlag ins Genick, taumelte, wurde herumgerissen und stolperte auf den zweiten Wagen zu, während der erste Wagen wegfuhr. Man zerrte ihn auf den Rücksitz, band ihm wieder die Hände auf den Rücken und drückte seinen Kopf so weit zwischen seine Knie, dass er kaum atmen konnte. Jemand wickelte ihm ein stinkendes Tuch um die Augen. Dann hörte er, wie mit seinem Wagen rangiert wurde.

Sein Gehirn arbeitete auf Hochtouren, er fühlte sich wie unter Strom. Fieberhaft suchte er nach einem Ausweg. Aus der Erinnerung versuchte er, den Weg mitzufahren. Sicher ging es zurück nach Peso da Régua, denn er erkannte, in welcher Richtung sie auf die Uferstraße einbogen. Wenn sie meinen Wagen dort versteckt haben, wo dieser gestanden hat, wird Happe daran vorbeifahren, ohne ihn zu sehen, dachte Nicolas. Er wird auf der Quinta warten, und dann wird er unruhig werden. Nicolas versuchte sich vorzustellen, was geschehen würde. Happe wird mich auf dem Mobiltelefon anrufen. Er wird nicht wissen, was er tun soll, aber er wird was tun. Er spricht kein Portugiesisch, er hat von niemandem eine Telefonnummer – aber er wird sich erinnern, wo Antão Pacheca wohnt.

Happe war für sein Ortsgedächtnis berühmt. Er würde Pacheca um Hilfe bitten. Normalerweise brauchte man zehn Minuten bis nach Peso da Régua. Nicolas registrierte den Geruch der Männer neben ihm. Einer war Raucher. Seine Kleidung roch muffig, trotzdem haftete ihr was von Reinigungsmitteln an. Der Geruch des anderen wurde von einem billigen Aftershave zugekleistert. Es war so grässlich, dass Nicolas nicht definieren konnte, wonach es eigentlich roch.

Wie erwartet kam die scharfe Linkskurve vor dem Lokal, man musste beinahe Schritt fahren, kurz darauf folgte der Kreisverkehr. Er hörte, dass der Blinker erst spät gesetzt wurde, dann überquerten sie im Schritttempo die Brücke. Zu seinem Erstaunen bogen sie direkt dahinter nach rechts ab, fuhren also stadtauswärts. Nach einem längeren Anstieg folgte eine Kurve nach der anderen, dann ein Bahnübergang. Diese Strecke kannte er nicht. Es war etwa eine Viertelstunde vergangen, als sie von der asphaltierten Straße auf einen holperigen Weg einbogen, der im Kies endete. Die Fahrt über war nicht ein einziges Wort gefallen.

Auch jetzt, als sie ihn aus dem Wagen in ein Haus zerrten, schwiegen seine Entführer. Dann gab es Zurufe, kurze Worte, die Nicolas nicht deuten konnte, bis man ihn wie einen Sack in einen Raum warf und benommen liegen ließ. Zumindest konnte er sich bewegen, wenn auch die Hände gefesselt waren. Das hatten seine Entführer so geschickt gemacht wie nachts auf der Tankstelle. Waren das dieselben Leute? Er versuchte, die Knie anzuziehen, um sich das Tuch von den Augen zu schieben. Es wäre ihm gelungen, er sah bereits, dass er in einer Werkstatt lag. Auch der ölige Geruch deutete darauf hin. Er hatte die Beine einer Werkbank gesehen und eine Kiste mit Kabeln, doch da machte ein Fußtritt seinen Bemühungen ein Ende. Er brüllte vor Schreck und Schmerz, er hatte das Gefühl, dass man ihm eben die Wirbelsäule gebrochen hatte. Das war weiß Gott kein Spiel mehr. Hier ging es um mehr als um die Quinta. Er war Berufsverbrechern in die Hände geraten, denen jedes menschliche Gefühl abging. Waren Gewalt und Hass nicht jene viel zitierten Eigenschaften, die den Menschen vom Tier unterschieden?

Man rollte ihn auf eine Plastikplane, aber der Boden blieb genauso hart und kalt. Es war Zement. Hand- und Fußgelenke wurden mit Stoff umwickelt und so gefesselt, dass er sich nicht einmal mehr krümmen konnte. Die Fesseln saßen fest, aber sie schnitten nicht ein und hinterließen keine Spuren. Also wollten sie ihn wieder laufen lassen. Das war zumindest ein Hoffnungsschimmer. Aber weder seine Bitte um Wasser noch der Wunsch, zur Toilette gehen zu dürfen, wurden erfüllt. Als er sagte, er könne kaum an sich halten, vernahm er hämisches Gekicher. Er fror, er zitterte nach einer Weile vor Anspannung am ganzen Körper. Zuletzt blieb ihm nichts anderes übrig, als dem Druck nachzugeben, er musste sich gehen lassen. Wenn er sich später daran erinnerte, war es das Zweitschlimmste dieser Nacht, bewegungslos ausgestreckt, mit beinahe abgestorbenen Gliedern, bis ins Morgengrauen in seinen eigenen Exkrementen liegen zu müssen. Es war ekelig, fürchterlich nass, aber das Schlimmste war, dass ihm auf diese Weise die Würde genommen wurde. Das war wohl ihr Ziel.

Sein Rufen nach Wasser wurde irgendwann in der Nacht erhört. Man gab ihm medizinisch schmeckendes Wasser zu trinken, auch wenn es widerlich roch, so war es zumindest eine Flüssigkeit. Nur zwei Minuten danach erbrach er sich, es war offenbar ein Brechmittel gewesen. Er erbrach sich im Lauf der Nacht immer wieder.

»Hier stinkt es grauenhaft. Mach's Fenster auf«, sagte jemand, der den Raum betrat. Nicolas war geradezu froh, dass jemand kam. Er wunderte sich, wie zäh der Mensch war und was er aushalten konnte. Er musste durch dieses Grauen hindurch. Töten würden sie ihn nicht; demoralisieren wollten sie ihn, gefügig machen, damit er seine Unterschrift unter den Verzicht auf die Quinta setzte. Es war ein Vorteil, wenn man wusste, was der Gegner – Feind war eigentlich treffender – von einem wollte.

Man zwang ihn, sich auf eine Kiste zu setzen, mitten rein in seinen Kot. Ihn schauderte.

»Das wahre Leben ist nichts für die Kinder von Millionären«, meinte die Stimme auf Englisch. Nicolas glaubte, dass drei Männer im Raum waren, einer von ihnen soufflierte dem Sprecher die Worte, der Parfümierte stand dicht bei ihm. Vor ihm hatte Nicolas die meiste Angst. Mit einem Mal ahnte er, was vor sich ging. Hatten sie ihn womöglich entführt, um von seinem Vater Lösegeld zu erpressen? Wenn es so wäre, dann wäre das sein Ende ...

»Machen wir es kurz«, ließ sich die Stimme vernehmen. »Wir wollen, dass du verschwindest. Wir wollen, dass du den Erbvertrag für die Quinta aufhebst. Du lehnst es ab, die Quinta weiterzubetreiben – und du bist frei.«

»Niemals«, knurrte Nicolas mit brüchiger Stimme, »*nunca, never* ...« Da traf ihn ein Schlag, zu hart, um ein Knüppel zu sein, zu weich, um ihn zu verletzen. Aber es tat höllisch weh und brannte. Sie ließen ihm vor dem nächsten Schlag reichlich Zeit, den Schmerz auszukosten.

»Überlege es dir. Dich lassen wir vielleicht laufen, aber deine Freundin nicht.«

»Ich habe keine Freundin.«

Das Lachen daraufhin hörte sich bekannt an. »Und wer ist Rita?« Da kam der nächste Schlag.

»Lasst sie da raus.« Nicolas kannte seine eigene Stimme kaum wieder. Hatten sie Rita auch entführt, oder blufften sie?

»Ein sehr hübsches Gesicht, was für uns alle. Du willst doch nicht, dass ihr was zustößt? Es liegt bei dir.« Wieder ein Schlag.

Nicolas keuchte und fragte sich, wer der Souffleur war. Es gab jemanden im Raum, der englisch sprach, eigentlich mehr amerikanisch, einige Formulierungen ließen den Schluss zu. Und dieser Souffleur gab dem Sprecher die Worte vor. Dann folgte der nächste Schlag und der nächste. War es möglich, dass dort Friedrichs Mörder saß? Also hatte er ihn gefunden – doch was nutzte es ihm jetzt noch?

»Du hast einen Tag. Du fährst zur Quinta, dann wasch dich, du Schwein. Du riechst nach Scheiße. Du rufst Pereira an. Sag ihm, dass du gehst. Verstanden?«

Als Nicolas nichts sagte, bekam er einen Schlag auf den Kopf.

»Heute Nachmittag fährst du nach Porto. Du unterschreibst den Verzicht, du annullierst den beschissenen Vertrag und verpisst dich.«

Das war eindeutig. Jetzt endlich erkannte Nicolas – für einen kurzen Augenblick konnte er einen klaren Gedanken fassen –, wer dort die Kommandos gab: Es war Dr. Veloso. Er gab die Sätze vor und die Schläge. Dann hatte der Mörder selbst den Totenschein ausgestellt. Aber wie hatte er Friedrich umgebracht?

»Niemals«, sagte Nicolas, um Zeit zu gewinnen, aber er erhielt nur einen weiteren Schlag ins Gesicht, diesmal mit der flachen Hand aufs Ohr, und das Summen lähmte jeden Gedanken.

Die Stimme nannte Ritas Adresse und beschrieb ihre Wohnung. Also waren sie bei ihr gewesen. Jetzt bahnte sich tatsächlich die Katastrophe an. Es ging nicht mehr nur um ihn. Rita war in Gefahr, und er hatte kein Recht, sie mit hineinzuziehen. Er durfte ihr Leben nicht gefährden. Sie hatte mit allem nichts zu tun und durfte nicht dafür büßen, dass er der Situation nicht gewachsen war. Sie hatten ihn an seiner schwächsten Stelle erwischt. Es blieb ihm nichts anderes übrig, als auf ihre Forderungen einzugehen. Der nächste Schlag riss ihn auf brutale Weise aus seinen Gedanken. Sie schlugen ihn auf eine Weise, dass ihm der Kopf dröhnte, aber die Zähne drinblieben. Die verstanden was davon, so absurd es klang.

Völlig benebelt hörte Nicolas sich sagen, dass er ihre Forderungen akzeptiere, aber sie schlugen weiter, nicht zu fest, dafür unregelmäßig. Sie zerschlugen nicht seine Knochen, sondern sein Selbstvertrauen, darum ging es ihnen, um seine Moral, seine Selbstachtung, die wollten sie zerstören und ihn seine absolute Hilflosigkeit fühlen lassen. Das war Terror, das war Folter. Mal lag eine lange Pause zwischen zwei Schlägen, mal folgten sie kurz nacheinander. Er konnte sich keine Sekunde sicher fühlen.

Für Nicolas gab es nur noch Schläge und die Zeit dazwischen, er fragte sich, wie lange er das durchhielt, wann im Inneren seines Körpers und Kopfes alles Brei sein würde.

Irgendwann ließen sie von ihm ab. Er lag keuchend wieder auf der Plane und hoffte, dass alles, wirklich alles vorbei wäre. Dieser Brei aus Ekel und Schmerz ließ sich nicht mehr lokalisieren. Irgendwann zerrten sie ihn hoch, stopften ihn hinten in einen Kleinlieferwagen, brachten ihn zu seinem Wagen und warfen ihn raus. Den Schlüssel bekam er in die Hand gedrückt, als sie seine Fesseln losmachten und ihm sein Mobiltelefon zusteckten.

Er mochte sich nicht in den Wagen setzen, nicht die Sitze beschmutzen, er fühlte sich selbst nur wie ein Haufen Scheiße. Er schämte sich für den Zustand, in den andere ihn gebracht hatten. Er stank, er musste fürchterlich aussehen, er hatte Angst, dass ihn jemand so sehen könnte – als trüge er die Schuld daran. Das war es, was sie bezweckt hatten, genauso sollte er denken. Sie hatten noch immer Macht über ihn. Der Schweiß lief ihm übers Gesicht. Er schleppte sich über die Straße, die Böschung hinunter und kroch angezogen in den Fluss. Im weichen und warmen Wasser fühlte er sich leicht, der Rio Douro war gnädig mit ihm.

»Wir sind hier, denke daran, wir sind immer in deiner Nähe. Wir kennen dich, aber du kennst uns nicht. Wir beobachten dich, wir wissen, was du tust, wen du triffst, wo du hinfährst. Du wirst dich keine Sekunde mehr sicher fühlen.« Das waren ihre letzten Worte gewesen.

Einer nach dem anderen trat aus dem Haus. Alle waren da, sie liefen auf ihn zu, dann, als sie seinen Zustand bemerkten, wichen sie entsetzt zurück. Happe, Dona Madalena, Meyenbeeker, Dona Firmina und Lourdes, der Kellermeister, Dr. Pereira und noch einige Unbekannte. Das war der schlimmste Moment, schlimmer als das Brechmittel, der Kot, der Durst und die Kälte – die Scham war das Schlimmste. Nur Otelo ließ sich nicht beirren, kam auf ihn zu, fasste ihn am Arm und brachte ihn zur Gartentreppe, wo es einen Wasserhahn und einen Gartenschlauch gab. Er scheuchte die Gaffer weg, holte Trinkwasser und einen Eimer und half Nicolas beim Ausziehen und Waschen. Nicolas bemerkte, wie Perúss sich setzte und ihn anschaute.

Nur vor ihm schämte er sich nicht. Konnten Hunde ein freundliches Gesicht machen?

»Was ist mit Rita?«, war Nicolas' erste Frage.

»Sie ist heute Morgen nach Madeira geflogen, sie musste als Reiseleiterin einspringen.«

»Sie haben gesagt, sie hätten sie ... sie würden ihr was antun, wenn ich weitermache.«

»Ich kläre das eben.« Otelo rief etwas zum Haus hin. Nicolas gab sich keine Mühe, es zu verstehen. Er saß nackt an die Mauer gelehnt, genoss das frische Wasser im Mund, am Körper, den Anblick von Perúss und dass Otelo für ihn sorgte. Er musste sich zusammenreißen, um nicht einfach zur Seite zu fallen und liegen zu bleiben. Als er in ein Badehandtuch eingewickelt aufstand, drückte Otelo ihn vorsichtig an sich. »Wir kriegen sie, verlass dich darauf.«

»Es war Dr. Veloso ...«

»Ich weiß«, sagte Otelo ruhig, »aber schweige, um Himmels willen, schweig!«

»Und Rita ist nicht in Gefahr?«

»Sie haben sie verpasst ...« Otelo brachte ihn zur Haustür, wo ihn alle besorgt anstarrten. Dona Madalena kam auf ihn zu und nahm ihn in die Arme.

»Es tut mir so leid.«

Das konnte er überhaupt nicht gebrauchen, ihre Umarmung war ihm zuwider, sie war nicht aufrichtig, er spürte es. Er bückte sich noch einmal nach Perúss, der Hund ließ sich streicheln.

»Er kommt mit rauf, er passt auf. Und dass ihm keiner Rattengift gibt.« Er blickte Dona Madalena an. »Wie geht es Gonçalves?«

Sie wollte etwas sagen, ihr Kinn bewegte sich. Sie wich zurück. »Woher soll ich das wissen?«

An ihrer Stelle antwortete Dona Firmina: »Er kann noch immer nicht sprechen.«

Otelo und Happe gingen mit nach oben. Nicolas legte

sich aufs Bett. »Bleibt bitte hier. Lasst mich nicht allein.«
Sie setzten sich ans Fußende und schwiegen lange.

»Er heißt in Wirklichkeit Silvério de Lima, so hieß er jedenfalls in Angola«, sagte Otelo, als Nicolas wieder einigermaßen bei Kräften war. »Da hat er für den Geheimdienst gearbeitet. In Afrika war er noch brutal, da kam niemand, weder Schwarze noch Weiße, ohne Spuren aus so einem Verhör. Nach dem Mai 1974 ging er in die USA. Es war ihm in Portugal zu gefährlich, zu viele kannten ihn. Drei Jahre später kam er als Dr. Veloso zurück. Als man nach Friedrichs Tod drohte, mich umzubringen, bin ich verschwunden und habe versucht herauszufinden, wer dahintersteckt. Deshalb war ich in Lissabon, die Freunde von damals aufsuchen und meine Spuren verwischen. Ich habe rausbekommen, dass de Lima sich in Dr. Veloso verwandelt hatte, und er hat gemerkt, dass wir ihn suchen. Es hat Wochen gedauert, das alles herauszufinden – und zu beweisen. Wir leben in einer halbwegs funktionierenden Demokratie, da werden wir nicht zu denselben Mitteln greifen wie unsere Feinde.«

»Das verstehe ich nicht«, murmelte Nicolas.

»Macht nichts, schlaf erst mal. Ein Arzt kommt, keine Angst, es ist wirklich Fredericos Hausarzt.«

Am Abend war Nicolas wieder einigermaßen hergestellt. Henry Meyenbeeker kam zu ihm in den Salon und berichtete, dass die Quinta do Andrade die Weinberge kaufen wollte. Sich mit diesen Fragen zu beschäftigen, half Nicolas, das Grauen der Nacht zu vergessen. Meyenbeeker erzählte, dass man nach Friedrichs Tod an seine Lebensgefährtin herangetreten sei, doch die hätte sie an ein Maklerbüro verwiesen. Alle Verhandlungen seien in Porto geführt worden. Für den Kauf der Weinberge existiere bereits ein Vorvertrag und ein Abkommen, dass die Arbeiter der Quinta do Andrade die notwendigen Arbeiten in jenen Weinbergen ausführen würden, die sie übernehmen wollten. Auf den schlechter bewerteten Lagen würde man Subunternehmen einsetzen. Deshalb also hatten sie diese Weinberge verkommen lassen.

»Sie wollen weitermachen, nach all dem, was Ihnen zugestoßen ist?« Meyenbeeker sah Nicolas ungläubig an. »Wieso sind Sie so versessen darauf?«

Nicolas quälte sich aus dem Sessel hoch, die anderen sahen ihm nach, wie er die Bibliothek aufschloss und mit einer Schallplatte wiederkam, die er auf den Plattenspieler legte. »*The harder they come, the deeper they fall ...*«, sagte er, und Jimmy Cliff sang. »Natürlich mache ich weiter!« Er würde es nur schaffen, wenn er seine Angst überwand. Nein, das war keine Angst, das war schlimmer, es war Furcht, tief in ihm, ein Entsetzen, dem er bislang nie begegnet war, dieser Zustand, anderen absolut ausgeliefert zu sein, nicht mehr über das eigene Leben bestimmen zu können. Damit ihm nicht von Neuem übel wurde, sprach er schnell weiter: »Außerdem hat mich Friedrich vor seinem Tod um etwas gebeten.«

»Vor seinem Tod?«, fragte Meyenbeeker, und nur Otelo schien zu wissen, wie es in Nicolas aussah. Er blickte ihn ernst an, dann hellte sich sein Gesicht auf.

»Das war es, was ich an deinem Onkel geschätzt habe, Nicolau. Selbst in ausweglosen Situationen hat er nicht aufgegeben. Sie waren vier, damals, wir waren zwei, ich lag am Boden. Ich glaube allerdings, dass ihn genau das das Leben gekostet hat.«

Meyenbeeker wollte wissen, was er damit meine, weil auch Pereira angedeutet habe, dass Friedrich keines natürlichen Todes gestorben sei.

»Sie kriegen Ihre Story, Senhor Meyenbeeker, gedulden Sie sich noch zwei Tage, spitzen Sie Ihren Bleistift oder laden Sie den Akku fürs Laptop. Wie ich weiß, haben auch Sie Erfahrung in derartigen Angelegenheiten.«

Meyenbeeker machte ein langes Gesicht. »Woher ...?«

Otelo schmunzelte. »Man hat Freunde, man verlässt sich aufeinander, man informiert und vertraut sich. Freundschaften, die in schwierigen Situationen geschlossen werden, halten ein Leben lang. Eine derartige Freundschaft hat mich mit Frederico Hollmann verbunden«, er schaute kurz zu Nicolas. »Wir haben harte Zeiten durchgemacht, Zeiten, in denen es darauf ankam, verschwiegen zu sein. Das betrifft mehr die politische Seite. Und auch wenn Freunde anders denken und handeln als wir selbst, wenn die Wege mal auseinandergehen – eine echte Freundschaft führt wieder zusammen. Zweckgemeinschaften brechen, Kollegen verlieren sich aus den Augen, Netzwerke reißen, Ehen gehen in die Brüche, Familien verursachen Neurosen, die Freundschaften helfen, sie zu heilen.«

Nicolas fiel plötzlich auf, dass Pereira nicht mehr dabei war, er hatte ihn noch gesehen, als er gekommen war.

»Der ist nach Porto zurückgefahren«, erklärte Meyenbeeker, »um die Autopsie von Friedrich in die Wege zu leiten. Das hat es hier, wie er meinte, noch nie gegeben, dass man einen Toten ausgegraben und untersucht hat. Ich habe mit Ihrem Vater gesprochen, ob er zustimmen würde ...«

»Was haben Sie? Mit meinem Vater? Sind Sie wahnsinnig? Halten Sie den da raus ...« Nicolas war aufgesprungen und schrie die letzten Worte.

Meyenbeeker sah ihn an wie einen Kranken. »Was glauben Sie eigentlich, was hier los war, als Sie verschwunden waren? Meinen Sie, wir haben untätig auf unseren Ärschen gesessen?« Auch er war lauter geworden. »Die Polizei hat uns abgespeist, Sie kämen schon irgendwann wieder. Dann haben wir über Ihre Mutter Ihren Vater erreicht, der anscheinend über weitreichende Verbindungen verfügt. Glauben Sie, die Polizei bewegt sich, wenn ein reiches Jüngelchen mal zu spät nach Hause kommt? Kurz bevor Sie kamen, hat sich die Kripo verabschiedet. Da müssen Sie übrigens morgen hin ...«

»Um wieder ein sinnloses Protokoll aufzunehmen, wie bei dem gestohlenen Auto? Was meinst du, Otelo, ich sag einfach du ...«

Der Angesprochene nickte. »Du musst hingehen, aber wir sprechen deine Aussage ab. Wenn du so weit bist, wenn du es dir zutraust, erzählst du mir alles, was in dieser Nacht geschehen ist. Je eher, desto besser, aber wirklich nur, wenn du es schaffst.«

Nicolas ging seit einer halben Stunde im Salon auf und ab. Otelo las in einem Buch, ließ es sinken, schaute Nicolas an, aber der war noch nicht so weit. Meyenbeeker war im Gästezimmer einquartiert worden. Happe würde auf dem Sofa im Salon nächtigen, im Moment war er noch bei Dona Madalena, sehr zu Nicolas' Ärger.

Otelo gefiel es genauso wenig, dass Happe zu ihr gegangen war. »Sie wickelt ihn ein«, meinte er, als Happe gegangen war.

»Sie ist zu alt für ihn, er steht mehr auf jüngere Frauen.«

»Vorsicht, bei den meisten Männern ist das die schwache Stelle, sie war es auch bei Frederico. Ich habe ihn gewarnt.«

»Wovor? Vor wem?«

»Vor Dona Madalena!«

»Sie kann dich auch nicht leiden, Otelo. Ich glaube, dass man hier oben ohne eine Frau oder Freundin auf Dauer versauert, die Einsamkeit macht einen mürbe, dann sind alle Platten gehört, alle Bücher gelesen ...«

»... nie! Es werden immer neue geschrieben ...«

»... und auch du hast nicht immer allein gelebt.«

»Das stimmt, ich war lange verheiratet, und Frederico hatte eine Freundin in Porto, bevor er Dona Madalena kennenlernte.«

»Du hast sie von Anfang an nicht gemocht, vermute ich.«

»Korrekt, ich war ihr gegenüber immer misstrauisch. Sie hat sich nie für den Wein und unsere Arbeit interessiert, sie hat keinen Anteil genommen. Und wenn man nicht ganz dabei ist, merkt das der Weinstock, und er bestraft dich. Was interessiert dich am Wein?«

Nicolas ging auf die Terrasse und setzte sich. Perúss folgte ihm, er wich nicht mehr von seiner Seite. Sogar als Nicolas zur Toilette gegangen war, war er vor der Tür sitzen geblieben.

»Als ich hier ankam, hatte ich keine Ahnung. Da blühte der Wein gerade, jetzt sind die Rebstöcke voller Blätter und Trauben. Die Landschaft verändert sich, Wind, Hitze, Steine, Erde und auch wir – alles wirkt zusammen. Ich wollte gestalten. Hier kann ich es, zwar noch nicht so gut, aber einiges weiß ich, zumindest habe ich viel durch Hinschauen gelernt, durch Riechen und Schmecken ...«

Er nahm seinen Skizzenblock und zeigte Otelo, was er in den letzten Wochen zu Papier gebracht hatte.

»Genau das meine ich«, sagte Otelo, »jeder braucht seinen ganz persönlichen Zugang zu dem Thema. Dona Madalena hat nie einen gefunden. Ihr Zugang war ...«

»Da kommt Happe.« Nicolas sah ihn vorsichtig die Treppe vom Garten herunterkommen. »He, Alter! Wir sind hier oben.«

Aber Happe wollte sich hinlegen. Er sei todmüde, letzte Nacht hätten sie vor Aufregung kein Auge zugetan, und mit Dona Madalena hätte er nur unbedeutendes Zeug geredet. »Sie hat mich hauptsächlich nach dir gefragt. Ich habe nichts gesagt.«

»Ob man auf Gonçalves aufpassen muss?«, fragte Otelo nach einer Weile in die Stille hinein.

»Ist er in Gefahr?« Nicolas sah Otelo an, als hätte sich durch die Ereignisse der letzten Stunden zwischen beiden eine stillschweigende Übereinkunft ergeben. Er hatte das Gefühl, dass auch er mit dem Freund seines Onkels Freundschaft schließen konnte. Sie waren gerade dabei. Der Altersunterschied von 30 Jahren stand nicht im Wege.

»Er könnte ein Zeuge sein. Gonçalves ist kein Mensch, der sich was ausdenkt. Militärisch gesehen ist er ein *tenente*, ein Leutnant, ach, höchstens Feldwebel, mehr nicht, von Strategie keine Ahnung. Er ist nicht der Schuldige, aber für einen Mitläufer zu aktiv.«

»Diese Männer, die mich in der Mangel hatten – ich hatte die ganze Zeit den Eindruck, dass ihnen jemand Anweisungen gab. Sie gingen raus, ich hörte sie murmeln, dann kamen sie wieder. Eine Art Souffleur hat ihnen das Englisch vorgesprochen, manchmal zweimal, wenn sie nicht kapiert hatten, das war Veloso. – Wer war das eigentlich in dem Taxi, das mich in Lissabon am Hotel abgeholt hat?«

»Veloso wollte verhindern, dass wir Kontakt aufnehmen und ich herausfinde, wer er wirklich ist. Man wird nur gesehen, wenn man sich bewegt. Er ist irgendwann aus seinem Schläferdasein aufgewacht und hat sich bewegt. Das war sein Fehler. Er ist nicht von seinen früheren Auftraggebern, der CIA, geweckt worden. Er hat sich in eigener Sache bewegt, nicht im Auftrag. Und als er begriff, dass ich hinter ihm her war, wollte er rauskriegen, mit wem ich in Verbindung stehe, welche Leute ich von damals her beim Geheimdienst und bei der Polizei kenne, wer aus der Zeit der Revolution noch im Dienst ist. Er wollte an unsere Verbindungen. Er musste verhindern, dass seine Tarnung auffliegt. Meine Verbindungen sind privat. Es sind Freundschaften. Aber du sagtest, dass diese Männer Anweisungen bekamen. Wie haben sie sich verhalten?«

Und Nicolas erzählte. Es war das Beste, was er tun konnte, um sich von dem Albtraum zu befreien.

Plötzlich hörten beide eine Autotür klappen, auch Perúss hob den Kopf. Das Anlassen eines Motors war zu hören. Nicolas glaubte zu wissen, um welches Auto es sich handelte. Scheinwerfer leuchteten nicht auf. Da wollte jemand nicht gesehen werden. Wie neulich. Nicolas fühlte sich viel zu zerschlagen und sah sich außerstande, mehr als zehn schnelle Schritte zu machen. Stattdessen spurtete Happe los, der plötzlich wieder aus seinem Zimmer herausgestürzt war.

Keuchend kam er zurück. »Es war Dona Madalena, ohne Licht. Aber was ich vergessen habe, dir zu sagen – als ich vorhin raufgekommen bin, war sie nicht allein. Da war der Hausmeister bei ihr, der Mann von deiner Köchin. Als sie gehört hat, dass ich komme, ist er hinten aus dem Haus raus.«

17.

Der letzte Portwein

»Sie hat ihn nicht geliebt. Anfangs vielleicht, aber später nicht mehr. Sie hat ihn benutzt. Und der Idiot hat es gewusst.«

Otelo starrte mit tief in den Hosentaschen vergrabenen Händen auf das Grab seines Freundes und kaute auf der Unterlippe. Der Erdhügel war seit Nicolas' erstem Besuch weiter zusammengefallen, darauf lagen vertrocknete Blumen, einen Stein gab es nicht. Dona Madalena hatte nicht verlauten lassen, wann sie mit Nicolas den Steinmetz aufsuchen wollte.

»Man muss nicht warten, dass es geschieht, man muss es tun«, meinte Otelo. »Wir nehmen das in die Hand, das ist mir auch lieber.« Er bekam einen bitteren Zug um die Lippen. »Wenn du nicht so verdammt viel Glück gehabt hättest, bräuchten wir einen zweiten Stein.«

Nicolas schenkte seinen Worten nicht viel Bedeutung. Er versuchte sich vorzustellen, wie eine Exhumierung vor sich gehen würde. Die Behörde würde den Totengräber anweisen, die Erde wegzuschaufeln, der Sarg, das Holz, wäre noch intakt, aber in welchem Stadium der Auflösung, diskret ausgedrückt, sich Friedrichs Körper befinden würde, stellte er sich besser nicht vor. Ihn schauderte bei dem Gedanken. Er passte nicht zu dem strahlenden Himmel, wie van Gogh ihn auf seinen Sommerbildern gemalt hatte. Der Gedanke passte nicht zu dem Lärm des

Vogelschwarms, der gegenüber in die Pinien eingefallen war.

Nicolas ging zum Zaun, von dem aus man einen weiten Blick über Lamego hatte. Otelo trat zu ihm und lehnte sich ans Gitter.

»Es wird dir absurd und übertrieben vorgekommen sein, was wir in Lissabon in Bezug auf deine Sicherheit veranstaltet haben, aber ich hielt das für nötig. Wir mussten sichergehen, dass sich niemand an dich hängt und sie zu mir führt.«

»Verrate mir endlich mal, wer SIE sind! Wer sind diese geheimnisvollen Leute, dass du zu derartigen Methoden greifst? Was macht sie so gefährlich? Was haben sie davon, wenn ich die Quinta nicht übernehme?«

»Alles hat seine Geschichte, Nicolau, auch wenn heute immer behauptet wird, das sei unwichtig, als zähle ausschließlich die Gegenwart. Damals, in Angola, ist ein Fahrzeug auf eine Mine gefahren, ein Mann wurde eingeklemmt. Wir haben mit ein paar Kameraden die Überlebenden gesichert, bis ein Kranwagen den Jeep angehoben hat. Ich habe den Mann rausgeholt und erst später erfahren, um wen es sich handelte – einen Verhörspezialisten vom Geheimdienst. De Lima, er war Arzt, das war seine Tarnung, er operierte verletzte Soldaten, er rettete Leben, andererseits war er bei Verhören dabei, um einzugreifen, bevor Gefolterte ohnmächtig wurden oder starben. Er sorgte dafür, dass sie weiter gequält werden konnten. Als ich das erfuhr, habe ich ihm ins Gesicht gesagt, dass ich ihn hätte liegen lassen, wenn ich das an jenem Tag gewusst hätte. Jeder Angolaner hätte mehr Anstand als er. Das war der Beginn unserer Feindschaft. Ich glaube, wir werden uns noch in der Hölle bekämpfen. Hass ist ein starkes Gefühl, Nicolau, eine unheimliche Kraft. Es lässt dich alles vergessen, alle anderen Wünsche hintanstellen, alles wird ihm geopfert. Anschließend wurde ich verhört. De Lima war 1974 in Lissabon, im

Mai 1974, und ich auch, aber nicht als Soldat. Und sie hatten mich, sie hätten mit mir Schluss gemacht, wenn Frederico nicht gekommen wäre. Silvério de Lima, der Mann, den du als Dr. Veloso kennst, war dabei.«

»Das habe ich mir gedacht«, murmelte Nicolas. »Irgendwo musste es eine Verbindung geben.«

»Veloso und seine Freunde haben uns aus den Augen verloren, als wir ins Alentejo sind. Ich kannte dort Leute, und der Geheimdienst wurde angeblich aufgelöst. Veloso fürchtete, dass ihn irgendwer wiedererkennen, sich rächen oder ein Verfahren einleiten würde. Also ging er in die USA. Die hatten gerade den Vietnamkrieg verloren. Ob er vorher bereits Kontakte dorthin hatte – ich nehme es an. Er kam nach Fort Benning, dort wurden die Folterspezialisten befreundeter Länder ausgebildet, heute die eigenen Verhörspezialisten. Was du erlebt hast, ist nur ein Vorgeschmack gewesen: Furcht verbreiten, dauernde Unsicherheit, Hoffnungslosigkeit, Angst. Und keine Spuren hinterlassen, die Amnesty International zu einer Kampagne bewegen könnten. Das ist Terror. Ich sehe es dir an, wie du dich seitdem umschaust, dein unsteter Blick, du bist unkonzentriert. Das ist dir kaum bewusst, doch die Angst wird stärker als der Wunsch, dein Ziel zu erreichen. Du meinst, dass jemand hinter dir her ist, dass sie alles sehen, alles wissen, dich abhören, deine Bewegungen beobachten, neuerdings deine Briefe im Computer lesen, sogar bevor du sie abschickst, also in deinen Gedanken herumschnüffeln. Der Staat wird mit jedem Umsturz immer stärker, immer totalitärer. Er verbreitet Angst, aber er macht keinen Mut, sagt nicht, dass wir dieser Bedrohung Herr werden, weil wir frei sind, demokratisch sind, er reagiert genauso mit Terror. Aber du hast einen starken Willen, Nicolas, dich brechen sie nicht so schnell. Wie sie dich behandelt haben, lässt für mich nur den Schluss zu, dass Veloso über beste Verbindungen verfügt und Zugang zu geheimen Informationen hat. Wie sonst hätte er von der Nachricht ans Reisebüro wissen können?«

Otelo drehte sich um und blickte in Richtung von Friedrichs Grab. »Auch wir haben Informationen. Heute dienen die Söhne unserer Freunde von damals bei den Streitkräften; das portugiesische Militär ist, soweit ich weiß, das einzige auf der Welt, das der Demokratie den Weg geebnet hat. Nicht die Generäle, vergiss sie, die niemals, es waren die jungen, unzufriedenen Offiziere, das MFA, die Bewegung der Streitkräfte, mittlere Dienstgrade, aus der Mitte heraus. Und vor drei Jahren fing es an. Veloso kam nach Peso da Régua. Den wahren Grund werde ich auch noch herausfinden. Ich glaube nicht, dass es wegen Frederico geschah. Es muss einen anderen Grund geben.«

Nicolas war von der Tragweite des Gehörten entsetzt. Er erinnerte sich, wie er von Veloso verarztet worden war, mit welchem Vertrauen, ja welcher Arglosigkeit er dem Arzt begegnet war. Dass Ärzte sich für solche Schweinereien hergaben – unglaublich. In der Nazizeit hatte es derartige Exzesse gegeben, sie waren in einem kranken Regime an der Tagesordnung, es hatte schließlich alle verdorben. Er dachte daran, dass in der Sowjetunion Regimekritiker in Irrenanstalten eingewiesen worden waren. Er erinnerte sich an Berichte über geheime CIA-Lager in Europa und Gefangenentransporte.

»Politik ist ein schmutziges Geschäft«, sagte Nicolas, den das Schweigen bedrückte. »Das waren die Worte meines Vaters. Bei seinen Kungeleien mit Politikern ist ihm jeglicher Respekt vor ihnen abhanden gekommen.« Teufel, was für eine beschissene Vergangenheit, dachte er, sie wurde konkret, sie wurde zur Gegenwart, die Erinnerung an diese grauenvolle Nacht kam in ihm hoch – sein Herz klopfte wie wild, er atmete heftig und blickte sich um.

»Das wird dir noch eine Weile so gehen«, sagte Otelo

ruhig und legte ihm die Hand auf die Schulter. »Aber es geht vorbei.«

Nicolas atmete durch, ließ den Kopf und die Schultern sinken. Otelos Berührung tat ihm gut. »Wenn Veloso dahintersteckt, wie du sagst, in welcher Beziehung steht er dann zu Gonçalves?«

Otelo lachte. »Gonçalves ist ein kleiner Betrüger. Er ist Kaufmann, hatte mal eine Firma und ist pleitegegangen. Dann war er Geschäftsführer bei einem Weinexporteur in Lissabon, da hat er gelernt. Und Dona Madalena hat ihn letztes Jahr angeschleppt: Er sei ein guter Bekannter, man müsse ihm eine Chance geben, zumindest für ein Jahr, er sei Familienvater, sie verbürge sich für ihn. Sag mal was gegen die Frau deines Freundes. Wir könnten ihn ja entlassen, wenn er sich nicht bewähre, hat sie vorgeschlagen. Frederico wollte dem Ärger mit ihr aus dem Weg gehen, er war viel schneller damit einverstanden als ich.«

Nicolas sah ihn an, und Otelo bemerkte, dass er gar nicht mehr zuhörte, sondern dass ihn etwas ganz anderes beschäftigte. »Was ist dir in den Sinn gekommen?«

Nicolas stand jetzt zwischen fremden Gräbern an einem grauen Stein mit dem ovalen Foto des Verstorbenen. »Wenn du glaubst, dass Veloso dahintersteckt, hinter den Vertreibungs- oder Mordversuchen – für das, was es war, fehlen mir die Worte – dann hätte er Gonçalves kennen müssen. Du sagst aber, dass Dona Madalena sich für ihn eingesetzt hat. Das geht nicht, entweder sie oder er, außer ...«

»... außer Veloso und Madalena hängen zusammen ...«

»... was ich mir durchaus vorstellen kann. Rita hat Dona Madalena in der Stadt, in Régua, gesehen, mit Veloso. Und ich sah ihn, als er zu ihr fuhr. Außerdem hat er den Totenschein ausgestellt. Ich habe die Einzelteile nicht zusammengesetzt, dazu war ich viel zu sehr mit mir und der Quinta beschäftigt. Da war Gonçalves in seiner ... ja, dümmlich-aggressiven Art. Ich hatte bis auf Carlos niemand, mit dem ich reden konnte. Carlos – habe ich dir von Carlos erzählt?«

»Wer ist das?«

»Ich habe ihn in Gaia getroffen. Er studiert Önologie, ein guter Typ. Er hat mir geholfen, nach dir zu suchen. Die Kontakte zu anderen Leuten waren minimal, ja, auch mit Pereira ging es gut, er hat mir viel erklärt. Aber mit euren Mitarbeitern war es eine Katastrophe. Ich verstand nichts und war total frustriert, weil mich alle boykottiert haben, so stellte es sich zumindest dar.«

Dann kam Nicolas übergangslos auf die Lese zu sprechen, als wollte er die Vergangenheit so rasch wie möglich hinter sich lassen, und erklärte, wie er sich das weitere Vorgehen dachte, was er von Otelo an Hilfestellung erwartete.

Der *provador* lachte unvermittelt auf. »Nein, ich lache nicht über dich«, sagte er, als ihn Nicolas verständnislos ansah. »Es ist die Situation, Nico. Es ist absurd. Wir stehen auf dem Friedhof, mit dem Grab deines Onkel im Rücken. Wir versuchen Licht in die Vergangenheit zu bringen, und du machst Zukunftspläne. Wozu den Portwein altern lassen, wenn nicht für die Zukunft? Für andere Produzenten, die in der Vergangenheit Portwein gemacht haben, ist unsere Gegenwart die Zukunft. Es gibt in der Nähe die Quinta do Paço, bei Mesão Frio, dort lagern seit 1967 fünf riesige Fässer mit Tawny. In jedem ist ein anderer Jahrgang, einer feiner als der andere. Die lagen bereits dort, als wir hier angefangen haben zu graben. Ich zeige dir die Fässer, je 22 000 Liter. Und die Besitzer verkaufen den Portwein nicht. Dabei ist er ein Traum. Er wird nicht schlecht, er wird besser, anders, ein Produkt für die Zukunft eben. Einer stirbt, einer wird geboren, so geht's, Nico. Ich finde es gut, dass du hier bist, mir gefällt es. Frederico hat eine gute Wahl getroffen.«

Nicolas wurde rot, er hatte beileibe nicht den Eindruck, sich bisher besonders geschickt angestellt zu haben. Das

Kompliment verunsicherte ihn, und rasch steuerte er auf ein anderes Thema zu.

»Weshalb meldet sich Rita nicht? Oder beruhigst du mich lediglich mit ihrer Reise nach Madeira?«

»Sie ist wirklich dort, aber nicht mit einer Reisegruppe. Damit haben wir sie bewegen können, sofort nach Madeira zu fliegen. Als dein Freund zurückkam, aber du nicht, haben wir nach dir gesucht und den Wagen gefunden. Ich wusste, was das bedeutet. Sie machen es immer so. Dann drohen sie, der Frau was anzutun, und die Männer gehen in die Knie. Bei Kindern geht das noch schneller, das ist noch niederträchtiger. Man fühlt sich verantwortlich, obwohl man es nicht ist.« Otelo löste sich vom Zaun und ging zum Ausgang. »Ich brauche einen Kaffee. Solange man am Leben ist, sollte man so wenig Zeit wie möglich auf Friedhöfen verbringen.«

Als sie am Salon »Lord« vorbeikamen, grüßte der Friseur, und sie setzten sich nebenan ins Café – Otelo konnte sich für Schokoladentorte genauso begeistern wie Nicolas. Einen empfehlenswerten Portwein hatten sie leider nicht – da kam Pereiras Anruf. Dem Eilantrag auf Exhumierung habe man stattgegeben, er werde versuchen, es in aller Stille abzuwickeln, damit sich mögliche Schuldige nicht heimlich absetzten.

»Meinst du, das gelingt?«

Otelo war skeptisch. »Sollten sie es erfahren, so hat das den Vorteil, dass man sieht, wer sich bewegt. Da bleiben nicht viele: Einer liegt im Krankenhaus, einer hat eine Praxis, da stellen wir jemanden hin – hat dein Freund Happe gesehen, wer in der Nacht runtergefahren kam?«

»Ja, Dona Madalena höchstpersönlich, ohne Licht. Das ist mörderisch auf dem Weg, also wollte sie nicht gesehen werden.«

»War dein Freund Happe nicht vorher oben? Was hat sie ihm erzählt, worüber haben sie gesprochen?«

»Über nichts Besonderes, meinte Happe – mein Gott, es liegt mir fern, meinen Freund auszufragen oder irgendjemandem Vorschriften zu machen.«

»Daran wirst du dich gewöhnen müssen. Du machst hier die Vorschriften, du setzt die Ziele, schaffst Regeln, bestimmst den Umgang untereinander – wenn du es nicht tust, bricht die Quinta auseinander. Wir haben es damals in der Kooperative gesehen. Um sinnvoll miteinander kooperieren zu können, brauchst du selbstständige und selbstbewusste Menschen. Wir hatten aber Menschen, die sich seit Jahrhunderten mit gesenktem Blick für andere geknechtet hatten, sich aber nicht in eine Gemeinschaft einfügen konnten, außer in überholte patriarchalische Familienstrukturen. Wenn die Aufsicht fehlte, fiel die Hacke oder die Schere zum Traubenschneiden nur allzu schnell aus der Hand. Dazu kamen Angriffe der vertriebenen Besitzer, die politischen Debatten wirkten wie Sprengstoff, und die Politkommissare der Stalinisten gaben uns den Rest.« Otelo sah auf die Uhr. »Hattest du nicht einen Termin bei der Polizei? Wer wird übersetzen? Veloso womöglich?«

Nicolas zwang sich ein Lächeln ab. Auf dem Weg nach Peso da Régua gab Otelo Nicolas Instruktionen, wie er sich verhalten sollte und worüber er besser nicht sprach. Er sollte jede Mutmaßung über eine Beteiligung des Arztes und von Mitgliedern der Sicherheitsdienste unterlassen, damit weder Beweise unterdrückt noch die entsprechenden Personen gewarnt würden.

Nicolas hatte bei der Protokollaufnahme den Eindruck, dass die Kriminalpolizei wenig interessiert war, da er wieder aufgetaucht war. Mithilfe der Presse für Wirbel zu sorgen, hatte Otelo für wenig sinnvoll erachtet. Die ermittelnden Beamten hüllten sich in Schweigen, niemand ließ sich zu einer Vermutung hinreißen, die Anzeige jedenfalls wurde aufgenommen, und Nicolas war heilfroh, als er wieder an der frischen Luft war. Man hatte die ganze Zeit über Zweifel an seinen Erklärungen geäußert. Wenn es wirklich eine Entführung gewesen wäre, wieso hatte man ihn dann am nächsten Tag laufen lassen? Von der »harten« Behandlung seien kaum Spuren zurückgeblieben. Außerdem vermutete der Beamte, dass Nicolas etwas verschwieg. So hatte Nicolas ihn verstanden. Nur gut, dass Pereira keine Ruhe geben würde.

Happe, Otelo und er aßen in Pinhão im »Ponte Romana« zu Mittag, einem kleinen Restaurant an der Römerbrücke. Zicklein mit frischen Kastanien würde es erst geben, wenn die Kastanien im Oktober reiften. Für Otelo, den Portugiesen, musste es *bacalhau*, Kabeljau, sein. Die beiden Freunde begnügten sich mit Meeresfrüchten und Kalbfleisch. Als Lourdes sie von Gonçalves' Anruf unterrichtete, sprang Nicolas auf, er bekam sowieso nichts runter, und auch die anderen verzichteten auf den Kaffee.

Nicht er selbst, sondern Gonçalves' Frau habe angerufen, meinte Lourdes. Er würde Nicolas gern einiges erklären. Nicolas solle Stillschweigen bewahren und allein kommen. Nicolas hätte Otelo lieber dabeigehabt, aber er respektierte Gonçalves' Wunsch. Doch mit Otelo und Happe als Eskorte fühlte er sich sicherer. Meyenbeeker war nach Porto gefahren, um die Bemühungen des Anwalts um die Autopsie aus nächster Nähe zu verfolgen.

Gonçalves war von Natur aus klein geraten – im Krankenbett, das Laken bis unters Kinn hochgezogen, wirkte er noch winziger, ein müder, blasser Kopf mit Bartstoppeln, eingefallenen Wangen und verschwitztem Haar. Der Anblick seiner Augen war für Nicolas kaum erträglich, sie wirkten fiebrig und ängstlich. Sein Zustand war wirklich besorgniserregend. Senhora Gonçalves verließ das Krankenzimmer, ohne ein Wort zu sagen. Nicolas rückte einen Stuhl ans Bett und setzte sich. Happe und Otelo blieben im Flur und behielten die Tür des Krankenzimmers im Blick.

Auf die Quinta würde Nicolas den Verwalter keinen Fuß mehr setzen lassen. Der Kranke atmete flach, starrte vor sich hin, matt und müde, als stünde er unter Drogen, was nach seinem Selbstmordversuch auch der Fall war. Nicolas würde ihm weder Vorhaltungen machen noch ihn mit Fragen in die Enge treiben.

»Sie wollten mich sprechen, also müssen Sie den Anfang machen«, sagte er, als Gonçalves einzuschlafen schien.

»Ich weiß nicht, wie ich anfangen soll«, murmelte er und bewegte die Hände unruhig unter dem Laken.

Nicolas hatte Mitleid mit Gonçalves, obwohl der ehemalige Verwalter mit denen in Verbindung stand, die ihn vorletzte Nacht gequält hatten, um nicht zu sagen gefoltert.

»Sie wollten mich sprechen? Wollen Sie reden oder soll ich Sie fragen? Ich frage Sie, und Sie antworten mir, einverstanden?«

Gonçalves deutete ein Nicken an.

»Kennen Sie Dr. Veloso?«

Gonçalves seufzte und schüttelte den Kopf. Sogar diese Bewegung schien ihm schwerzufallen. »Kennen? Nein, aber ich weiß, wer er ist. Er war im Büro und hat Wein gekauft.«

»Gekauft oder geholt?«

»Geholt.«

»War das vor oder nach dem Tod meines Onkels?«

»Davor und danach, als Sie bereits da waren. Das Mal davor hat er bezahlt, danach nicht. Dona Madalena hat gesagt, das übernehme sie.«

Nicolas beschloss, sich heranzutasten. »Was halten Sie von Lourdes? Ist sie eine gute Mitarbeiterin? Kann sie sich weiterentwickeln?« Die Frage war unsinnig, Nicolas traute Gonçalves keine Menschenkenntnis zu und auch nicht die Beurteilung von Mitarbeitern, aber möglicherweise konnte er heraushören, ob sie von den Kungeleien wusste. Andernfalls hätte er bei seinen Geschäften besser abgeschnitten.

»Sie ist jung, sie kann lernen, und sie will arbeiten. Gute Voraussetzungen, besser als meine.«

»Was waren Ihre? Ich bin erstaunt über Ihr gutes Englisch.«

»Und ich über Ihr Portugiesisch. Sie haben schnell gelernt.«

»Sie haben mich dazu – gezwungen, Sie!« Nicolas merkte schnell, dass er Gonçalves führen musste. »Was waren Ihre Voraussetzungen?«

»Ich habe nicht gewusst, worauf das hinauslief, und ich habe es nicht gewollt. Alles war zum Scheitern verurteilt.«

»Würden Sie sich besser fühlen, wenn es geklappt hätte, wenn ich mir beim Treppensturz nicht nur den Arm gebrochen hätte?«

Gonçalves verkroch sich unter dem Laken. »So war das nicht gemeint.« Nicolas schwieg, doch nach zwei Minuten hielt er es nicht mehr aus.

»Sie haben nicht aus eigenem Antrieb gehandelt, davon gehe ich aus. Wer hat Ihnen gesagt, was Sie tun sollen? Dr. Veloso?«

»Nein, Dona Madalena. Sie hat mich in Lissabon aufgesucht. Wir kannten uns von früher – sie hatte ein Verhältnis mit dem Geschäftsführer der Firma, bei der ich gearbeitet habe. Sie hat mir die Bewerbung als Verwalter geschrieben.«

»Wann war das?«

»Getroffen haben wir uns vor anderthalb Jahren. Kurz danach habe ich die Bewerbung geschrieben. Sie meinte, dass der damalige Verwalter pensioniert würde. Sein Posten sei für mich das Richtige.«

»War da schon klar, was Sie tun mussten?«

»Sie hat es so dargestellt, als wären nur Formalitäten zu erledigen, geschäftlich, meine ich …«

»So wie die 10 000 für Pacheca …«

»Mehr oder weniger ...«

»... und der Verkauf von zwei *pipas* Portwein?«

»Wie sollte ich wissen, dass Sie es merken würden? Dona Madalena meinte, Sie seien ein verwöhnter Junge. Sie hätten in Ihrem Leben nie gearbeitet, würden Millionen erben und wollten ihr die Quinta wegnehmen.«

»Eine Rechtfertigung hat sie also auch? Na schön. Reichte ihr das nicht, was Friedrich ihr hinterlassen hat?«

»Das würden alles Sie kriegen, hat sie gesagt, die Quinta, das Haus oben. Nur wenn Sie verschwinden würden, hätten wir alles bekommen, wir, die Mitarbeiter ...«

»... von denen Sie einige bereits vertrieben haben. Also kannten Sie die Erbregelung?«

»Nur das, was Dona Madalena mir erzählt hat. Ich sollte dafür sorgen, dass möglichst alle verschwinden.«

»Auch der Kellermeister?«

»Der zuletzt.«

»Und Sie haben Dona Madalena geglaubt? Die Sache ist doch viel früher geplant worden. Wir werden sehen, wann die ersten Verkaufsverhandlungen geführt worden sind, wann es zu ersten Sondierungen bei Maklern und den Hotelleuten gekommen ist. Wer hat eigentlich die Treppe angesägt?«

»Roberto!«

»Der Mann von Dona Firmina?« Obwohl Nicolas es geahnt hatte, war es doch ein Schlag. Er hatte der Haushälterin vertraut, hatte geglaubt, Sympathie zu spüren, und musste begreifen, dass er sich fundamental geirrt hatte. Das war am schwersten zu verkraften, denn Enttäuschungen basierten stets auf eigenen Fehleinschätzungen.

»Es war seine Idee, er sollte Hausmeister in dem Hotel werden, einen besseren Job bekommen.«

»Wer hat ihm das versprochen? Wer hat mich in den *mortório* geschickt, in den toten Weinberg?«

Gonçalves' Schweigen sagte alles. »Sie sollten verschwinden«, flüsterte er. »Wir sollten Sie dazu bringen, den Vertrag zurückzunehmen. Wer konnte wissen, dass Sie sich einmischen, dass Sie sich plötzlich für Wein interessieren?« Die Empörung darüber hörte Nicolas noch immer heraus.

»Was haben Sie gedacht, als Senhor Otelo nicht mehr auftauchte?«

»Ich war froh darüber; er machte alles kompliziert, er traute mir nicht.«

»Mit Recht. Was wissen Sie eigentlich von meinem neuen Wagen?«

»Nichts, ich habe es Dona Madalena erzählt, ich habe ihr über alles berichtet, was auf der Quinta geschah, was Sie gemacht haben, mit wem Sie telefonierten, welche Akten Sie gelesen haben ...«

»... die Sie dann verschwinden ließen. Wo sind die Papiere jetzt?«

»Bei ihr ...«

»Und weshalb sind Sie so plötzlich verschwunden?«

»Ich kann nicht mehr, bitte gehen Sie«, sagte Gonçalves verzweifelt. »Ich mache zwar Geschäfte, aber nicht so und nicht mit Gewalt. Es ist zu viel, ich kann nicht mehr.«

»Wer hat dem Hund Gift ins Futter getan?«

»Roberto ...« Gonçalves hauchte den Namen nur noch.

Nicolas stand auf und betrachtete die Umrisse des Körpers unter dem Laken. Es glich einem Leichentuch.

»Es war alles langfristig geplant, strategisch sozusagen, sogar Gonçalves ist bereits in Hinblick auf Friedrichs Tod angestellt worden. Nach dem, was ich erfahren habe, ist Dona Madalena zu allem fähig, aber sie ist keine Strategin, niemals. Ausgedacht hat sich diese Schweinereien ein anderer.«

»Veloso!« Otelo hatte Mühe, sich in den kleinen Wagen zu zwängen und den Sicherheitsgurt anzulegen. Sich nach allen Seiten umschauend verließen sie den Parkplatz vor dem Krankenhaus. »Sie hat ihn in Lissabon getroffen, er hat von ihrem neuen Leben erfahren und sie dazu angestiftet.«

Nicolas lachte. »Du kannst Dona Madalena nicht riechen.«

Otelo ignorierte den Einwurf. »Die Autopsie ist für morgen früh angesetzt. Pereira rief eben an, er kommt. Und wie ist es mit dir?«

»Mir reicht das Ergebnis. Außerdem müssen wir spritzen, wie Pacheca meinte, es könnte Befall mit Mehltau geben. Ich will dabei sein, ich muss es lernen.«

»Gut. Wir sollten uns jedoch was einfallen lassen, damit Dona Madalena sich nicht über Nacht nach Macão oder sonst wohin absetzt. Veloso hat viele Möglichkeiten. Wir sind nicht sicher, ob er weiterhin für die CIA arbeitet. Geheimdienste statten ihre Leute mit neuen Identitäten aus, mit Geld, sie haben überallhin Beziehungen ...«

»Wir passen auf sie auf.«

»Wer ist wir?«

»Happe und ich. Ich muss was tun, ich muss mich ablenken, ich darf nicht nachdenken. Die Erinnerung kommt immer wieder. Diese Nacht, die Dunkelheit, seit sie mir die Augen verbunden haben, kann ich kaum noch schlafen ...«

Als Nicolas am Abend zu Dona Madalena hinaufging, hatte er bereits gehört, dass Veloso verschwunden war. Der Arzt hatte am Vormittag keine Sprechstunde mehr abgehalten. Happe schwor Stein und Bein, dass er am Abend zuvor bei Dona Madalena weder die Exhumierung noch die damit verbundene Autopsie erwähnt hatte. Also konnte sie ihn nicht gewarnt haben. Auf dem Weg zu ihr dachte Nicolas an Friedrichs Brief und an den, mit dem alles angefangen hatte. Als er die Steintreppe zum Garten hinaufging, sah er den Hausflur seiner Wohnung in Berlin vor sich, den er mit Rechtsanwalt Hassellbrincks Brief in der Hand hinaufgegangen war. Er dachte daran, was seitdem passiert war und was geschehen wäre, wenn er das Schreiben in den Müll geworfen hätte. Im Garten erinnerte er sich daran, wie er ihn beim ersten Mal gesehen hatte, wie ein Park war er ihm erschienen, ein kleines Paradies. Wie viel darf man besitzen, fragte er sich, um es noch richtig zu nutzen, um was davon zu haben? Er hatte seit seiner Ankunft nicht ein einziges Mal hier gesessen.

Er überquerte den Platz vor den Wirtschaftsgebäuden. Der Kellermeister arbeitete mit Otelo im Labor, Pacheca war dazugekommen. Er sah Licht im Fenster und die drei Männer hinter der Glasscheibe – und lächelte. Es war sein Zuhause. Wie gut, dass niemand von ihnen wusste, wohin er wollte, sie hätten ihn nie gehen lassen. Es war beruhigend, dass Perúss wie immer irgendwoher auftauchte und ihn begleitete. Er mochte den Hund sehr. Es gefiel ihm, dass er so unabhängig war. Er ähnelte eigentlich mehr einer Katze.

Den Weg fand Nicolas auch im Dunkeln. Er streifte die Weinstöcke, strich mit den Händen über die Blätter. Die Trauben hatten sich in den letzten Tagen verfärbt, sie begannen zu reifen. 100 Tage waren es von der Blüte bis zur Lese. Es fehlten nur noch vier Wochen. Es war unvermeidlich, dass er beim Hinaufgehen den Kopf hob, und so sah er die Sterne. Er blieb stehen und schaute nach Westen, der Abendstern flimmerte, ein heller Streifen lag über dem Bergrücken.

Er wusste selbst nicht zu sagen, weshalb er zu Dona Madalena ging. Es war wie ein Zwang, der von Friedrichs Brief ausging. Und etwas an dieser Frau zog ihn an, ihre faszinierende Persönlichkeit, nicht schillernd, aber ungreifbar, ein Gesicht wie ein Vexierbild, mal weiblich und schön, das Gesicht einer gestandenen, reifen Frau, mal pergamentene Haut, glatt, ohne Regung und Gefühl, das Antlitz einer uralten Skulptur. Eine kalte, erloschene Göttin. Dort, wo sein Magen war, saß die Angst. Als er zwischen den Weinstöcken hervortrat und auf das erleuchtete Haus zuging, blieb Perúss zurück. Pass auf mich auf, Hund, dachte Nicolas und ging weiter.

Er klopfte. Er hätte die Glocke benutzen können, aber er klopfte. Er fühlte sein Herz schlagen, er war aufgeregt. Diese Frau setzte ihren Preis wahnsinnig hoch. Für Friedrich war er zu hoch gewesen. Sie stand in der Tür, ihr schwarzes Kleid umhüllte ihren Körper wie eine zweite Haut. Eine Schlange macht sich rund, bevor sie zubeißt.

Sein Blick fiel auf den gedeckten Tisch. Alles war perfekt dekoriert, und das Licht des Deckenleuchters brach sich auf Kristall und feinem Porzellan. Aber da war keine Wärme, nicht eine Spur. Und die Kerzen des silbernen Leuchters, die dem Ensemble teuerster Gegenstände Leben hätten einhauchen können, waren nicht angezündet worden. Als Nicolas das Arrangement durchschaute, bemerkte es auch Dona Madalena. In diesem Moment wusste sie, dass sie einen Fehler gemacht hatte. Sie würde ihn ausbügeln müssen und wusste doch, dass es unmöglich war. Nicolas küsste sie auf beide Wangen, er hielt sich an die Form. Es kam darauf an, ob man sich tatsächlich berührte, ob man den Kuss nur andeutete, wie nah die Lippen einander waren, all das hatte er in den vergangenen Monaten beobachtet. Die Berührung mit Dona Madalena war gezwungen, deshalb dauerte sie länger als angebracht.

»Ich hoffe, du magst, was ich gekocht habe. Ich habe Dona Firmina extra gefragt, was du gern isst ...«

»Nicht Roberto, ihren Mann?«

Sie drehte sich langsam um. »Nein, nicht ihren Mann. Ich habe sie gefragt.« Die Partie war eröffnet.

»Möchtest du einen weißen Port, sozusagen als Aperitif? Frederico hat eine kleine Menge davon produziert, aber nur für uns privat und natürlich für Gäste. Man reicht ihn gekühlt. Ich habe hier auch ein Rezept für einen Longdrink. Wie ich erfahren habe, gehörst du zu jenen Menschen, die alles selbst ausprobieren müssen – Frederico war auch so. Scheint an den Genen zu liegen.«

War das von oben herab gemeint oder sprach da der pure Neid?

»Nimm zu einem Drittel weißen Port, dann ein Drittel Alvarinho, den besten Weißwein aus dem Minho, und dann ein Drittel Orangensaft. Eis und Limettenscheiben nach Gusto. Es ist wunderbar bei der Hitze. Aber du hast Glück, in diesem Jahr ist es nicht so heiß wie sonst.« Sie drehte sich um, ging zum Telefon, wählte, bekam keine Verbindung und ging mit eisigem Gesicht in die Küche.

Nicolas versuchte, sie sich neben Friedrich vorzustellen, aber stattdessen sah er Veloso vor sich. Von Friedrich hatte er kein Bild mehr vor Augen. Er hatte unten kein Foto aus jüngster Zeit von ihm gesehen, und weder im Wohnzimmer noch im angrenzenden Arbeitszimmer, getrennt durch einen offenen Durchgang, stand etwas, das an ihn erinnert hätte. Nicolas blieb vor einem Schreibtisch stehen, an dem Friedrich gesessen haben musste. Ein höllisches Durcheinander.

»So ist das, wenn jemand plötzlich geht«, hörte er ihre Stimme dicht hinter sich. Der Schreck hätte nicht größer sein können, wenn einer seiner Peiniger plötzlich hinter ihm gestanden hätte. »Hat dich das alles so in Mitleidenschaft gezogen?«, fragte Dona Madalena mitfühlend. »Nun ja, du hast Schlimmes erlebt. Und trotzdem willst du bleiben, wie ich hörte.«

»Ich habe einen Auftrag ...«

»Ihr Männer. Das bildet ihr euch immer ein, ihr hättet einen Auftrag, einen Befehl. Müsst ihr ein höheres Wesen anrufen, um eure Taten zu rechtfertigen? Wer hat ihn dir gegeben, diesen Auftrag?«

»Friedrich ...«

Dona Madalena wurde blass, einen Augenblick glaubte Nicolas, sie würde die Fassung verlieren. Ihr Gesicht bekam diesen unnahbaren Ausdruck, der sie hässlich machte.

»Ich habe einen Salat vorbereitet.«

Sie drückte Nicolas den Longdrink in die Hand und holte die Salatteller. Sie setzten sich, nachdem sie die Kerzen angezündet hatte. »Erzähl mir von den schrecklichen Ereignissen neulich.«

Nicolas tat es, und er ließ nichts aus. Dona Madalena hörte unbewegt zu. Diese Frau musste total abgebrüht sein, einen eisernen Willen haben, wenn sie die Schilderung der Ereignisse, an denen sie nicht unbeteiligt war, derart gelassen über sich ergehen lassen konnte. Oder war sie so unerbittlich?

»Der reine Horror«, sagte sie kühl. »Und wie kommt man darüber hinweg?«

»Ich weiß es nicht. Indem man weiter sein Ding macht, sich nicht einschüchtern lässt, auf seine Freunde baut und konsequent bleibt.«

»Und das bist du?« Als Nicolas nicht antwortete, fragte sie: »Was steckt hinter der Entführung? Wer kommt auf eine derart absurde Idee? Wem nutzt das? Ein derart hohes Risiko geht niemand grundlos ein.«

»Durchaus nicht. Die Forderung der Entführer war klar: Ich soll auf die Quinta verzichten, dann würde Rita nichts passieren.«

»Heiliger Himmel, und wer ist Rita?«

»Du kennst sie möglicherweise. Sie war einige Male hier, sie ist Reiseleiterin und hat Weintouristen hergebracht. Sie hat ab und zu mit Friedrich debattiert und sich in der Bibliothek umgesehen.«

»Ja, die Bibliothek ... dann meinst du diese Romanistin? Was hast du mit ihr zu tun?«

»Sie ist meine Freundin.«

»Das ist ja schrecklich, sie da hineinzuziehen.«

»Sie ist in Sicherheit, man hat sie rechtzeitig aus der Schusslinie gebracht, wir brauchen uns um sie keine Sorgen zu machen.«

»Wie fürsorglich.« Es klang zynisch, doch Dona Madalena verriet mit keiner Miene, was sie wirklich davon hielt. Sie wusste doch bereits alles, sie steckte hinter allem, sie war die treibende Kraft.

Sie waren mit dem Salat fertig. Der Duft des Lammrückens und des Estragons verbreiteten sich im Raum. Nicolas machte keine Anstalten, den nächsten Gang aus der Küche zu holen. Er ließ sich bedienen. Den Wein allerdings, die Reserva der Quinta do Amanhecer, entkorkte er selbst, roch am Korken und schenkte ein. Nichts zu beanstanden, nichts am Duft, was ihn störte oder misstrauisch machte. Dona Madalena setzte sich.

»Wir haben nicht viel miteinander geredet, seit du hier bist. Du bist dauernd unterwegs, kaum zu erreichen. Vielleicht wäre, wenn du dir mehr Zeit genommen hättest, einiges leichter gewesen, nicht so missverständlich.«

»Zum Beispiel?«, frage Nicolas. Das Lamm war großartig, es zerging auf der Zunge. Nicolas aß mit Genuss, er stellte sich vor, dass das Olivenöl von seinen Bäumen stammte. Der Wein passte noch nicht ganz, er war zu hart, er hätte ihn dekantieren sollen. Das Kastanienpüree, obwohl es eingefroren gewesen war, hatte eine schöne Konsistenz, einzelne Stückchen waren bissfest. Alles schmeckte wunderbar. Der Rahmen war festlich, ein Dinner, wie er es sich mit Rita gewünscht hätte, aber er saß hier mit der Mörderin seines Onkels. Was konnte absurder sein?

»Missverständlich wie die Todesursache deines ehemaligen Lebensgefährten? Er wird auf Veranlassung seines Bruders, also meines Vaters, morgen exhumiert.«

Dona Madalenas Hand mit der Gabel erstarrte über dem

Teller. Der Mund, der sich vorbereitet hatte, den Happen aufzunehmen, stand offen.

»Es ist alles vorbereitet. Friedrichs Anwalt, Dr. Pereira aus Porto, kümmert sich darum. Ich gehe nicht hin, ich könnte das nicht ertragen.«

Die Gabel sank auf den Teller. Dona Madalena kam zu sich, sie sah auf ihre Uhr. »Hättest du mir das nicht vorher sagen können?«

»Du bist doch über alles bestens informiert, was bei mir da unten auf der Quinta vorgeht. Dr. Veloso hat also nichts gesagt. Er war heute schon nicht mehr in seiner Praxis. In seiner Wohnung ist er auch nicht mehr aufgetaucht. Ich war am Vormittag bei Gonçalves im Krankenhaus. Er hat den Selbstmordversuch überlebt, aber er ist fertig, ein für alle Mal.«

Dona Madalena stand auf. »Noch etwas Soße vielleicht?«, fragte sie mit ihrem charmantesten Lächeln. »Findest du nicht, dass das Fleisch ein wenig saftiger sein könnte?«

Diese Frau ist einfach umwerfend, dachte Nicolas. Schade eigentlich. »Nein, das Fleisch ist perfekt.«

»Hast du auch etwas gehört?«, fragte sie und horchte auf. Sie ging zur Haustür und öffnete sie. Nicolas trat ans Fenster und sah, dass ein Wagen unten auf dem Weg stand. Es war nicht Veloso und auch kein Fluchtfahrzeug. Es war Happe, der mit seinem Ersatz-Ferrari die Piste blockiert hatte.

Dona Madalena ging in die Küche. Nicolas hörte ihren Schritt, hörte die hohen Absätze auf den Terrakottafliesen klappern. Sie kam mit der halb gefüllten Sauciere zurück, und sie aßen schweigend weiter. Sie sah ihn ab und zu an, und ihre Augen trafen sich. Bei anderer Gelegenheit hätte er ihr durchaus verfallen können. War das eine dieser Frauen, für die man alles tat? Nicolas wurde es heiß unter ihrem Blick, ihm wurde schwindelig, aber er widerstand.

»Reicht das nicht? Das Haus hier, die Rente, das Auto?«, fragte er.

Sie antwortete nicht. Nicolas tat es an ihrer statt. »Nein, natürlich nicht, ich habe nicht bedacht, dass ihr zu zweit seid, Veloso und du. Hat er dich darauf gebracht? Wie hieß er früher? Irgendwas mit Lima ...«

Sie räumte ab. Er sah sich nicht bemüßigt, auch nur einen Teller anzufassen. Sie hatte eingeladen, es war ihr Fest. Sie kam wieder mit einem Late Bottled Vintage Port und den wunderbaren Törtchen, den Pastéis de Nata.

»Das sind die Originale, sie stammen aus der ›Confeitaria de Belém‹ in Lissabon. Es sind die besten ...«

»Traumhaft«, sagte Nicolas, nachdem er abgebissen hatte. Sie waren besser als die von Dona Firmina. Die Teighülle war fest und zerbrach wie frisch gebackener Blätterteig, die Füllung war nicht zu süß, weder flüssig noch fest, gerade richtig.

»Aber da gehört ein LBV dazu. Manche nehmen einen Tawny. Ich ziehe den Ruby vor, die Sahne zusammen mit der Fruchtigkeit des Ports. Probier einfach.«

Draußen bellte Perúss, es klang heiser. Nicolas stand auf und trat mit dem Glas in der Hand ans Fenster. Der Hund saß im Mondschein vor den Weinstöcken.

»Na, wie ist er?« Dona Madalena sah Nicolas an.

Er hob das Glas an die Nase, roch daran, wollte trinken, roch wieder und blickte Dona Madalena an.

»Trink! Es ist ein wunderbarer Jahrgang. Wir hatten viel Regen im Winter und durch die Kälte zur Blütezeit wurden die Trauben reduziert. Es ist ein fester und voller Wein geworden.«

Nicolas stierte ins Glas. Der Wein war nicht in Ordnung. Hatte er es gerochen? Hatte er es in Dona Madalenas Augen gesehen? Er ließ das Glas langsam sinken.

»Trink!«, sagte sie und stand auf, eine kleine silberne Pistole in der Hand.

Nicolas war nicht im Mindesten überrascht. »Was soll der Unsinn? Reicht nicht einer? Du kommst nicht mehr weg. De Lima ist über alle Berge. Gonçalves hat ausgepackt, Roberto wird es auch tun. Morgen ist die Exhumierung ...«

»Trink!«, sagte sie kalt. »Du wirst ihn trinken.«

Nicolas war sicher, dass sie schießen würde. »Hast du es mit Friedrich auch so gemacht, oder hat er nichts gewusst?«

»Er hat ihn vor dem Schlafengehen getrunken. Los, trink!«

Nicolas sah sie völlig unbewegt an. Komischerweise fiel ihm plötzlich sein Freund Happe ein. Was er wohl in so einer Situation für einen Spruch auf Lager hätte? Unwillkürlich musste er lächeln.

»Was gibt es zu grinsen? Trink!« Sie drohte mit der Pistole, und Nicolas schüttete ihr mit Schwung den Portwein ins Gesicht.

Sie reagierte blitzschnell, riss die Pistole hoch und drückte ab. Dann war er bei ihr, rannte sie um, warf sich auf sie, packte ihren Hals und drückte zu. »Jetzt bringe ich dich um!«

»Lass den Scheiß«, brüllte Happe von der Tür her, aber es waren nicht seine Worte, sondern ihr Blick, der ihm die Hände löste. Ihre Augen waren so voller Verachtung, es zeigte sich ein so abgründiger Hass, dass die Berührung schmerzte, und wie Blut floss der Ruby über ihr Gesicht.

Epilog

In der ersten Woche nach Dona Madalenas Verhaftung und dem Verschwinden von Dr. Veloso bekam Nicolas kaum ein Auge zu, ob er zum Abendessen eine Flasche Wein trank oder ob er nüchtern blieb. Er nickte immer nur kurz ein, wachte auf, wälzte sich die halbe Nacht im Bett, und wenn er mal schlief, wachte er nach Albträumen schweißgebadet auf. Otelo schrieb es der Entführung zu. »Ein Trauma«, er selbst leide immer noch unter den Erinnerungen an den Krieg. »Ich habe leider viel zu spät mit der Therapie begonnen, sie hat mir sehr geholfen.« Nur die Träume waren geblieben, sie seien jedoch nicht so schrecklich wie vor der Behandlung. Habe er früher Kriegsszenen geträumt, so säßen jetzt Afrikaner in einem Kreis um ihn herum und starrten ihn an, als warteten sie auf eine Antwort. Aber er hatte keine.

Happe hatte die Idee gehabt, Nicolas mit verbundenen Augen hinten in den Wagen zu setzen und die Strecke abzufahren, die seine Entführer möglicherweise genommen hatten. Nicolas hatte sich heftig dagegen gewehrt. Die Vorstellung, sich die Augen verbinden zu lassen und alles noch einmal zu durchleben, war zu grauenhaft. Dann aber hatte er eingewilligt, es mit offenen Augen zu probieren. Anschließend hatte er auf den Boden gestarrt, während Happe gefahren war, und sich zuletzt ein dünnes Tuch locker über den Kopf gelegt.

Bis nach Peso da Régua war es einfach gewesen, den Weg blind zu rekonstruieren. Zuerst kam die Geschwindigkeitsbegrenzung auf 50 Stundenkilometer in Folgosa, nach acht Minuten die scharfe Linkskurve vor der Kneipe und danach der Kreisverkehr. Das Geräusch, das die Reifen auf der Brücke machten, war ihm mittlerweile vertraut, und dann kam die Abzweigung nach rechts. Danach war es kompliziert geworden. An den leichten Anstieg konnte er sich erinnern, bei den folgenden Kurven hinauf in die Berge wurde es schwierig, und hinter den Bahngleisen setzte die Erinnerung aus.

Allerdings zeigte sich bald in anderer Hinsicht ein positives Ergebnis ihrer Bemühungen: Nicolas konnte wieder schlafen. Je öfter sie die quälende Prozedur wiederholten, desto mehr verlor sie ihren Schrecken, und sein Waschzwang ließ nach. Irgendwann würden sie den Kies der Einfahrt unter den Reifen hören, dann würden sie vor dem Haus der Entführer stehen – nur was dann? Er hatte nichts und niemanden gesehen. Aber zu wissen, wer dort wohnte, konnte hilfreich sein. Und er würde sich an die Stimmen erinnern. Pereira würde wissen, was zu tun wäre. Ein Ziel jedenfalls hatten die Entführer erreicht, nämlich ihn zu terrorisieren. Er wusste, dass sie hier irgendwo lebten, dass sie ihn beobachteten und vielleicht auch bereit waren, irgendwann wieder zuzuschlagen – wenn Dr. Veloso wieder auftauchte oder ein Nachfolger ...

Der Geländewagen war ohne Kratzer in Spanien am Hafen von Cádiz gefunden worden. Entweder, so interpretierte Pereira den Sachverhalt, war Veloso damit getürmt und hatte ihn dort stehen lassen, oder man hatte ihn nicht nach Marokko verschieben können. Erstaunlicherweise war er bereits kurz nach dem Raub von einer Lissabonner Behörde als »sichergestellt« aus der Fahndungsliste genommen worden, und es hatten so viele Leute an dem Wagen herumgefummelt, dass sich eine Untersuchung nach Fingerabdrücken erübrigte. Nicolas wollte den Spritfresser keinesfalls zurück, er hatte keine Verwendung dafür. Ein Renault-Kastenwagen tat es auch; mit den richtigen Reifen kletterte er wie eine Bergziege die Piste zur Quinta hinauf und verfügte über die nötige Bodenfreiheit. Nach Porto kam man damit auch in einer guten Stunde, um Lovely Rita vom Bahnhof oder vom Flugplatz abzuholen.

Natrium-Pentobarbital – das hatte die Autopsie von Friedrichs Leiche ergeben – und die Analyse des Portweins, der für Nicolas bestimmt war. Das Mittel wirkte sofort. Man schlief innerhalb weniger Minuten ein und wachte niemals wieder auf. Es wurde in der Schweiz bei der Sterbehilfe angewandt. Ob Veloso es besorgt hatte?

»Wie hinterlistig und feige, einen Menschen im Schlaf zu töten«, meinte Otelo unversöhnlich. Er versuchte nicht im Mindesten, die Beweggründe von Dona Madalena zu verstehen, aber Nicolas wollte verstehen, warum die Frau seinen Onkel heimtückisch ermordet hatte.

Sie hatte Veloso in den USA kennengelernt, später in Lissabon war sie dann mit ihm liiert gewesen. Sie hatte sich von ihm getrennt, war aber immer zu ihm zurückgekehrt. So auch vor drei Jahren, als sie sich in Lissabon zufällig über den Weg gelaufen waren. Sie hatten ihr Verhältnis wiederaufgenommen. So weit ließ sich der Weg rekonstruieren. Veloso war ihr gefolgt und hatte sich in Peso da Régua niedergelassen. Wer von den beiden den Plan ausgeheckt hatte, Friedrich zu ermorden, war unklar – Dona Madalena hüllte sich in Schweigen. Sie sprach mit niemandem, weder mit der Untersuchungsrichterin noch mit Gefängnisbeamten oder Mithäftlingen. »Er hat nichts gemerkt!« Das hatte sie Nicolas kaltschnäuzig ins Gesicht gesagt, als man sie abführte.

Gonçalves hingegen hatte ausgepackt, also würde es nicht auf einen mühsamen Indizienprozess hinauslaufen. Doch der Hausmeister Roberto und er belasteten sich gegenseitig, keiner wollte der Urheberschaft für die Anschläge auf Nicolas bezichtigt werden. Dona Firmina hatte ihren Mann vor die Tür gesetzt, nachdem sie von seiner Mitschuld und seinen Zuträgerdiensten für Dona Madalena erfahren hatte. Mit einer gewaltigen Schimpfkanonade, während der Nicolas, Otelo und Happe sich das Lachen kaum hatten verbeißen können, hatte sie Robertos Kleidung und seine persönlichen Gegenstände aus dem Fenster geworfen. »Mit einem Mörder, Spion und Hundevergifter werde ich nicht länger das Bett teilen«, hatte sie wutschnaubend von sich gegeben, wie Otelo meinte, der übersetzen musste. Dann hatte sie sich vor Nicolas aufgebaut. »Ich möchte gerne bleiben, ich will für Sie arbeiten. Die Quinta do Amanhecer ist mein Leben!« Nicolas war es sehr lieb. Roberto kam, jetzt ohne festen Wohnsitz, zu Gonçalves in Untersuchungshaft.

Nicolas konnte sich insgeheim nicht davon frei machen, Friedrich eine Mitschuld zu geben. Er hatte sich die falsche Frau ausgesucht, er hatte Otelos Warnungen in den Wind geschlagen, hatte sich auf Gonçalves als Verwalter eingelassen. Und in Bezug auf das Erbe hätte er für eindeutige Verhältnisse sorgen müssen. Man ist für sein Leben immer selbst verantwortlich, dachte Nicolas, und ihm fiel sein Vater ein. Welche Mühe hatte es ihn gekostet, sich aus der familiären Umklammerung zu befreien? Aber in gewisser Weise bestand sie weiter – nur dass er um sein Erbe gekämpft hatte, nur deshalb konnte er es akzeptieren. Und Otelo war nicht sein Chef, wie es sein Vater gewesen wäre. Er war in der kurzen Zeit, die sie sich kannten, ein Freund und ein Lehrer geworden.

Tagsüber liefen sie die Weinberge ab, prüften den Reifegrad der Trauben, brachten mittags und abends die gekühlten Proben ins Labor zu Carlos, der die chemischen Analysen vornahm. Happe versuchte sich derweil als Hilfsarbeiter. Er unterstützte Lourdes im Büro, half dem Kellermeister, packte Kartons oder hielt Carlos mit politischen Debatten von der Arbeit ab. Happe brauchte seine Auszeit, »meine kreative Phase« nannte er es und dachte daran, vielleicht mit Rita zusammen eine Agentur für Weintourismus ins Leben zu rufen. Die beiden diskutierten ernsthaft darüber. Oder er würde sich als Architekt tatsächlich auf Kellereien und Umbauten spezialisieren.

Das Abendessen kam selten vor 21 Uhr auf den Tisch. Dona Firmina hatte anfangs Schwierigkeiten gehabt, sich zu den Männern auf die Terrasse zu setzen, statt zu bedienen. Otelo war nach wie vor unruhig, Velosos Verschwinden machte ihm Sorgen. Der Arzt war um seine Rache gekommen. »Er ist ein Schläfer. Wenn sie ihn brauchen, wecken sie ihn. Wir haben viele seiner Verbindungen entdeckt, aber nicht geknackt.«

»Die knackst du nie«, meinte Happe lakonisch. »Der eine wird befördert, der andere versetzt, der Dritte pensioniert, ein Vierter bekommt eine neue Identität. Du und deine Freunde, ihr hängt genauso seit damals zusammen.«

»Nur sind wir keine Verbrecher.« Otelo nahm Happe nichts übel, so nachsichtig wie mit ihm ging er mit sonst niemandem um. Aber Velosos Verschwinden war nicht das Einzige, was Otelo nervös machte. Er musste sich daran gewöhnen, dass Frederico, Chico Alemão, nicht mehr da war. Es herrschte ein anderer Ton, eine neue Generation übernahm die Quinta. Er war doppelt so alt wie die Männer, mit denen er arbeitete und bei Tisch saß. Aber er sah darin auch eine Chance, wie er meinte.

»Frederico hat sich immer gegen die Kooperation mit anderen Quintas gewehrt. Sein Misstrauen seit den Erfahrungen in Frankfurt und im Alentejo war zu stark. Ganz in der Nähe liegt die Quinta da Carvalhosa, von einem Deutschen. Den Neubau der Quinta de Nápoles hast du sicher gesehen, kurz vor Folgosa links rauf, ein rechteckiger Natursteinbau. Dirk van der Niepoort, der Besitzer, spricht

Deutsch, sein Önologe Englisch und Französisch. Dann gibt es die ›Douro Boys‹ und das Projekt Lavradores de Feitoria. Es wundert mich, dass du, Nicolas, nicht längst Kontakt aufgenommen hast. Andere Winzer sprechen auch Englisch, Deutsch, Französisch, Dirk spricht Holländisch, du hättest ihn längst besuchen müssen.«

»Du glaubst doch nicht, dass die einen Anfänger ernst nehmen. Und dazu einen, mit dem sie konkurrieren«, wandte Nicolas ein.

»Es gibt nicht nur Konkurrenz, mein Junge, es gibt auch Kooperation. Vielleicht gehst du mal vorbei, oder wir laden sie ein? Wenn du jedoch nicht sicher bist, ob du bleibst ...«

Nicolas stand auf, nahm ein Glas und trat damit an die Brüstung. Er schaute zufrieden auf den schimmernden Rio Douro. Hatte er nach Portugal kommen müssen, um zu begreifen, das ein Fluss drei Ufer haben kann?

Danksagung

Es war mein Freund Bernhard Bauer, der mein Interesse auf Portugal lenkte. Der Filmemacher arbeitete nach der Nelkenrevolution 1974 ein halbes Jahr in einer Kooperative im Alentejo und drehte dort einen wunderbaren Film. Leider verstarb Bernhard wenig später – mein Interesse für Portugal jedoch blieb.

Als ich die Recherche zu diesem Roman begann, waren mir das Land und seine Menschen nach vielen ausgedehnten Reisen bereits vertraut. Und könnte ich mir unter den Weinbaugebieten, über die ich geschrieben habe, eines zum Bleiben aussuchen, so würde ich den Rio Douro wählen, trotz aller Dramen um die Quinta do Amanhecer – im Vertrauen auf die Winzer, die meine Recherche unterstützten.

Da ist zuerst Dirk van der Niepoort zu nennen: ein Vordenker mit einem Sinn für wirklich guten Portwein sowie ein hervorragender Koch und Gastgeber. Mit dem Önologen Rui Cunha erkundete ich die Region des Cima Corgo. Durch Keller und Weinberge begleitete mich sein Kollege Luís Seabra. Oscar Burmester, António Barreto und Vasco Magalhães brachten mir die lange und wechselvolle Geschichte des Portweins nahe. Wie vielfältig und grandios dieser Wein sein kann, erfuhr ich im Hause Symington.

Francisco Ferreiras Weine (Quinta do Vallado) und die

der anderen »Douro Boys« zeigten mir, dass auch die Stillweine sowohl terroir-typisch wie auch modern sein können. Was sie für die alteingesessenen Familien am Rio Douro bedeuten, erfuhr ich von Dona Laura Regueiro von der Quinta da Casa Amarela, Ana Maria Ribeiro (Casa de Santo António) und Felipe Mergulhão (Casal Agricola de Cevêr). Ihnen allen sei auch für ihre liebenswürdige Gastfreundschaft gedankt.

Paul Grote

Eiskalte Spannung vom fast nördlichsten Punkt der Welt

ALLE LIEFERBAREN TITEL, INFORMATIONEN UND SPECIALS FINDEN SIE ONLINE

#HarteSeiten
Auch als eBook

www.dtv.de **dtv**

»Die Zeiten haben sich geändert.
Die Verbrechen auch.«

Deutschland nach dem Mauerfall:
Die neue Krimireihe von Bestsellerautor
Frank Goldammer

ALLE LIEFERBAREN TITEL, INFORMATIONEN UND SPECIALS
FINDEN SIE ONLINE

#HarteSeiten
Auch als eBook

www.dtv.de **dtv**

»Thank you for murdering!«
Der zehnte Band der Fredenbüll-Krimireihe

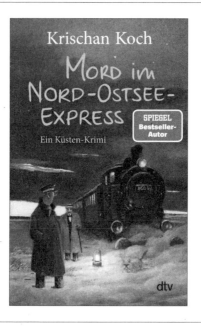

ALLE LIEFERBAREN TITEL, INFORMATIONEN UND SPECIALS FINDEN SIE ONLINE

Auch als eBook   www.dtv.de **dtv**

Berlin in den Goldenen Zwanzigern

Die Erfolgsserie um Kommissar Leo Wechsler

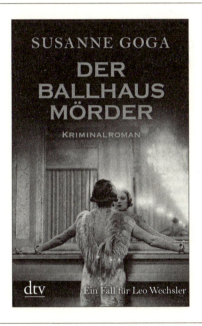

ALLE LIEFERBAREN TITEL, INFORMATIONEN UND SPECIALS FINDEN SIE ONLINE

#HarteSeiten
Auch als eBook

www.dtv.de **dtv**